Über dieses Buch Stefanie, die Erzählerin, hat die junge Irina eines Abends in einem Hauseingang gefunden, »wie eine kleine Katze: in den Treppenwinkel gedrückt, verängstigt, das Gesicht verzerrt, die Augen voll Wut«. Stefanie fühlt Irinas Einsamkeit, ihre Verwundbarkeit und nimmt sie in ihre Wohnung auf. Doch es existiert auch eine zweite Irina: eine spöttische, scharfsinnige, gern kokettierende, die allerdings über ihr anderes Ich wenig vermag, es nicht zurückhält, wenn es ihm Schaden zufügt. Die Liebesbeziehung der beiden Frauen leidet unter der Doppelnatur Irinas und endet abrupt damit, daß Irina Stefanie verläßt.
Dies geschah vor fast drei Jahren. Der Roman setzt zu dem Zeitpunkt ein, als Irina zu Stefanie zurückkehrt – als Ehefrau des Buchhändlers Klemens Kroß, von dem sie sich vor einem halben Jahr hat »heiraten lassen«. Kroß fördert das Beisammensein der Frauen, in seiner Selbstgefälligkeit nicht ahnend, daß zwischen ihnen eine Liebesbeziehung besteht. Noch ein zweites Mal wird Stefanie von Irina verlassen, doch diesmal wissen beide, daß die Trennung nur eine Art Feuerprobe ist, durch die Irina hindurchmuß, um endgültig zu ihrer Freundin zurückkehren zu können.
Die Geschichte der Liebe zwischen zwei Frauen, die hier erzählt wird, ist etwas anderes als ein Plädoyer für die lesbische Liebe, es ist der Entwurf einer Utopie von Liebe zwischen Gleichen, ohne Machtanspruch und Unterwerfung, ein undogmatischer, sensibler Emanzipationsroman und eines der seltenen literarischen Zeugnisse einer Frau, die eigene Vorstellungen von sich selbst entwickelt, indem sie eine mögliche weibliche Weltsicht formuliert, die der herrschenden männlichen widerspricht. »Eine Zeit der Frauen kann nicht wie die Zeit der Männer Ausschluß, Unterdrückung oder auch nur Einengung des anderen Geschlechts bedeuten. Dann fände ja nur ein Machtwechsel statt. An die Stelle der Männer träten die Frauen, und nichts wäre gewonnen. Nein, eine Zeit der Frauen muß eine Zeit der Menschen sein.«

Die Autorin Johanna Moosdorf wurde 1911 in Leipzig geboren. Ihr Mann, der Jude war, wurde 1944 in Auschwitz umgebracht. Sie konnte mit ihren Kindern in die Tschechoslowakei fliehen und kehrte kurz vor Kriegsende nach Leipzig zurück, wo sie Chefredakteurin der Zeitschrift »März« wurde. 1950 übersiedelte sie nach West-Berlin, wo sie seitdem lebt. Sie publizierte neben Lyrik u. a. die Romane »Flucht nach Afrika» (1952), »Die Nachtigallen schlagen im Schnee« (1953), »Der Himmel brennt« (1955), »Nebenan« (1961), »Die Andermanns« (1969). 1989 erschien ihr Roman »Jahrhundertträume« (Fischer Taschenbuch, Bd. 4739).

Johanna Moosdorf

Die Freundinnen

Roman

Mit einem Nachwort von
Regula Venske

Fischer Taschenbuch Verlag

Die Frau in der Gesellschaft
Lektorat: Ingeborg Mues

16.–20. Tausend: Mai 1989

Veröffentlicht im Fischer Taschenbuch Verlag GmbH,
Frankfurt am Main, Juni 1988

Umschlaggestaltung: Susanne Berner
Gesamtherstellung: Clausen & Bosse, Leck
Printed in Germany
ISBN 3-596-24712-8

Inhalt

1. Teil

2. Teil

Deux estions, et n'avions qu'un cœur.

François Villon

1. Teil

Denken an Irina

Morgens, noch halb im Schlaf – ich taste nach ihr, aber das Kopfkissen neben mir ist leer, ich bin allein. Der Traum, der mich heimsuchte, will mich noch einmal einfangen. Ich wehre mich, es ist keine Zeit mehr zum Träumen, ich muß augenblicklich wach werden. Auch sollte ich vor Frau Riemann in der Badestube sein, sonst läßt sie mich warten, bis es für mich zu spät ist. Ihr Mann kommt mir allerdings nicht mehr ins Gehege. Seit er pensioniert worden ist, schläft er sich morgens aus oder steht überhaupt nicht mehr auf – er sei krank, sagt Frau Riemann. Wenn es mir noch gelingt, meinen Kaffee zu kochen, bevor sie in der Küche erscheint, wird der Tag für mich angenehm werden, dessen bin ich sicher, ein Tag, der nicht mit hämischen Fragen nach Irina beginnt, auch nicht mit Beispielen aus dem vorbildlichen Leben der Frau Riemann, ihrem aufopferungsvollen, nur ihrem Mann und ihrem Sohn gewidmeten Leben. So sagt sie, gewidmet, ›mein gewidmetes Leben‹.

Noch kauend, den Reißverschluß meiner Windjacke hochzurrend oder an einem Mantelknopf fingernd, dem das Knopfloch zu weit geworden ist, stolpere ich die Treppe hinunter. Vor der Tür bleibe ich stehen und blicke die Straße entlang, unsere fünfzehn Häuser lange, mit parkenden Autos verstopfte Straße. Die Zweige der Rotdornbäume bilden ein stachliges Gitterwerk über den Autodächern. In den Ziergärten vor den behäbigen Häusern mit Erkern und Veranden schmilzt schmutziger Schnee. Girlanden schleppende Putten und üppige, mit Weinlaub bekränzte Bacchantinnen und Satyre bröckeln selbstvergessen über den Hauseingängen. Ich bemerke sie nur halben Blicks. Für mich ist wichtig, was nicht geschieht: keine müde lächelnde Frauensperson mit umschatteten Augen wankt mir entgegen. Wenn ich sie dennoch sehe, so bedeutet das nichts. Es ist nur ein Erinnerungsbild, ein Phantom – schon verschwunden. Ich verzage aber nicht, bin nicht einmal besonders enttäuscht. Freudig blicke ich jedem sich nähernden Gesicht entgegen, lasse mich nicht entmutigen, suche das nächste. Ich weiß, sie wird kommen. Vielleicht wird sie heute noch nicht kommen, aber morgen oder übermorgen oder am Tag danach. Plötzlich wird sie an meine Tür klopfen oder wird mir auf der Straße begegnen. Wir rennen aufeinander los. Soeben beschwor ich sie noch: Irina, komm endlich! Da halte ich sie schon im Arm.

Wenn sie aber morgen oder übermorgen nicht kommt und auch nächste Woche nicht, wenn sie tatsächlich, was ja möglich ist, in absehbarer Zeit noch nicht kommt, so denkt sie doch an mich, Tag für Tag, wo sie sich auch befindet, nachts. Ich habe keinen Grund, mich einsam zu fühlen.

Da bin ich schon in der Martin-Luther-Straße. Ich überquere die Motzstraße, streife mit meinem suchenden Blick, den kein Reklameschrei aufhält, die Auslage eines Juweliergeschäfts. Plötzlich stutze ich und kehre um. Ein mit Türkisen besetztes Halsband hat sich in mein Blickfeld gestohlen. Ich sehe es auf Irinas Haut schimmern: blaugrün. Der Stein, den sie damals an einem dünnen Halskettchen trug, ist aber rot gewesen, dunkelrot, ein von feinziselierten Goldflämmchen umzüngelter Rubin.

An ihn denke ich, während ich in dem Menschenstrom treibe, der sich in Richtung Wittenbergplatz bewegt. Das ist nicht mein Weg; ich muß links abbiegen. Allerdings ist es erst zwanzig Minuten vor acht, noch genug Zeit, ich brauche mich nicht zu beeilen. Mir fällt ein, daß ich ein paar Minuten zu Lene Andras hinaufgehen könnte, die in dem großen alten Haus mit den rostigen Balkongittern wohnt, an dem ich jetzt vorbeikomme. Ganz oben in einer geräumigen Mansarde wohnt sie. Wenn ich ihr Milch und frische Brötchen brächte, müßte ich sie nicht aufwecken. Es wäre sehr ungewöhnlich, wenn sie nicht vergessen hätte, ihre Tür abzuschließen. Ein leichter Druck, und sie springt auf. Ich reiße die Milchtüte auf, streiche die Brötchen, setze alles auf den Stuhl neben ihr Bett und verschwinde, ehe sie sich den Schlaf aus den Augen geblinzelt und mich erkannt hat. Anfangs, als ich ihr noch fremd war, hat sie meine Gefälligkeiten abgelehnt. Sie kamen ihr anrüchig vor, suspekt – man wußte schließlich, was von weiblichem Diensteifer zu halten war. Das hat mich amüsiert. Sie begriff dann allerdings, daß ich mich genauso gern von ihr verwöhnen lasse, wie ich sie, gelegentlich, gern verwöhne. Da ist unsere Beziehung freier und unbefangener geworden. Würde sie denn aber die Milch trinken? Nein, sie trinkt keine Milch, ich müßte ihr Kaffee kochen, und das würde zu lange dauern. Auch könnte ich mich wieder nicht losreißen. Es sind vor allem zwei Bilder, die mich immer von neuem fesseln. Lene Andras hat sie an die Wand über ihr Bett geheftet: ein Farbfoto unseres Planeten, wie er durch den Raum rollt, und ein großes Foto eines fünftausendjährigen Frauenkopfes aus Alabaster.

Den Kopf haben Archäologen unter den Ruinen der alten sumerischen Tempelstadt Uruk gefunden. Jetzt herrschen dort Sandstürme, Hitze, Durst und Fieber; Beduinen schlagen manchmal ihre schwarzen Zelte auf. Vor langer Zeit aber, noch ehe die Geschichte Babylons und Israels begann, lebte hier zwischen den großen Strömen ein hochzivilisiertes Volk in reichen, durch ein Netz von Straßen und Kanälen verbundenen Städten. Lene Andras weiß allerdings von noch älteren Kulturen, die nach keramischen Funden genannt werden, wie Linearbandkeramik, Stichbandkeramik, Töpferscheibenkeramik und andere Keramiken, die ich vergessen habe. Der Mensch sei ja fast zwei Millionen Jahre alt, davon kennen wir nur die kleine Zeit, die wir die Geschichte der Menschheit nennen... Ich fühlte ein Sausen im Kopf, einen sonderbaren Schwindel. Zu Hause schlug ich im Lexikon nach, was ›chthonisch‹ bedeutet und wer Gaia und Eurynome waren. Mythen, Legenden, alte Texte – alles, was das Dunkel der Anfänge ein wenig aufhelle, ›die Ursprünge‹, sagt Lene Andras, die hätten sie schon als Schulmädchen fasziniert und neugierig gemacht, und immer hat sie die Ahnung geplagt, etwas Wichtiges verberge sich darin, eine Erklärung unseres verkehrten Wesens, das ja einmal angefangen haben muß. Vielleicht sei unter dem Schutt der Jahrtausende noch eine Spur zu erkennen, die Wegkreuzung, von der aus der Mensch in die falsche Richtung gelaufen sei, in die Irre, in der er umkommen werde.

Lene Andras interessiert sich aber auch für meine Angelegenheiten, besonders für mein Denken an Irina, mein Warten auf sie. Davon ist sie seltsam betroffen. Oft fragt sie nach Irina, die sie nur flüchtig kennt, fragt allerdings auch dummes Zeug, ob ich denn die Hoffnung auf sie nicht endlich aufgeben wolle. Es ist lächerlich. Sie, die mit unvorstellbaren Zeiträumen rechnet, hält mir vor, Irina sei ja schon fast drei Jahre fort. »Glauben Sie wirklich, sie kommt nach so langer Zeit zu Ihnen zurück?«

Das glaube ich nicht nur, das weiß ich. In dieser Hinsicht fühle ich mich Lene Andras überlegen. Menschenkenntnis ist nicht ihre Stärke, denke ich.

Von ihrem eigenen Leben weiß ich nicht viel, nur, daß sie ihre Ehe, ihre Karriere und auch sich selbst, ihre Gesundheit, fast zerstört hat, und warum: wegen MEINUNGSVERSCHIEDENHEITEN. Das ist schwer zu verstehen. Haust in ihrer Mansarde, wohin sich selten jemand verirrt. Nur Kitty, ihre Tochter, und ihr Onkel Heribert, die in der großen Wohnung unter ihr zusammen mit einer Frau Marquardt leben, kommen manchmal zu ihr herauf. Ja, und ihr Mann, von dem sie sich getrennt hat, auch er besuche sie, sagt sie.

Es war in ihrer kleinen Küche. An dem schmalen Fenster zum Hof lief in schmutzigen Strähnen der Regen herunter. Plötzlich sah ich die Ferne, in die ihr Blick eintauchte, als wäre die Brandmauer gegenüber hell und durchsichtig geworden. Auch ich soll kommen, hörte ich. Kommen Sie, wann immer Sie wollen.

Vor Jahren hat sie ein wissenschaftliches Archiv verwaltet, ist auch promoviert worden, hat eine Arbeit über die Stadtstaaten Sumers veröffentlicht und ist in gelehrte Streitereien verwickelt gewesen, aber nun lebt sie allein mit ihren Büchern und sammelt Material für ein neues Buch – nicht über den theokratischen Sozialismus Sumers, sondern über ein ganz anderes Thema, über Frauen.

Ich blicke auf, sehe meine Kollegin, Fräulein Koppisch, über den Damm gehen und in dem großen Bürohaus verschwinden, in dem wir arbeiten. Vielleicht setze ich schon mein Bürogesicht auf. Das hat Fräulein Koppisch entdeckt. Ich verwandele mich in eine Art Marionette, wenn ich das Bürohaus betrete, unseren Geschäftssilo, sagte sie mit stolpernder Zunge. Manchmal allerdings, wenn plötzlich die Tür aufginge, leuchte in meinem Gesicht etwas auf. Ich wirke wieder hoffnungsvoll, auch jünger. »Aber was ist es nur, worauf warten Sie immerzu, auf wen?« Ich will antworten: auf Irina, Tag für Tag, nachts, ich warte und warte. Aber denken Sie nicht, das sei unerträglich, sei eine Qual. Nein, ich warte ja nicht verzweifelt auf sie, sondern in großer Hoffnung – eine Verrückte, die an Wunder glaubt, sagt Lene Andras. Ein Glück, daß ich es nur dachte. Ich muß aber trotzdem exaltiert ausgesehen haben, ein bißchen, wie Lene Andras selber manchmal aussieht, vielleicht. Fräulein Koppisch hat nervös an ihrer Bluse gezupft und eine Entschuldigung gestammelt. Sie habe nicht zudringlich sein wollen, wirklich nicht, nein, sie habe nicht meinen geschiedenen Mann gemeint – an ihn wolle sie mich nicht erinnern.

»Wen?« sag' ich erschrocken.

Plötzlich wirkte ihr Stottern echt. Zuerst hatte es zu der Rolle gehört, die sie an dem Tag spielte – irgendeine Fernsehprominente, die gebrochen deutsch spricht, obgleich sie vielleicht vom Wedding stammt oder aus Neukölln. Es macht mich krank. Ich kann ihr nicht zuhören. Nie spricht sie ihre eigene Sprache. Wenn ich allerdings plötzlich über der ratternden Buchungsmaschine ihr hungriges kleines Gesicht sehe, schäme ich mich meiner Gedanken. Auch hat sie ja nicht unrecht, es ist wahr, was sie sagt, ich kann's nicht leugnen. Das Haus mit den vielen Fenstern und den langen gebohnerten Korridoren verwandelt mich. Herren mit Aktenmappen gehen von Tür zu Tür, verfolgt von den geisterhaften Flüchen ihrer ruinierten Konkurrenten, die an Herzinfarkt starben, aber die hören sie nicht, nur ich höre sie. Die Büros gehören ausländischen und westdeutschen Firmen, Wirtschaftsberatern, Diplomvolkswirten. An ihren Türen steht: Betriebstechnik, Planung, Organisation. Auch Berliner Steuerprüfer und -berater, Immobilienfritzen mit und ohne RDM-Marke, Rechtsanwälte und Notare wie mein Chef, Herr Döhnicke, haben im Bürohaus ihre Geschäftsräume. Ich bin hier fremd, eine Eule, eine Igelin, bin von acht bis siebzehn Uhr nicht ich. Das geht so Tag für Tag: Kommen. Mütze und Mantel ablegen. Mein Denken an Irina einstellen. Kämmen. Eine Larve auf das Gesicht pudern. Jemand Glattes, Geschmeidiges sein, für den nichts und niemand außer Herrn Döhnicke existiert. Herrn Döhnickes Interessen wahrnehmen. Springen, wenn er auf das Knöpfchen drückt. Erscheinen. Lächeln. Adrett aussehen. Lautlos verschwinden, wenn er abwinkt. Akten, Schriftsätze, Paragraphen, Rechnungen, Zahlungsbefehle, Normverträge, Sonderverträge, Briefe, Plädoyers, Sandwiches, Statuten, Kaffee. Herr Döhnicke hat fast nur mit Rechtsgeschäften von Firmen zu tun, denen er die eigene juristische Abteilung erspart. Er wickelt ihre nicht immer einwandfreien Geldgeschäfte ab, Transaktionen, sagt er, verwaltet aber auch Vermögen, Erbschaften und Grundstücke von Privatleuten. Wenn mich ein ›Fall‹ interessiert, handelt es sich meistens um eine traurige, für Herrn Döhnicke nebensächliche Angelegenheit, die seine Tätigkeit als Hausverwalter mit sich bringt, eine Geschichte wie die der Frau W. und ihres Untermieters. Es ist die Empörung, die mich aufschreckt. Plötzlich spüre ich, daß ich lebe, jemand für mich selbst bin, noch nicht ganz blind und verblödet. Herr Döhnicke, ein Anwalt des Rechts, benutzt das Recht zur Erhöhung seines Machtgefühls. Ich wüßte nicht, was ihn sonst veranlassen könnte, die alte Frau W. zu schikanieren, die in einem von ihm verwalteten Haus zur Miete lebt. Sie beherbergt in ihrer Wohnung einen jüngeren Mann, einen Herrn Albertz, der offenbar einen kleinen Tick hat und an einer Art Verfolgungswahn leidet. Damit (»... Sie belauschen mich, sind ein Spitzel, ein Agent«) hat er einen Hausgenossen belästigt, der sich prompt bei Herrn Döhnicke beschwerte. Aus dem harmlosen Herrn Albertz, der niemandem etwas zuleide tut, ist dabei unversehens ein gefährlicher Geisteskranker geworden. Herr Döhnicke entrüstete sich: In ›meinem‹ Haus! Der Mann muß sofort entfernt werden!

Frau W. ist damit nicht einverstanden. Sie halte es nicht für eine Schande, den Praktiken, die zum Erfolg führen, nicht gewachsen zu sein, sagt sie. Ihr Herr Albertz sei zu sensibel gewesen für die Konkurrenzschlachten, die er hätte bestehen müssen. An ihnen, an der ›ganzen bösen Welt‹, sagt Frau W., sei Herr Albertz gescheitert und leide nun manchmal an Wahnvorstellungen. Deshalb müsse ein Mensch wohl nicht gleich aus dem Haus gejagt und in die Zwangsjacke gesteckt werden, nicht wahr, auch wenn er einmal, sei's auch an falscher Stelle, aufgemuckt habe: »...verzeihen Sie, mein liebes junges Fräulein.«

Sie hat wohl ihre Brille vergessen, denke ich matt. Vielleicht ist es auch nur die Büroluft, die mich müde macht, vielleicht sitze ich hier zu lange. Gegen vier Uhr nachmittags kann es sogar vorkommen, daß ich an Irina zweifle, mich ihres Egoismus erinnere, ihrer Gleichgültigkeit gegenüber den Schwierigkeiten und Unkosten, in die sie mich stürzte – wie ich mich abgerackert habe für sie. Aber dreißig Minuten später geht es mir wieder besser. Das kommt von der Vorfreude, die fast wie die Freude selber ist. Der Heimweg. Das Gehen. Bewegung in frischer Luft. Ich denke an die andere Irina, die sie auch ist und werden will. ›Frische Luft‹ ist allerdings ein Wort, auf dem ich hartnäckig bestehe, auch wenn Herr Uhl sich lustig macht: »Wenn Sie die Autoabgase meinen, die Sie schlucken dürfen, die sind zweifellos frisch.«

Ich meine aber die Menschen, die an mir vorbeiziehen, ihre Gesichter, ihre Blicke. Meine Knie sind nicht mehr steif vom Sitzen, die Schultern wieder locker, Kreuz und Hüften geschmeidig, mein Kopf schwirrt nicht mehr von Rechtsbegriffen und juristischen Glattzüngigkeiten –: Fein, wie sich immer alles für die Zahlungsfähigen ›deichseln‹ läßt, man muß sich nur auskennen, nicht wahr, den richtigen Job haben, Jurist muß man sein, spottet Herr Uhl, selber ein Jurastudent, dem aber Herr Döhnicke keine ›Karriere‹ versprechen kann, den er gar nicht eingestellt hätte, wäre er nicht der Sohn eines Schulfreundes. Ein QUERKOPF, der sich eine bequeme Beamtenlaufbahn verpatzt hat mit seiner Renitenz, seinen blödsinnigen Ansichten. Wahr? Sie sollen wahr sein? Entscheidend ist, ob sie legal sind, sagt Herr Döhnicke empört.

Das bin ich los, alles, Döhnickes selbstgefällige Stimme erreicht mich nicht mehr, kein Befehl, kein Klingelkommando, und ich fühle mich auch nicht mehr hin- und hergezerrt zwischen Trotz und Dankbarkeit. Hat er mir nicht eine Chance gegeben und mich eingestellt, damals, als ich wieder einmal mit meinem Latein am Ende war? Ich will nicht daran denken, nicht jetzt. Auf Umwegen schlendere ich nach Hause, an vielen, immer wechselnden Gesichtern vorbei. Der bärtige, ganz in Leder gekleidete junge Mann, das Mädchen mit dem knabenhaft geschnittenen Haar, sogar der Alte, der jetzt an meiner Seite trippelt – alle haben den erwartungsvollen Ausdruck im Gesicht, den Fräulein Koppisch in meinen Augen gesehen haben will. Vielleicht weiß der alte Mann keinen Grund, aber ich weiß einen: Heute nacht, morgen, innerhalb der nächsten Tage wird es geschehen. Sie wird kommen, wird zu mir zurückkommen, wir werden wieder zusammensein.

Wir sind durch die kleine Stadt gegangen, durch das Mühlbachviertel, wo wir vor Jahren bei Irinas Großvater einen langen Urlaub verbracht haben. Das ist eine seltsame Zeit gewesen. Ich erinnere mich an sie wie an ein altes Lied, das lieblich anfängt und unversehens zur Schauerballade wird. Manchmal träume ich davon. Heute morgen, es dämmerte schon, ich schlief nach einer unruhigen Nacht noch einmal ein, und plötzlich ging ich mit Irina in den engen Altstadtgassen, über den Rathausplatz, am Marienbrunnen vorbei, über die Mühlbachbrücke – ich weiß nicht wie lange, mir ist, es müsse ein Leben lang gewesen sein, aber als ich aufwachte, war es halb zehn. Ich habe den Kopf gehoben und drüben auf der Straße, die an unserem Hof vorbeiführt, die Sonne auf den Autodächern funkeln sehen, habe mich über die Stille gewundert, Stille auch hier. Im nächsten Augenblick wußte ich es wieder: es ist Sonntag, kein Geschäftsverkehr, ich kann liegen, träumen, phantasieren, solange es mir gefällt. Da bin ich schon wieder eingenickt. Die Gassen, die Giebel und Türmchen, die kleinen, üppig von Blumen umwucherten Fenster, das Stift mit Kirche und Kreuzgang, der Herrgottswinkel in der Sackgasse am Markt. Die Vormittagslastzüge sind schon vorbeigedonnert. Die Touristenautos parken in langen Reihen, eins neben dem anderen, auf dem Rathausplatz und vor den Restaurants der Neuen Stadt. Die Benzinwolken, die lange zwischen den Häusern hingen, verziehen sich. Es ist sehr still. Die Mittagssonne glost auf den Dächern. Wir gehen Hand in Hand, zuerst langsam schlendernd, dann schnell, schneller. Blick nicht zurück! ruft Irina, aber wir tun es, auch sie, blicken zurück, spähen in Winkel und Haustore. Auf einmal erkennen wir die Mühlbachgasse nicht mehr; sie ist voller Unrat und finster. Eine Schar vermummter Menschen zieht murmelnd unter einem riesigen, kahlen, bis an die Dächer ragenden Kreuz an uns vorbei und verschwindet. Irina ruft: Gib acht! Ich will weglaufen, aber es sind nur die Schwalben, die uns umkreisen, allerdings ungewöhnlich große, zudringliche Schwalben, und sie haben es auf Irina abgesehen, streifen sie mit harten Flügelschlägen, blicken sie mit roten Augen an, zupfen mit ihren Schnäbeln an ihrem Kleid. Was soll das, zerreißt doch nicht ihr Kleid! Ich schlage und scheuche sie fort; sie flüchten kreischend. Nur eine Lahme mit einem hängenden Flügel bleibt zurück. Flatternd hüpft sie die leere Straße hinunter.

Die Schwalben. Warum die Schwalben? Wie komme ich auf die Schwalben? Oft haben wir ihnen nachgeblickt, wenn sie sich schreiend in den Raum schwangen. Nicht die Schwalben fürchteten wir. Allerdings lebten im Mühlbachviertel viele Schwalben, das ist wahr. Auch unter dem Dachvorsprung an der Gartenseite unseres Hauses war ein Nest; wir sahen sie ein- und ausfliegen. Irinas Großvater sagte, er werde sterben, wenn sie dort nicht mehr nisteten, noch im gleichen Jahr werde er sterben.

Laß die Schwalben. Er war auch ohne solche Sprüche ein sonderbarer Mensch, sah aus wie ein Geist, wie das Glasmännchen aus einem der abgegriffenen Kinderbücher, die er las. Die standen neben einem dicken alten Schmöker über Hexenprozesse auf seinem Bücherbord.

Es gefiel ihm, daß wir uns nicht über sein Leben aufregten. Er hatte in den dreißiger Jahren, als er noch kein alter Mann war, seine Familie verlassen und sich hier eingemietet, nicht eigentlich wegen des Nachbarn, der ein SA-Mann war – den hatte man überall in unserem Land und mußte ihm aus dem Weg gehen, nein, »nur so«, sagte er, »meinetwegen«. Seine Frau und der Junge, die ja fast mittellos in Berlin zurückblieben, hätten es schwer gehabt – mit ihm und ohne ihn. Ein Seufzer, und schon blickten uns seine wasserhellen Augen wieder listig an. Hätte er sie zwingen sollen, mit ihm in dieses

Nest zu ziehen? Sie hielten nichts von seinem Freiheitsdrang und von Streifzügen durch die Wälder. Auch seine Bescheidenheit war ihnen unbehaglich, und daß er keine ehrgeizigen Ziele verfolgte, wollten sie ganz und gar nicht verstehen.

Es stimmte wohl. Er sei ein ›Narr‹ gewesen, erzählte seine Frau später ihrer Enkelin Irina. Da war sie schon lange von ihm geschieden, und sie sprach von ihm wie von einem Toten. Wieder ein Jahrzehnt später, als er in einer Anwandlung von Reue oder Neugier seine Angehörigen suchen ließ, erfuhr er, daß sein Sohn im Krieg gefallen und seine Frau gestorben war. Die Schwiegertochter hatte wieder geheiratet. Nur eine Enkelin war ihm geblieben: Irina.

Plötzlich fallen mir Namen ein, die ich in seinem Hexenbuch gelesen habe. Ich halte den Atem an. Else Dietz. Elisabeth Seip. Es ist, als rufe eine ferne Stimme sie mir zurück, vergessene Namen, Namen von Frauen und Mädchen, die vor 300 Jahren gräßlich umgebracht worden sind. Sie klingen wie von heute, als wären Frauen gemeint, die noch vor kurzem gelebt haben. Katharina Staudinger. Anna Dörr. Ännchen Schnabel. Die ist erst achtzehn Jahre alt gewesen und hat auf der Folterbank besonders willig und gehorsam ›bekannt‹. Sogar der Richter ist von ihr gerührt gewesen. Er hat ihr die Gnade erwiesen, mit dem Schwert hingerichtet zu werden, das war 1674 in Marburg. Ich erinnere mich aber noch anderer ›Fakten‹, die ich mir damals eingeprägt habe. Gewöhnlich empfingen nur Frauen von Ratsherren und Bürgermeistern Vergünstigungen bei der Hinrichtung, Frauen wie die Barbara Herzog aus Gelnhausen; auch sie wurde geköpft. Gleichzeitig mit ihr wurden aber zwei Hausfrauen und die Tochter der einen lebendig verbrannt, alle an einem Tag, ein festliches Ereignis. Die Katharina Holzapfel aber und ihre Mutter, die ältere Katharina – aus Eschwege, glaube ich –, die kamen ebenfalls aus einer wohlhabenden Familie und wurden vor dem Verbrennen, als sie schon mit Stroh zugedeckt auf dem Holzhaufen lagen, vom Henker erdrosselt. Auch in der kleinen Stadt am Mühlbach, wo Irinas Großvater lebte, sollen Hexen verbrannt worden sein. Er selber erzählte uns davon, besonders von zwei jungen Mädchen, zwei Schwestern, die einander liebhatten, Rotraud und Gertrud. Zweie wie ihr, sagte er.

Zwanzig nach vier. Die Uhrzeiger schleichen. Frau Krügers Finger bewegen sich immer langsamer auf den Tasten ihrer Schreibmaschine. Auch die meine klappert träge. Herr Uhl, noch immer mit der Beleidigungsklage eines Herrn Sollin gegen den Klempnermeister Borst beschäftigt, stiert angewidert auf Borsts treuherzigen Antwortbrief, der ihn noch vor einer Stunde zum Lachen brachte. Immerhin will er noch nicht Herrn Döhnickes ›Saftladen‹ zerschlagen, die Akten aus dem Fenster werfen, die Kasse plündern und im ›Untergrund‹ verschwinden – wo immer das sein mag. Fünf nach halb fünf, eigentlich die äußerste Grenze seiner Geduld. Jetzt. Er springt auf, ich ducke mich – kann ja nicht wissen, wen er heute auf die Schulter haut: Komm! Wir verduften! – Niemandem. Er macht's heute kurz und undramatisch, zischt einen vielstrapazierten Schimpf durch die Zähne, der seine Schockwirkung längst eingebüßt hat. Fünfzehn vor fünf. Fräulein Koppisch kommt mit einem Stoß Buchungsunterlagen aus Herrn Döhnickes Zimmer. Auch sie ist erschöpft und mag ihre heutige Rolle nicht weiterspielen: Es fällt ihr nichts mehr dazu ein, keine bedeutenden Worte über das Leben, das für jeden Menschen seine kleinen Freuden bereithält, man muß nur mit offenen Augen und so weiter, bereit sein ist alles. Blablabla, unkte Herr Uhl hinter ihr her, aber jetzt ist der Lack ab, wie man sagt. Sie kann nur noch in der ihr eigenen, leicht piepsigen Stimmlage sprechen, und auch Hochdeutsch geht nicht mehr: »Wat denn, wat denn, ha'ck jesaacht...«

Ich gehe mit schlenkernden Feierabendschritten im Regen. In meinen Mantelkragen geduckt, den Schal fest um den Kopf gebunden, die Hände in den Taschen, fühle ich mich wie in einem sicheren Versteck. Ich spähe unter die vorbeiziehenden Regenschirme. Einen Augenblick bin ich von einem schmalen Rücken elektrisiert, der sich vor mir her unter einem glänzenden schwarzen Ledermantel bewegt. Es ist dann aber doch nicht Irina, noch nicht, heute abend noch nicht. Ich muß ihr noch etwas Zeit lassen. Hab doch Geduld! Da sehe ich Lene Andras an der Ecke Motzstraße warten. Grau, ganz zusammengeschnurrt, aber unverwechselbar in ihrer betonten Unauffälligkeit, steht sie unter ihrem triefenden Schirm in den kleinen Spritzbächen, die über das blankgewaschene Trottoir in den Rinnstein trudeln. Sie wird sich einen Schnupfen holen, eine Grippe. Ich nähere mich schnell, und natürlich bemerkt sie mich erst, wenn ich schon fast vor ihr stehe. Trotzdem habe ich das Gefühl, ich sei es, auf die sie gewartet hat. Sie begrüßt mich gegen ihre Gewohnheit mit Händeschütteln, weiß auch sofort, was sie mit mir anfangen möchte: In dem Café dort einen heißen Tee mit Rum oder einen Grog trinken, sagt sie. Ich bin überrascht, aber ich versäume ja nichts. Auch ist ja Freitag, UNSER Tag. Später, gegen 20 Uhr, hätte ich sie (oder sie mich) sowieso aufgesucht.

Das ›Café dort‹ ist allerdings ein Nutten- und Nachtlokal, vielleicht nicht besonders empfehlenswert für eine Archivarin oder ehemalige Archivarin, die sich für alte Kulturen interessiert und ein Buch über die Geschichte der Frauen schreibt – oder sagte sie: die Frau in der Geschichte? Gleichviel. Es ist noch nicht Nacht, die Stammkundschaft schläft noch. Zu meiner Erleichterung sehe ich eine Runde palavernder Männer vorn im Thekenraum bei Bier und Korn an einem großen runden Tisch sitzen. Ein Hirschkopf mit Geweih und Glasaugen starrt gräßlich von der Wand auf sie herab. Es steht hier noch ein zweiter Tisch, aber der Geschäftsführer komplimentiert uns nach hinten in eine kuschelige Nische mit Kissen, winkt eine Kellnerin heran und wartet dann, an eine der gedrechselten Säulen gelehnt, die das Deckengewölbe stützen, bis unser Tee serviert ist. Dann nähert er sich wieder, das anzügliche Lächeln jetzt breit auf das glatte Gesicht geklatscht. Er will die Vorhänge unserer Nische zuziehen. Lene Andras sagt: »Lassen Sie das.«

Der Mensch ist beleidigt, zuckt die Schultern, spricht mit plötzlich schneidender Stimme: »Höchstens bis acht Uhr, meine Damen. Später nur in Herrenbegleitung.«

Ein schneller Blick von ihr zu mir, ein prüfender Blick. Die Demütigung wirkt; befriedigt zieht er sich zurück.

»Ich habe auf Sie gewartet«, sagt Lene Andras.

Also doch.

»Ich freue mich, daß es nicht umsonst war.«

Was soll das Gerede; hat sie es nötig, mir Liebenswürdigkeiten zu sagen? Blickt mich an mit ihren Eulenaugen, murmelt, sie müsse jemanden mit ihr verwechselt haben.

»Mit wem verwechselt?«

»Mit Ihrer Freundin.«

»Irina«, stammele ich, »Sie haben Irina gesehen –.«

»Ich muß mich getäuscht haben. Kann es eine Art Halluzination gewesen sein? Ich war aber wach, war sehr nüchtern – ich rechnete hin und her. Es ist in der Bibliophilen-Abteilung gewesen, die zur Kroß'schen Buchhandlung gehört. Sie wissen ja, dort stehen Bücher herum, Bücher...«

Sie seufzt.

»Ich sah sie oben auf der Treppe, der Wendeltreppe, die in das Antiquitätengeschäft führt, das Kroß ja auch noch betreibt. Dort stand sie, über das Geländer gebeugt. Ich blickte ihr gerade ins Gesicht. Im nächsten Augenblick war sie verschwunden.«

»Sie war es nicht«, sag' ich traurig.

»Nein, sicherlich nicht. Ich weiß selber nicht, warum ich es Ihnen unbedingt erzählen mußte. Vielleicht dachte ich, Sie könnten mir sagen, ob es Irina war. Zu Ihnen käme sie doch zuerst, wenn sie in Berlin wäre, nicht wahr? Allerdings denke ich manchmal, sie sieht vielleicht nicht nur so aus...«

»Ich verstehe nicht, wie denn, wie sieht sie aus?«

»Es war nur ein Eindruck, den ich manchmal von ihr hatte, auch vorhin wieder, deshalb glaubte ich ja, sie zu sehen«, sagt Lene Andras, aber ich bin wieder mißtrauisch geworden, es wäre nicht das erste Mal, daß sie versuchte, mich gegen Irina einzunehmen, und seit wann schielt sie – habe ich sie schon einmal schielen sehen? Ich lasse mich aber davon nicht ablenken: »Was für ein Eindruck?«

Sie ist sehr verlegen.

»Von etwas Flirrendem, Libellenhaftem«, antwortet sie schließlich. »Einmal stand sie an Ihrem Fenster in der Sonne, ein andermal gingen Sie mit ihr vor mir her, nachts, ich mußte wieder denken, Sie leben in ihrem Bann, im Bann einer Elbin.«

»Einer – was?«

Ich lache auf, lache zu laut. Erschrocken blicke ich mich

um, aber das Lokal ist fast leer. Irina – eine Elbin. Was ist das überhaupt, was meint sie damit, eine Elfe, einen weiblichen Wald- und Baumgeist? Es ist lächerlich. Sie, die Asphaltpflanze, die eine Linde nicht von einer Buche unterscheiden kann. Läuft vor jedem Wiesenkäfer davon. Nur das Wasser fürchtete sie nicht, den Mühlbach, der dort im Frühling kalt und reißend war. Stieg herauf, Schritt für Schritt über die glitschigen Steine, den nassen Rock hoch über den Knien haltend. Die Pfingstrose, die ich ihr hinter das Ohr gesteckt hatte, fiel ins Wasser und schwamm schnell davon. Hupsignale und Motorengeknatter, auch Stimmen, rauhe, bösartige Stimmen, hallten über den Fluß. Sie ließ den Rock niederfallen und huschte in das Weidengebüsch auf ihren blanken nassen Füßen.

Ich blicke auf. Die Neonröhre über uns wirft ein rubinrotes Licht in Lene Andras' Teeglas und auf ihr Haar. Sie wirbelt ihren kleinen silbernen Löffel in dem Tee herum. Das Rubingefunkel spritzt und sprüht in alle Richtungen. Ich wende mich ab – immer der Rubin. Ich mag nicht an ihn denken, der wie ein Blutfleck zwischen ihren Brüsten war. Ich will etwas sagen, aber mir fällt nur meine Frau W. ein. Da versuche ich es schon mit ihr, versuche allen Ernstes, Lene Andras für Frau W. und ihren Untermieter zu interessieren. Zu meiner Überraschung gelingt es, gelingt sehr schnell. Fast kränkt es mich nun, daß sie froh ist, nicht mehr an Irina denken zu müssen. Oder hat ihre Aufmerksamkeit einen anderen Grund, paßt vielleicht meine Geschichte in ihr Konzept, in das Buch über Frauen, das sie schreibt? Die mußten ja im Laufe der Zeit viel erdulden, Leibeigenschaft, Prügel, Dreckarbeit, Gehorsam, Unmündigkeit, das elende Kindbettsterben, das Dahinsiechen an Unterleibsleiden. Lene Andras will ihre Spur zurückverfolgen, eine geisterhafte Spur am Rand der bekannten Wegstrecken, oft von der Spur der Sklaven, Taglöhner, kleinen Bauern und Handwerker kaum zu unterscheiden. Aber die Frauen gehörten ja nie ganz dazu, waren immer auch Abgesonderte, Ausgeschlossene, untertan den Untertanen. Wie allerdings Frau W. in diesen Zusammenhang paßt, kann ich nicht sagen, wie kam ich nur darauf? Lene Andras will mehr von ihr wissen, wie sie lebt, wovon, wie sie aussieht. Auch das noch. Ich bin hungrig und müde, will allein sein, an Irina denken.

»Alt und aufsässig, mit geröteten Augen – fehlt nur die Warze am Kinn.«

Lene Andras nickt mir zu: »Vor dreihundert Jahren wäre sie auf einem Holzhaufen verbrannt worden.«

Ich bin selber schuld. Warum mußte ich zweideutig über Frau W. sprechen? Ich kenne mich doch aus, habe das Buch über Hexenprozesse gelesen, das Irinas Großvater besaß. Damals, in den Gassen der altfränkischen kleinen Stadt, habe ich entsetzlichen Vorstellungen nachgehangen, alptraumhaften Vorstellungen, die mich heute noch verfolgen. Rotraud und Gertrud, jung, voll Sehnsucht, auf dem Escher einer lieblich zwischen Wald und Hügel gebetteten Stadt – verbrannt. Ihre Augen, ihre Brüste – lebendig verbrannt. Unmöglich, sich dem Sog zu entziehen, dem Grauen, das der Hexenwahn auslöst. Keine Frau vermag es, die frömmste nicht und die unaufrichtigste nicht. Jede denkt: Auch mich hätten sie verdächtigt. Selbst die forschen, phantasielosen schlagen mit ihrem: ›Ach was! TOTE HUNDE!‹ nur eine Falltür in ihrem Inneren zu. Frag nicht, was darunter quirlt und brodelt.

Auch ich will forsch und phantasielos sein. Ich sage munter: »Doch nicht Frau W. Sie doch nicht. Eine gütige, mitfühlende alte Haut. Sie wäre bestimmt nicht verbrannt worden.«

»Auch gute und mitleidige Frauen mußten daran glauben«, sagt Lene Andras prompt. Das Sonderbare an ihrem Blick ist, daß sie tatsächlich schielt. Ich habe mich nicht getäuscht. Sie blickt nicht mich an, sondern hat die Augen auf ihre Nasenspitze gerichtet, beide Augen.

»Frauen wie Margarete Zülch aus Fulda«, sagt sie.

»War das eine?«

»Ja. Sie hat einem Mädchen auf die Beine geholfen, einer Magd des Bürgermeisters, die bei Glatteis ausgerutscht und hingefallen war.«

»Das ist doch nichts Unrechtes, da hätte doch jeder...«

»Das Mädchen bekam danach Schmerzen. Sofort hieß es, Margarete Zülch hätte ihr die Schmerzen angehext. Mit solch elendem Gewäsch fingen grauenvolle Tragödien an. Nicht nur das Volk litt an Wahnvorstellungen; Theologen und Juristen untermauerten sie mit einem Wust gelehrten Unsinns. Nur sehr wenige Menschen glaubten nicht an den Hexen- und Teufelsspuk.«

»Und Margarete Zülch?«

»Sie wurde gefoltert und gestand, die Magd nicht in Gottes oder Jesu Namen aufgehoben zu haben, sondern ›in aller Teufel Namen‹. Dabei hätte sie ihr die Schmerzen gewünscht, die sie dann bekam. Ihr Schicksal war besiegelt: Feuertod.«

Mich friert, ich trinke hastig meinen Tee. Lene Andras sagt, sie könne aus dem Stegreif noch von zwei, drei anderen Frauen berichten, die auch freundlich und mitleidig gewesen wären. Sie nennt auch ihre Namen. Die eine sei auf dem Neustädter Markt in Hanau, die andere zusammen mit ihrer Tochter in Marburg verbrannt worden. Ich will's nicht hören, in mir sind Kinderstimmen: Elsi plappert. – Alles Lügen, hör auf, Elsi. Aber Elsi redet unentwegt weiter von den Missetaten ihrer Stiefmutter.

Ein Herbsttag, Herr Böttcher harkt Reisig und dürre Blätter zusammen und brennt den Haufen an. Elsi verhaut ihre Puppe: Du Aas! Du Drecksau! Herr Böttcher droht ihr mit der Harke, bevor er im Schuppen verschwindet. Elsi bindet die Puppe an einen kleinen Holzpflock und klemmt ihn zwischen das brennende Reisig. Der Kopf der Puppe baumelt nach vorn. Aus ihrem Balg quillt bräunliches Stroh, das schnell Feuer fängt. Elsi klatscht in die Hände. Das Feuer prasselt. Wir tanzen um das Feuer, springen, stoßen schrille Schreie aus. Plötzlich sehe ich unter Rauch und Flammen ein Gesicht, das Gesicht von Elsis Stiefmutter, sehe ihren qualvoll verzerrten Mund. Ein unmenschliches Geheul ist in meinem Kopf.

»Es war nur eine Puppe«, flüstere ich. Lene Andras blickt sich unruhig um, fragt aber nichts. Es sind Gäste gekommen. Der Geschäftsführer flitzt, ein Pärchen im Schlepptau, an uns vorbei. Die Nischen sind nicht mehr leer. Er blickt uns an, während er die Vorhänge der gegenüberliegenden Nische zuzieht, hinter denen augenblicklich mit Scharren und Kichern eine zärtliche Balgerei anhebt.

Draußen ist es dunkel und kalt, kein Wind mehr, kein Regen, eigentlich angenehm zum Gehen, aber ich bin wie zerschlagen, und vermutlich habe ich auch wieder das Grinsen auf dem Gesicht, das Herr Uhl ›aufschlußreich‹ genannt hat – geben Sie's nur zu, am liebsten würden Sie schreien. Lene Andras sagt, wir sollten irgendwo schnell eine Bockwurst essen. Ihre Stimme klingt resigniert – ich verstehe, ich habe sie enttäuscht, will mir nicht einmal vorstellen, was für die Frauen einmal Wirklichkeit war.

»Tut mir leid«, sage ich, mehr zu mir selbst, aber sie hört mich. Es wären nicht nur arme und alte Frauen gewesen, auch junge, auch Ehefrauen angesehener Bürger, und es wären viele gewesen, nicht hier und dort einmal eine, die ja auch schon eine zuviel gewesen wäre.

Der Rosenwinkel hinter der Kirche, der verwunschene Krötenbrunnen mit bemoosten Stufen – dort kauerte sie, schwer atmend. Ihre Bluse hing zerfetzt über ihrem Gürtel. Der Rubin funkelte in dem Riß zwischen ihren Brüsten. Ein Geistlicher erschien in der Kirchenpforte, raffte seine Soutane, sprang über die Mulde vor der Pforte, in der Regenwasser stand, und kam mit weiten, schwarz umwehten Schritten auf uns zu über den verwunschenen Pfad. Auf dem Katzenkopfpflaster der Gasse knatterten die davonjagenden Motorräder wie Trommelfeuer. ›Sind Sie belästigt worden?‹ Irina schüttelte stumm den Kopf. Er blickte sie an, zu lange vielleicht, sein freundliches, noch jugendliches Gesicht erstarrte. Er wandte sich ab und ging. Rotraud, schön' Rotraud…

»Was ist?« fragt Lene Andras, aber ich kann es ihr nicht erzählen. Schweigend folge ich ihr in unsere Eckkneipe, wo wir öfter kurz einkehren. Wir setzen uns aber nicht erst hin, sondern verzehren unsere Würstchen an dem Stehtisch neben der Theke. Allerdings bleiben wir hier nicht allein. Ein jüngerer Mann, der mir bekannt vorkommt, baut sich uns gegenüber auf, während Lene Andras, als hätte sie meine Gedanken über den jungen Priester erraten, von Irinas erotischer Ausstrahlung faselt, ihrer ›unheimlichen Anziehungskraft‹, die wohl jeder zu spüren bekomme, möge er auch leben wie ein Asket oder prüde sein. Sie werde damit noch manches Unheil anrichten, sagt sie.

Der Wirt bringt jetzt dem Mann, der an unserem Tisch steht, ein Bier und einen Teller Bouletten, mindestens zehn Stück. Er nimmt eine und stopft sie sich in den Mund, die ganze Boulette auf einmal, verschluckt sie unzerkaut, als wär's ein Löffel Grießbrei. Dabei blickt er mich unverwandt mit großen, vorquellenden, vollkommen ausdruckslosen Augen an. Das ist ja ein närrischer Mensch – aber was war es nur, was hatte Irina mit ihm?

Lene Andras nimmt meinen Arm: »Kommen Sie.«

Wir gehen auf das Haus mit den Pariser Balkonen zu, unter dessen Dach sie wohnt. Sie fragt, ob ich mich erinnere, der Mann am Stehtisch sei derselbe, der Irina eine Zeitlang nachgelaufen wäre – einmal bis hinauf vor ihre, Lene Andras', Tür.

»Vor Ihre Tür?«

»Ja. Sie hat ihn irreführen wollen. Da kam es ihr gelegen, daß ich hier wohne, aber er sah sie ins Haus gehen und folgte ihr. Sie wartete bei mir, bis er umkehrte, eine lächerliche Situation, sie und ich drinnen abwechselnd am Guckloch, er draußen, geduldig wie ein Kalb, die Glotzaugen unverwandt auf die Tür geheftet, durch die sie verschwunden war. Nachher, bevor er ging, hat er ein sonderbares Gewinsel von sich gegeben. Ich dachte, der Mensch muß krank sein.«

»Ich erinnere mich jetzt. Sie hat ihn mir einmal gezeigt.«

»Ja«, sagt Lene Andras, »es hat ihr Spaß gemacht, ihn zu quälen.«

»Das ist nicht wahr.«

»Sie hätte ihm ja sagen können: ›Bemühen Sie sich nicht, Sie haben bei mir keine Chance.‹ Statt dessen kokettierte sie vor ihm her.«

»Schweigen Sie.«

Ich schluchze fast.

»Sie kennen sie nicht. Sie haben überhaupt keine Ahnung.«

»Wie Sie meinen«, sagt Lene Andras kühl und will sich verabschieden, aber ich kann nicht gehen, nicht so, das ist unmöglich. Ich brauche dringend einen Trost, etwas Gutes, das es vielleicht gar nicht gibt, nicht für mich, etwas, das ich nur anschauen muß, und sogleich bin ich ruhig. Wenn wir vor Lene Andras' Haustür angekommen sind, weiß ich auch, was ich anschauen will, wen. Es ist natürlich eine verrückte Idee. Allerdings denke ich oft an die Sumererin, das ist wahr. Ich sehe ihre großen Augen auf mir ruhen. Herr Uhl würde mich auslachen: Was wollen Sie mit ihr, was soll unsereins mit ihr anfangen in unserer Kunststoff- und Betonwelt, verwaltet von Computern. Aber mir ist sie nicht fern und fremd. Ich höre mich stottern: »... will sie sehen. Will mit hinauf und sie wiedersehen.«

Ich wundere mich über Lene Andras, die augenblicklich weiß, wer SIE ist, wen oder was ich damit meine. Ein Bild, eine Fotografie, weiter nichts. Das findet sie nicht verstiegen, sondern lacht mir zu, als hätte sie nicht soeben noch unfreundlich von Irina gesprochen. Sie springt vor mir her die Treppe hinauf und stößt die Tür auf. Wir treten ein. Ich blicke in ein Frauengesicht mit mächtigen Brauenbögen und Augen, hohlen Augen, in denen ich aber den großen, versunkenen Blick ahne, ein empfindsames Gesicht mit scheuem Mund: 5000 Jahre alt oder noch älter, lebensgroß, aus Alabaster, die Augen aus Lapislazuli, die Braueneinlagen aus Gold. Wer sie war? Vielleicht die Muttergöttin Inanna selber, die auch die Königin des Himmels war wie ihre babylonische Nachfolgerin Ischtar – oder aber eine Priesterin der Inanna.

Ich betrachte auch das andere Bild, das unter ihr an der gleichen Wand hängt, das von heute, äonenweit von ihr, aber Lene Andras sagt: »Ihre Erde.«

Es ist ein Farbfoto unseres im Raum schwingenden Planeten, Geschenk der Astronauten an die überwältigten Erdbewohner. Mich wenigstens hat der Anblick überwältigt. Ich habe gedacht: Dieses Bild ist das bedeutungsvollste Ergebnis der Raumfahrerei, ganz gewiß aber das schönste, nicht mehr auszulöschen aus unserem Bewußtsein und aus meinen Träumen – wir, unsere Erde, das erste Mal, seit es sie gibt, von ›draußen‹ gesehen, von außerhalb. Manchmal, mitten in der Nacht, erscheint sie mir, eine Vision im Nichts, blau...

Sie hat sich dem Kamerablick aus schwarzer Raumtiefe in Schönheit dargeboten. Von so weit her sind ihr die Vergewaltigungen nicht anzusehen, die ihr angetan werden. Sie wirkt unversehrt; das träumende Gehirn hinter Milchstraßen und Spiralnebeln, dessen blauester Gedanke sie war, mag weiterschlafen. Einst hat es seine Schöpfung in zärtliche Hände gelegt. Es ahnt nicht, daß sie ihnen vor langer Zeit entrissen wurde.

Die Augen fallen mir zu. Wie meint sie denn das, zärtliche Hände, entrissen, meint sie ihre, der Göttin, Hände? Mein Kopf schwirrt, die Feuergreuel, die Lene Andras wieder heraufbeschworen hat, erlöschen. Der Boulettenschlinger, das Bild einer erbarmungslos flirtenden Irina, meine Welt, das Bürohaus in der Joachimstaler Straße, die Cafés und Läden, meine trübe Angestelltengegenwart in Berlin zu Beginn der siebziger Jahre – weg, nicht mehr wahr und wirklich. Ich sehe Irina mit schwingenden Armen auf der Erdkugel balancieren, die unter ihren Füßen rotiert. Sie ruft laut meinen Namen, dreimal, dann bin ich neben ihr. Die Erde dreht sich schneller, wir hüpfen und springen auf der rollenden Kugel, halten einander an den Händen fest, schwingen die äußeren Arme: ...vier, drei, zwei, eins – zero!

Wir stoßen uns mit den Füßen ab, schießen zischend in die Höhe, und dann schweben wir, zwei Fische im Ozean, sanft durch die dunklen Weiten der Welt, weiter, immer weiter hinaus, vorbei an einem großen, leuchtenden Sternbild, das sich uns entgegenneigt...

Ich fahre hoch und reibe mir die Augen. Ich bin tatsächlich in Lene Andras' behaglichem Lehnstuhl eingenickt – verständlich nach einer Woche Ochserei bei Döhnicke. Es ist Lenes Stimme gewesen, die mich aufgeweckt hat. Sie liegt auf ihrem Bett, bis zum Hals in eine flauschige Decke gewickelt. Sie raucht und redet. Wovon aber – ich blinzele unter ihrem Blick, den ich plötzlich auf mir spüre, einem prüfenden Blick. Wie lange fixiert sie mich schon? Ich kann nichts dafür, daß mich der Zigarettenrauch und ihre Stimme einschläfern. Möchte wissen, wann *sie* schläft, die Tag und Nacht an ihrem Schreibtisch hockt oder in Archiven und Bibliotheken stöbert. Ich sehe ihre Augen aufglänzen und richte mich auf, aber sie will nur ein Buch haben.

»Dort, hinter Ihnen, das dicke mit dem schwarzen Rükken. Darin ist etwas für Sie.«

Ich ziehe es aus dem Regal, ein archäologisches Werk über Ausgrabungen in Südanatolien. Vielleicht sind dort neue Indizien gefunden worden, die ihre Vorstellungen von der verlorenen Vorzeit, der Zeit vor der Zeit, die sie sucht, bestätigen. Sie zeigt mir aber keine archaische Muttergöttin mit gewaltig schwangerem Leib, sondern eine geheimnisvolle Doppelfigur, eine zweiköpfige Göttin, die aus einem weibförmigen Steinblock wächst, zwei junge Frauen in einer Gestalt, zwei Köpfe und vier Brüste, der rechte Arm der einen und der linke der anderen unter den vier Brüsten ineinander verschränkt, Schwestern vielleicht, Mutter und Tochter oder Freundinnen.

»Das Zwillingsgeheimnis. Das Zweisein in Einem. Das Doppel- und Zwiegesicht der Wesen und Dinge. Ich kann's nicht sagen, die Figur ist zu alt, zu fern. Vielleicht beweist sie nur, daß es Zärtlichkeit zwischen Frauen gegeben hat, Liebe, sieben- oder achttausend Jahre vor Christus, in einer Steinzeitstadt.«

Ich sehe ihr in die Ferne, die Zeitenferne horchendes Gesicht. GESCHICHTLICHE ZEIT, die Zeit, von der wir wissen, umfasse ja nur die kurze kriegerische Ära der männlichen Gewalt und Herrschaft. Ein langer, schmerzhafter Umwälzungsprozeß, von schweren Erschütterungen begleitet, sei ihr vorausgegangen.

Das höre ich nicht zum ersten Mal. Die große Muttergöttin der Erde entmachtet, ihre Schöpfereigenschaften auf Vatergötter übertragen, die weibliche Hälfte der Menschheit der männlichen unterworfen: die Tragödie der Frauen hatte begonnen. Auf einmal sollten sie nicht mehr die Spenderinnen des Lebens sein. Ihr Schoß sollte leer sein, ohne eigene schöpferische Kraft, sagt Lene Andras, plötzlich scharf in mein Gesicht blickend, mit schmalem Mund, als zweifle sie an meiner Aufmerksamkeit. Ich schlafe aber jetzt bestimmt nicht wieder ein. Noch ein Dichter des 20. Jahrhunderts, den sie liebe, sagt sie, zufrieden mit ihren Sätzen, die sich nicht mehr überstürzen, glatt und rund kommen sie: »...der schrieb: Er (der Sohn) fiel aus dem Manne in den Schoß der Frau.«

Sie hat sich in ihrem Bett aufgesetzt und merkt nicht, daß dabei die Knöpfe ihrer Bluse aufgesprungen sind. Sie trägt nichts darunter, trägt den Blusenstoff, der rauh aussieht, unmittelbar auf der Haut, ihrer zarten Haut. Ich hatte gedacht, sie bestehe nur aus Augen, Knochen, Haaren und Gehirn. Was fängt sie mit zwei jung gebliebenen Brüsten an, allein in ihrer Mansarde mit ihren Büchern und den Gespenstern toter Götter? Wen erfreut sie damit – den Spiegel im Flur, die eigene, schüchtern tastende Hand? Ich vergesse ihren Mann, Knut, der in Dahlem bei seiner Mutter lebt, damit seine Frau ungestört arbeiten kann. Ein rücksichtsvoller Mann. Pocht nicht auf seine Rechte. Will nur haben, was ihm freiwillig gegeben wird – alle vierzehn Tage mal, sagt Lene Andras.

Sie zieht jetzt ihre Decke über die Brust, das Wunder verschwindet. Ich fürchte, ich habe sie angestarrt, als wäre sie eine Trickkünstlerin. Dabei ist mir nichts entgangen: Heute würden sie sich bedanken, aber in der früheren, noch menschenarmen Zeit müssen die Männer auf die schwellenden Leiber der Frauen, in denen Kinder heranwuchsen, neidisch gewesen sein. Männliche Herrschafts- und Besitzansprüche ließen sich aber nur durchsetzen, wenn die Kraft, die neue Menschen schuf, männlich war. Wohl brachten nach wie vor die Frauen Söhne und Töchter hervor, aber das Gebären galt nun als zweitrangig; wichtiger war die ZEUGUNG. Ihr Anteil daran wurde den Frauen abgesprochen. Er ist ja erst spät erkannt worden, erst im 19. Jahrhundert, glaube ich, nachdem es Mikroskope gab. Wurde dann aber die Wahrheit auch nur halb so dramatisch verkündet und gefeiert wie einst die falsche Behauptung, der Irrtum, die Propagandalüge? Da war das Patriarchat schon einige Jahrhunderte alt und bedurfte noch immer der Rechtfertigung. Mit einem großartigen Aufwand an Geist, Kunst und Mythos wurde ein THEATER veranstaltet, wie es noch nicht gesehen worden war, gedichtet vom großen Aischylos, gespielt auf den schönsten Bühnen der Welt. Mit göttlicher Autorität verkündete dort APOLLON persönlich: DER VATER ALLEIN ZEUGT. Die Mutter ist nur die PFLEGERIN seines EINGESÄTEN KEIMS. Das Kind, das auch sie *ihr* Kind nennt, gehört dem Vater.

Jetzt wucherten die Ideologien.

ZUORDNEN hieß das Zauberwort, ein Wort der Willkür. Dem Manne ›zugeordnet‹ wurden Schöpferkraft, Geist, Licht, Sonne – die ganze apollinische Herrlichkeit, alles Gute, Strahlende. Der Frau das Negative, das Dunkle und

Dumpfe, bestenfalls das ›Kreatürliche‹, das bald verachtet wurde, ›Leben‹, NATUR – im Gegensatz zu GEIST.

Ich lache auf. Was schert mich Apollon. Ich bin aber unruhig, will nach Hause gehen. Es ist nach Mitternacht. Inzwischen kann etwas geschehen sein. Eben jetzt, in diesem Augenblick kann es geschehen. Irina kann kommen, während Lene Andras von Furcht und Rache spricht. Hör' ich recht? Furcht der Männer vor der Rache der erniedrigten, der beleidigten Frauen. Die habe fortgeschwelt, habe noch viele Jahrhunderte später zu gräßlichen Verfolgungen beigetragen, ich wisse ja, Furcht mache grausam. Das ist wahr. Gebannt höre ich Lene Andras weitersprechen von der Ohnmacht, dem Haß, der Heimtücke der Unterdrückten gegen die allmächtigen Gottväter, ihre strengen Gesetze, Dogmen und Sitten, höre von listigen Komödien der Anpassung und Unterwerfung, von blutig niedergeschlagener Auflehnung, vom einsamen Sterben unter den Händen der Gerechten, höre auch von verzweifelten Ausbruchs- und Fluchtversuchen, Flucht in die Liebe, den Glauben, die vollkommene Demut und Erniedrigung. Mich schaudert noch auf dem Heimweg. Bosheit, Machtwahn, Sadismus – alles, was die Menschen treibt, einander Abscheuliches anzutun: aus Furcht geboren...

Es muß spät, muß schon Nacht sein. Ich weiß nicht, wie lange ich hier bei geschlossenen Vorhängen im Sessel kauere wie als Kind, als Fünfjährige, in der grünen Grotte. Die war in der Friedhofshecke. Ich kroch durch ein unter Zweigen verstecktes Loch, die Hecke schloß sich über mir, ich kroch tief hinein in die warme Blätternacht, bis ich die kleine Mulde fand. Darin hockte ich, zusammengeduckt, zwischen raschelnden, knisternden Laubwänden unter einem undurchdringlichen grünen Dach. Vögel wohnten in der Hecke, auch Mäuse, Spinnen, Käfer und große haarige Raupen, die aber nur Blätter fraßen, mir taten sie nicht weh, ich war hier sicher.

Es nützt mir nichts, mich im Dunkeln zu verstecken, als könnten die Dorows über mehrere Straßenzüge hinweg durch die Hauswände hindurch zu mir hereinschauen. Sie vergessen mich nicht. Das Telefon läutet. Frau Riemann klopft an meine Tür. Er ist es, Klaus Dorow. Wo ich mich denn herumtreibe, fragt er munter, ich hätte doch Lissy versprochen, bestimmt zu kommen.

Ich brauche nur seine Stimme zu hören und weiß: Mein Mißtrauen ist berechtigt. Die Dorows, Klaus und Lissy, die mich noch heute, nachdem ich schon lange geschieden bin, gelegentlich einladen, tun es meinem Mann, Joachim, zuliebe. Sie spielen ihre Freundschaftskomödie, damit sie seine Neugier befriedigen, seine Fragen beantworten können. Wie ich lebe, mit wem, wo und was ich arbeite, ob ich noch unter der Trennung von Igor leide, unserem Sohn. Alleinstehende Frauen sind einsam, nicht wahr, aber du hast ja uns.

»Hast du Angst, deinen Mann hier zu treffen? Da kann ich dich beruhigen, er kommt nicht. Ich werde dich im Wagen abholen, warte auf mich.«

»Nein, danke, es ist ja nur ein kurzer Weg.«

Ich sehe Frau Riemann, die mich ans Telefon gerufen hat, in ihrem großen, schwarzen, mit Klatschmohnblüten bedruckten Schlafrock noch vor ihrer Stubentür stehen, die Hand auf der Klinke: »Nach zehn wollen wir uns aber nicht mehr anrufen lassen.«

»Psch!« mache ich, als verscheuchte ich eine angriffslustige Gans. Sie watschelt davon. Auch ich beeile mich, höre sie aber noch schnattern, wenn ich bereits in dem Korridor bin, der in meine Zimmer führt. Vielleicht sehe ich jetzt befriedigt aus; es tut mir wohl, Frau Riemann fühlen zu lassen, daß ich sie nicht mehr fürchte, sie und ihren boshaften alten Mann.

Eine Viertelstunde später, wenn ich bei den Dorows angekommen bin, verläßt mich das kleine Selbstbehagen, und daran ist mein Spiegelbild schuld, das mir in der Diele entgegenstarrt: brave Person, man ruft, und sie kommt. Ich will umkehren, da haben mich Klaus und Lissy schon entdeckt. Sie reden auf mich ein, aber ich bin auf der Hut. Ich habe nicht vergessen, wie geschickt sie zwischen ihren Freundlichkeiten und Schmeicheleien die kleinen Fragefallen aufstellen können, in die ich dann jedesmal hineinstolpere. Jetzt.

»...tapferes Mädchen. Hast dich durchgekämpft. Das müssen doch nun fast vier Jahre sein in diesem Anwaltsbüro?«

Schweig. Zeig's ihnen, verdammt noch mal. Halte einfach den Mund.

Ich fühle aber selber, daß mein Schweigen nur ungezogen wirkt. Auch war ja die Frage harmlos.

»Ja. Viereinhalb Jahre.«

Lissys Puppenblick. Klaus Dorows dezentes Lächeln. Nie wieder, verlaßt euch drauf, ich komme nicht wieder. Ruft an, sooft ihr wollt, ich komme nicht.

Ein Glas in der Hand, sitze ich ihnen gegenüber. Döhnicke. Döhnicke. In welchem Zusammenhang hat nur Klaus Dorow kürzlich wieder den Namen Döhnicke gehört? Ah ja, richtig. Der Striese hat ihn erwähnt.

»Striese?«

»Du kennst ihn. Die Frau deines Chefs ist um ein paar Ekken herum mit ihm verwandt. Dein Chef hat ihm aus einer bösen Patsche geholfen. Schwieriger Mensch, der Striese. Behauptet übrigens, er komme nur noch deinetwegen manchmal in euer Büro. Ist das so lächerlich?«

Es ist sehr lächerlich, aber ich fühle mich plötzlich etwas wohler. Mir ist wieder eingefallen, daß ich in einer bestimmten Hinsicht stets klug und vorsichtig gewesen bin. Nie habe ich sie auf den Gedanken gebracht, Joachim könnte meine Freundschaft mit Irina interessieren. Die ist ihnen entgangen. Irgendeine jüngere Kollegin, dachten sie vielleicht, wenn sie mich zufällig mit ihr zusammen sahen.

Die Party ist in vollem Gange. Ein freundlicher junger Mann hält mein verlegenes Grinsen für ein Lachen. Er fühlt sich eingeladen und holt mich zum Tanzen, und natürlich freuen sich die Dorows sogleich ›aufrichtig‹ für mich: Glaubst du uns endlich, daß du noch Chancen hast?

Ich tanze ein paar Figuren, aber es treibt mich bald fort von hier, nach Hause, eine innere Unruhe, als hätte ich das Gas brennen lassen. Oder war es eine Ahnung, spürte ich, daß heute nacht noch etwas Wichtiges geschehen würde – nichts als raus hier, frische Luft atmen, der Musik entkommen, den Drinks und Partyhäppchen, dem Flirt. Ich habe ein seltsames

Gefühl von mir, als wäre ich nicht das geschlossene, isolierte Wesen, als das ich mich meistens empfinde. Bin ich betrunken? Mir ist, ich löse mich auf, öffne mich, stoße ein anderes Ich aus mir heraus, sei oder werde aber auch selbst das andere – alles, was ich denke, ertaste, anschaue, das sei ursprünglich in mir, sei Ich gewesen, und nun ist es außerhalb, und ich bin es noch immer, bin das Angeschaute, der tanzende Derwisch auf Klaus Dorows Regal, das versunkene Auge Inannas, die Puppe – bin die Puppe im Feuer. Sei still, sei ganz ruhig, du denkst es nur. Nicht dir, nicht Irina ist das Entsetzliche angetan worden, sondern zwei fremden Schwestern und vor langer Zeit – die steckten in einer anderen Haut, hatten fremde Empfindungen und Gelüste, dreihundert Jahre tote Gelüste, Asche. Aber ihr Schrei ist unsterblich. Warum muß ich ihn hören, warum bin ich nicht nur, die ich sein will und aus mir mache, sondern auch eine von mir nicht Gewollte, nicht Gemachte, die Gesetzen gehorcht, auf die ich keinen Einfluß habe? Das ist mir plötzlich klar, und es ängstigt mich, macht mich aber auch mißtrauisch. Vielleicht ist nur meine Unwissenheit schuld, falls es nicht doch vom Whisky kommt – ist vielleicht in Wahrheit nichts Besonderes, eine Binsenweisheit, über die Lene Andras lachen würde. Jeder Mensch ist ein Körper, der jung war und altert, vergreisen und sterben wird, ob er will oder nicht, ein Körper, der von anderswoher gesteuert wird, von tiefer innen, wohin ich mit meinem Bewußtsein und meinen neugierigen Gedanken nicht gelangen kann – das ist keine Neuigkeit, nichts Aufregendes.

Was will ich denn? Ich versuche, mich auf läppische Weise zu beruhigen, als wäre mein Gefühl, beides zu sein, das Ich, das anschaut, ergreift, erkennt, und das Andere, das Angeschaute, Ergriffene, das Geliebte – als wäre es nichts Ungewöhnliches, wäre nicht eine unerschöpfliche Quelle des Leidens, verstoße nicht gegen die Denk-, Fühl- und Lebensgewohnheiten, die ich mit meinen ersten Atemzügen und Worten, im Spiel, in der Schule, von meinen Eltern und auf der Straße gelernt habe.

Verwirrt blicke ich umher, ratlos. Lissy hat Fratzen auf die Lampions gemalt; sie schaukeln an einer glänzenden, quer durch das Atelier gezogenen Nylonschnur. Wird Verkehrtes richtig, Unwahres wahr durch Gewöhnung und weil viele Menschen es für richtig, für wahr erklären? Ich höre Lene Andras' Stimme flüstern: ›Die verstehen nur eins: Trennen. Auseinanderreißen. Töten, um zu erkennen. Es ist ja dann aber nur das Tote, das sie erkennen.‹

Ich will auch dem Buchhändler Kroß entkommen, der sich neben mir auf dem Teppich vor der Couch niedergelassen hat. Oben liegt ein Pärchen, das in jeder Knutschpause streitet, wer wen mit wem wann wo warum. Kroß wohnt hier im Haus, sein Geschäft ist in der Nähe, aber ich bin ihm seit Jahren nicht mehr begegnet. Seine Ladengehilfin, ein Fräulein Hussek, behauptet allerdings, ich ginge ihm absichtlich aus dem Weg, käme nur in den Laden, wenn er nicht drin sei, und nun sitzt er hier und hat sich ausgerechnet mich zum Beichten ausgesucht. Heißatmig redet er auf mich ein, irgend etwas Privates, das mich nichts angeht. Plötzlich verstummt er. Erleichtert zünde ich mir eine Zigarette an. Da sackt sein schwerer Körper gegen meine Schulter; er reißt die Augen auf, setzt sich gerade: »Pardon!«

Ich muß lachen. Seine Lippen platzen mit einem kleinen Knall auseinander: Par-don. Immerhin verstehe ich, daß er wegen seiner Frau Kummer hat, die ihm davongelaufen ist. Höre ich recht? Er fragt, ob sie zu mir gekommen sei, stiert mir in die Augen – verrückter Einfall, ich kenne doch seine Frau gar nicht, wußte nicht, daß er verheiratet ist. Er blickt mich an, als hätte ich ihn seiner letzten Hoffnung beraubt, ich kann ihm nicht entwischen, er klammert sich an mich, spricht allerdings jetzt von etwas anderem – von Büchern? Nein, von einer Tasche – beides: von einer Tasche voll Büchern.

»...alt, abgewetzt, mit herausgerissenem Schloß.«

Das war die Tasche, und sie war vollgestopft mit wertlosen Büchern. Es überrascht mich nicht, daß er den Wert von Büchern nicht an ihrem Inhalt mißt, nein, die Ausstattung meint er, Krämerseele, die sei wertlos gewesen.

»...Nachkriegsproduktion, auf holziges Papier gedruckt, in Pappdeckel gebunden. Dabei war die Notzeit längst vorbei, aus der die Bücher stammten.«

Etwas Unverständliches folgt, und dann: »Es ist vor zehn

Jahren gewesen. Sie hatten Sorgen. Ihr kleiner Junge lag mit Masern im Bett, und Sie durften nicht zu ihm.«

»Das soll ich Ihnen erzählt haben?«

»Nicht mir, nein, dem Fräulein Hussek haben Sie es erzählt. Sie taten ihr leid. So jung und schon geschieden.«

Jung, sagt der Mensch, ich war jung. Wie jung aber Irina war, ahnt er nicht, natürlich nicht, woher auch.

Er fuchtelt mir vor dem Gesicht herum, das erleichtert ihm offenbar das Sprechen. Es ist vor allem das Sch, das ihm Schwierigkeiten bereitet, wenn es am Anfang eines Wortes steht: »... nicht die geringste Aussicht, daß mir jemand die Schw... Schwarten abkauft, aber was tu ich? Zahle Ihnen sieben Mark dafür, zahle für Ihre traurigen Augen und für die Geschichte von der kranken kleinen Schw... Schwester, die mich rührte, obgleich ich sie für Schw... Schwi... Schwindel hielt. So war ich damals. Viel Sinn für Irreales, Verrücktes. Ich wußte, alle flunkerten mir etwas vor, wenn sie Geld für alte Bücher wollten, und ich überredete mich, es zu glauben.«

Jetzt erinnere ich mich. Sonderbar, daß ein Geschäftsmann wie Kroß den kleinen Bücherhandel mit mir nicht vergessen hat. Er nimmt ein Glas von dem Tablett, das uns jemand hinhält, und trinkt es in einem Zug leer. Nun hat er seine Stimme überhaupt nicht mehr in der Gewalt. Ich höre ihn faseln, denke, er war wohl selber damals noch verhältnismäßig jung – vor zehn Jahren, hat er gesagt, jung, aber grau, ein grauer, noch junger Mann. Oder hat es an dem Laden gelegen, der noch nicht ausgebaut und renoviert war – eine Höhle, ein Schuppen, vollgestopft mit überquellenden Bücherkisten und -körben, in den Ecken Papierknäuel, Stroh und vergessene Kehrichthaufen, auf den Tischen, die am Zusammenbrechen waren, Zeitschriftenstöße, alte Kunstmappen, Lexika, medizinische und naturwissenschaftliche Werke, und dann die Romane, Reihe um Reihe, die schiefen, verstopften Regale bis zur Decke hinauf, von denen unaufhörlich der Staub rieselte. Staub drang auch durch die Fenster, kroch aus Wand- und Fußbodenritzen, wirbelte durch die Ladentür herein aus der Steinwüste draußen. Es war kein stiller Laden. Still, das hätte zu dem Staubgeriesel gepaßt. Aber ringsum waren nun auch in unserer Gegend die letzten Kriegsruinen abgerissen worden. Auf den ausgeschachteten Bauplätzen ratterten und dröhnten die Baumaschinen, Zementmischer und Lastzüge. Es klirrten nicht nur die Fensterscheiben der Kroß'schen Buchhandlung, sondern auch die Fenster in den Häusern unserer kleinen Straße. Dort, in dem kahlen Hinterzimmer, das mein und seit ein paar Monaten auch Irinas Zuhause war, lag Irina mit ausgebreiteten Armen in einer Kurve unserer ramponierten Matratze, ein Bein in die Rinne zwischen zwei herausragenden Sprungfedern, das andere seitlich über die Matratze hinausgeschoben. Ein mörderischer Lärm drang herein. Große Staub- und Dreckwolken wirbelten vor unserem Fenster. Irinas Augen glänzten mich an. Warum weinst du, um Himmels willen. Sie schweigt, das ist grausam, deutet dann auf das Fenster. Ich verstehe, bin schon getröstet – sie hat nur Kopfschmerzen. Ich verhänge das Fenster sorgfältig, wie meine Mutter es machte, wenn Fliegeralarm war, aber mein Eifer ist umsonst, Irina schluchzt. Ich taste über ihr nasses Gesicht, streichele es. Sie hört nicht auf zu weinen, liegt da in der Finsternis, dem Lärm, der Hitze – ein höllischer Dreiklang, denk' ich noch, ratlos, dann fällt es mir ein: Blumen, ich sollte ihr Blumen bringen, auf den Tisch stellen, in ihren Schoß werfen, über ihren Kopf schütten, einen Arm, einen Korb voll Blumen, das ganze kahle Zimmer voll Blumen. Aber Blumen sind teuer.

›Bitte‹, höre ich mich sagen, ›hier – sehen Sie? Es sind gute Bücher, keine Schundromane.‹

Ich kann mich allerdings nicht sehen, weiß nicht, was für ein Kleid ich trug, nach welcher Seite ich die Haare gekämmt hatte. Ich muß schmal gewesen sein, blaß, ein Schatten – ihr, Irinas Schatten.

›Bitte, es ist nicht für mich, ich brauche nichts, nicht viel – das heißt, sehr viel, ich brauche furchtbar viel, aber das gibt es nicht zu kaufen.‹

Stimmt es auch, ist es wahr, sagt man so etwas als verschüchterte geschiedene Frau zu einem Buchhändler, der aussieht wie mit Asche bestreut? Möglich, daß es nicht wahr ist. Vielleicht habe ich es nicht gesagt, sondern nur gedacht oder hinterher erfunden. Ich bin unzuverlässig, man sollte mir nicht alles glauben. Oft erfinde ich Dinge und denke dann, sie sind wahr und wirklich, und natürlich hatte Kroß recht, wenn er annahm, ich schwindele. Irina war nicht meine Schwester und Weinen keine Krankheit, ich habe aber gesagt, sie ist krank, meine kleine Schwester ist krank, ich brauche Geld für meine kleine Schwester, die vor Sehnsucht krank ist, Sehnsucht ich weiß nicht wonach.

Ich schüttele – zehn Jahre später – die Erinnerung und das Gerede des Herrn Kroß von mir ab, der mir sieben Mark für Blumen gegeben hat, aber das wußte er nicht, sieben Mark für Medizin, hat er gedacht – seinen Atem, die Hand, die mich festhalten will, weg. Ich gehe wortlos, ohne mich von Klaus und Lissy Dorow zu verabschieden, denke: Wenn es nur wegen Herrn Striese war, wenn sie mich seinetwegen so dringend eingeladen haben, weil sie herausfinden wollten, ob es vielleicht ein verstohlenes kleines Glück gibt, das mir Joachim versalzen könnte – *die* Mühe hätten sie sich sparen sollen. Herr Striese und ich, das denkt sich nur mit Widerwillen, eine unbehagliche Vorstellung. Ich schüttele auch sie ab, gehe, wie Irina eines Nachts von mir fortgegangen, fortgeschlichen ist. Genauso. Schlich hinaus und kam nicht wieder.

Langsam, Stufe für Stufe, die Hand auf dem Geländer, bin ich die Treppe hinuntergestiegen. Mir ist aber, ich müsse etwas gespürt haben, ich kann nicht ahnungslos an der Wohnung des Herrn Kroß vorbei – und durch den Marmorhausflur unter der weißen Stuckdecke gegangen sein. ›K. Kroß‹ stand an seiner Tür, und ein paar Häuser weiter lag die Kroßsche Buchhandlung, Sortiment und Antiquariat, keine Höhle mehr, sondern ein großes, blitzblankes Geschäft mit drei Schaufenstern. Über ihnen konnte ich das ›K. Kroß‹ noch einmal lesen.

Die Grunewaldstraße war dunkel und leer. Nur in der Martin-Luther-Straße fuhren unter dem Leichenhallenlicht der Neonleuchten noch Autos. Es regnete. In unserer kleinen Straße brannten zwischen den schwarzen Gerippen der Rotdornbäume ein paar altmodische Lampen. Mir ist, ich müßte gefühlt haben, wer hier gegangen ist, wessen Hand auf den Lichtknopf gedrückt hat, wessen Füße die Treppenstufen berührten. Ich kann nicht, ohne vor Freude und Ungeduld zu brennen, eine Treppe hinaufgestiegen sein, auf der Irina saß und mir entgegenblickte – das ist unmöglich. Aber es ist wahr. Ich bin in Wahrheit auf ihren Anblick nicht gefaßt gewesen, eine unglaubliche Instinktlosigkeit, nicht zu begreifen. Habe ich Irina nicht Tag und Nacht erwartet, und dann sehe ich die Person, die im zweiten Stock in der Fensternische sitzt, gar nicht an, streife nur mit einem unaufmerksamen Blick ihre Füße, die vor der Wand unter dem Fenster baumeln, schmale, lange Füße in dünnen Strümpfen. Ich habe ihre Füße in meinen Händen gewärmt. Es ist unerträglich, ich möchte die Geschichte anders erzählen, möchte sagen: Ich kam die Treppe herauf, erblickte ihre Füße und... Aber es geschah nichts, kein Blitzen in meinem Kopf; mein Gedächtnis, mein Herz, meine Liebe – das ist alles eins, und es hat auf lächerliche Weise versagt. Sehe ihre Füße und erkenne sie nicht. Wie oft habe ich mir unser Wiedersehen vorgestellt, habe es mit ›Auf einmal‹ oder mit ›Plötzlich‹ beginnen lassen: Auf einmal stand Irina vor der Tür, ich zog sie herein. – Soeben war ich noch allein, da ging plötzlich Irina neben mir. – Ich befand mich auf dem Heimweg, blickte auf und sah Irina vor dem Blumengeschäft auf der anderen Straßenseite stehen. Ich wartete nicht auf grünes Licht, wand mich zwischen den Autos hindurch, rannte auf sie zu. – Warum nicht auch: Ich steige die Treppe hinauf, sehe Irina auf dem Fensterbrett sitzen, stürze ihr entgegen, zwei, drei Stufen auf einmal nehmend. – So würde es mir gefallen, mich befriedigen, aber es wäre nicht wahr. Wohl bemerkte ich, daß jemand auf dem Fensterbrett in der tiefen Nische saß, eine Frau, aber ich blickte nur flüchtig auf ihre Füße, sah den Saum eines langen Kleides auf ihren Knöcheln, die fortgeschleuderten Schuhe und vermutlich auch den Mantel, der über dem Geländer hing. Wenn ich etwas gedacht habe, dann vielleicht: Eine von Herrn Lamberts Freundinnen – Herr Lambert wohnt über uns –, eine, die etwas im Schilde führt, ihn vielleicht mit einer anderen erwischen will, wenn er nach Hause kommt. Ich glaube aber, ich habe nicht an Herrn Lamberts Freundinnen gedacht. Ich habe überhaupt nichts gedacht, auch nichts gefühlt, es sei denn die Leere in meinem Kopf, die spürte ich, während ich, ohne den Blick zu heben, an ihr vorbeiging. Das war mit einer einzigen Wendung getan, um den Eckpfeiler des

Geländers herum und mit zwei Schritten auf die unterste Stufe des nächsten Treppenabsatzes – schon drehte ich ihr den Rücken, meinen steifen, ausdruckslosen, stupiden...

»Stefanie!« sagt Irina. Ich fahre herum. Da steht sie, groß, dünn, unsicher, mit hängenden Haaren und ihrem ratlosen, über sich selbst verwunderten Blick: »Sonderbar, daß ich plötzlich gekommen bin, denkst du. Aber so ist es nun. Ich bin da.«

Sie ist da. Reglos sitze ich und lausche, muß nur die Hand ausstrecken und sie berühren, wenn mich Zweifel anfallen. Allerdings komme ich mir unerträglich schwerfällig vor, will nicht begreifen, daß nichts Heftiges, Hinreißendes geschieht. Dabei ist es doch Irina, die dort sitzt, Irina, die an einem düsteren Dezemberabend vor fast drei Jahren von mir fortging und nicht zurückkehrte, und dann habe ich sie gesucht, kreuz und quer in der Stadt, von einer Bar zur anderen, nachts in Haustoren und in Neubauten, die noch leer standen, bei den Obdachlosen im Tiergarten und am Bahnhof Zoo, unter den Gammlern auf den Stufen der Gedächtniskirche. Irina ist gekommen, ist wiedergekommen, ist zu mir zurückgekommen, nicht verwahrlost, in üble Affären verstrickt, nicht vor einer Gemeinheit, einem Mißverständnis, einem Mann auf der Flucht, nein, ihre Verlegenheit hängt nur mit ihrem Kleid zusammen, einem teuren Kleid, und die Kette um ihren Hals ist echt, der Stein im Anhänger nicht aus gefärbtem Glas, wie die Steine waren, die sie nach dem Verlust ihres Rubins trug. Wären ihre Augen nicht gewesen, die blassen Lippen, fast weiß, die Haare – sie ist nicht wiederzuerkennen, hätte ich gedacht, ein Unsinn, natürlich, ich würde Irina in jeder Verkleidung erkennen.

Mehr als ihr Kleid irritieren mich ihre Erklärungsversuche. Es ist mir neu, daß sie etwas erklären will und auch nicht aufgibt, wenn es nicht sofort gelingt. Tatsächlich dauert es eine Weile, bis ich den Sinn ihres Geredes erfasse: Sie ist seit einem halben Jahr verheiratet und hat gehofft, ich wüßte es bereits. Also doch auf der Flucht, denke ich, nein, denke ich nicht, nicht mehr, habe bereits aufgehört, es zu denken, horche vielmehr ihren schon vor einer Weile gesprochenen Worten nach, ihrer eigenartigen Formulierung, einer typischen

Irina-Formulierung. Nicht: ICH HABE GEHEIRATET, sondern: ICH HABE MICH HEIRATEN LASSEN, sagte sie – es macht mich wütend, ich herrsche sie an: »Es ist spät. Dein Mann wird sich Sorgen machen. Läßt du ihn öfter allein – mitten in der Nacht?«

Das war infam. Habe ich denn ihre Wehrlosigkeit vergessen, wie dünn ihre Haut ist? Warum verletze ich sie, warum ist meine Freude nicht wie mein Vorgefühl? Mein Inneres zieht sich zusammen. Ich hasse mich.

Es ist aber nur mein Schweigen, das Irina kränkt. »Ich konnte doch nicht nein sagen«, murmelt sie. Ich muß lachen, vor allem über mich selbst, über meine Dummheit. Natürlich konnte sie nicht nein sagen. Solange ich sie kenne, hat sie nicht nein sagen können. Das habe ich damals, als sie bei mir lebte, sehr schnell begriffen. Wenn ich ihre jahrelange Treue begründen sollte – was ja närrisch wäre –, so würde ich vielleicht sagen: Sie ist bei mir geblieben, weil ich ihre Schwäche kannte und nicht ausnützte. Tatsächlich habe ich sie niemals in die Verlegenheit gebracht, nein sagen zu wollen. Ich wußte, eine plötzlich eintretende Erschlaffung, eine Kraftlosigkeit ihres Willens würde sie hindern, sie würde ja sagen, würde zu allem Überfluß ihr Ja rechtfertigen, die Augen voll Angst, ich durchschaute sie, wüßte, daß ihr Ja unehrlich ist, daß sie viel lieber nein sagen möchte, aber nicht kann.

Es sei nicht besonders angenehm, verheiratet zu sein, sie sei ganz und gar ungeeignet, sei vollkommen fehl am Platz, höre ich sie klagen. Andererseits lebe sie faul und bequem, das wiederum sei angenehm.

Sie lacht, weiß, daß ich ratlos bin. Soll ich sagen: Laß dich scheiden?

Daran denke auch sie, aber es sei schwierig, antwortet sie. Er lasse sich nicht auf Argumente ein, und sie könne ja nicht bestreiten, daß die Probe zu kurz gewesen sei...

Probe?

Das sei ihr Ausdruck. Für ihn sei ihre Ehe etwas Endgültiges. Geradezu erpicht sei er darauf gewesen, sie zu heiraten, sofort, ohne Wartezeit. Sie sei für ihn genau die Richtige gewesen, eine noch Junge, noch ›Bildungsfähige‹ – ohne Beruf, ohne Geld und ohne Familienanhang.

»Es ging mir sehr schlecht. Da war eine Ehe, auch ohne Liebe, das kleinere Übel.«

»Fürchtest du denn die Katastrophe nicht, die nicht ausbleiben wird?«

»Doch. Vor allem, weil ich mich dann scheiden lassen müßte. Das wäre grausig. Allein die Umstände, das AFFENTHEATER. Einen Anwalt aufsuchen. Über Privatangelegenheiten reden. Erklären. Begründen. All der Blödsinn. Papiere unterschreiben, Fragen beantworten, intime Fragen, nicht wahr, und womöglich mit Klemens streiten.«

»Klemens heißt er also.«

»Ja. Klemens Kroß. Der Buchhändler.«

»Nein!«

»Doch – es tut mir leid.«

Sie stammelt, ich muß wieder lachen, aber sie mag mein Lachen nicht, das häßlich klingt, aggressiv, sagt sie.

K. Kroß. KLEMENS.

»Das war es also. Er wollte mir sagen, daß du die Frau bist, die ihm davongelaufen ist.«

»Doch nur für ein paar Tage, bis ich mich wieder etwas erholt habe – von ihm.«

Sie flüstert über ihre Teetasse hinweg, in die sie bläst, wenn sie nicht spricht. Lene Andras hat also nicht ein anderes Mädchen mit ihr verwechselt; sie war es, Irina, die auf der Treppe stand.

»...erinnere dich nur, wie es dir damals ergangen ist als geschiedene Frau und ganz mittellos – wie furchtbar das war«, flüstert sie. Ich horche erstaunt. Ich bin überzeugt gewesen, sie hätte die Mißgunst und Widerwärtigkeiten, denen ich ausgesetzt war, gar nicht bemerkt. Wie gehetzt ich gewesen bin, und die Riemanns horchten an der Wand und wurden enttäuscht. Das verziehen sie nicht. Ein schönes, liederliches Mädchen und ich, eine Geschiedene, und dann gab es kein Lotterleben mit Liebhabern, keine nächtlichen Orgien. Andererseits bin ich den Riemanns nützlich gewesen. Sie hätten sich bestimmt gegenseitig umgebracht, wäre ich nicht rechtzeitig als Zornableiter erschienen. Mindestens die Frau hätte den Alten umgebracht, an den sie hoffnungslos gefesselt war. Wohin sollte sie mit ihrem Haß, ihrer Wut? Ein sinnloses Vegetieren an der Seite eines rechthaberischen alten Narren, das war ihr Leben. Ich glaube aber nicht, daß sie ihre Motive erkannte. Es muß auch ein hintergründiger Neid im Spiel gewesen sein, Neid auf etwas, das ich gewagt und das sie nicht gewagt hatte. Dafür, daß sie es nicht gewagt hatte, verachtete sie es nun, und sie fand offene Ohren für ihre Schmähungen. Bitte, was hatte mir denn der Mut zu mir selbst eingebracht, wer war ich denn? Eine Ehebrecherin, eine Geschiedene, eine ›femme fatale‹, sagte sie, wenn sie ihren vornehmen Tag hatte. Durfte ihr Kind nicht behalten – und was tut die Person? Schleppt eine von diesen jugendlichen Herumtreiberinnen an, eine Schlampe, eine Hure. Ich schlug die Tür hinter mir zu. Wenn nur Irina nichts gehört hatte – ich beobachtete sie ängstlich, aber sie nahm das Gehechel hinter ihrem Rücken nicht wahr; sie besaß kein Aufnahmeorgan für Gemeinheit und Niedertracht. Und nun erfahre ich, daß sie Bescheid gewußt hat... Ich starre sie an, die sich auf dem Bett ausstreckt und ihre Wäsche herunterstrampelt. Das letzte winzige Stück klemmt sie zwischen ihre Zehen, sie schwingt das Bein hoch, bis der Fuß über ihrem Kopf schwebt und sie das Ding ergreifen kann. Dann schleudert sie es in die Schrankecke.

Ich stottere: »Es ist jetzt nicht mehr so schlimm, geschieden zu sein, die Leute sind nicht mehr so bösartig. Ich glaube, auch einer schuldig geschiedenen Frau wird nicht in jedem Fall das Kind weggenommen. Wenn ich es richtig verstanden habe, interessiert die Schuldfrage gar nicht mehr. Die Frau muß nicht zur Strafe hungern und in einem kahlen Hofzimmer hausen, weil ihr Mann ihr kein Geld gibt, auch nicht, wenn sie selbst noch keinen Beruf hat – du weißt ja, wie es war. Das soll es, glaube ich, bald nicht mehr geben.«

Ich verstumme. Was will ich denn. Sie hat meine Not bemerkt, ist nicht gleichgültig, nur mit sich selbst beschäftigt gewesen, hat nicht absichtlich alles Schwierige mir überlassen. Allerdings habe ich ihre unberechenbaren Reaktionen gefürchtet. Einmal erstarrt sie, ist nicht mehr ansprechbar. Ein andermal blickt sie mich gepeinigt an, rennt auf die Straße, bleibt tagelang weg, nächtelang, bis ich halb wahnsinnig bin vor Angst und Kummer. Wenn ich aber ein paar Wochen später auf das Problem zurückkam, auf irgend etwas, das ihr unangenehm war, wovon sie nichts hören wollte, oder wenn ich mich nach ihren Plänen erkundigte, wie sie ihr Leben einmal einrichten, ob sie nicht eine Arbeit suchen, etwas Vernünftiges beginnen wolle, fuhr sie mich zornig an oder schrie entsetzlich; die Leute liefen vor der Tür zusammen.

Sie ist eingeschlafen, das Warten hat sie erschöpft. Sie hätte Frau Riemann herausklingeln und in meine Zimmer gehen können, aber das hat sie nicht gewollt. Lieber wartete sie auf der Treppe, während ich mich bei den Dorows langweilte, saß auf dem Fensterbrett, hörte Stimmen und Schritte in den Wohnungen. Eine Tür wurde zugeschlagen, ein Telefon klingelte. Es war aber alles weit weg in einer Welt, die sie nur fern rumoren hörte. Keine vergangene Welt; für Irina geschieht Vergangenes noch immer, oder es existiert nicht. Ich habe sie mit meinen Fragen geplagt. Wenn das Vergangene nicht ist, weil etwas, das nicht mehr ist, überhaupt nicht ist, und wenn das Zukünftige nicht ist, weil etwas, das noch nicht ist, ebenfalls überhaupt nicht ist, wenn es also nur Gegenwärtiges gibt, habe ich gesagt, bitte, was ist denn Gegenwart, von wann bis wann reicht sie, wann fängt sie an, wann hört sie auf, ist diese Stunde, jetzt, dieser Tag, heute, die Woche, der laufende Monat, das Jahr – ist das Gegenwart? Von dem Jahr sind vielleicht sieben Monate vorbei und fünf sind noch nicht da, von dem Monat drei Wochen, von dem Tag achtzehn Stunden, und sechs stehen uns noch bevor, von der Stunde...

Ach, hör auf, sagt Irina, du merkst schon, was Gegenwart ist. Wenn es weh tut, brennt – das ist Gegenwart.

Ich bin tot gewesen, eine lebendige Tote. Nachts lag ich nicht wach wie jetzt, aber der Schlaf brachte mir keine Erfrischung; er war dumpf und schwer. Allerdings träumte ich auch oft, und dann dachte ich: in meinen Träumen lebe ich noch. Wie lang sind aber die Stunden zwischen Mitternacht und Morgen, wenn ich sie nicht verschlafe. Mir ist, mein ganzes Leben passe hinein, bestimmt alles, was ich in den letzten drei Jahren vergessen und unterdrückt habe, weil ich auch wachend weiterleben wollte, leben ohne Irina, als ein halber Mensch, verrücktes Vorhaben. Mir war, ich verdorre, werde ein Bürokrüppel, eine Koppisch-Kopie. Das überfällt mich nun mit Macht; es bricht über mich herein. Drei Jahre Tod und Hoffnung verrinnen hinter mir, und Irina ahnt nichts, schläft ruhig, unbehelligt, träumt vielleicht von der versunkenen Bambusinsel. Dort, in den trüben Wassern des Mekong-Flusses, treiben ermordete Kinder ihrer Wiedergeburt entgegen. Einige sind schon wach. Sie schwimmen, sie bewegen sich hurtig über den Muschelgründen. Ihre Haut ist mit Fischschuppen gepanzert, die Napalmwunden sind vernarbt, ihr Haar weht wie schwarzer Tang. Sie wollen kommen und kämpfen. Das träumt sie vielleicht, oder ist es mein eigener Traum gewesen – einerlei, sie träumt und weiß nicht, daß sie im gleichen Augenblick auf mich stürzt mit ihrer ganzen Heftigkeit und Kraft. Sie erdrückt mich, sie begräbt mich unter ihren Haaren. Wir schreien einander an. Mit aufgerissenem Mund und bösen Augen ist sie über mir. Wir weinen laut. Vielleicht ist Frau Riemann wieder unverschämt gewesen. Ich höre Irinas trotzige Stimme: ›Ich kann ja gehen. Sag der Alten, sie soll sich beruhigen. Ich verschwinde.‹

›Gehen willst du? Wohin denn? Auf die Straße zurück?‹

›Du hast mich hinter einem Haustor gefunden, nicht auf der Straße‹, antwortet Irina mit einem ihr eigentümlichen halben Lachen.

Sie hat recht. Hinter einem großen düsteren Haustor in der Motzstraße. Ich dachte, eine kleine Katze sei am Verhungern, fand aber keine Katze, sondern sie, Irina, in den Treppenwinkel gedrückt, verängstigt, das Gesicht verzerrt, die Augen voll Wut. Es war kalt, war Nacht. Sie trat und schlug mich, schrie, sie lasse sich nicht schurigeln und einsperren, auch nicht von einer, die harmlos tue. Es dauerte lange, bis sie begriff, daß ich nicht von irgendeiner ›Dienststelle‹ kam, sie nicht in ein Heim ›einweisen‹ wollte. Ich mußte es schwören. Nicht ausliefern – das war *ihr* Ausdruck, nicht meiner –, weder der Polizei noch einer anderen Behörde ›ausliefern‹. Wofür halten Sie mich! rief ich empört. Ausliefern!

Sie war unterernährt, sah krank aus, ihre Augen waren umschattet, die Haare hingen ihr ins Gesicht. Sie ging vornübergebeugt, hustete wie ein alter Mann, trug plumpe, zerrissene Schuhe und einen fleckigen Mantel, der ihr zu klein war. Ich hätte nicht sagen können, was mich zu ihr hinzog, vielleicht ihr Blick, vielleicht fühlte ich ihre Einsamkeit, ihre Verwundbarkeit. Wenn du nur mitkommst, stammelte ich, nur mit mir kommst, etwas ißt, dich wärmst, ausschläfst...

Sie sagte, sie müsse sich vor einem Rohling verstecken, der sie ›angeheuert‹ hätte – sie sagte nicht wofür, aber ich konnte es mir denken. Genaues wußte ich nicht darüber; man erfährt dergleichen Dinge von Irina nicht genau. Eigentlich war es Zufall, wenn ich überhaupt etwas erfuhr, und es geschah auf seltsamen Umwegen, zum Beispiel, als ihr die Worte ›in die Enge getrieben‹ einen Schrecken einjagten, ein Ausdruck wie eigens für sie erfunden. Ich dachte aber gar nicht an sie, als sie ihn gebrauchte. Wir standen am Fenster, sahen unten im Hof einen kleinen Jungen, dem zwei größere Jungen mit einem nicht erkennbaren Gegenstand vor der Nase herumfuchtelten. Rückwärts stolpernd, das Gesicht in der Armbeuge, mit der freien Hand die Gegner abwehrend, wich der Kleine zurück, bis er im Winkel neben den Mülltonnen kauerte. ›Sie haben ihn in die Enge getrieben‹, sagte ich – ohne zu überlegen, mit wem ich sprach. In die Enge getrieben. Ich hörte Irina hinter mir atmen, fuhr herum und sah ihre Augen – aber sie redete schon, verzweifelt bemüht, eine unverfängliche Beziehung zu dem Wort Enge zu gewinnen. Sie drehte und wendete und beschwor es. Warum Enge, warum nicht Ecke, Winkel, Loch? Sie redete auf das Wort ein wie ein Dompteur auf einen knurrenden Tiger. Denn Enge ist tödlich. Du brauchst nur hineingetrieben zu werden, das genügt. Irina sagte: ›Ich habe einmal eine Katze beobachtet, eine freundliche Unschuldsmieze. Hunde hatten sie in die Hausecke gedrängt, die Wände waren glatt, sie konnte nicht hinauf.‹

Noch immer in diesem angestrengten, um Distanz bemühten Ton. Eine Katze. Hunde.

›Hab doch keine Angst.‹

Aber sie schläft ja, schläft ruhig wie ein Schulmädchen, das seine Hausaufgabe erledigt hat. Die war schwierig, sehr anstrengend, das sehe ich ein. Ich wüßte ja selber nicht, wie ich es anstellen sollte, mir zu sagen: Ich bin mit Klemens Kroß verheiratet – wenn ich Irina wäre. Sie hat es sogar erklärt: ›...ich habe nicht nein sagen können.‹

Nicht eben ausführlich, keinesfalls befriedigend, aber immerhin, es hat sie Überwindung gekostet, und sie hat es hinter sich gebracht. Auch ist die Irina, die sich ängstigt und nicht nein sagen kann, nur die halbe Irina. Schroff neben ihr, mit ihr, lebt eine Spöttische, Scharfsinnige, sehr Nüchterne. Sie vermag allerdings über die andere wenig, hilft ihr nicht, hält sie nicht zurück, schreit nicht auf, wenn sie sich Schaden zufügt. Wer aufschreit, das bin ich. Wohin bist du gegangen, als du mich verlassen hast, zu wem, wo bist du geblieben, was hast du getan außer Streunen, Nassauern, Pennen, durch welches Mißgeschick bist du am Ende Klemens Kroß in die Hände gefallen, wie gelang es ihm, dich zu beschwatzen, dich länger als eine Nacht festzuhalten – hast du ihn vielleicht doch, wenigstens eine kurze Zeit lang, geliebt? Auch ich habe Joachim geliebt, und er ist mir trotzdem gleichgültig geworden. Geheimnisse überall, Undurchdringliches, Zweideutigkeiten. Wird es wieder wie damals sein, werde ich Geschichten für sie erfinden, tanzen, Hans im Glück spielen, Stefanie im Glück, Irina im Glück? Mir schwindelt. Das schmale Stück Boden wankt, das ich mir mit großer Anstrengung unter die Füße gezerrt, das ich erobert, einem zähen Widerstand abgerungen habe, immer mißgünstigen Blicken ausgesetzt, von Joachim hämisch beobachtet: Wann wird sie angekrochen kommen, winselnd, um Verzeihung flehend? Nie! Nie soll das geschehen! Und ich bin von neuem losgezogen, nicht ungebildet, was man so nennt, aber ohne Abschluß, aus der Oberprima weg geheiratet: Küchenhilfe bei Aschinger, Serviererin in der Triton-Bar, Trikotagenvertreterin, Sortiererin am Fließband, Bürogehilfin, Packerin in der Keksfabrik; und mindestens einmal ist es Joachim gewesen, der dafür gesorgt hat, daß ich den Job verlor. Ich habe seine Hand gespürt. Er versteht es, Dinge in seinem Sinn zu arrangieren, heimlich, ohne Aufsehen zu erregen – was hätte ich dagegen ausrichten können? Ich war vollauf damit beschäftigt, seine Aufmerksamkeit von Irina abzulenken. Hätte er herausgefunden, was sie mir bedeutete, es wäre Furchtbares geschehen, und nie hätte ich beweisen können, daß er es war, der unser Zusammenleben zerstörte.

Mir ist bang, der Kopf will mir zerspringen: Übertreibe ich auch nicht? Ich presse meine Finger fest gegen meine pochenden Schläfen. Es ist schwer, keine Wahnvorstellungen zu entwickeln. Eine geringe Verschiebung der Perspektive, ein um eine Nuance bleicheres Licht, eine unüberlegte Bewegung, ein Vorwurf oder auch nur eine Frage in deinem Blick, deiner Stimme, und schon ist ein lebendiges Gesicht zur Maske erstarrt, fühl- und gedankenlos wirst du eingeordnet, abgestempelt, fertiggemacht, erledigt, abgeurteilt. Eigentlich ist Joachims gütige Mithilfe überflüssig. Auch ist er – zu meinem Glück – mit sich selber und seinem neuen Leben zu sehr beschäftigt. Ich hüte mich, ihn zu stören, mache mich klein und unauffällig, gebe mir Mühe, den Dorows in keiner Weise interessant zu sein. Deshalb komme ich selten, bleibe aber nicht ganz weg – beides würde sie veranlassen, über mich nachzudenken.

Es war das zweite Mal. Herr Döhnicke, der den Brief, einen anonymen Brief, und den Anruf eines Namenlosen entgegennahm. Herr Döhnicke ist mein Zeuge: Ich leide nicht an Verfolgungswahn, Briefe und Anrufe gab es wirklich. Ich erlebte aber mit Herrn Döhnicke eine Überraschung, eine im ersten Augenblick freudige Überraschung: Meine Privatangelegenheiten interessieren ihn nicht. Wenn ich als verheiratete Frau ›herumgehurt‹ hätte, wie der Briefschreiber behauptete, so wäre ich dafür bestraft worden: keine Alimente, kein Sorgerecht für meinen Sohn. Spätestens hier war der zweite Augenblick, der mich weniger freudig überraschte: bin bestraft worden… Aber eigentlich kannte ich ja die Skrupellosigkeit, mit der Herr Döhnicke Gesetze und Urteile mit Recht und Gerechtigkeit gleichsetzte. Ein Urteil war ein Urteil. Mit einem Urteil war eine Angelegenheit ein für allemal entschieden und richtiggestellt. Wahrheit, Ethik und Gewissen waren dazu nicht unbedingt nötig, um so mehr aber Macht und der Wille, Ordnung zu schaffen. Ordnung war wichtig, war die Hauptsache. Ihr zuliebe ist Herr Döhnicke Jurist geworden. Es gab nur eine Möglichkeit, den Wirrwarr zu ordnen, den die Menschen anrichteten, das war die juristische, sie allein vermochte es. Die Welt war in Ordnung, wenn ihre Tatbestände juristisch erfaßt, geklärt, formuliert, mit Paragraphen versehen und in einer Sprache, an die ich mich nicht gewöhnen werde, RECHTLICH GEWÜRDIGT waren. Eine schreckliche Welt, die dann in Ordnung ist. Keine ›große und schreckliche Welt‹, wie Kiplings tibetanischer Wanderpriester angesichts des turbulenten Lebens auf den Straßen des alten Indien sagte: ›Dies ist eine große und schreckliche Welt.‹ Nein, eine kleine und schreckliche (viel schrecklichere) Welt.

Herr Döhnicke blickt mich verständnislos an. »Weiter im Text!« sagt er munter, und schon bin ich wieder seine aufmerksame Sekretärin, seine Vertrauensperson, die das KROPPZEUG abwimmelt. So nennt er Klienten, an denen nichts zu verdienen ist. Ich hatte allerdings anfangs keine Ahnung von den Pflichten und Aufgaben einer Sekretärin, konnte lediglich ein bißchen tippen und stenografieren, aber Herr Döhnicke wagte einen Versuch mit mir, und jetzt muß ich ihm auch persönliche Dienste leisten, für seine Begriffe eine Anerkennung. Er läßt sich nicht von jeder den Kaffee kochen, spottet Herr Uhl.

Irina ist damals öfter nachts weggeblieben. Es litt sie nicht zu Hause, wenn die Unruhe über sie kam, diese besondere Unruhe, die unstillbar ist; eine metaphysische Unruhe, sagte Lene Andras einmal. Allerdings meinte sie nicht Irina, sondern mich, meinen eigenen Zustand, der ihr bedenklich erschien, ihn nannte sie ›metaphysische Unruhe‹, und sie ahnte nicht, wie das Wort mich traf. Nicht eigentlich wegen der Tatsache selber, die mir ja nicht neu sein konnte, sondern weil ich auf einmal etwas Paradoxes, schwer Verständliches zu begreifen begann: Dieselbe sehnsüchtige Unruhe, die mich unlösbar mit Irina verbindet, treibt sie auch immer wieder von mir fort. In der letzten Nacht, damals: Es war sinnlos, das Fenster aufzureißen und sich hinauszulehnen in den Wind, den Schneeregen – sie kam nicht. Ich saß und hoffte, las, legte das Buch weg, warf mich auf mein Bett. Ich sprang wieder auf, ging hin und her zwischen Fenster und Tür, hin und her, die halbe Nacht. Ich lief hinunter und rannte durch die Straßen.

Aber es ist ja vorbei, sie ist hier, ist gekommen. Ich lausche, knipse dann die kleine Nachtlampe an, die neben mir auf dem Tisch steht. Irinas Augenlider zucken, ihre Pupillen bewegen sich. Vorsichtig berühre ich mit den Fingerspitzen die kaum sichtbare Ader in ihrer Schläfe. Ich fühle das zarte Pochen. Auf die Ellenbogen gestützt, blicke ich in ihr Gesicht, das nun nicht mehr nur inwendig in mir ruht, aber es ist dasselbe, Zug um Zug. Meine Ängste verschwinden, Ruhe kommt über mich. Ich habe ihr archaisches Lächeln, das noch im Schlaf ihre Mundwinkel hochzieht, auf den Gesichtern kämpfender Atriden gesehen, die rundherum auf eine Vase gemalt waren. Wer lächelt denn aber im Kampf auf Leben und Tod? Es war ein grundloses Lächeln, war Irinas Lächeln, so vordergründig, daß es erst recht rätselhaft wirkte. Ich ahne, sie wird mich wieder leiden machen, aber das erschreckt mich nicht.

Ich bin auf mein Kissen zurückgesunken und habe das Nachtlicht ausgeschaltet. Mir ist, ich schlafe schon, aber wer denkt: ich schlafe, der schläft nicht. Ich denke noch mehr: Wenn Irina in manchen Augenblicken plötzlich alt aussieht, daran sind nicht nur ihre Zigeunerjahre und die Ehe mit Klemens Kroß schuld; sie sah auch früher in manchen Augenblicken plötzlich alt aus, auf die gleiche trübe und schreckliche Weise alt. Es ist aber nicht Irinas Gesicht, das nun über mir schwebt und mich aus tiefen Augenhöhlen anblickt. Es ist auch kein Traumbild; ich bin ja wach und träume nicht. Ich sehe es bewußt, ich denke es: lebensgroß, die Augen mit Lapislazuli, die Brauenbögen mit Gold ausgelegt. Es schwebt auf mich zu, schwebt zurück, versinkt. Plötzlich steht es wiederum groß vor meinem inneren Blick, nun aber nicht aus Alabaster, sondern dunkel, erdig und alt, aber auch jung, wie seltsam, uralt und jung zugleich.

Wer bist du, lalle ich, aber ich habe sie ja längst erkannt, und nun bin ich auch schon unterwegs zu ihr, suche sie, irre durch zischelnde Schilfwälder, wo Ungeheuer lauern, fliehe. Mit aller Kraft kämpfe ich gegen die steigende Traumflut. Eine furchtbare Angst umklammert mich, Angst, sie werde sich in ein brennendes Bündel Lumpen und Haar verwandeln, aus dem ein aufgerissener Mund und zwei Augen schreien. Plötzlich ist Frieden, ein Schluchzen, Regen, ein Geruch von Lilien. Stille umfängt mich. Ich treibe dahin unter fremden, riesigen Farnen, die feierlich ihre Fächer über mir ausbreiten. Eine flüchtige Fußspur im Ufersand – ich folge ihr. Draußen, am Rand unserer Wüsten, wo die Flüsse versickern, wo nichts ist, nicht Tag, nicht Nacht, erwartet die Verjagte, die

Verdammte ihre verstörten Kinder, ihre Töchter, ihre Söhne. Ich laufe ihr entgegen, taumele in ihre Arme. Ich vergesse nicht die Heerscharen der verleugneten Toten, die auch in ihrer Obhut sind. Auf meinen ausgestreckten Händen reiche ich ihnen die Schale mit Milch und Mohn, damit sie nicht darben.

Ich erwache zur üblichen Stunde; in der Martin-Luther-Straße donnert schon der Verkehr. Es soll eine Zeit gegeben haben, da horchten die Menschen in der Morgendämmerung, ob es noch die Nachtigall oder schon die Lerche sei, die sang. Ich stelle sie mir heute vor, wie sie, die Hände auf die Ohren gepreßt, vor dem Getöse fliehen, mit dem sie den Tag beginnen. Niemand beachtet sein Gestirn, und las ich nicht, daß auch die Feierlichkeit seines Aufgangs Illusion sei? Las vom Lärm der gewaltigen, immerzu platzenden Gasblasen auf der Oberfläche der Sonne, einem im Wortsinn unvorstellbaren und unbeschreiblichen Lärm, der unsere Aufnahme- und Auffassungskraft übersteigen und uns augenblicklich töten würde. Aber ich will nur sagen: Das Knattern, Rauschen und Rollen der Autos draußen überrascht mich nicht; anders als sonst ist, daß jemand neben mir atmet. Ich horche, begreife endlich: Es ist nicht der Nachhall eines Traumes, diesmal nicht. Ich wende mich Irina zu, sehe ihr Profil, steil vor der helltapezierten Wand, ihr großes, offenes Auge. Sie ist wach. Sie würde gern die Straßen wiedersehen, sagt sie, die sie als Kind entlanggetrabt sei zwischen Ruinenfeldern und Steinwüsten. Ich lausche betroffen. Sie vergißt, daß die Schutthalden lange verschwunden, die Häuser wieder aufgebaut sind, sie spricht von der Trümmerstadt ihrer Kindheit wie andere vom ›grünen Heimattal‹. Es behagt auch ihr nicht, sie schlägt schnell einen anderen Ton an. Ihre Mutter, eine Soldatenwitwe, sei den ganzen Tag ›auf Achse‹ gewesen, sagt sie. Ich bemühe mich, sie zu sehen, zwölfjährig vielleicht, in der Küche eines noch nicht wieder aufgestockten Hauses mit einem gewaltigen, durch ein Mauerloch auf die Straße qualmenden Ofenrohr. Dort sitzt sie am Küchentisch über ihren Schulaufgaben, den Wohnungsschlüssel an einer Schnur um den Hals, ein Pflaster auf dem Knie, barfuß – die Schuhe hat sie von den Füßen geschleudert, damals schon, denke ich, aber sie wundert sich: »Ich muß gedacht haben, die Schuhe sind schuld. Vielleicht fühlte ich mich nicht so beengt ohne Schuhe. Ich durfte es nicht, aber ich bin trotzdem herumgestrolcht. Am liebsten hätte ich einfach nicht zur Kenntnis genommen, daß ich nur ein Mädchen war.«

»Nur«, sag' ich, »nur ein Mädchen. Ein Wort wie ein Stich, und du willst nicht begreifen, daß zu dir eine Einschränkung gehört, das willst du nicht verstanden haben. Hoppla, ein Junge, ein Sohn. Tedeum, Glocken, Jubel, Salutschüsse. Du sollst aber fröhlich sein, zufrieden mit deinem Los.«

Irina sagt: »Es gab Perioden, da ging es, da war ich zahm und gefiel, fragte nicht, wieso ich dies und das nicht tun, nicht sagen, nicht sein durfte. Aber plötzlich kam etwas Furchtbares über mich, ein Furor, eine Wut. Ich heulte und tobte, wußte nicht, gegen was, gegen wen.«

Sie stutzt, sagt dann leise: »Nur du. Mit dir ist alles anders.«

Ich lache – natürlich ist mit mir alles anders, mit mir muß sie ja nicht immer nur die eine Irina sein, die ›er‹ – irgendein Mann – sich vorstellt und wünscht; ›seine Ergänzung‹, sagt er mit entwaffnender Naivität.

»Wenn du mich nur ansiehst.«

Auch das ist mir klar. Sie braucht meinen Blick, unter dem sie sich verwandeln, vermummen, entkleiden und entlarven, Masken ausprobieren und wieder ablegen und unversehens sie selbst sein kann, nackt, ohne Tarnung.

»Weil du nicht urteilst, nicht über mich.«

Ich erschrecke. Urteilen ist ein finsteres Wort; eine kleine Silbe davorgesetzt, und es kann tödlich sein. Ich will nun aber etwas wissen: »Trotzdem, obgleich du mich genauso brauchst, wie ich dich brauche, bist du von mir fortgegangen«, beginne ich. Sie runzelt die Stirn, ich streiche sie geduldig wieder glatt. »Weißt du nicht mehr, warum du gegangen bist?«

»Ich hatte keinen besonderen Grund. Vielleicht bin ich nur zu lange bei dir gewesen. Ich darf nicht zu lange bleiben, nirgends. Wenn ich mich und die anderen nicht mehr ertrage, laufe ich davon. So ist es. Ich wehre mich nicht, tue nichts, überhaupt nichts. Ich bestimme mein Leben nicht, ich erleide es, und ich laufe immer davon. Zuerst bin ich meiner Mutter ausgerückt, dann von der Schule weggelaufen – da lebte ich bei meiner Großmutter in Ostberlin.«

Sie verstummt, will wohl nicht sagen: Vor drei Jahren bist *du* es gewesen, die mir unerträglich wurde – *auch du*. Aber sie denkt nicht an mich, sondern an ihren Großvater, der ebenfalls keinen besonderen, keinen auffälligen Grund gehabt hatte, seiner Familie davonzulaufen. Das Häuschen in der Mühlbachgasse sei abgerissen worden, das ganze Viertel – weggeputzt. Soll saniert werden.

»...es ist gut, daß der alte Mann schon vorher gestorben ist.«

»Du bist wieder dort gewesen?«

»Nur ein paar Tage. Erschrick doch nicht gleich. Ich habe die Leute nicht getroffen, niemanden. Sie sind mit den alten Häusern verschwunden.«

Ich schließe die Augen, sehe die Stadt, friedlich in der hügeligen Landschaft.

»Eigentlich nicht mehr eine besonders kleine Stadt«, sagt Irina, »sie hat sich ausgedehnt, ist in die Breite gegangen. Die Gassen waren ja schon damals zu eng. Nun stehen die alten Tore und Reste der Stadtmauer sinnlos an den Eingängen neuer, asphaltierter Straßenzüge mit Betonhäusern, Supermärkten, Tankstellen, Hotels, Sportplätzen und einer neuen Schule, in der es große helle Unterrichtsräume gibt. Zwei alleinstehende Frauen würden jetzt vielleicht nicht mehr auffallen.«

»Sind wir aufgefallen?«

»Das kannst du nicht vergessen haben. Zwei Großstädterinnen – und wohnten nicht in einem Hotel oder in einer anständigen Pension, sondern bei dem gottlosen alten Krauter im Mühlbachviertel!«

Ich habe es nicht vergessen. Er war vor dreißig Jahren hergekommen und ein Fremdling geblieben. Die meiste Zeit verbrachte er in den Wäldern, die die Stadt umgaben. Er sammelte Pilze, Kräuter und Beeren wie ein altes Weib, besuchte keinen Gottesdienst, besaß keine Familie, und nun plötzlich sah man ihn mit zwei Frauen, und die jüngere sollte seine Enkelin sein.

Er erzählte uns manchmal von der Stadt, wie sie früher war. Besonders über den Dreck machte er sich Gedanken; wie die Menschen ohne Kanalisation gelebt haben mochten, als sie nachts ihren Heimweg durch Kot und Schlamm mit Fackeln und Laternen suchen mußten. Es klang, als hätte er das selber getan. Dabei war die alte Stadt schon lange tot, nur ihre Fassaden existierten noch. Einige, wie die reichen Bürgerhäuser am Marktplatz, standen unter Denkmalsschutz. Die Wohnungen dahinter waren mit Bädern, Telefon und Ölheizung ausgestattet. Nicht das Mietshäuschen, in dem Irinas Großvater lebte, das war nicht nur alt, sondern auch armselig und baufällig und ohne jeden Komfort. Dafür roch es gut, roch wie eine Sommerwiese in der Mittagsglut. Auch nach Wald roch es, nach den zum Trocknen auf Schränken und Kommoden ausgebreiteten Pilzen und nach den Würz- und Teekräutern, die Irinas Großvater sammelte. Sie hingen in kleinen Bündeln an Schnüren, die durch Stube und Küche gezogen waren. Auch wenn wir durch die Hintertür in den Garten hinaustraten, schlugen uns Düfte entgegen. Besonders schwere strömten die Lilien aus, mit denen der alte Mann seinen Garten bevölkert hatte. ›Seine schönen Damen‹, nannte er sie. Der Garten zog sich den Hang hinunter, an einer kleinen Laube vorbei zum Mühlbach.

»Du warst in ihn vernarrt«, sagt Irina. »Hast seine Märchenbücher gelesen. Allerdings auch das Hexenbuch, das dich grillig machte.«

»Grillig?«

»Das Leben war manchmal nicht leicht mit dir.«

Ich starre sie an, sage aber nicht: Auch mit dir war es manchmal nicht leicht, ich muß nur an das Nylonhemd denken, wie furchtbar ich erschrocken bin –

...fuhr aus einem unruhigen Schlaf. Es war schon hell in der Kammer; du lagst nicht in deinem Bett. Ich hörte dich rufen und stürzte ans Fenster, sah Gesichter, die über den Zaun gafften, und weiter hinten, unten auf der Wäschebleiche am Mühlbach... Stefanie! riefst du verzweifelt. Ich sprang aus dem Fenster, rannte den Hang hinunter, barfuß, im Schlafanzug, ungekämmt. Plötzlich wehrtest du dich nicht mehr. Du schriest und weintest auch nicht, still hingst du an dem Pfahl in den grausamen Stricken, das Nachthemd, dünn wie Spinngeweb, heruntergefetzt. So blicktest du mir über den lauernden, verbissen schweigenden Menschenhaufen hinweg entgegen, der bei meinem Anblick wie auf Kommando auseinanderstob...

Sie tröstet mich. Es sei ja nichts geschehen, noch nicht. Auch hätten die Burschen vor der eigenen Courage Angst gehabt.

»...du bist zur rechten Zeit gekommen.«

»Irina, ich habe dich nie gefragt, habe dir keinen Vorwurf gemacht...«

»Mach ihn nur. Ersticke nicht.«

»Dieses Nylonfetzchen. Ebensogut hättest du nackt hinauslaufen können. Hast du gedacht, die Leute schlafen noch?«

»Vielleicht. Wie soll ich das noch wissen. Plötzlich waren sie da und versperrten mir den Weg. Ich lief – sie fingen mich, banden mich mit der Wäscheleine fest.«

Genug! Ich nehme sie in die Arme und wiege sie hin und her. »Sei still. Denk nicht mehr daran.«

Es ist schon fast Mittag, ein frostiger Tag, laut und nüchtern – kein Sonntag. Ich springe auf, laufe in die Diele hinaus zum Telefon, wähle. Herr Uhl meldet sich mit seiner schönsten Plädoyerstimme. Ich stottere, es sei mir unmöglich zu kommen, verstehen Sie? Vollkommen unmöglich.

Krank?

Jaja, natürlich krank, ich bin krank.

Der Hörer fällt mir aus der Hand. In der Tür ihres Schlafzimmers steht Frau Riemann in ihrem schwarzseidenen Morgenrock mit rotem Mohn, steht dort, tief gekränkt wie schon einmal, als habe sie sich seitdem nicht von der Stelle bewegt. Es ist lange her, inzwischen ist viel geschehen, Irina ist gekommen.

»Haben Sie Besuch?«

Ich lache ihr ins Gesicht, bin nicht mehr allein, nicht einsam – aber das bin ich ja nie gewesen, und auch sonst stimmt nichts, nein, es ist nicht lange her, gestern abend gegen zehn ist es gewesen, da stand Frau Riemann in ihrem Morgenrock in der Tür, und ich habe sie angezischt.

»Meine Freundin ist gekommen«, sag' ich mit einer Stimme, die wie neu klingt, und lasse Frau Riemann stehen, verschwinde blitzschnell aus der Reichweite ihres Argwohns.

Der Lack auf Irinas Fußnägeln splittert. Ich erinnere mich des Fläschchens, das seit damals, als sie fortgegangen ist, fest zugeschraubt in meinem Arzneischränkchen steht. Es gehört nicht dorthin, aber wenn ich meine Schmerzen betäuben wollte, mußte ich den Arzneischrank öffnen – da stand Irinas Fläschchen.

Sie lacht. »Dein Lack ist doch viel zu rot!«

»Es ist *dein* Lack.«

»Meiner? Ich soll so ein grelles Rot benutzt haben?«

»Du hast.«

Ich pinsele sorgfältig, bessere nicht nur die weißen Flecken aus, sondern überpinsele auch die rosafarbene Glasur. Irina tanzt auf unserem breiten Bett: das Mädchen mit den roten Fußnägeln.

Ich sehe mich mit Mehl, Milch und Eiern in der Küche hantieren. Irina, in eine Decke gewickelt, die sie über der Brust zusammenhält, lehnt an der Tür und wartet auf mein Kunststück. Das Omelett brutzelt in der Pfanne. Ich rüttle die Pfanne, damit es nicht anbackt, mache es spannend, rufe: Achtung! und schleudere das Omelett mit einem kräftigen Ruck in die Luft. Es klappt: Das Omelett macht seinen Salto, ich fange es wieder in der Pfanne auf, die braungebackene Seite ist jetzt oben, die helle unten. Irina vergißt ihre Decke und klatscht in die Hände. Die Decke gleitet an ihr nieder.

Auf einmal strömt von allen Seiten Luft in meine Zimmer, Licht. Ich begreife nicht, wieso ich vorher nicht erstickt, vor Langeweile gestorben, in Finsternis umgekommen bin. Irina greift in meine Haare, reißt mich hoch. Unsere Worte genügen uns nicht mehr, wir wollen mehr voneinander wissen. Stirn an Stirn gepreßt knien wir voreinander, sie unter meinem, ich unter ihrem Blick, und außer ihm ist nichts. Da stößt sie mich weg. Sie zielt nach mir mit langem, durchgedrücktem Zeigefinger. »Was willst du damit sagen?«

Ein Blick, ein Nackenneigen – das ist doch – war. Ich beobachte sie gespannt. Schweigend, die Hände unter dem Kopf verschränkt, liegt sie auf dem Bett und bedrängt mich, greift mich an mit der Einfalt ihrer Stirn. Ich habe noch nie eine so weiße Stirn gesehen. Ich weiß, es bedeutet nichts, hinter dem Glanz einer Stirn kann sich Krauses verbergen, Wirrnis, eine konfuse Welt. Aber ich fühle ihr Fluidum, ihren herben Irina-Geschmack. Ich bin voll einer großen Hoffnung. Wir werden frei sein, ganz neu werden wir sein. Die Masken werden von uns abfallen. Unsere verborgene Schönheit wird hervorbrechen, unsere Kraft, die aus der Tiefe stammt. Ich spüre die Tiefe unter unseren Füßen. Wir bewegen uns über ihr, lärmend, in blinder Überheblichkeit.

Der Gedanke verfolgt mich bis in den Schlaf. Ich möchte ihn zu Ende träumen, aber da ist wieder die versunkene, die in der Zeit, in der Vergangenheit versunkene Stadt mit ihrem Blut- und Foltergeruch, ihrem Kuttengemurmel und scharlachroten Ornatsgepränge, ihrer Beterinbrunst, ihrer Furcht vor Pestilenz und Brandschatzung, ihren Markt- und Hinrichtungsfesten, dem Lauern in Winkeln, dem Huschen von Haus zu Haus, dem hämischen Flüstern und Hecheln hinter erhobener Hand. Irina streift mit einer feierlichen Gebärde ihr Hemd von der Schulter. Sie wendet mir ihren Rücken zu, ihren schmalen, glatten Rücken mit dem Mal auf dem linken Schulterblatt: einer bräunlichen Hautwucherung, die manchmal rötlich schimmert. Ich küsse sie sanft.

Die andere Welt

Es hat drei Tage und vier Nächte gedauert, drei Tage und vier Nächte lang haben wir hier oben gehaust und uns draußen nicht sehen lassen. Mein blauer Sessel, der Lehnstuhl am Fenster, der große Spiegel gegenüber dem Bett, die Hocker und Tische, der Schrank aus braunem Holz – alles lebt wieder, sanft, das Holz atmet wieder, die Farben sind klar und tief. Dann, am vierten Tag, ist der Kühlschrank leer gewesen, hat Klemens Kroß angerufen, ist mein Pflichtgefühl erwacht – oder war's nur die Angst, meinen Job bei Herrn Döhnicke zu verlieren. Ich habe in aller Frühe Milch, Brötchen und Butter besorgt, habe Irina einen Brief geschrieben und bin ins Büro gegangen. Den Brief sollte sie beim Erwachen finden. Briefe haben wir einander auch früher geschrieben, obgleich wir zusammenlebten, lange Briefe. Besonders ich habe Irina lange Briefe geschrieben. Es wird sie nicht überraschen, auch heute einen Brief zu bekommen.

Ich will es der Reihe nach aufschreiben. Zuerst das Büro. Es hat schon unterwegs angefangen, da habe ich mit wachsender Angst meine erhöhte Empfindlichkeit gespürt, wie das Gefühl eines ungeheuren Irrsinns wieder in mir aufstieg, der Verdacht, einer teuflischen Strategie ausgeliefert zu sein, die es auf meine Menschlichkeit abgesehen hat, mich aushöhlen und abstumpfen will. Ich rase, eine von Millionen, gegen halb acht aus einem Haus, eile durch die Straßen, sause Punkt acht in ein anderes Haus, gleite den Fahrstuhlschacht hinauf, schussele durch geölte Korridore, verschwinde hinter einer der vielen Türen. Dort hocke ich, Stunde um Stunde – am Tisch, vor der Schreibmaschine, am Telefon, beschäftigt mit den zumeist widerwärtigen, oft unverständlichen, immer aber für mich vollkommen bedeutungslosen und gleichgültigen Geschäften fremder, zumeist widerwärtiger Leute, die sich im Recht fühlen. Warum, wieso? Es ist absurd. Mein Leben für Miete, Fraß, Klamotten.

Ich stehe noch halb draußen auf der Schwelle, die Hand noch auf der Klinke. Es hat sich in den drei Tagen meiner Abwesenheit nichts verändert, nein, sicherlich nicht, aber *ich* habe mich verändert, bin drei Tage lang ich selber und Irina gewesen, ich und Irina, Irina und ich. Wen interessiert es. Die andere, wichtige, die ›Erwerbs‹-Welt, in die ich nun zurückkehre, eine Welt, der ich mich doch angepaßt hatte, über die ich meine Witzchen reißen konnte, die ist mir jetzt wieder so fremd wie in meiner fremdesten Zeit. Kälte schlägt mir entgegen. Meine Kollegen bringen nur mit Anstrengung ein frostiges ›Guten Morgen‹ über die Lippen, Fräulein Koppisch, die irgendeine ›Gnädige‹ mimt, sagt jovial: »Na, wieder gesund?«

Alle blicken mich an, und ich sehe keine Freundlichkeit in ihren Augen. Nicht einmal Pino, unser sizilianischer Bürobote, der gern lacht und mit seinem Lachen sogar Herrn Döhnicke mitreißen kann, nicht einmal er hat Mitleid mit mir.

»Sie haben sicherlich mehr Arbeit meinetwegen gehabt«, stottere ich unglücklich. Mehr Arbeit!

»Mein lieber Schwan!« sagt Herr Uhl, und natürlich weiß hier jeder, was es bedeutet, wenn er das Federvieh anruft, das unbekannte Wesen. Ich hätte ja keine Ahnung, was hier los gewesen sei, und so weiter, es kommt ihm selber übertrieben vor: »Na ja. Schwamm drüber.«

Die Klingel auf meinem Tisch schlägt an. Herr Döhnicke gebietet mir zu kommen. Ich haste hin und her. Mein Stenoblock ist weg. Die Stifte sind nicht angespitzt. »Hier«, sagt Frau Krüger und zieht einen Kasten auf, in dem ich neue Utensilien finde. Es entgeht mir nicht, daß sie mich jetzt milder anblickt; zum Lachen, aber es erleichtert mich sehr.

Auch Herr Döhnicke ist böse auf mich. Er hat mir vertraut, hat sich auf mich verlassen, und ich, was tue ich? ›Feiere krank.‹ Er hat einen Termin versäumt, an den ich ihn erinnern sollte.

»Er war eingetragen«, sag' ich bestürzt. Er lacht verächtlich. Eingetragen!

»Ich will mündlich erinnert sein, persönlich«, sagt er trotzig, mit vorgeschobener Schnute. Er ist sonst eigentlich mehr für automatisches Funktionieren, so sachlich und unpersönlich wie möglich. Gelegentlich fällt ihm aber ein, daß er Individualist ist, eine Persönlichkeit, ein Feind der Automation und der Herrschaft der Maschine. Im gleichen Atemzug preist er die Wirtschaftsform, die solche Ärgernisse hervorgebracht hat. Es ist verwirrend. Nur ›im Kapitalismus‹ gibt es Persönlichkeiten, erklärt er. Ja, sag' ich, und was für welche...

Draußen ist inzwischen beschlossen worden, mir die Wahrheit zu sagen. Fräulein Koppisch hat sich telefonisch nach mir erkundigen wollen, weil ich doch allein stünde und vielleicht Hilfe brauchte. Da hat ihr Frau Riemann gesagt, ich hätte einen ›lieben Gast‹, von einer Erkrankung wisse sie nichts. Ich stottere: »Es ist wahr, ich bin nicht krank gewesen.«

»Sie haben mich also angeschwindelt«, sagt Herr Uhl.

»Entschuldigen Sie...«

Er lacht. Ich muß weitersprechen, muß erklären...

»Ich habe Besuch bekommen, jemand sehr Wichtiges.« Meine Stimme steigt in hysterische Höhen: »Jemand, auf den ich drei Jahre gewartet habe!«

Schluß! Kein Wort mehr. Herr Uhl sagt: »Wenigstens muß ich nun nicht mehr denken, Sie schwitzen es durch die Rippen.«

Frau Krüger kichert. Fräulein Koppisch sagt spitz: »Es war kein Mann, sondern eine junge Dame. Eine sehr reizvolle junge Dame, hat Frau Riemann gesagt.«

»Meine – meine Freundin«, sag' ich erschrocken, »es stimmt, sie ist recht hübsch.«

Herr Uhl droht mir mit dem Finger. »Sieh einer an, unsere keusche Stefanie.«

Frau Krüger blickt ihn fragend an, begreift plötzlich, wie er es meint: »Pfui, Spinne!« sagt sie entrüstet und hämmert auf die Tasten ihrer Maschine. Mir schwindelt. Ich bin verloren.

»Ist Ihnen nicht gut?«

Ruhe. Ruhig Blut. Nicht rennen. Niemand will dich ›entlarven‹! Ich zwinge mich, langsam hinauszugehen, gelassen, als wäre nichts gewesen.

Später dreht sich das Gespräch um die Schikanen, denen Untermieter ausgesetzt sind, aber ich habe meine zwei Zimmer mit Badbenutzung und Küchenhälfte vom Hauswirt selber mit einem normalen Vertrag gemietet, nicht von den Riemanns; Frau Riemann hat überhaupt kein Recht, mich zu schikanieren. Genug. Ich bin nicht krank gewesen, das wissen sie also, aber nun bin ich krank, bin an unserer Gewöhnlichkeit krank, bin elend und krank, weil ich hier sitzen und den widerlichen Schriftsatz ›In Sachen Frederik contra Wimmer‹ schreiben muß, in dem es wieder um unvorstellbare Summen geht, empfinde keine Spur Dankbarkeit für die Gnade, in Herrn Döhnickes Kanzlei arbeiten zu dürfen, wo es ja immerhin erträglicher ist als am Fließband einer Fabrik, hasse ihn, hasse das Büro, sein Juristenchinesisch, seine Tricks und Kniffe, lasse mich nicht von seiner Schwäche für Pino rühren, heute nicht, heute soll es mir gleichgültig sein, daß auch in seinem Panzer ein Loch ist, eine Lindenblattstelle – ich werde bestimmt nicht hineinstechen, ich nicht.

Ich bin in der Mittagspause nach Hause gerannt. Sie sehen, dachte ich, ein Wort mit ihr wechseln, einen Blick, ein Lächeln ergattern. Vor allem wollte ich mich überzeugen, daß sie noch da war, sich nicht in Luft aufgelöst hatte oder auf eine andere geheimnisvolle Weise verschwunden war.

Sie schlief aber noch, ich habe sie nicht aufgeweckt, saß an ihrem Bett, meinem Bett, und betrachtete sie, ihre Wimpern, ihren Mund, aus dem ganz leise der Schlaf wehte, die entrückte Stirn, ihre Hand, schmal auf der großen Decke.

Wo bist du?

Sie rauschte durch das hohe Ufergras, eine lange, weiß leuchtende Bewegung, und dann stand sie, hoch aufgerichtet mit erhobenen Händen, die inneren Handflächen wie kleine Radarschirme aufgetan, horchend, weit offen auch der lichtblinde Blick. Die Sonne kreiste in dem tiefen, tropfenden Blau. Das Licht senkte sich auf ihre Hände, ihr Gesicht. Drüben am anderen Ufer tauchten Gestalten auf, klein im weißen Mittag, fern. Duck dich! rief ich. Sie warf sich in das Gras, das über ihr zusammenschlug.

Es ist nur das Telefon, das mich aufgescheucht hat. Ich springe auf, Irina öffnet die Augen und blickt mich schlaftrunken an, von weit her, wenn sie nur wüßte, wie weit. Sie legt den Kopf zur Seite und schläft weiter. Das Telefon läutet. Ich muß ins Büro zurück, habe keine Zeit für Telefongespräche, auch wird der Anruf nicht für mich sein, aber ich hebe schnell, im Vorbeigehen, ab, damit es aufhört zu klingeln, damit Irina nicht gestört wird. Der Anruf ist für mich. Kroß ist am Apparat, ihr Mann.

Ich hole tief Luft. Seit ich weiß, daß Irina mit ihm verheiratet ist, und das ist nun bereits vier Tage her, habe ich jeden Gedanken an ihn verdrängt. Wie ein unförmiger Schatten lauerte er im Hintergrund meines Bewußtseins – sagte ich unförmig? Ist er denn abstoßend, mißgestaltet, ist er unangenehmer als andere gutgenährte, rundbäuchige Männer seines Alters? Ich weiß nicht, was ich erwartet habe, keinesfalls Entschuldigungen und Erklärungen. Es sei ja möglich, höre ich. Er habe sich übrigens erst nach meiner Telefonnummer erkundigen müssen. Gewiß erinnere ich mich an unser Gespräch bei den Dorows. Da habe er mir ja bereits mitgeteilt, daß Irina mich wiedersehen, unsere alte Freundschaft auffrischen wolle. Hat sie es inzwischen getan? Es sei ihm peinlich, aber er vermisse sie seit jener Nacht und mache sich Sorgen, obgleich er ihre Eskapaden gewohnt sei.

»... einmal ist sie fünf Tage und Nächte weggeblieben, und dann trudelte sie ein, erstaunt über die Aufregung, in der ich mich befand. Aber das ist jetzt das letzte Mal. Ich werde dafür sorgen, daß es sich nicht wiederholt.«

Ich will ihn unterbrechen, will sagen: Sie ist hier, bei mir, aber sein Redestrom ist nicht aufzuhalten. Ich sei ja in jener Nacht bei den Dorows nicht besonders erbaut gewesen von seinem Ansinnen, Irina zu besuchen, das wäre ihm nicht entgangen, wenn er auch wohl ein bißchen beschwipst gewesen sei; Irina habe in ihrer vagen, immer nur andeutenden Manier verhältnismäßig oft von mir gesprochen, sonst erzähle sie ja nichts aus ihrem früheren Leben, ich müsse ihr also wichtig gewesen sein, könnte sie vielleicht günstig beeinflussen, ich wisse ja wohl, daß sie eine ›feste Hand‹ brauche, manchmal denke er, auch eine ›weibliche Hand‹, und er habe gehofft, ich würde ihn ein wenig unterstützen.

Vielleicht habe ich an dieser Stelle aufgestöhnt, denn mir war, als blickte ich in eine Schlangengrube, aber auch mein Schmerzenslaut störte ihn nicht. Ich erinnere mich nicht mehr, wann ich meine Erklärung endlich losgeworden bin.

Schade, sehr schade, daß Sie sich nicht mehr für Irina interessieren, höre ich ihn sagen. Darüber habe ich laut gelacht, und das war es wohl, mein Lachen war es, das ihn aufhorchen ließ – Spott vertrug er nicht.

»Sie lachen?«

»Allerdings. Es ist sehr komisch, was Sie gesagt haben.«

»Ja, aber – Sie verhielten sich ablehnend, als ich Ihnen von ihr erzählte, da dachte ich...«

»Doch nur, weil ich nicht wußte, *wer* Ihre Frau ist.«

»Ich verstehe nicht. Wollen Sie sagen, Sie haben nicht gewußt, daß ich von Irina sprach?«

So ungefähr, hoffnungslos, ein unmögliches Gespräch, das mich aber sehr angegriffen hat, das in Wahrheit ganz und gar nicht ›komisch‹ war.

Da ahnte ich noch nichts von der Atemlosigkeit, in der ich wieder leben würde, von Angst gepeinigt. Ich frage mich, wie es möglich ist, daß mir trotzdem plötzlich die Augen zufallen, und ich schlafe, als müsse ich nichts, gar nichts, fürchten, müsse nicht einem Mann namens Klemens Kroß mein ›Glück‹ abtrotzen, oder heißt das Wort abhandeln, das ihm geläufig ist: ›... meinetwegen, wenn Sie dafür bürgen, daß sie nur mit Ihnen zusammen ist.‹

Nur mit mir. Ich schlage die Augen auf, fahre an der Stelle fort, an der ich blindlings abgestürzt bin in einen tiefen Schlaf. Der kann heute allerdings nur kurz gewesen sein, es herrscht noch Feierabendverkehr, Nachhauseraserei, das flaut erst nach acht Uhr ein wenig ab. *Vor* acht Uhr ist es also, und wieder einmal Freitagabend. Ich muß vor ungefähr zwei Stunden gekommen sein, liege angezogen auf meinem Bett, habe nur schnell die Schuhe und den Mantel abgelegt und weiß noch immer nicht, ob ich mich auf das Wochenende freuen soll, das ich ja nicht mit Irina allein verbringen werde. Das ist es, darüber habe ich auf dem Heimweg und dann hier, auf meinem Bett liegend, nachgedacht, bevor ich eingeschlafen bin. Ihr Mann wird aus seinem Arbeitszimmer oder aus dem Geschäft herüberkommen, sich mit uns unterhalten oder irgendwo hinfahren wollen, wird Eintrittskarten für ein Konzert, eine Opernaufführung aus der Brieftasche zaubern, oder er wird Appetit auf eine Spezialität verspüren, die nur in einem bestimmten Lokal serviert wird; wir müssen unbedingt und augenblicklich hin. Auch ich muß mit, vor allem natürlich, weil mich Irina flehend anblickt, aber auch Kroß besteht darauf und duldet keinen Einwand – wegen der ›weiblichen Hand‹, die Irina braucht, nehme ich an. Ich fürchte, er amüsiert sich darüber, daß ich mich seinem großkotzigen Lebensstil nicht gewachsen fühle. Ich will ja Geld nicht wichtig nehmen, will froh sein, daß die Kostenfrage keine Rolle mehr spielt, die einmal ein fast unlösbares Problem für mich war, ein Problem, das mich bedrückt und gequält hat. Solche Schwierigkeiten existieren nicht mehr. Ich bin mit Irina zusammen und muß trotzdem nicht hin- und herrechnen, Groschen zusammenkratzen, knausern und verzichten – ich muß mit überhaupt keiner Armut, sondern mit ihrem Wohlstand fertigwerden, mit dem Luxus des Kroßschen Lebens, an den sich Irina sehr schnell gewöhnt hat. Er wird auch mir großzügig zur Verfügung gestellt: die geräumige, komfortable Wohnung, die Bibliothek, die Schallplattensammlung, das Wochenendhaus in Kladow, Autofahrten, Bar-, Theater- und Restaurantbesuche, die mein halbes Monatsgehalt verschlingen würden. Ich drehe und winde mich, bin beschämt, unglücklich, beneide Irina um ihre Gleichgültigkeit, die Nonchalance, mit der sie Kroß zahlen läßt. Jedesmal denke ich: Das muß sofort anders werden. Kann ich denn aber von Irina einen Verzicht erwarten, der ihr schwerfallen, sie Überwindung kosten würde?

Im Büro bin ich allerdings manchmal unverantwortlich leichtsinnig. Ich trete Herrn Döhnicke gegenüber auf, als hätte ich nichts zu verlieren, ja, ich lasse ihn warten, ignoriere Winke und Befehle, weigere mich, das betroffene Gesicht aufzusetzen, das es ihm leichtmacht, mir zu verzeihen. Gelassen erwidere ich seinen Blick, verberge meine Müdigkeit nicht, meine Unfähigkeit, mich zu konzentrieren. Ich frage mich, warum ich mich unvernünftig benehme. Will ich einen Rausschmiß provozieren? Ich erschrecke, nehme mich zusammen. Das hier ist mein ARBEITSPLATZ, heilig, heilig, verdammt noch mal, sagt Herr Uhl. Am Arbeitsplatz hast du nicht an den Verlust zu denken, den du erleidest, fern von Irina. Was tut, denkt, fühlt sie, während ich hier sitze, Stunde um Stunde, und die Zeit, die uns gehören sollte, UNSERE ZEIT, verrinnt. Ich rufe sie an; sie ist nicht zu Hause. Eine halbe Stunde später wähle ich meine eigene Nummer, vielleicht wartet sie in meiner Wohnung auf mich. Frau Riemann nimmt den Hörer ab. Ich frage aber nicht: Ist Irina da, ich frage: Ist Besuch für mich gekommen?

»Besuch? Was denn für Besuch? Wenn Sie Besuch erwarten, hätten Sie ja ein Wörtchen sagen können, nicht wahr, oder hatten Sie wieder Ihren Tag gestern, brachten den Mund nicht auf? Wer soll denn kommen und wann?«

»Ach, niemand«, sage ich und lege leise auf. Ich bin selber schuld, muß aber trotzdem bei der Vorstellung lachen, daß sie jetzt noch eine Weile in die Muschel hinein weiterschimpft. Ich darf allerdings nicht zu viele Privatgespräche führen, es würde auffallen. Auch spitzt Frau Krüger sowieso jedesmal die Ohren, wenn ich mit Irina spreche. Ich muß ihren Namen gar nicht nennen, muß sie mir nur einen Augenblick beim Telefonieren vorstellen, wie sie das Standbein wechselt und sich dann hinsetzt, wie sie das Haar zurückstreicht, das ihr ins Gesicht fällt. Unmöglich, meine Stimme neutral klingen zu lassen, nicht zärtlich, um Himmels willen, nicht liebevoll – wie macht man das?

Ich wähle noch einmal die Kroßsche Nummer, es ist jetzt jemand zu Hause, der Hörer wird abgehoben. »Kroß«, sagt eine mir wohlbekannte männliche Stimme. Ich lege auf, kann nicht mit ihm sprechen, nicht hier. Sitze da und grübele. Wieso ist er noch in Berlin? Habe ich ihn mißverstanden, nicht richtig zugehört? Ich erinnere mich aber: Die Auktion in München, die er nicht versäumen wollte, sollte am Siebten stattfinden – Idiotin, heute ist der Sechste.

Es liegt aber nicht nur an der Büroatmosphäre, daß ich nicht mit ihm reden kann, es geht auch anderswo nicht, obgleich es von Tag zu Tag dringender wird. Morgen, so beruhige ich mich, morgen hältst du deine Ansprache, dein Plädoyer – ich kann es bereits im Schlaf herunterschnurren:

Verstehen Sie bitte, verstehen Sie doch, es handelt sich gar nicht um Sie, überhaupt nicht, *Sie* finden sich zurecht in der Welt, die ja für Sie gemacht ist, Sie sind durchaus Sie selbst, soweit das möglich ist – es wäre auch gelacht, nicht wahr. Vielleicht haben Sie einmal, als Sie noch jung waren – aber das ist wohl längst vergessen, auch vermute ich es nur, weil ich mir einen Menschen nicht vorstellen kann, der sich nie verloren gefühlt hat, nicht ausgesetzt, fremd. Es wäre ein allgemeines, metaphysisches Leid gewesen, das Sie mit pubertärer Sensibilität damals gespürt hätten, das Unglück des Menschen, der wehrlos einer furchtbaren Kälte und Gleichgültigkeit gegenübersteht, ein Leid, das Sie mit uns allen, Frauen und Männern, teilen. Irina und ich, wir leben aber noch in einer anderen Fremde. Die kennen Sie nicht, werden sie nie kennen, aber die Frauen kennen sie, und natürlich auch viele Männer, aber die Frauen gewiß. Es hilft ihnen nichts, sich einzubilden, die Anpassung und Unterordnung, die von ihnen erwartet wird, sei ›natürlich‹ und bringe ihnen ERFÜLLUNG. Das hilft überhaupt nichts, sie verkümmern. Ich habe ja verstanden, was Sie von Irina verlangen. Nichts Besonderes, das Übliche, das Ihnen ›zusteht‹. Sie wollen der Mittelpunkt sein, um den sich ihr Leben, ihr Denken und Fühlen bewegt. Verzeihen Sie die Frage, aber wer sind Sie eigentlich, was rechtfertigt und berechtigt Sie – von dem allgemeinen Stumpfsinn, auf den Sie sich berufen können, einmal abgesehen. Ich habe gut zugehört. Sie versäumen ja nie, meine Aufmerksamkeit auf Ihre Person zu lenken. Ein TATKRÄFTIGER, aber auch BESONNENER Mann, ein Geschäftsmann mittleren Alters, Einkommens und Niveaus, so lautet eine Ihrer Standardformulierungen, mit der Sie gleichzeitig Ihren Witz demonstrieren. Durchaus auf der HÖHE DER EPOCHE, aber auch ›traditionellen Werten‹ verpflichtet, und so weiter. Ich bitte Sie, was soll's, was soll Irina damit, was wollen Sie mit Irina? Ich verstehe ja, daß sie Sie reizt mit ihren großen leeren Augen und ihrem Mund, der plötzlich aufgeregt plappert, wenn sie Ihren schweren Körper abwehrt. Sie will Sie ja nicht kränken, aber haben Sie sie schreien, ihr Herz springen gehört? Ein bißchen stöhnen und seufzen, das tun alle, es bedeutet bestenfalls, daß sie Mitleid mit Ihnen hat, Sie nicht enttäuschen, Ihre Illusionen nicht zerstören will. Glauben Sie mir: Sie ist es gar nicht. Sie halten eine Maske im Arm, eine Puppe. Ihr wahres Gesicht haben Sie nie gesehen, wenn sie lebt – das tut sie jetzt manchmal.

Das alles und noch viel mehr, und vermag doch in sein selbstzufriedenes Gesicht hinein nicht einmal zu sagen: Ich will sie wieder bei mir haben wie früher, geben Sie sie frei. Es ist absurd. Seine Vorstellung von Irina – was er dafür ausgibt, hat nichts mit ihr gemein: ›Hüterin meiner privaten Sphäre, in der auch ich Mensch sein darf.‹ Kann ein Mann so blind sein? Er ist doch viel zu klug, zu clever, muß ich sagen, clever ist sein Wort. Es ist klar, daß er uns etwas vorspielt. Sein Zynismus hat keine Grenzen, seine Unverfrorenheit. Er sei ein Anhänger jener altmodischen bürgerlichen Tugenden, die besonders Frauen schätzten, Tugenden, die allerdings dem Geschäft eher hinderlich seien. Aber er habe ja Irina. Noch nie wären die Geschäfte so gut gegangen. Um Irinas willen schlage er jede Konkurrenz. Ihr Anblick belohne ihn für seine Anstrengungen. Für sie könne er auch hart sein, unerbittlich, jawohl, deshalb sei er außer sich gewesen, als sie ihm das erste Mal davonlief. Da habe er tatsächlich noch gefürchtet, sie zu verlieren, sagte er mit einem Kichern, als wäre das eine besonders alberne Idee gewesen. Es sei ihm zuwider, daß Irina eine Neigung zum Gammeln habe, und wenn er auch eigentlich kein Freund von Verboten sei, so werde er sie dennoch zur Räson bringen. Er habe an seinen Ruf und an sein Ansehen als Geschäftsmann zu denken. Ich sei ja eine vernünftige Person, nicht wahr, ich würde ihm helfen, Irina an der Kandare zu halten. Auch werde Irina von sich aus nicht noch einmal durchbrennen, denn sie habe jetzt begriffen, was für sie auf dem Spiel stehe.

»...hat sie je ein so sorgloses Leben geführt wie jetzt als meine Frau?« Er tätschelt ihre Hand: »Hab' ich recht, mein Engel, mein Täubchen...?«

Irina sagt: »Du sollst nicht meinetwegen hart sein, sollst dir auch nicht einbilden, du wärst es meinetwegen. Dein Geschäft ging immer gut. Du warst auch früher nicht zimperlich. Ein Gauner warst du.«

Ich halte den Atem an, erwarte etwas Schreckliches, einen Aufschrei, einen Wutanfall, aber Kroß blickt mich ungerührt an, scheinheilig. Er hört nur, was er hören will. Wenn er auch nicht im Traum daran denkt, es zu beherzigen, so bestätigt es doch seine sentimentale Vorstellung von Irina, wenn sie sagt: Sei meinetwegen nicht hart. Den Rest, was sie sonst noch zu bemerken hat, das Herzchen, die kleine Ausreißerin, das schenkt er sich.

Plötzlich höre ich sie sprechen, sie und noch jemanden, fern, leise. Zuerst denke ich, es sind Traumstimmen, eingebildete Stimmen, innere Stimmen also, Stimmen in meinem Kopf, aber das ist falsch. Lene Andras spricht mit Irina – Lene Andras? Ja, doch, ich täusche mich nicht. Durch die offene Tür kann ich ihren Schatten an der Wand des Nebenzimmers sehen, ihren Kopf mit dem Nackenknoten, für den sie sich nie genug Zeit nimmt; eine Haarsträhne hängt heraus. Von Irina erscheinen nur hin und wieder ein halbes Profil und ihre Hand, die sie hebt, um ein Wort zu bekräftigen. Wann mögen die zwei gekommen sein? Bald nach mir, nehme ich an, haben sich vielleicht auf der Treppe getroffen. Lene Andras hat gesagt: Es ist Freitag, den Freitagabend verbringe ich immer mit Stefanie. Und Irina hat gelacht: Kommen Sie nur mit, ich habe einen Schlüssel, wir müssen sie nicht aufwecken, falls sie schon wieder pennt.

Ich richte mich auf, blicke gespannt auf den Lichtschein, der durch die halboffene Tür fällt. Wenn ich mich konzentriere, verstehe ich vielleicht, was drüben gesprochen wird, vielmehr, was Lene Andras spricht, denn sie ist es ja vor allem, die redet. Raucht und redet. Das ist für mich ein Begriff geworden. Fragte mich jemand: Was macht Lene Andras? würde ich antworten: Sie raucht und redet. Allerdings spricht sie nur selten über sich selbst, das vermeidet sie, und ich achte ihre Zurückhaltung, die ich stets als eine Art Keuschheit empfunden habe. Vor ein paar Tagen allerdings hat sie über sich selbst gesprochen. Ich verstand sie zuerst gar nicht, wußte nicht, welche KLUFT sie überspringen wollte. Es war sonderbar. Ich wunderte mich. Es sei ihr ja auch nur halb und mit Hilfe dritter Personen gelungen, einigermaßen mit ihrem ›Lebensproblem‹ fertigzuwerden, sagt sie verlegen – mit Hilfe ihres Onkels Heribert und seiner Freundin, der Frau Marquardt, ja, und mit Hilfe ihrer Schwiegermutter, die jetzt für

Knut sorgte. Da war sie plötzlich mittendrin in ihrem LEBENSPROBLEM, über das sie vielleicht gar nicht hatte sprechen wollen. Er, Knut, ihr Mann, habe anfangs ihre Schwierigkeiten überhaupt nicht gesehen. Manchmal habe sie das Gefühl, er sträube sich noch heute dagegen. Ihn interessiere die Arbeit, auf die er sich konzentriere, die Forschung, und sonst nichts. Sie kennen ja die Sorte Gespräche, die bei solchen Gelegenheiten geführt werden. Gut, gut, sagt die Frau. Und ich? Bin ich nicht deine Kollegin? Ist die Arbeit für mich weniger wichtig?

›Du bist doch eine Frau.‹

Eine Frau. Das war sie. *Seine* Frau. Noch immer stillten sie ihr Zärtlichkeitsbedürfnis aneinander. Nur sie, Lene, fühlte dabei oft ein Ungenügen, er kaum. Für ihn hatte die Liebe unkompliziert, leicht und heiter zu sein. Was aber die Ehe betraf, die war eine ideale Einrichtung für einen Mann wie ihn, besonders wenn die Frau etwas von seiner Arbeit verstand. Ja, es war großartig, er wußte es zu schätzen, zu Hause, wo er ungezwungen und unbeobachtet sprechen konnte, einen sachverständigen Partner zu haben, der noch dazu ausgehungert war, begierig auf seine Worte und Weisheiten, auf Neuigkeiten und Fachidiotien, vor allem aber auf die Fragen, die ihn wirklich bewegten. Die wälzte nun auch sie im Kopf, obgleich sie ja eigentlich gar keine Zeit dazu hatte, vollauf beschäftigt, wie sie war, mit den zeit- und gedankenraubenden tagtäglichen Banalitäten, dem Haushalts- und Küchenstumpfsinn, den ermüdenden Kämpfen mit den Tücken von Herd, Töpfen, Küchenmaschinen, mit Putz-, Wasch- und Nahrungsmitteln, Rechnen und Einkaufen. Ihr Mann wußte davon nichts. Eine Frau erledigt das eben irgendwie, wie sie ja auch die zusätzlichen Strapazen, die das Baby ihr abverlangt, spielend bewältigt, nicht wahr, und wenn ihr hart arbeitender Mann Entspannung braucht...

Sie beklagte sich nicht. Es wäre nicht zuviel für sie gewesen, bestimmt nicht, hätte sie sich nicht immerzu verzehrend nach ihrer eigentlichen Arbeit gesehnt, die nun zur Nebensache geworden war, verurteilt, etwas Halbes zu bleiben, eine Art Hobby, ein Pfusch. Sie fühlte sich sehr einsam. Niemand wollte ihre Lage begreifen, auch ihr Mann nicht, die Zerreiß-

und Zerschleißprobe, in der sie sich befand. Alle dachten: Einer Frau fällt die Entscheidung leicht. Dabei hatte sie ja die Wahl gar nicht, von der immer geredet wurde. Sie brauchte ihre Arbeit nicht weniger, als ihr Mann die seine brauchte; sie war ihr unentbehrlich. Das wurde ihr – einer Frau, einer Mutter – nicht geglaubt. Andererseits war ihr aber auch das Kind unentbehrlich. Sie hätte es nicht über sich gebracht, die Kleine auch nur zu vernachlässigen. Es war ausweglos, ging über ihre Kraft, und es dauerte lange, bis ein Kompromiß gefunden wurde. Erst mußte sie ›zusammenklappen‹ – so sagte sie. Oder flüchtete sie in die Krankheit? Da war Kitty, ihre Tochter, schon ein großes Mädchen – elf Jahre alt.

Ich seufze in mich hinein. Am Ende hat Lene doch Glück gehabt: Alles Erreichbare ist ihr schließlich gelungen, sie hat eine Arbeit, die mehr ist als nur ein Mittel zu finanzieller Unabhängigkeit, sie kann sie ›ganz‹ tun und muß trotzdem nicht einsam, ohne Liebe leben – ihr Mann ist noch für sie da, und ihr Kind lebt eine Etage unter ihr; sie kann jederzeit bei ihm sein, mit ihm sprechen, spielen, arbeiten. Allerdings waren einige besondere Umstände erforderlich, glückliche Umstände, die selten sind: ein Onkel und seine Freundin, die das Kind lieben, eine Wohnung für die Mutter in unmittelbarer Nähe, eine hilfsbereite Schwiegermutter, Geld zur Finanzierung des dreifachen Aufwands...

Daran denke ich, während ich Lene Andras nebenan jetzt philosophieren höre. Ich lache vor mich hin. Auch mir fällt es nicht schwer, in meiner eigenen und zugleich – gleichZEITig – in einer anderen Zeit zu sein. Vielleicht hat die Zeit noch unbekannte Dimensionen, sagt Lene – absurde Vorstellung, Zeit, die über das Heute hinweg voraus-, aber auch zurückläuft, vorwärts, rückwärts, schrumpfend, sich ausdehnend. Und warum nicht, spekulieren nicht sogar Physiker darüber im Zusammenhang mit anderen Absurditäten, mit Antiteilchen, Antimaterie? Davon verstehe ich leider nichts, aber manchmal stelle ich mir vor, in einer anderen Zeit zu sein. Ich möchte wissen, wie das riecht, schmeckt, schmerzt. Nicht in meiner Angst- und Alptraumzeit, die meint Lene Andras jetzt nicht. Sie spricht von einer früheren Zeit, einer Zeit, so jung, so morgenfrisch, daß sie von ihr zu träumen anfängt, ob sie will oder nicht. Unversehens gerät sie auf die Spur unserer großen Göttin, der verlorenen Erd- und Menschenmutter, die in Bäumen und an Quellen wohnte. Ich sehe Irina in der fernen Zeit, wie sie ihr Blumen bringt, sehe mich selbst. Da verschwimmt das Bild, es ist nicht die ferne Zeit, es ist heute. Wir erheben uns vom Sofa, schreiten um den Sonnenfleck, der den Fußboden bedeckt, trippeln, hüpfen und scharwenzeln mit Augenspiel, mit Hand- und Luftküssen umeinander, verbeugen uns, entfernen uns voneinander, tanzen aufeinander zu, berühren uns – zart liegt deine Hand auf der meinen. Plötzlich ein Lachen, ein Lallen, ein Schrei – wir wirbeln umeinander, stampfen, springen, stürzen umschlungen zu Boden.

Lene Andras' Stimme klingt hoffnungsvoll, als spreche sie gar nicht von einer Vergangenheit, die nicht wiederkehrt, sondern beschwöre die Zukunft, das Werdende, das kommen, das sein soll. Allerdings sagt sie ›war‹, ›wurde‹, ›hatte‹. Das Drängen und Treiben der Menschen wurde in friedliche Bahnen gelenkt. Ihr Egoismus, ihr Machtstreben, ihre Aggressivität wurden nicht herausgefordert und idealisiert. Es gab wenig Zwänge, keine Herrschergestalten und Despoten, allerdings – was ja nur logisch wäre – auch keine Denkmäler ihrer Macht und Herrlichkeit. Dafür war das Leben der Menschen selbst voll künstlerischer Gestaltung, ein freundliches Zusammenleben in Schönheit und Frömmigkeit – über den Tod hinaus.

Ich verstehe: Sie verklärt die Frühzeit, und daran ist Irina schuld, ihr Blick, ihr ausdrucksvolles Schweigen. Das wirkt auf sie wie eine Droge, macht sie leichtsinnig. Sie vergißt, daß es auch damals Konflikte gegeben haben muß.

Ich will es wissen, sitze schon auf dem Bettrand, tappe nach meinen Hausschuhen. Da fällt mir ein, daß wir das Sitzen auf dem Bettrand mit herunterhängenden Beinen in der Babyproduktionsstätte, in der ich Igor geboren habe, ›baumeln‹ genannt haben. Die Wöchnerinnen mußten es am Tag vor dem ersten Aufstehen üben. Morgen baumeln Sie, sagte der Arzt, und die Stationsschwester lachte pflichtschuldig über das erschrockene Gesicht der Betroffenen.

Habe ich nun den Anschluß verpaßt? Nein, die Rede ist

noch von IHR, die aus dem Gedächtnis und aus der Liebe der Menschen nicht auszurotten war. Noch im Christenhimmel mußte ihr schließlich ein Plätzchen eingeräumt werden. Im Christenhimmel? Aber da war sie keine Göttin mehr; Göttlichkeit war ein männliches Privileg geworden.

Ich bin jetzt an der Tür, bleibe an den Pfosten gelehnt stehen, sehe die beiden im gelben Lampenlicht bei Tee und Keksen sitzen. Ich hole tief Luft: hier, bei mir zu Hause, in meiner einsamen Bude! Da entdeckt mich Irina. Großäugig blickt sie mich an. Ich forme lautlos mit dem Mund ein DU, begreife aber, daß ich ihr ja wie ein Geist vorkommen muß – stehe plötzlich in der Tür –, da ist das stumme DU auch auf ihren Lippen. Laut sagt sie zu Lene Andras, aber in meine Augen hinein: »Ein Glück für uns – für die weibliche Hälfte der Menschheit, will ich sagen, daß es SIE noch gab.«

Lene Andras nimmt das Wort dankbar auf, glücklich, die geborene Lehrerin: »So ist es. Allerdings war sie schon lange nicht mehr die mächtige und sinnenfrohe weibliche Schöpfergottheit, die große Urmutter der Erde. Gott war ein Mann, Männer waren seine Priester.«

Wir blicken einander an. Laß mich immer im Blick deiner Augen sein!

»Sie kennen die Folgen für die Frauen. Die Gottesmänner siedelten sie auf der untersten Stufe ihrer Hierarchie an. Schweigend hatten sie dort die Belehrung über ihren harschen Gott und Herrn entgegenzunehmen – aus dem Mund von Männern. Was Gott will und denkt, den Frauen erlaubt und verbietet – Männer wissen es, kennen sich aus im Unerforschlichen. Ein gewisses Hautfetzchen erhoben sie zum Kriterium ihres Ranges, ihrer REINHEIT, ihrer Spiritualität. Auch die Mutter Jesu durfte nicht Frau, nicht Weib sein. Sie wurde zum Un-Weib erklärt, das nach Schwangerschaft und Geburt JUNGFRAU blieb. Glaube die Unnatur oder sei verflucht!«

Erschrocken bin ich näher getreten. Lene Andras sagt erbittert: »Mit der Verachtung, den Verleumdungen und Beschimpfungen der Kirchenväter rechtfertigten ihre Nachfolger ihre Grausamkeiten gegen Frauen...«

Plötzlich erinnere ich mich, als wäre es gestern gewesen, im Garten, im Schnee. Ich kauerte, ein Kind, unter dem Apfelbaum und zeichnete mit einem kleinen Zweig Figuren in den Schnee, Männlein und Weiblein, eine ganze Schar. Ihre Gesichter sahen einander zum Verwechseln ähnlich, Mondgesichter: Punkt, Punkt, Komma, Strich, fertig ist... Der Unterschied zwischen ihnen beschränkte sich auf die Kleidung und die Länge der Haare. Manche Männer trugen auch einen Bart. Natürlich gab es unter den Kleidern noch andere Unterschiede, aber die durfte ich nicht zeichnen, das war verboten.

Ich hörte auf der Straße, die an der Gartenkolonie vorbeiführte, Soldaten marschieren. Sie zogen in das Übungsgelände am Stadtrand, wo sie das Töten lernten. Das nannten sie das Kriegshandwerk, und sie lernten es, weil wir viele Feinde hatten, die sie alle vernichten wollten. Manche sagten auch, Gott werde sie alle vernichten.

GOTT. Ich zeichnete Gott in den Schnee, eine große Gestalt. Es war sehr still. Plötzlich fing es auch wieder zu schneien an. Ich befand mich allein im Garten, niemand war da, der mich bestrafen würde, wenn ich Gott, der ja ein Mann war wie der Vater, einen Penis zwischen die Beine zeichnete. Aber fühlte er sich auch wohl, war das Ding nicht lästig, störte es nicht? Ich griff schnell zwischen meine eigenen Beine. Es gefiel mir, daß dort nichts Unbequemes hing – was ich dafür hielt. Mein glatter, runder Leib gefiel mir, und auf einmal tat Gott mir leid, ich tröstete ihn, sprach zärtlich zu ihm, sagte: »Warte, ich mach' dich anders.« Und dann, schnell: »Weißt du was, ich mach' aus dir eine Frau.«

Das ging ganz leicht. Ich wischte den Penis weg, machte den Bauch Gottes schön rund, setzte zwei große Kreise mit je einem dicken Punkt in der Mitte auf ihre Brust und zuletzt einen kleinen senkrechten Strich unten in den Bauch. Dann zeichnete ich noch viele Haare auf ihren Kopf, die ihr bis auf die Hüften herabhingen. Fehlte etwas? Ja, Flügel. Gott mußte ja fliegen können, wenn sie doch so weit weg wohnte – nicht gerade über den Wolken, das glaubte nur Böttchers Elsi, die ein Jahr jünger war als ich, aber doch sehr weit weg.

Später, im Bett, konnte ich das Nachtgebet nicht sprechen, das ja an ›Ihn‹ gerichtet war. Ich würde also in der Hölle enden, vielleicht schon bald, binnen einer Stunde vielleicht. Mit fest geschlossenen Augen lag ich still und wartete in großer

Angst. Es geschah aber nichts Schreckliches, sondern etwas Wunderbares: Gott kam. Mit großen schneeweißen Flügeln und goldenen Augen kam sie hereingeflogen und nahm mich in die Arme.

»...wenn du nur im Nebenzimmer bist oder in der Küche, und ich höre dich, muß nur rufen...«

»Warum bist du nicht vorher gekommen, ehe Kroß dich einfing?«

»Ich muß mich geschämt haben.«

»Vor mir?«

»Du hättest nur meine Füße sehen sollen, den ganzen Tag und die halbe Nacht auf den Beinen, und dann versuchst du, dich in einer Toilette zu waschen, am Bahnhof oder in der Spree, in dem eisigen Dreckwasser. Ich bin ihm zugefallen. Er war der erste, der um die Ecke kam. Ich glaube, ich habe ihn gar nicht angesehen, da lag ich schon in seinen Armen und heulte. Er klopfte mir den Rücken: Na, na, Kleine. Hunger?«

»Auf der Straße also, du hast ihn auf der Straße getroffen?«

»Ja, wie dich. Ich treffe Leute nur auf der Straße. Ich habe auch den Dr. Appelt auf der Straße getroffen, aber ich bin ihm dann weggelaufen.«

»Appelt? Nie gehört.«

»Ich will's auch nicht erzählen.«

»Mußtest du Kroß gleich heiraten?«

»Ich war am Ende. Ich hatte überhaupt keine Widerstandskraft mehr. Da tat ich, was er verlangte. Solange du nichts davon wußtest, dachte ich, es wird gehen. Immer hoffte ich, ich schaffe es noch, empfinde etwas. Aber es ist unmöglich. Ich bin krank davon, und jedesmal soll ich tun, als hätte es mir gefallen, als hätte ich mich nach nichts anderem gesehnt, als mich von ihm zerquetschen zu lassen. EINE FRAU, heißt es dann, eine Frau will genommen sein, unterworfen, will ›die Kraft fühlen‹. Eine Frau ist glücklich, wenn sie hat, was ich habe. Manchmal zittere ich vor Widerwillen. Er will mir ein Kind machen. Dann wäre ich festgebunden. Ich bete: Schick ihn fort. Laß jemand kommen. Laß das Telefon klingeln. Laß ihn tot umfallen.«

Ich halte sie, tröste sie. Es ist unmöglich geworden, Kroß

gegenüber loyal zu sein. Ich bekomme Alpdrücken, wenn ich daran denke, daß ich ihm endlich sagen muß, was zwischen Irina und mir ist: keine Allerweltsfreundschaft, die Sie nichts angeht, Ihre angemaßten Rechte, Ihre Ansprüche nicht verletzt. Etwas der Liebe zwischen Mann und Frau Vergleichbares ist es, etwas Ebenbürtiges, Tiefes und Wahres. Es will mir nicht über die Lippen. Besonders ›etwas Tiefes und Wahres‹, kommt mir lächerlich vor, monströs – am künstlichen Kamin, beim Klirren der Eiswürfel, von Musik umspült.

Es muß ja aber sein, denke ich und staune über meinen Eifer, meine Emsigkeit, wie ich nach Worten suche, den ersten Satz baue. Klingt er nicht selbstgerecht? Unsinn. Du willst Kroß die Wahrheit sagen, also los, rede. Vielleicht öffne ich schon den Mund, bewege die Lippen, da sehe ich sein Gesicht, sein Lachen schlägt an mein Ohr.

Es ist, weil ich nicht sicher bin, das ist es. Weil Irina die Widersprüche nicht sehen will, in die sie sich verwickelt hat. Sie foltern mich: Hat mich nicht vergessen, nicht eine Minute. Hat mich so vollkommen vergessen, daß es ihr nichts ausmachte, Klemens Kroß zu heiraten.

Ich verabscheue mich, will nicht zweifeln und mißtrauisch sein, will auch nicht Lene Andras' ›Meinung‹ über Irina hören. Eine Elbin. Was weiß sie denn von ihr – nichts. Dafür kennt sie sich in versandeten Weltgegenden aus, in lange verschwundenen Zeiten, als auch die Frauen das volle Menschenrecht und Macht besaßen. Sie mißbrauchten sie nicht. Sie stifteten Schönheit und Frieden. Wenn es aber gar nicht stimmt – was ja möglich ist –, wenn schon die frühe Menschheit, Mannheit, eine Horde von Mordgesellen war, eine Raubmörder-, Ritualmörder-, Bruder- und Vatermörderbande, wenn der Friede und die Freiheit des Matriarchats nur Legenden sind...

Plötzlich fällt mir der Schimpf wieder ein. Ich hatte ihn längst vergessen, aber nun sehe ich Irina auf mich zukommen, verzerrt, böse: ›Du Rabenaas.‹

Er hieß Arvid; ich erinnere mich seiner schmalen Blondheit. Irina weinte: Er klammert sich an mich, ich kann ihn nicht abschütteln, hilf mir, jag ihn fort. Ich bat ihn, sie nicht mehr zu besuchen, sie nicht mehr einzuladen, bat ihn guten

Glaubens. Rabenaas. Eine Woche später verließ sie ihn ohne meine Hilfe; es fiel ihr leicht. Er hat mich gelangweilt, sagte sie.

Da kannten wir Lene Andras noch nicht, ein Glück; ich will nicht wissen, wie sie sich dazu geäußert hätte, wie abfällig. Merkwürdig ist allerdings ihr Schweigen über Irinas Heirat. Darüber hat sie tatsächlich nicht ein einziges Wort verloren.

Genug. Ich verscheuche Lene Andras, Arvid, den Schimpf, Irinas Launen – das ist vorbei, Irina ist jetzt anders. Warte noch ein paar Tage, dann wirst du mit Kroß sprechen können.

Er verfügt allerdings über ein ausgeprägtes Talent, mich zu reizen. Auch Irina ist es nicht entgangen. »Er gewöhnt sich an dich. Du gehörst schon zum Inventar. Ja, er rechnet mit dir, kalkuliert dich ein, und wenn du nicht aufpaßt...«

Ich muß lachen, aber es ist wahr und sehr lästig. Er benimmt sich, als stünde ich ihm und nicht Irina nahe, hätte sie zu ›beaufsichtigen‹, wenn er nach Westdeutschland fährt, hätte ihn bei Meinungsverschiedenheiten zu unterstützen, seine Position ihr gegenüber zu stärken. Ich weiß nicht, warum und wieso, wie er darauf kommt. Ich lache ihm ins Gesicht. Es ist absurd, alles falsch und verkehrt, zum Davonlaufen. Er hält mich für eine anregende Person, die es versteht, Irina zu unterhalten, und sie hindert, auf ›dumme Gedanken‹ zu kommen, eine KREATIVE, die ihre Phantasie beschäftigt – für *ihn* beschäftigt, wohlgemerkt, damit er eine gutgelaunte Frau vorfindet, wenn er nach Hause kommt, an *seiner* Stelle und in *seinem* Sinne beschäftigt, dem es leider an Zeit fehlt und wohl auch ein wenig an Glauben. Nicht, daß er Irinas Intelligenz unterschätzte, das sei fern von ihm, aber das Gehirn der Frauen ist kleiner, nicht wahr, dafür ist ihr Herz größer, was man Herz nennt, nicht das Organ, das ist nur eine Blutpumpe.

Irina lacht; ein mißbilligender Blick streift sie. Plötzlich fällt ihm ein, daß auch ich eigentlich eine Frau bin. Er mustert mich ungeniert, aber ich habe ja längst aufgehört, mich über ihn zu ärgern. Unverkennbar eine Frau, und trotzdem Köpfchen. Das soll keine Unverschämtheit sein, im Gegenteil, eine Schmeichelei. Auch würde er es einer ›Dame‹ gegenüber selbstverständlich nicht an Respekt fehlen lassen, würde aufrichtig um Vergebung bitten, wenn er mich auf den Zeh getreten oder mir die Tür nicht aufgehalten hätte; das wären Ungehörigkeiten gewesen...

Irina steht auf und geht hinaus. Ich glaube nicht, daß sie die Kopfschmerzen, mit denen sie sich entschuldigt, nur vortäuscht. Ihr Blick ist sonderbar bleich. Muß sie ihr Unbehagen so dramatisch demonstrieren? Es jagt mich in meine Einsamkeit zurück; ich kann's nicht mitleiden, kann nur meinen eigenen Brummschädel fühlen. Natürlich ängstigt es mich auch. Sie zieht sich immer öfter zurück, fast jeden Abend. Dann überläßt sie mir auch die Dienste, zu denen er sie ERZOGEN hat.

»Sie war eine Wilde, und ich habe eine gehorsame kleine Frau aus ihr gemacht.«

Ich schreie ihn an: »Erstens ist sie nicht klein, sie überragt Sie.«

Das verblüfft ihn; er hat mich noch nie wütend gesehen. Ich habe das unangenehme Gefühl, sein Interesse erregt zu haben, und verstumme, verzichte auf ZWEITENS und DRITTENS. Ich fühle aber, wie er mich beobachtet, während ich für ihn sorge, damit er Irina in Ruhe läßt. Er wäre ja imstande, sie wegen eines Manschettenknopfs aus dem Schlaf zu rütteln.

Er ist stolz darauf, eine Frau ohne eigene Ambitionen zu haben, eine, die nur schön zu sein braucht, weiter nichts. Das gibt ihm ein gutes Gefühl. Großzügig wertet er Irinas lächerliche Rolle auf, räumt ihr Rechte ein – was er darunter versteht. Über meine Füße bestimmt meine Frau, sagt er zur Schuhverkäuferin, die wissen will, ob ihm die Schuhe, die sie ihm anprobiert, gefallen. Etwas Ähnliches bekommt auch sein Schneider zu hören. Irina stöhnt, aber Kroß findet sich großartig, ein Mann, wie die Frauen ihn sich wünschen; es ist vollkommen klar, daß sich Irina an seiner Seite wohl fühlt.

Ich lege ihm ein frisches Hemd hin, decke den Frühstückstisch für ihn, stelle Eier, Eieruhr, Kaffeewasser und Brötchen bereit, bitte ihn, Kaffee und Eier selber zu kochen und die Brötchen zu rösten, falls Irina noch schlafen sollte. Nein, ich bleibe nicht über Nacht, heute nicht, ich habe zu Hause noch etwas zu tun und muß ja sowieso morgen früh ins Büro, sag' ich. Er sieht trotzdem ungewöhnlich zufrieden aus, geschmeichelt. Ich verabschiede mich hastig. Keinesfalls erlaube ich ihm, mich nach Hause zu fahren. Mein Heimweg ist kurz, nicht nötig, Herr Kroß. Schade, sagt er.

Ich bin schon zu Hause angekommen, steige die Treppe hinauf, schließe die Tür auf – ein mißliches Gefühl, ein Unbehagen und Widerwille, hört nicht auf, mich zu peinigen. So lege ich mich nieder, zerfallen mit mir. Ich versuche, an Irina zu denken, aber das Gesicht ihres Mannes, sein Blick, sein sattes Lächeln schieben sich vor ihr Bild. Plötzlich begreife ich, was er denkt. Es ist furchtbar. Meine Hilfsbereitschaft ist eine versteckte Liebeserklärung an ihn. Er hat zwei Frauen, die sich um ihn bemühen, ein Glückspilz, ein Tausendsassa, fängt zuerst eine schöne Vagabundin ein, ernährt und kleidet sie, ›zähmt‹ sie, und dann kapert er eine in ihrem Kielwasser treibende ›Solide‹ dazu, die er gar nicht erst abzurichten braucht, die ihn von selber, aus eigenem ›urweiblichen‹ Antrieb, betreut und bemuttert. *Zwei Frauen*. Womöglich wetteifern sie miteinander, ihm zu gefallen. Es wäre ja ›unnatürlich‹, widerspräche jeder Erfahrung, wollte die eine ihn der anderen nicht abspenstig machen. ›Die eine‹ bin natürlich ich.

Ich schlafe in dieser Nacht schnell ein. Meine Gedanken sind matt, meine Gefühle kraftlos. Auf die absurde Idee, meine ›Fürsorge‹, von der ja zweifellos auch er profitiert, gelte gar nicht ihm, sondern Irina – darauf kommt er nicht, nie würde ihm einfallen, ich könnte ihn nur hindern wollen, Irina mit seinen Wünschen zu belästigen.

Ich habe der Frau W., dieser dreisten Alten, die sich weigert, ihren Herrn Albertz aus der Wohnung zu weisen, obgleich Herr Döhnicke sie mehrmals dazu aufgefordert hat, einen Brief schreiben müssen. Darin wurde aufgezählt, was eine ungehorsame Mieterin zu erwarten hat: Verlust ihres Mietrechts, Räumungsklage, Klage wegen grober Belästigung nach Paragraph sowieso. Als eine grobe Belästigung sei ein Brief von ihr zu werten, in dem sie in ›aggressiver Form‹ Mitgefühl für Herrn Albertz gefordert hat. Kein Mensch kümmere sich um ihn, obgleich er krank sei, nur gelegentlich eine leichte Arbeit annehmen könne, kein neues ›Heim‹ finden werde, kein Dach über dem Kopf. Wer nimmt denn, schrieb sie, einen Mann auf, der nicht zahlen kann? Soll er, der meine Einsamkeit geteilt hat, im Asyl landen oder in Wittenau, während sein Zimmer in meiner Wohnung leer steht...?

Sie ist noch einmal gekommen, sitzt mir gegenüber und wartet auf Herrn Döhnicke, der allerdings einen Termin im Amtsgericht hat – das ist diesmal keine Ausrede. Frau W. will ihm ›ins Gesicht sagen‹, wie erbärmlich sie es findet, wie schäbig, einen armen Teufel auf die Straße zu jagen, während man selber behaglich in seiner Wohnung sitzt. Nun läßt aber die Wirkung der Tablette nach, mit der sie sich Mut gemacht hat; ihre Hilflosigkeit überwältigt sie. Für das sogenannte Armenrecht ist sie nicht arm und für das Risiko eines Prozesses auf eigene Kosten nicht reich genug. Selber schwach, vermag sie einen anderen Schwachen nicht zu schützen. Ihre Hände zittern, ihre Knie, ihre Stimme – sie ist alt, darf sich nicht aufregen; sie geht dann lieber, wenn Herr Döhnicke doch nicht mehr kommt. Vielleicht ist es gut, daß sie uns zur falschen Zeit aufgesucht hat. Ihr Zorn wäre vielleicht wieder mit ihr durchgegangen, ihr gerechter Zorn – wer weiß, was sie sich damit eingebrockt hätte...

Ihr Besuch hatte genügt, mich traurig zu machen, es hätte nicht noch Herr Striese aufkreuzen müssen. Herr Klaus Erich Striese, Lektor in einem populärwissenschaftlichen Verlag, ist ein Mensch von anderem Kaliber als die gebrechliche Frau W., ein ›Schrank‹, würde Irina sagen und dann irritiert in sein Gesicht blicken, sein Babygesicht mit Schmatzlippen und rundem geteilten Kinn. Der Mann mit dem gestohlenen Kopf. Wie mochte wohl der glatte, kugelige Kinderkopf auf den gedrungenen Hals, die mächtigen Schultern geraten sein? Auch seine Hände sehen aus wie nachträglich angebracht, sie sind zu klein, zu patschig für einen Mann seiner Statur. Er wäre beinahe auch in anderer Hinsicht ein ›schwerer Fall‹ geworden, wenn auch nicht Herrn Döhnickes Fall, der ja nur ausnahmsweise als Strafverteidiger agiert, nur wenn es sich um kleinere Delikte handelt – in einem Mordprozeß ist er noch nie aufgetreten. Darum ging es aber, um Mord. Herr Striese sollte wegen Mordes an seiner Frau angeklagt werden. Dazu kam es zu seinem Glück nicht. Er verdankt es Herrn Döhnickes Initiative, daß die Wahrheit noch rechtzeitig erkannt wurde: Es ist Selbstmord gewesen, eindeutig, Herrn Strieses Frau hat sich selbst umgebracht. Er besucht aber nicht Herrn Döhnicke, der allerdings nur seiner Frau zuliebe für Herrn Striese den Detektiv gespielt hat, nein, er besucht mich, niemand weiß, warum, wieso, was er von mir will. Gewisse Andeutungen der Dorows sind vollkommen unbegründet. Trotzdem sitzt er mir nun wieder gegenüber, die Patschhände zwischen den gewaltigen Knien gefaltet, und starrt von unten herauf erwartungsvoll auf meinen Mund – selten in die Augen, in die Augen blickt er mir fast nie. Wenn ich aber meinerseits versuche, seinen Blick festzuhalten, weicht er mir aus, und das braucht nichts, überhaupt nichts, oder wenigstens nichts Schlechtes zu bedeuten, aber es verwirrt mich trotzdem. Auch Fräulein Koppisch ist es aufgefallen. Er sei in meinen Mund verliebt, sagte sie: Feine Eroberung, die Sie da gemacht haben.

Der Mann ist mir unheimlich. Ich bilde mir ein, er weiß es, er spürt meinen Widerwillen. Fräulein Koppisch behauptet, ich sähe wie ein hypnotisiertes Kaninchen aus, wenn er auf mich einredet. Ich habe noch kein hypnotisiertes Kaninchen gesehen und komme mir auch nicht so vor, durchaus nicht, eher wie erkannt, ertappt – ich weiß nicht wobei, bei welcher Schuld und Untat, spüre nur immerzu, daß er mich zu einer Art Komplizin machen will. Dabei sagt er nichts, quasselt nur. Dies sei noch kein richtiger Sommer, zuviel Regen, er habe das Grab seiner armen Frau mit Lilien geschmückt, zwei Reihen Lilien wie in dem bekannten Reiterlied, gestern abend sei er in einem neueröffneten chinesischen Restaurant gewesen – alles in einem Atemzug –, dem an der Ecke Uhlandstraße.

Sagte er Uhlandstraße? Ich erschrecke, denke noch: Die hat viele Ecken – da kommt es: »Sie waren ebenfalls dort in Begleitung einer wunderbaren jungen Dame. Später kam noch ein Herr hinzu.«

Aus. Ich höre nichts mehr. Die Lilien standen weiß im

Sonnenglast, eine neben der anderen, hoch aufgerichtet in dem schmalen Beet. Es war heiß, über der Wiese summte der Sommer, sonst regte sich kein Laut. Die Leute im Nachbarhaus schliefen hinter ihren geschlossenen Fensterläden. Auch drunten am Fluß war niemand zu sehen. Irina zog ihr Kleid über den Kopf, streifte das Wäschestück ab, das sie darunter trug, und warf es von sich. Ihre Haut leuchtete, ihr Haar. Sie lachte glücklich, während sie den Hang hinunter und wieder herauf tanzte. Dann probierte sie einen Spitzentanz. Er gelang erst beim dritten Versuch. Da stand sie trippelnd auf den nackten Zehenspitzen, hob die Arme und formte über ihrem Kopf mit den zusammengelegten Händen, die sie langsam öffnete, die Gestalt der aufblühenden Lilie.

Der Stein traf sie an der Schulter. Sie schrie; ich zog sie in die Laube hinein. Als ich ihr Kleid aufhob, sah ich zwei verzerrte Gesichter über der Hecke am Zaun. Wie kam ich nur darauf, was hatte Herr Striese damit zu tun? Ah ja, die Lilien. Ich glaube allerdings nicht, daß er die kleine Stadt in den Hügeln kennt, das Mühlbachviertel, die Leute dort. Heute ist mir klar, wofür sie Irina hielten. Sie war arglos, schlug vor keinem Finsterling die Augen nieder, genoß den Wind auf der Haut, die Sonne – eine Herausforderung. Wenn aber einer zugreifen wollte, entzog sie sich, lachte und lief davon. Das kam ihr nicht zu. Eine wie sie hatte gefügig zu sein, sich geschmeichelt zu fühlen. Warte nur, warte du, wir zeigen es dir...

Ich zucke unter Fräulein Koppischs Stimme zusammen, die scharf klingt. Sie fragt aber nur, ob ich mit einem bestimmten Schriftsatz fertig wäre – Tümler contra Mertens. Was soll das? Ich begegne ihrem Blick und begreife plötzlich. Auch sie ist eine wunderbare Dame, wenn auch keine junge. »Beeilen Sie sich!« ruft sie mir zu und wendet sich, von Kopf bis Fuß Büroautorität in weißer Bündchenbluse und Kostümrock, an Herrn Striese, lächelnd, aber mit Festigkeit: »Sie entschuldigen uns jetzt bitte, Herr Striese, wir haben alle Hände voll zu tun.«

Sie schafft es, wir werden ihn los; ungekränkt verbeugt er sich, schnaubt und trudelt hinaus in seinem Hängemäntelchen, ein tänzelndes Nilpferd. Ich will Fräulein Koppisch um den Hals fallen, beherrsche mich aber, bedanke mich nur mit Worten, stotternd: »Tümler contra Mertens, das gibt es gar nicht, wir haben keinen Vorgang Tümler contra Mertens, den haben Sie erfunden, nicht wahr, wollten nicht die Namen von Leuten benutzen, die wirklich unsere Klienten sind.«

Sie lacht, blickt mich freundlich an, ohne Geblinzel und Getue, auch ihre Stimme klingt ungekünstelt: »Warum so aufgeregt? Beruhigen Sie sich! Wir sind allein, Sie und ich, und was mich betrifft – ich habe den Schmus schon vergessen.«

»Schmus?«

»Was er über Sie und Ihre Freundin gesagt hat.«

Ich starre sie an, ihr Blick wird eng, mißtrauisch: »Haben Sie denn nicht zugehört? Nein, ich wiederhole es nicht. Ich sagte doch: Ich hab's vergessen.«

Auch ich vergesse, und niemand soll denken, das sei schwierig. Trotz der Verwirrung, in die er mich stürzte, ist es mir nach jedem seiner Besuche gelungen, Herrn Striese schnell und gründlich zu vergessen.

Ich reiße das Fenster auf, beuge mich hinaus in den Gewitterregen. Er trifft mich nicht. Der Wind jagt ihn horizontal durch die Schlucht der Straße, erstaunlich, daß er überhaupt unten ankommt. Plötzlich dreht sich der Wind, faucht an mir vorbei ins Büro. Schnell lege ich etwas Schweres auf unsere Papier- und Aktenstöße, den Brieföffner, die Aschenschale, den roten Stein, den Herr Uhl aus einer Höhle in Südfrankreich mitgebracht hat, ein Telefonbuch. Der Stein zeigt Spuren einer Bearbeitung, behauptet Herr Uhl. Sehen Sie nur, hier und hier – ganz glatt ist er an einigen Stellen. Vielleicht hat er für das Werkzeug, das jemand aus ihm machen wollte, nicht getaugt, oder der Mann ist unterbrochen, vielleicht erschlagen worden, oder ein plötzliches Unwetter hat ihn fortgetrieben – es gibt viele Möglichkeiten, wichtig ist nur, daß vor langer Zeit, vor Jahrtausenden vielleicht, ein Mensch diesen Stein in der Hand wog, überlegte und ausprobierte, ob er etwas Brauchbares daraus machen könnte, eine Schleuder, eine Axt, einen Mahlstein. Da pfeift mein Wasserkessel im Kabuff, unserer Kochnische. Fräulein Koppisch muß das Wasser für mich aufgesetzt haben, ehe sie ging.

Ich brühe mir einen kräftigen Kaffee auf, esse Joghurt und ein belegtes Brot. Liebste Irina. Der Wind hat nachgelassen, der Regen fällt jetzt ruhiger, in großen Strähnen, er glänzt auf Asphalt, Dächern und Autos, färbt die Hüte, die Regenschirme, die Haare der vielen hungrigen Leute, die schnell irgendwohin essen gehen, eine Nuance dunkler. Ich atme aus, lange und tief, presse den letzten Rest Gift aus meinen Lungen. Gift? Ja, in mir ist Gift, das heraus muß; jemand war hier, der mir übel will, dir und mir. Ich muß dich sehen, schnell, sofort. Laß mich wenigstens träumen, ich sehe dich, du bist da, stehst vor dem Wasserfall im Fensterrahmen, leicht stehst du dort, hell, jede Regung deines Körpers, deiner Seele ist mir vertraut. So sagt man: Regung, als wär's nicht auch jedes Stillhalten. Du – aber auch ich. Als ich Joachim liebte, war es immer nur er, mich gab es nicht, ich war mit Haut und Namen verschwunden und als eine wildfremde Person wieder zum Vorschein gekommen, die Frau Siewers hieß. Wir wären eins geworden, schwärmte Joachim, ein Fleisch – *sein* Fleisch, selbstverständlich; wir waren Joachim geworden, Herr und Frau Joachim Siewers. Das sei mein Schicksal, sei Frauenschicksal, hieß es, die Frau habe ›aufzugehen‹ im Mann, in der Familie. Ihn verstehen, anhören, bewundern, ermutigen und betreuen, seine Sorgen wegzaubern, das und noch viel mehr erwarte ein Mann von seiner Frau. Sie hatte nichts dergleichen zu gewärtigen, aber darüber dachte ich nicht nach, sondern liebte Joachim, wollte ihn lieben, hatte gelernt, alle Hoffnung auf ihn zu setzen, den Mann, der mir die Welt bedeuten sollte. Ich erschrecke. Wie dumm muß ich gewesen sein. Ihm allerdings gefiel ich so, wie ich war. Er genoß meine Hingabe, die ja nur ›weiblich‹ war. Auch bei ihm hieß es: ›Eine Frau will sich hingeben.‹

Mit sich selbst ging er sparsam um. Auch von Freundschaft hielt er nichts. Freundschaft war Männer-, war Kollegensache. Sie gehörte in die mir verschlossene Welt, in die er ausbrechen konnte, wann immer er Lust dazu verspürte. Als Freund reizte ich ihn nicht. Ich hatte ihm ja auch nichts zu bieten an Wissen, Welt- und Berufserfahrung. Auch würde er mich am Ende ›verstehen‹, würde Ähnlichkeiten mit sich an mir entdecken – das wollte er nicht. Ich sollte mich nicht als ein Mensch wie er entpuppen, der vielleicht auch jemand für sich sein wollte. Das wäre unerträglich gewesen, hätte seine Intelligenz und seine Güte herausgefordert. Den Menschen begehrte er nicht. Warum hätte er ihn begehren sollen? Der Mann ist sich selber Mensch genug. Die Frau soll anders, soll das Rätselwesen, das Zwischen- und Zwitterwesen sein, Lilith, Undine, Schlafzimmerphantom seiner Träume, heilig oder hurig, eine, die er anbeten, schmähen, erhöhen, unterwerfen und jederzeit von sich wegrücken kann.

Ich spüre meinen Worten nach, die mir unzulänglich vorkommen, falsch, ein Netz aus glatten Sätzen über das Rauhe, Böse, das Gemeine geworfen, das auch unsere Ehe gewesen ist, die Erniedrigung Nacht für Nacht, und wie ich mich darüber hinwegschwindelte und mir einbildete, ›glücklich‹ zu sein: zur Frau erzogen, in der Kunst, mich zu verbergen, geübt, mich auch vor mir selbst zu verbergen, nicht ›wichtig‹ zu sein. Das ist es, das lernen die Frauen, es macht das Sich-Fügen und -Anpassen leicht. Wenn sich dein Mann satt und zufrieden zur Wand dreht und dich liegen läßt, und du weißt nicht, wohin mit dir und deiner Not – verstehe ihn. Er braucht Entspannung. Es ist deine Schuld, wenn du unzufrieden bist. Deine Liebe ist nicht ›tief‹, nicht uneigennützig genug.

Irina hat bisher jeden Brief bekommen, den ich ihr geschrieben habe, aber diesen zerreiße ich. Drei Seiten Ehemisere. Wie kam ich nur darauf? Sie wird aber den Brief vermissen, wird sagen: Gestern mittag hast du nicht an mich gedacht; und wollte ich ihr nicht etwas Wichtiges mitteilen, etwas Unaufschiebbares – daß ich mehr geworden bin durch sie, mich verdoppelt habe, offener bin. Auch du sollst dich nicht kleinmachen lassen, sollst nichts Ausschließliches in unserer Freundschaft sehen; sie schließt nichts aus, nichts und niemanden.

Ich seufze vor mich hin. Das sind ja großzügige Anwandlungen...

Das Frühe und das Späte

Über Lene Andras' Gefühle mir gegenüber hatte ich eigentlich nur flüchtig nachgedacht und mochte nicht darüber sprechen, aber Irina bestand auf dem Thema: Lene Andras empfinde für mich mehr, als ich ahnte oder zugeben wollte, sagte sie in einem aufreizenden Ton, und ich, ärgerlich: »Bist du sicher? Du siehst sie selten, kennst sie nur oberflächlich.«

»Irrtum. Wohin geh ich wohl, wenn ich mich langweile und du sitzt in deinem Büro? Zu ihr natürlich.«

»Du? Du gehst zu ihr?«

»Warum nicht? Ich muß mich nur für ihre toten Frauen interessieren, für die schrecklichen Schicksale, die sie rekonstruiert, dann hat sie Zeit für mich, ja, sie gibt sich Mühe mit mir – nicht weil sie mich plötzlich leiden könnte, sondern weil sie mich nicht leiden kann.«

»Ein bißchen kompliziert, was du da sagst.«

»Für dich vielleicht. Ich bin nicht so begriffsstutzig. Ich will es dir erklären«, sagt sie großartig. »Sie findet sich ungerecht, sich selbst, es geniert und beunruhigt sie, daß sie gegen mich voreingenommen ist – das will sie nicht. Für mich ist es vorläufig ganz amüsant, sie ein bißchen zu irritieren.«

»Wie meinst du denn das: irritieren?«

»Anders sein, als sie erwartet. Das macht sie konfus«, sagt Irina, aber vielleicht tue ich ihr nun leid; eigentlich wollte sie ja nicht mich konfus machen. »Ich lerne auch von ihr, ja, ich hole Versäumtes nach«, sagt sie.

Darüber sollte ich mich freuen. Ich stehe am Fenster und warte auf die Freude, die nicht kommen will. Das liegt vielleicht auch an dem verschwundenen Himmel. Er muß sich über unserer Stadt verflüchtigt haben. Grauer Dunst und sonst nichts füllt den Raum zwischen den Häusern und den unsichtbaren Sternen. Das Grau hängt bis in unsere Fenster herein und erstickt alle Farben. Ich gehe umher, räume auf, rücke den blauen Sessel dichter an das Fenster, aber es nutzt nichts, das Licht ist zu schwach, das Blau leuchtet nicht. Ich frage Irina, wo der Sessel stehen soll: Hier? Dort? Wie gefällt es dir besser? Sie sagt, es sei ihr gleichgültig. Sie drückt es unfreundlicher aus, aber das erschreckt mich nicht, ich weiß ja bereits, daß sie ihren groben Tag hat.

»Hör auf, herumzuwirtschaften. Ich hasse weibliche Geschäftigkeit. Leg dich hin und sei still.«

Ich lege mich hin und bin still. Nach einer Weile begreife ich auch, wovon sie redet, welche ›verrückte‹ Matratze sie meint.

»... weißt du noch?«

Ich atme auf. Die üble Laune wird bald überwunden sein. »Es tut mir leid, daß das Ding so kaputt war«, sag' ich hoffnungsvoll, und sie: »Wir merkten es doch gar nicht. Für uns war die Matratze gar nicht da. Wenn wir uns nur in den Armen hielten...« Sie richtet sich auf, greift über mich hinweg und knipst die kleine Lampe an, die auf meinem Nachttisch steht. Auf den Ellenbogen gestützt, blickt sie auf mich nieder. »Manchmal, wenn ich aus dem Schlaf fahre, ist noch damals. Es gibt keinen Klemens Kroß. Nur dich und mich gibt es.«

Da endlich sehe ich den Spott in ihren Augen, den Zorn.

»Jetzt bist du eine etablierte Bürohexe, und ich bin eine wohlversorgte Ehehure.«

Mir schwindelt.

»Erzähl von deiner Arbeit«, fährt sie ungerührt fort. »Bitte, was war los, was hast du getan?«

Es kommt mich hart an, ich brauche eine Weile, bis ich sprechen kann. Bürohexe, Ehehure. Wenn sie nun nicht nur ihren groben Tag hat, wenn etwas anderes dahintersteckt. Seit wann interessiert sie sich für meine Arbeit?

»Ich will wissen, was du den ganzen Tag treibst.«

Das klingt ja, als arbeitete ich zu meinem Vergnügen. Soll ich dir schildern, wie es in unserem Büro zugeht, die Hatz mit vier Angestellten und einem Büroboten und Arbeit für zehn? Ich merke selber, daß ich mich aufspiele – will ihr vielleicht eine Lektion erteilen, von wegen Bürohexe, meine Arbeit ist wichtig, nicht wahr.

Das ist sehr lächerlich; ich mäßige mich, aber Irina hört mir gar nicht mehr zu.

»Übermorgen ist der dritte Sonntag«, sagt sie und wendet sich ärgerlich ab, weil mich auch diese Bemerkung überrascht, wenn auch nicht beunruhigt, das nicht. Am dritten Sonntag jeden Monats darf mein Sohn mich besuchen, Igor. Sie hat es allerdings noch nie erwähnt, hat auch, glaube ich, nie daran gedacht. Immer bin ich es gewesen, die sagte: Morgen oder übermorgen kommt Igor. Ich habe aber nicht hinzugefügt, wie schwer es mir manchmal fällt, an einem vorher bestimmten Tag, der ja ein schlechter Tag mit Kopfweh und Müdigkeit sein kann, von neun bis achtzehn Uhr vergnügt und hellwach zu sein, ›auf Draht‹, sagt Igor. Bin ich denn aber nicht geübt im Ab- und Umschalten – wie immer die schreckliche Seelentechnik funktioniert und genannt wird, die das ›Erwerbsleben‹ erfordert? Ich rede mich frei: Denk nicht, er stürze sich in meine Arme, nein, er würde nicht zugeben, wenn er etwas vermißte, und vielleicht vermißt er auch gar nichts, vielleicht ist Joachims zweite Frau ein liebevoller Mensch. Igors Großmutter, eine Russin, der er seinen Vornamen verdankt, eine überschwengliche alte Dame, mußt du wissen, die ihn immer voll Wonne an ihren großen Busen gedrückt hat, die sieht er ja leider auch sehr selten, dafür sorgt Joachim, der nicht will, daß Igor verwöhnt wird. Sie haben einen deutsch-russischen Privatkonflikt in der Familie, verstehst du, wie er im Buche steht, norm- und klischeegerecht: die harten deutschen Männer, Joachims Vater, Joachim und nun auch Igor, gegen die störende Gefühlsmacht der russischen Frau – keine Übermacht, Igors Vorname ist, glaube ich, das einzige Zugeständnis, das sie ihrem Sohn abgerungen hat, und Igor soll ›ein Mann‹ werden; er befindet sich bereits auf dem besten Weg dahin, plappert seines Vaters Sprüche nach: Ein Junge weint nicht. Früher, als er neun, zehn Jahre alt war, ist es noch leicht gewesen, da konnte ich den Krampf noch lösen. Zuerst wehrte er sich, kratzte, spuckte und schlug um sich, aber am Ende ist er doch lockerer gewesen, es hat ihm wohlgetan, daß er zärtlich sein, sich ›wie ein Mädchen‹ aufführen durfte. Das war hier bei mir keine Schande. Dafür wurde er nicht verspottet, im Gegenteil: Mädchen sind prima, behauptete ich kühn.

Ich halte inne. Irina sieht eigentlich nicht so aus, als interessiere sie sich für Igor. Oder doch? Ich höre sie sagen: »Du bist, wie er dich haben will. Klasse, sagt er. Meine Mutter ist Klasse.«

Ich lache unsicher; kaum zu glauben, murmele ich.

»Hast du ihn freiwillig deinem Mann überlassen?«

»Freiwillig? Nein. Ich ahnte allerdings nicht, daß er ihn mir wegnehmen würde. Das Gesetz gab ihm dieses Recht, aber er war doch ein Mann mit Grundsätzen; ich kam gar nicht auf den Gedanken, er könnte eins seiner Prinzipien umstoßen. Mutter und Kind gehören zusammen, hieß es. Nun auf einmal gehörten nur die dem Vater treue Mutter und ihr Kind zusammen. Wenn ich bis dahin noch Illusionen hegte – jetzt wußte ich, was eine ungehorsame Frau erwartet.«

»Erzähl mir mehr von Joachim. Du sagtest, er sei dir gleichgültig geworden.«

Sie sitzt vor der kleinen, auf einer Hausratsversteigerung erworbenen Marmorkonsole, die mir als Frisiertisch dient. Ich habe einen Spiegel darüber angebracht und einen Schemel davorgestellt, nicht eigentlich für mich, ich brauche keinen Frisiertisch, meine kurzgeschnittenen Haare sind schnell durchgebürstet, aber für Irina, die sich jetzt mit ihren Füßen beschäftigt. Sie untersucht und massiert sie, fährt mit meiner kleinen Feile unter die Nägel, biegt die Zehen, bewegt die Fußspitze hin und her, auf und nieder, umfaßt das Bein mit beiden Händen und schüttelt den Fuß. Ich betrachte ihren gebogenen Rücken, ihr Haar, das sich von der Kopfmitte aus teilt und über die Schultern nach vorne fällt. Von vorn kann ich sie ebenfalls sehen, im Spiegel, darin hockt sie in der Dornauszieher-Haltung, das rechte Bein über das linke Knie gelegt, den Kopf geneigt. Ein Bild blitzt in mir auf: Irina, nackt wie jetzt, aber nicht vor einem regengrauen Hintergrund, sondern in Licht schwimmend.

Es war im Hause ihres Großvaters. Die Kammer war weiß getüncht und schmal. Ein großes Holzbett mit hoher, geschnitzter Kopfwand, Tisch, Schrank und Stuhl – mehr fand darin nicht Platz. Nur das Licht, das Morgenlicht, fand Platz, das durch das offene Fenster hereinflutete aus dem großen Himmel über den Elmhof-Wiesen jenseits des Flusses. Es sprang über den Fluß, brach sich darin und sammelte sich wieder, ergoß sich in unseren Garten, den Hang hinauf und dann in einem breiten Strom in die Kammer – kein Winkel, der nicht voll davon war, Irina, ich, unsere schlafwarmen Körper, von Licht umflossen.

Sie denkt aber noch an Joachim, sagt spöttisch: »Es ist nicht wahr. Er ist dir nicht gleichgültig.«

Ihr Ton beunruhigt mich. Natürlich sei er mir gleichgültig, antworte ich, allerdings – wie soll ich sagen – nicht ganz und gar gleichgültig, nicht so gleichgültig wie irgendein Unbekannter, das wäre nicht möglich.

»Weil du mit ihm geschlafen, ihn geliebt hast?«

»Es hat nichts mit Liebe zu tun, schon lange nicht mehr.«

»Und wenn er plötzlich käme und wollte wieder mit dir leben?«

»Nie. Nie wird er kommen, und ich würde nie wieder mit ihm leben.«

Sie lacht hinterhältig.

»Hübsch, wie du das sagst. Überzeugt.«

»Irina, ich schwöre dir…«

»Und der andere, wie wär's mit ihm – Peter hieß er, nicht wahr, Peter, genannt Pitt.«

Ich stottere: »Aber wieso, was meinst du?«

Auf einmal quält mich die Erinnerung an ihn, die doch immer heiter war, quält mich, weil es manchmal mit ihm beinahe wie mit Irina gewesen ist, ohne Schuldgefühle und Skrupel: Er – sie – ist um dich wie die Luft, du atmest sie ein und aus, atmest ruhig, denkst nicht: Ich atme die Luft ein. Du atmest ohne Furcht, als wüßtest du: Die Luft wird immer dasein – aber auch das denkst du nicht.

»Woher kanntest du ihn überhaupt?«

Ich winde mich. »Ich habe die ganze Zeit gefürchtet, du würdest mehr von ihm wissen wollen. Leider kann ich dir aber nicht viel von ihm sagen, nur, daß er zärtlich, melancholisch und jung war.«

»Jünger als du?«

»Ja. Eine Spielplatzbekanntschaft, wenn du dir darunter etwas vorstellen kannst. Ich meine, es war ein Omen. Für ihn war die ganze Welt ein Spielplatz.«

Sie lacht; Peter gefällt ihr.

»Er hob Igors Ball auf«, schlägt sie vor, »oder er hob Igor selber auf, der hingefallen war. Vielleicht saß er auch auf der anderen Ecke der Bank und schäkerte von weitem mit Igor.«

»Nein. Nichts dergleichen. Er kümmerte sich weder um Igor noch um mich, saß auch nicht auf der Bank, sondern auf dem Gatter und spielte mit einem Luftballon, den er mit leichten, flachen Handschlägen geschickt hin- und herdirigierte. Die Kinder kamen gelaufen und guckten zu. Es war ein besonders schöner Luftballon, groß und prall war er und leuchtend rot, röter als die Begonien in den Beeten, eine runde rote Sonne. Er schwebte ein Stück in die Höhe und wurde wieder zurückgezogen. Dann plötzlich ließ der Mann die Schnur los; wir sahen den Luftballon aufsteigen, sahen ihn langsam und feierlich über die Bäume und schließlich über die Dächer hinweg davonsegeln. Als er verschwunden war, gingen die Kinder wieder in den Sandkasten, nur Igor nicht, Igor blieb bei dem Mann.«

»Also nicht Absicht.«

»Nein, ein Zufall, eine Laune Igors.«

»Ich verstehe.«

»Du verstehst?«

»Das hat dir gefallen. Ich finde es unheimlich. Wenn Igor mit den anderen Kindern zum Sandkasten gegangen wäre – es ist nicht auszudenken. Du wärst vielleicht ein paar Jahre später nicht nachts durch die Motzstraße geirrt, hättest kein Weinen hinter einem Haustor gehört. – Hast du dich noch am gleichen Tag in den Luftballonmann verliebt?«

»Ich glaube ja. Auf der Stelle. Er hat mich nur ansehen müssen. Vielleicht wußte ich es nicht. Um so sicherer war er. Er rieche es förmlich, brauche einer Frau nur einen Augenblick nahe zu sein, in ihrem ›Dunstkreis‹ zu stehen, sagte er, da wisse er, ob es sich lohne. Damit meinte er, ob sie mit ihm in sein möbliertes Zimmer gehen würde.«

»Und du hast ausgesehen, als würdest du es tun?«

»Ja. Gerochen, wenn ich bitten darf, ich habe so gerochen. Es ist sehr einfach gewesen, völlig unkompliziert, eine große Befreiung. Niemand ist mehr überrascht von mir gewesen als ich selbst. Auf einmal hatte ich, fast nebenbei, ohne Vorsatz und ohne Bedenken, etwas Eigenes aus eigenem Antrieb und zu meiner eigenen Freude getan. Ich habe dabei nach keinem erhobenen Zeigefinger geschielt. Die welt- und männerbewegende Frage nach meiner weiblichen Pflicht war schlicht vergessen. Was ›eine Frau‹ darf und was sie nicht, was sie auf keinen Fall darf, das betraf mich plötzlich nicht mehr – es fiel mir gar nicht ein. Ich, nicht mehr halb, nicht mehr ›nur‹ eine Frau, tat das erste Mal in meinem Leben aus vollem Herzen etwas, wozu ich Lust hatte. Dabei wußte ich wirklich nichts von ihm, nicht einmal, wovon er lebte, ob er einen Beruf gelernt oder ein paar Semester studiert hatte. Bald wollte ich es gar nicht mehr wissen; es war unwichtig geworden. Joachim nannte ihn eine UNDURCHSICHTIGE EXISTENZ, und das war er auch, ein Alptraum für einen Verwaltungsmenschen wie Joachim, nicht einzuordnen, in kein Schema passend, statistisch nicht erfaßbar.«

»O heiliger Demoskopus! Und warum hast du dann auch ihn verlassen?«

Ja, warum?

»Wir paßten eigentlich nur im Bett zusammen. Das war ein großes Erlebnis für mich – nach meiner Einsamkeit mit Joachim, aber es genügte mir dann auch nicht, nicht für die Dauer. ›Verlassen‹ klingt allerdings viel zu dramatisch. Ich bin nicht mehr hingegangen, das war alles, und er konnte nicht kommen, ich war ja noch nicht geschieden, lebte noch bei Joachim, der ihm das Haus verboten hatte. Ich habe aber in der kurzen Zeit unserer Verliebtheit viel von Peter gelernt. Ein Mann, der auch eine Frau war, eine Art Fabelwesen, wenigstens für mich, ein Wunder, frei von Ehrgeiz, von der männlichen Kampfhahn- und Leithammel-Mentalität. Frönte keinem Macht- und Selbstwahn, wollte mich nicht beherrschen, nicht besitzen, nicht zu eigen und untertan machen, wollte mir nicht das ›Signum seiner Persönlichkeit‹ aufprägen oder auch nur den Ton angeben...«

»Wollte nicht töten«, sagte Irina schroff.

Nicht töten. Darüber denke ich lange nach. Irina sagt: »Wenn viele Männer wie dein Peter wären, ›weiblicher‹...«

Ich muß lachen. »Gibt es nicht genug Weiblichkeit? Es wimmelt doch von Frauen.«

»Aber sie bestimmen nichts. Bestenfalls sind sie Gehilfinnen.«

»Das ist wahr. Die Männer bestimmen. Sie verfügen auch über den Tod. Töten ist Männersache.«

»Würde sich denn etwas ändern, wenn plötzlich die Frauen mehr zu sagen hätten? Ich meine nicht: für sie selbst. Ihrem geknickten Selbstgefühl wäre es sicherlich hilfreich. Aber für alle, für das Ganze...«

»Ich weiß nicht. Wenn die Frauen das Steuer herumreißen könnten, wenn das noch ginge... Ich fürchte, es ist zu spät. Sie müssen wie Männer denken und wie Männer handeln, wenn sie mitspielen wollen. Ihre Geschäfte, ihren Wettbewerb, ihre Politik, ihre heißen und kalten Kriege, ihre Techniken und Wissenschaften müssen sie lernen und ihnen nacheifern – oder nicht handeln, abseits bleiben, verzichten.«

Irina stöhnt; ich spreche schnell weiter: »Es ist ja bereits gleichgültig geworden, wer die Maschinerie bedient. Ob Mann, ob Frau – er oder sie muß es nur ›richtig‹ machen, und das heißt nicht nach menschlicher Einsicht und Logik – die könnte männlich oder weiblich akzentuiert sein, nicht wahr –, nein, nach Apparat- und Systemlogik, nach der Logik, die die Institution selber entwickelt. Konzern oder Staatspartei, Verwaltung, Bürokratie, Werbung, Wirtschaft – diese anonymen Wasserköpfe, die uns beherrschen, ihre ›Eigengesetze‹, sagt Herr Döhnicke. Wenn denen nicht gehorcht wird, klappt der Laden nicht.«

»Wer soll denn aber das Unglück aufhalten, die Zerstörung...?«

»Die Frauen vielleicht?«

Irina sagt spöttisch: »Du denkst, sie waren es nicht, die den Karren in den Morast geschoben haben, also kann es auch nicht ihre Aufgabe sein...«

Sie stutzt. »Es ist ja wahr. Die Zivilisation und ihre Wasserköpfe – diese Todesdrohung von allen Seiten – das ist nicht ihr Werk, darum trifft sie auch keine Schuld. So ist es. Die Frauen sind unschuldig.« Der Gedankensprung verblüfft sie selber. Ich muß ihr aber versprechen, nicht zu vergessen, daß die Frauen ›unschuldig‹ sind. Daran soll ich denken, wenn sie eines Tages, eine Zeitlose aus Niemandsland, das Zeitliche segnen werde – erstickt, paralysiert, vergiftet, in einem Atomblitz verglüht, von ihren nach Luft und Raum schnappenden Mitmenschen totgetrampelt.

»Hast du auch nichts ausgelassen? Und wieso Niemandsland?« Aber von dorther stamme auch ich. Und da ist das Wort ›Zeitlose‹. DU SCHÖNE ZEITELOSE wird in einem alten Lied die Madonna genannt, und Irinas Augen sind voller Trauer.

»Sag nichts mehr. Hör auf damit.«

Ihr Haar auf meiner Brust, ihre warme Hand auf meinem Mund. Vielleicht habe ich wieder geredet, als wüßte ich etwas. Das tue ich neuerdings manchmal, und sie kann's nicht leiden.

»Vergiß es«, krächze ich unter ihrer Hand. Auch ich vergesse. Nur sie ist da, ist nahe – ich will nicht an Tod und Verderben denken. Wovon spricht sie aber, von welcher gläsernen Kugel, in der wir hocken, plötzlich schwerelos auf- und niederschwebend wie in einem Raumschiff: ein Traum, sie erzählt einen Traum. Die Kugel ist aus blauem Kristall. Wir sehen in ihr die Zeit, rot, gelb und grün, verfolgt von der Schwärze ihrer langen Schatten, sehen sie groß und glühend die azurne Krümmung entlanggleiten, Bild um Bild, Stunden, Jahrzehnte, Jahrtausende, Staub um Staub. Ihr Ende berührt ihren Anfang. Das Späte holt das Früheste ein. Je weiter wir uns vorwärtsbewegen, desto tiefer kehren wir zurück, von einem Anfang zum nächsten, bis am Anfang unserer Anfänge, der allerdings wiederum aus vielen, im Unabsehbaren verschwindenden Anfängen besteht, SIE auftaucht – ein Schatten nur, ein Umriß, taub und stumm; so laut wir auch rufen und schreien: HÖRE UNS! – sie antwortet nicht.

Irinas Augen, plötzlich scharf wie Achate, blitzen mich an. Auch ihre Stirn hat auf einmal etwas von einem glatt aufgebrochenen Stein: »Ich habe dich bewundert. Immer wieder bist du losgestrampelt, unentwegt, trotz Angst und Unsicherheit.«

»Du hast mich...?«

»Ja. Wenn ich allerdings Kroß mit dir vergleiche, wie fest

und skrupellos der auf seinen Beinen steht, wie unerschütterlich sein Selbstbewußtsein ist...«

»Das hat er ja auch von Gott persönlich...«

»Unsinn. Nichts liegt ihm ferner.«

»Er denkt es nicht, das hat er nicht nötig. Es ist in ihn eingegangen, ist drin in ihm. Dort sitzt es fest, eine Gewißheit, die ihn trägt und nährt: Sohn, Mann, Ebenbild seit Adam und Abraham. Das ist ein Kapital, von dem noch die ungläubigen Urenkel zehren, während wir, die Frauen... Unsicher, sagtest du. Das ist wahr. Wie in einem Vakuum.«

Wieder der Achatblick, aber seine Schärfe läßt nach; er wird traurig. Wir haben mit unserer großen Göttin uns selbst verloren. Sie hätte auch den Frauen Selbstvertrauen gegeben, IDENTITÄT. Mutter, Tochter, Sohn, Vater, das soll in einigen verschollenen Kulturen des Mittelmeerraumes und Kleinasiens einmal die RANGORDNUNG gewesen sein. Nicht, daß sie besser gewesen wäre. Zwischen den Geschlechtern sollte überhaupt keine Rangordnung aufgestellt werden. Aber sie wurde für NATÜRLICH gehalten, für nicht weniger natürlich als die spätere, die mit Vater, Sohn begann, mit Gott-Vater, Gott-Sohn.

Irina probiert es, aber es klingt ungewohnt und holprig: »Gott-Mutter. Gott-Tochter.« Sie schmeckt es auf der Zunge. Es will nicht glatt und gefügig werden. Sie kann sich aber auch nicht vorstellen, daß SIE tot ist. SIE doch nicht. »Noch vor ein paar Monaten wußte ich fast nichts von ihr, und heute? Gott mag verschwunden sein, gestorben, oder er hat uns aus Gram verlassen – was weiß ich. Aber nicht SIE. Nein. SIE kann nicht tot sein. Da müßte erst die Erde explodieren...«

»Vielleicht schläft sie nur, alt, wie sie ist, müde.«

»Wie alt?«

»Älter als die Götter, viel älter als Rê, Zeus, Baal und Jehova. Frag Lene Andras. Sie sagt, es sei das Geheimnis der weiblichen Existenz gewesen, das im Mittelpunkt der ersten großen Weltdeutungen stand.«

»Das ist wahr. Ich habe eine Höhlenzeichnung einer Mond- und Muttergöttin der Mammutjäger gesehen. Die lebten vielleicht 40000 Jahre vor Christus.«

»Uralt also.«

»Uralt wie ein Stein. Verkrochen, ganz verkrustet, bedeckt mit Moos und Muschelkalk.«

Sie lacht.

»Vielleicht entdeckt ein cleveres Team Öl, Erdgas oder Uran unter ihrem Hintern.«

»Nein!«

Ich schließe schnell die Augen, denn ich glaube das Brausen einer großen Ferne zu hören. Da sehe ich sie, ihre unter der Last der Jahrtausende zusammengesunkene Gestalt, ihr Gesicht, mondweiß mit geschlossenen Augen, sehe sie in einer Felsenhöhle liegen, die das Meer in eine unzugängliche Steilküste geleckt hat, sehe sie atmen und schlafen, weltvergessen, unter tropfendem Mondsilber, von schwarzen, hundsköpfigen Lavaklippen bewacht. Die Brandung donnert. Wir müssen laut, müssen furchtbar laut schreien. Warum schläft sie nur so tief, hört nicht, hört uns nicht…

Hexenritt

Lene Andras' Mansarde, groß wie ein Saal mit ihren Winkeln, Nischen und den langen Bücherwänden, ist voll schweifender Schatten: Möbelschatten, Blumenschatten, Tür- und Wandschirmschatten, huschende Schatten des Mobiles unter der Deckenlampe, Irinas Schatten, Lene Andras' und mein eigener Schatten – Köpfe, Haare, nickende Nasen, Hände hin und her an den Wänden. Nur Kitty, Lene Andras' Tochter, die in der großen Wohnung Onkel Heriberts ihr Zimmer hat, sitzt unbeweglich unter der schrägen Fensterwand und wirft keinen Schatten. Es ist nicht zu erkennen, ob sie ihrer Mutter zuhört, die Schöpfungslegenden erzählt, sehr alte Legenden, die ältesten der Welt, Legenden von Jahu, der erhabenen Taube, die das Weltei ausbrütete, von der wandernden Eurynome, die nackt aus dem Chaos des Anfangs tauchte.

Irina zieht die Schreibtischlampe zu sich heran; der Schatten ihres Profils bekommt etwas Furioses. Es sind Lene Andras' neueste Notizen, in denen sie blättert, und Lene Andras, die eigentlich ihre unfertigen Manuskripte ungern zum Lesen hergibt, duldet es. Ich weiß, wonach Irina sucht: nach einem Hinweis auf zwei junge Schwestern, die als Hexen verbrannt worden sind. Ob die wirklich in der kleinen Stadt am Mühlbach gelebt haben oder ob ihr Großvater die beiden und ihre grausige Geschichte erfunden hat, das will nun auch sie gern wissen. Damals, in seinem Haus, interessierte sie sich nicht dafür, war nicht neugierig auf das Buch, das mich verstörte. Hexenverfolgungen? Sie lachte. Eine andere Welt. Sie, Irina, hatte es mit dieser, mit unserer Welt zu tun. Ist nun auch die ›andere Welt‹ unsere Welt? Sie liest und liest, als hätte sie unsere Anwesenheit vergessen. Ekel, aber auch Faszination spiegeln sich in ihrem Gesicht.

»Hast du etwas über die Schwestern gefunden?«

»Kann sein. Stör mich nicht.«

Ich seufze vor mich hin. Nach einer Weile bemerke ich

aber, daß auch sie Lene Andras zuhört, die sich jetzt über die Adam-und-Eva-Geschichte mokiert, die RIPPENSTORY, wie sie sagt. Noch in der Hochzivilisation des römischen Imperiums hätte sich ein geistvoller Mann wie Paulus nicht geniert, die Unterdrückung der Frauen mit ihr zu rechtfertigen. Die Frauen wären ihm zu dreist geworden. Ermutigt von der Lehre Jesu, hätten sie Selbstbewußtsein und Eigenständigkeit entwickelt, hätten an ihre unmittelbare, nicht durch den Mann vermittelte Gotteskindschaft glauben wollen, ihre sozusagen GLEICHBERECHTIGTE Kindschaft.

Irina blickt auf. »Sie haben es also versucht«, murmelt sie.

»Was – versucht?«

»Zu sein. Mensch zu sein. Ganz zu sein.«

Lene Andras sitzt vorgebeugt, horchend, als zweifele sie, daß es Irina gewesen sei, die das sagte. Ich atme beklommen. Es ist ein erregender Augenblick, ein Augenblick der Wahrheit. Lene Andras sagt: »Sie haben es nicht nur einmal versucht, aber immer wurde es unterbunden. Kein Argument war zu läppisch. Zuerst habe Gott den Mann gemacht, den Adam, nicht die Frau, erklärte Paulus. Nicht er stamme von ihr, nein, sie stamme von ihm, sei aus ihm gemacht, während er von Gott sei, ihr übergeordnet, ihr Haupt. Das sitze also nicht auf ihrem eigenen Hals, sondern auf dem ihres Mannes.«

Sehr witzig. Ich hocke mit angezogenen Beinen in dem großen Sessel, den Lene Andras immer mir überläßt, denke an drei, vier Dinge gleichzeitig, vor allem natürlich an Irina, aber auch an Kitty, die noch immer reglos im Halbdunkel des Fensterwinkels kauert. Ich stelle mir vor, sie beobachte den Himmel, den Augusthimmel, der mit großen Sternen über den Dachfenstern steht. Vielleicht sieht sie die Kassiopeia oder den Himmelswagen, vielleicht auch einen einzelnen, besonders hell leuchtenden Stern, Venus oder den Glücksbringer Jupiter. Sie könnte aber auch mit geschlossenen Augen träumen oder nachdenken. Eigentlich weiß ich nichts von ihr, nur daß sie ›schwierig‹ ist und gelegentlich rätselhafte Wutanfälle bekommt. Lene Andras und ihr Onkel Heribert lassen sich davon allerdings nicht sehr beeindrucken: Pubertätserscheinungen. Trotzreaktionen. Nur Frau Marquardt, Onkel

Heriberts Freundin, eine zarte alte Dame, die auch in der großen Wohnung unter Lene Andras' Mansarde lebt, nimmt Kittys Zustände ernst, ja sie sieht in ihnen eine Bestätigung ihres eigenen Lebensgefühls, einer immerwährenden Katastrophenerwartung. Als ich einmal vor längerer Zeit eine Schreckensszene Kittys miterlebte, erklärte sie mir mit zwei, drei Sätzen zwischen Tür und Angel ihre deprimierende Philosophie. Kitty, die noch nicht völlig abgestumpfte, noch nicht ›eingestampfte‹ Siebzehnjährige, spüre den Zerfall, den Untergang, dem wir entgegentrieben. Wie ironisch übrigens, daß er von jungen Menschen, die noch in Zorn geraten könnten, nicht aufgehalten, sondern vorangetrieben würde, vorangetrieben durch eben ihren gerechten Zorn, der seinerseits zerstörerisch wirke und die Kräfte des Bösen multipliziere. Falls ich es noch nicht gemerkt hätte, fügte Frau Marquardt zusammenhanglos hinzu, die Kleine sei ein Genie.

Ich kann Irinas Gesicht nicht mehr sehen, auch nicht ihr Profil an der Wand, nur ihren Rücken und Nacken, über dem sich ihr schweres Haar teilt. Sie hat sich umgedreht, fürchtet vielleicht, ein Ausdruck ihres Entsetzens durchbreche die Maske, hinter der sie sich verbirgt. Lene Andras aber sieht plötzlich vergnügt aus, entspannt, die alten Geschichten machen Spaß, sagt sie. Es klingt überzeugend. Wenn sie mir manchmal überanstrengt vorkommt, erschöpft und dennoch krampfhaft bemüht, sich aufrecht zu halten, so bedeutet das nichts, sie arbeitet zuviel, gönnt sich wenig Schlaf, das ist alles, und natürlich ist sie nicht eifersüchtig, wie Irina immer behauptet, sie ist erhaben über Eifersucht. Wenn es allerdings dennoch wahr sein sollte, aber es ist Unsinn, kann nicht wahr sein – wenn aber trotzdem, weil ja oft das Widervernünftige wahr ist, ein bißchen Wahrheit an Irinas Behauptung ist – gibt es ein ›bißchen Wahrheit‹ –, wenn Lene Andras, obgleich sie nichts von mir zu erwarten hat, einerlei, ob Irina bei mir ist oder nicht... Ich halte inne, kann es nicht zu Ende bringen: Vielleicht liebt sowieso keiner die Menschen, die ihn beschenken, höchstens für eine kurze Zeit, aus Dankbarkeit, aber wie bald wird die schal. Vielleicht lieben wir mit unserer tiefsten Sucht die anderen, die wir unsererseits beschenken dürfen, die uns ohne Skrupel annehmen – bis wir uns auch gegen sie empören. X. liebt Y. – Y. liebt Z. – Z. liebt X. – Nur Irina und ich, wir sind die Ausnahme – oder behauptet das jedes Paar von sich, solange es liebt?

»...Baldrian, Dost und Dill, kann die Hex' nicht, wie sie will«, sagt Kitty mit greller Stimme. Lene Andras fährt herum. Kitty rezitiert leiernd: »Peinlich Beklagte hat die Daumeneisen angehabt und gestund, daß sie hexen könne, ihre Base von Cappel habe es sie gelehrt, wäre über 20 Jahre alt gewesen, als sie das Hexen zu Cappel lernte. Der Teufel wäre in ihrer Kammer gewesen in Gestalt eines schwarzen Hundes, er habe auch bei peinlich Beklagter in Gestalt einer Maus geschlafen, in ihr und in ihrer Kammer.«

Machen die alten Geschichten auf einmal keinen Spaß mehr? Lene Andras blickt mich sonderbar an, schielt, ja doch, sie schielt wieder, sagt mit einem schiefen Lächeln, diese Gerichtsprotokolle seien von haarsträubender Stupidität und Roheit. Man hätte sie aus Rathäusern und Gerichtsarchiven gerettet, viele davon unleserlich, halb verbrannt, verschmutzt, zerrissen. Sie enthüllten aber noch genug. In einem trockenen, oft albernen Idiom, einem Gemisch aus Volks- und Kanzleisprache, dokumentierten sie unvorstellbare Tragödien. Ein Gerücht und Gerede, eine Auffälligkeit, ein Abweichen von der NORM, und eine unglückliche Frau wurde ins Gefängnis geworfen, in den Turm, den HEXENTURM, ein feuchtes, lichtloses Gemäuer voller Ungeziefer und Gestank. Dort wurde sie an die Mauer gekettet, bekam schlechtes Essen und salziges Wasser. Das sollte sie gefügig machen. Hunger, Durst, Ratten, Flöhe, das Dahinvegetieren im eigenen Kot, die furchtbare seelische Belastung, die Verlassenheit, die Finsternis... Sie wurde dann vor den Richter gebracht. Natürlich bestritt sie die irrsinnigen Beschuldigungen, die gegen sie erhoben wurden. Damit begann die zweite Phase ihres Leidensweges: die Folter. Ohne Geständnis durfte sie nicht umgebracht werden, also wurde das Geständnis erpreßt. Zum Krüppel gemacht, mit ausgerenkten Armen, zerquetschten Beinen und Brandwunden im Fleisch, halb wahnsinnig vor Angst und Schmerzen, bekannte sie jede Schuld, die die Herren Richter ihr vorhielten. Die meisten Frauen bekannten schließlich.

»Bekannten – was?« frag' ich stupide, als wüßte ich es nicht, aber Lene Andras hat Geduld mit mir: »Daß sie Hexen wären, Hagel machen, Vieh und Menschen mit Sprüchen und Blicken töten oder sterbenskrank machen könnten – alles gestanden sie, was immer ihnen die Richter und Henker mit ihren Fragen suggerierten. Frauen wie wir, an Leib und Seele gebrochen, verstümmelt, zu Tode gefoltert, lebendig verbrannt – über zweihundert Jahre lang und länger – im Namen Gottes und des Erlösers.«

Sie blickt mich an. Ich sitze steif und stumm, von Kopf bis Fuß ein einziges Widerstreben. Dabei höre ich sie aber, wie sie über die IDEOLOGEN herzieht, die Antreiber und Einpeitscher des Hexenglaubens, ihre Schriften, aus denen also auch Irina Auszüge gelesen hat, den Malleus maleficarum, Goehausens PROCESSUS CONTRA SAGAS, Bücher von Bodinus, Delrio, Binsfeld, Carpzov und von anderen Wahnwitzigen, die ich schnell wieder vergesse. Sie erzählt von einer Schulmeistersfrau aus Betziesdorf, einer Katharina Lips, einer UNGLAUBLICH TAPFEREN PERSON. Sie wisse nichts, wisse auch von anderen Frauen nichts und könne keine bezichtigen. ›Und wenn ihr mich tot macht, ich bin keine Hexe‹, soll sie geschrien haben. Damit verlängerte sie aber nur ihre furchtbare Leidenszeit. Immer grausamer wurde sie gefoltert, bis sie vor Schmerz und Todesangst in einen Starrkrampf verfiel. Ihre Kiefer verbissen sich ineinander. Sie konnte den Mund nicht mehr öffnen. Da hat der Henker ihr den Mund mit einem Brecheisen aufgebrochen. BEKENNE! Im Protokoll steht: ›Hat bald geheult wie ein Hund, bald gebrüllt wie ein Ochs.‹

Mich friert. Ich sehne mich nach Irinas Nähe, und sie fühlt es, setzt sich einen Augenblick auf die Lehne meines Sessels und legt ihre Wange an die meine. Auch ihre Haut ist kalt. Lene Andras berichtet von anderen Frauen, die wie Katharina Lips standhaft die Wahrheit gesagt haben. In der Sprache der Justiz wurde das allerdings umgekehrt ausgedrückt. Auch auf der Folterbank, hieß es da, blieben sie HALSSTARRIG und vom TEUFEL VERSTOCKT beim LEUGNEN. Ihre Namen sollten in den Schulbüchern stehen. Wer kennt sie aber? Wo hat man ihnen Denkmäler gesetzt? Elisabeth George aus Kirchhain.

Barbara Motz aus Wasungen. Katharina Lips. Vielleicht gehört auch Klara Geißler zu ihnen, eine 60jährige Tagelöhnerfrau aus Gelnhausen. Sie gab auf der Folter die irrsinnigsten Untaten zu. Sie trinke Kinderblut, wenn sie nachts ausfahre, grabe Kinderleichen aus, treibe Unzucht mit dem Teufel. Der komme als Hund, Katze, Floh oder Wurm zu ihr. Sie habe 250 Personen ermordet, habe dem Teufel siebzehn Kinder geboren, Hagel und Sturm gemacht, die Stadt angezündet und so weiter – der bornierteste Hexenfanatiker hätte stutzig werden müssen. Eine gebrechliche alte Frau! Sobald sie aber losgebunden war, widerrief sie ihre Aussagen. Die Martern hätten sie erzwungen. Nichts davon sei wahr. Das war unerhört, eine Frechheit und Ketzerei. Aus Angst vor noch grausameren Torturen blieben ja die meisten Frauen bei den ihnen abgepreßten ›Geständnissen‹. Manche brauchten nur die Folterwerkzeuge zu sehen und gaben jede Schandtat zu – worauf sie guten Gewissens verbrannt werden konnten. Klara Geißler aber wurde erbarmungslos weitergefoltert, so lange, bis sie dem Henker tot in die Arme fiel.

Ich höre mich nach den anderen Märtyrerinnen der Wahrheit fragen, die nicht vergessen sein sollten, denke auch wieder an die Schwestern, von denen Irinas Großvater erzählte, aber die sind ja nicht ›tapfer‹ gewesen, keine HELDINNEN, die die Folter aushielten, und gewiß haben auch sie an Hexen und Teufel geglaubt. Lene Andras sagt, das hätten die meisten getan. Allerdings wußten sie auch wohl, sie persönlich, Elisabeth, Barbara, Katharina, konnten niemandem, weder Mensch noch Tier, Krankheit und Tod anhexen, konnten auch nicht nachts aus dem Schornstein fahren und durch die Luft reiten oder sich in widerwärtige Tiere verwandeln. Nach dem Genuß von Bilsenkraut und anderen Drogen träumten sie vielleicht, sie schwebten oder flögen. Falls sie einen Liebsten hatten, der mochte ein Hallodri und Teufelskerl aus Mainz, Hanau oder Marburg sein, bestimmt aber war er ein gewöhnliches Mannsbild und kein Höllenhund.

»Das wußten die meisten der angeklagten Frauen. Es kann ja nur hin und wieder eine Paranoikerin unter ihnen gewesen sein, die sich für mächtig, für fähig hielt, mit bösen Gedanken Schaden anzurichten. Aber nur einige bestanden auf der

Wahrheit und hofften auf ihren Sieg. Vielleicht dachten sie, die himmlische Güte werde ihre Unschuld ans Licht bringen. Sie ahnten ja nicht, welche Bosheit sie mit ihrer naiven Aufrichtigkeit herausforderten, ihrem gesunden Verstand, welchen Sadismus. Auch daß sie andere Frauen nicht denunzierten, wie es verlangt wurde, eine die andere, die dann ebenfalls daran glauben mußte... Die Frauen waren die letzten, die sich dem Wahn entziehen konnten. Wie sie lebten, in Unwissenheit gehalten, von abergläubischen Phantastereien, Spuk und Teufelsfratzen geängstigt, schwer arbeitend, von einem Kindbett zum nächsten, bedroht von Siechtum und frühem Tod, immer unter der Fuchtel eines anderen armen Narren, der aber ihr HERR war. Auch die Wohlversorgten, die sich nicht abrackern mußten, standen unter männlicher Vormundschaft, und Gott, gleichgültig ob er aus dem Mund katholischer oder protestantischer Herren sprach, wußte ihnen nichts zu predigen als Ergebung in ihre lebenslange Fron und Unfreiheit.«

Mich beschäftigt ein Name, den sie vorhin genannt hat, er kam mir bekannt vor; ich unterbreche sie: »Elisabeth George – ich glaube, aus Kirchhain, sagten Sie. Ich muß etwas über sie gelesen haben...«

»Sie war eine von den wenigen, die nicht nachgaben. Mindestens zwanzigmal wurden ihr die Beinschrauben angelegt. Der Henker setzte die Schrauben bei jeder neuen Frage höher und klopfte mit einem Hammer daran, das verdoppelte die entsetzlichen Schmerzen. Sie schrie um Gnade, blieb aber bei den Tatsachen. Sie sei mit ihrem Schwager Eckart ›ins Unglück‹ gekommen, habe die Ehe mit ihm gebrochen, das leugne sie nicht, aber Zauberei sei dabei nicht im Spiel gewesen, es sei ihr Schwager Eckart gewesen, nicht der Teufel in ihres Schwagers Gestalt, wie Ankläger und Richter behaupteten. Elisabeth George hat in ihrer schrecklichen und verzweifelten Lage eine seltene geistige Klarheit und Unabhängigkeit bewiesen. Jeder Universitätsprofessor und Kirchenfürst hätte sie darum beneiden müssen. Sie erregte jedoch nur die Wut ihrer Peiniger. Immer und immer wieder wurde sie aufgezogen. Sie stieß furchtbare Schreie aus und jammerte um Gnade, blieb aber bei der schlichten Wahrheit und ließ sich den Kopf nicht vernebeln, auch nicht von ihrer Todesangst. Bei einer letzten gräßlichen Folterung starb sie. Es konnte nur ihr Leichnam auf den Richtplatz geschleift und verbrannt werden, ›damit von der verdammten Hexe nichts zurückbleibe‹.«

»Was heißt aufgezogen?« fragt Kitty, und ihre Mutter gibt auch darüber Auskunft, es ist unerträglich, die Hände wurden der armen Person auf dem Rücken zusammengebunden, dann zog man sie an einem Seil, das über eine Rolle lief, an den verschnürten Händen zur Decke hinauf. Gewichte an den Füßen verstärkten ihre Qual. Ihr ganzer Körper wurde gezerrt, verrenkt, die Arme wurden ihr aus den Gelenken gerissen...

Als allerdings die Folter abgeschafft wurde und die Richter ihren Opfern keine Geständnisse mehr abpressen konnten, hörten die Hexenprozesse mit einem Schlag auf.

Lene Andras verstummt, erschrocken über einen Jammerlaut, den Kitty ausgestoßen hat. Mit veränderter, ganz unnatürlicher Stimme ruft sie: »Kitty! Komm her! Komm zu mir!«

Ich sehe sie mit ausgestreckten Händen auf Kitty zugehen, vorsichtig, als wäre Kitty gefährlich, aber Kitty windet sich an ihr vorbei, stiebt durch das Zimmer, barfuß – ihre Sandalen stehen unter dem Fenster. Sie springt auf den Stuhl neben Lene Andras' Bett und von dort aus auf einen wackligen kleinen Tisch, der aussieht, als werde er unter ihrem Gewicht zusammenbrechen.

»Komm doch. Hol mich.«

Sie wirft den Kopf zurück und lacht. Der Tisch wankt, Lene Andras nähert sich von der Seite, auch Irina und ich stehen bereit, Kitty aufzufangen, wenn der Tisch umfallen sollte. Sie balanciert aber sehr geschickt auf dem dünnbeinigen Möbel. Dabei spricht sie leiernd und in dem plärrenden Tonfall von vorhin, als lese sie einen unverstandenen Text aus einem Buch ab: »Hierbei zu notica, daß Inquisitin bei den examine sich vielmals gestellet, als ob sie hat weinen wollen, aber doch keine Träne hat fallen lassen, auch in fine gesagt, wenn sie etwas bekennen sollte, müßte sie Lügen sagen, weil sie nichts wüßte. Wollte nur, ich könnt' zaubern, wüßt' mich dann wohl zu retten...«

»Kitty!«

Ich will sie halten, stoße aber nur mit Lene Andras zusammen, während Kitty mit einem großen, eleganten Satz mitten ins Zimmer springt. Der Tisch kracht an die Wand, prallt ab und poltert über den Fußboden. Kitty steht seltsam verdreht, als wären ihre Beine gefesselt. Plötzlich sinkt sie in die Knie und bewegt wie tanzend, wie in Trance, den Oberkörper im Halbkreis hin und her. Ihr Blick ist dunkel von Tränen. Ihre kurzen lockigen Haare kleben feucht an den Wangen und Schläfen. Ich glaube, sie nimmt Lene Andras und mich gar nicht wahr, sondern sieht nur Irina. Irina? So ist es. Ihre Augen sind auf Irina gerichtet. Sie plärrt: »... war schön anzusehen mit Goldhaar und milchweißer Haut, das stigma diabolicum, ein braun Teufelsmal auf der milchweißen Schulter...«

Mir wird übel. Plötzlich zittern mir die Knie. Es fällt mir schwer, mich zusammenzunehmen. Wie in weiter Ferne höre ich Lene Andras fragen, wie lange denn die Vorstellung noch dauern solle, aber auch mit Ironie ist bei Kitty nichts zu erreichen. Einen Augenblick sieht es aus, als werde sie einen ihrer Wutanfälle bekommen. Statt dessen wirft sie sich aufweinend in Irinas Arme, die etwas Ähnliches erwartet haben muß, denn sie nimmt das große Mädchen ohne Zögern auf ihren Schoß, drückt ihren Kopf an ihre Brust, streichelt ihr Haar. Das sieht allerdings nicht besonders zärtlich aus, eher, als schlage sie sie, aber Kitty hält ganz still. Mit kleinen Seufzern und Schluchzern hört ihr Weinen allmählich auf.

»Ein fast erwachsenes Mädchen«, stammelt Lene Andras. Sie geht umher und schaltet sämtliche Lampen ein, sogar die kleinen Wandleuchter in der Nische mit Spiegel und Toilettentisch. Dabei schimpft sie hilflos vor sich hin: »Immer mit Onkel Heribert und Frau Marquardt zusammen, zwei empfindsamen Alten – als hättest du keine gleichaltrigen Freunde...«

Der große Raum ist jetzt taghell. Die Schatten an den Wänden sind verschwunden. Lene Andras geht in die Küche und mixt Getränke für uns; ich höre die Eiswürfel klirren. Sie kommt wieder herein, gibt jeder von uns ein Glas in die Hand, stellt das für Kitty auf den Tisch. Dabei blickt sie mich an, ratlos. Kitty sitzt noch immer wie ein Kind auf Irinas Schoß, nur hat sie jetzt die Arme um ihren Hals geschlungen und den Kopf auf ihre Schulter gelegt. Ich bemerke plötzlich, daß sie mich über Irinas Schulter hinweg mit ihren feuchtglänzenden, weit auseinanderstehenden Augen fixiert. Dabei spricht sie leise vor sich hin, spricht mit ihrer natürlichen Stimme, die nichts Grelles hat. Es sei auf einmal ganz leicht, sich vorzustellen, wie es war, sagt sie. Sie habe jetzt einen festen Anhaltspunkt, von dem sie ausgehen könne, eine Gestalt, ein Gesicht. Sie richtet sich auf: »Zwei Gesichter.«

Sie blickt zuerst Irina an und dann mich.

»Eine Goldhaarige und die andere, von der nicht gesagt ist, wie ihre Haarfarbe war. Braun, nehme ich an, dunkelbraun.«

Irina wendet mir langsam ihr blasses, vollkommen ausdrucksloses Gesicht zu: »Das kleine Biest will sagen, wir hätten vor 300 Jahren schon einmal gelebt, du und ich, Stefanie, wenn auch nicht lange. Erinnerst du dich zufällig daran?«

»Wovon sprecht ihr eigentlich?« fragt Lene Andras. Kitty springt von Irinas Knien: »Von zwei jungen Mädchen, zwei Schwestern, die auch daran glauben mußten.«

Irina sagt sarkastisch: »Zwei Schwestern aus Seelhausen. Das ist ein idyllisches kleines Nest zwischen bewaldeten Hügeln. Der Mühlbach entspringt dort; er hat früher eine Wassermühle angetrieben. Wenn er die Stadt erreicht, ist er allerdings kein Bach mehr, sondern ein ausgewachsener Fluß.«

Ich wundere mich; von einer Wassermühle habe ich nie etwas gehört. Allerdings hieß der Fluß wohl nicht ohne Grund MÜHLBACH. »Auf dem Escher neben dem Marienbrunnen sind die Schwestern verbrannt worden, zuerst Rotraud mit goldrotem Haar, Mitgift des Teufels, und eine Woche später Gertrud. Meine Haarfarbe ist übrigens eher silberblond als goldblond oder gar goldrot...«

Ihr Spott ficht Kitty nicht an. Sie habe versucht, die Mädchen zu ›sehen‹, habe aber leider die Hauptsache immer vergessen.

»Die Hauptsache?«

»Ja. Daß sie sich sehr liebhatten. Zwei Mädchen. Sie wollten nicht heiraten, sondern ihr Leben lang zusammenbleiben, und dann hat Rotraud in ihrer Angst und weil sie die entsetzlichen Folterqualen nicht länger aushalten konnte, ihre Schwester denunziert, hat ›auf sie bekannt‹, wie es heißt. Losgeschnallt widerrief sie, aber das nützte nichts mehr.«

»Woher willst du wissen, daß sie sich liebten? Steht das auch im Protokoll?« fragt Irina bissig. Lene Andras sagt, die Leute brauchten nur etwas Ungewöhnliches zu spüren, und schon bewies ein ›gemein Geschrei‹, daß die Betroffenen Hexen wären. Oft hätte man auch Mutter und Tochter und größere Verwandtengruppen verdächtigt: »Großmütter, Schwägerinnen, Schwiegermütter, Cousinen, Enkelinnen – die weiblichen Angehörigen ganzer Sippen wurden ausgerottet.«

Ich höre nicht mehr zu. Vor Jahren, als ich Irina in einem Hausflur an der Motzstraße fand, unter die Treppe geduckt, den Blick voll Angst, voll Wut – aber nein, nicht doch, da kann es noch nicht angefangen haben, ich kannte ja die kleine Stadt noch nicht, in der ihr Großvater lebte, das Mühlbachviertel, das schmalbrüstige Haus mit verwittertem Fachwerk und hohem Giebeldach. Erst dort kann es gewesen sein, dort, wo ich ein Buch über Hexenprozesse las, hat mein Grübeln und Dichten angefangen, mein Erinnern. Erinnern? Ich streiche mir über die Stirn. ›Erinnern‹, hat Irina gesagt, ›erinnerst du dich, Stefanie?‹ Es sind nicht Erinnerungen, sondern Phantasien, Zwangsvorstellungen vielleicht. Es können nicht Erinnerungen sein, das gibt es nicht, ist unmöglich. Aber sie nehmen Gestalt an. Mit schneeigen Augen starren sie mich an.

»Der Vormund, bei dem sie lebten, war ein gelehrter Mann«, höre ich Kitty sagen, und Irina, noch immer aufgebracht: »Was denn. Kein Pilz- und Beerensammler?«

»Nein«, sagt Kitty ungerührt. »Er erzählte ihnen manchmal von der neuen Zeit, die bald anbrechen würde.«

»Von welcher neuen Zeit?«

»Der Zeit der Vernunft. Es ist kein Datum angegeben. Sagen wir, es war in den neunziger Jahren des 17. Jahrhunderts. Das Neue kündigte sich schon an. Vernunft war die große Hoffnung – nichts Trockenes, Langweiliges, Phantasiefeindliches, damals nicht«, sagt sie altklug.

Irina murmelt: »Ein Glück, daß du der Vernunft noch eine Chance gibst.«

Lene Andras, die ihr eigentlich zustimmen sollte, ermuntert Kitty: »Sprich nur weiter. Es ist ein hübsches Garn, das du spinnst.«

Ein Garn. Gewiß doch, ein Garn, weiter nichts. Merkwürdig ist allerdings, daß das Unmögliche, das nicht sein kann, leicht zu denken ist, leichter manchmal als das Mögliche. Und woher weiß sie von dem ›braun Teufelsmal auf der milchweißen Schulter‹? Das ist eine Stelle, die Kitty bestimmt nicht kennt. Ich stutze, möchte lachen – es ist zu dumm. Konnte sie nicht ›auf dem Rücken‹ sagen oder ›auf der Brust‹? Sie weiß aber, wie die Geschichte weiterging. Der alte Mann vermochte die Mädchen nicht zu retten. Auch die mutigen Thesen gegen den Hexenwahn, die ein gewisser Thomasius zu Halle veröffentlichte...

»Das ist erst 1706 gewesen, zu spät für die Schwestern«, sagt Lene Andras.

»Und vorher?«

»Vorher kam Widerspruch nicht auf gegen die großen und berühmten Leuchten am Theologen- und Juristenhimmel. Es gab natürlich Widerspruch. Der Jesuit von Spee ist ja bekannt, aber auch ein Düsseldorfer Arzt, ein gewisser Weyer, und der Marburger Gelehrte Oldekop protestierten – vielleicht noch andere, auf die ich noch nicht gestoßen bin. Erfolg hatten sie nicht. Die Autorität eines Carpzov war unerschütterlich. Auch Thomasius entfesselte ein wüstes Zetergeschrei bei den Herren Kollegen. Die wollten sich auch von ihm das Handwerk nicht legen lassen, das ja nicht nur grausig, sondern auch recht profitabel war, eine ergiebige Einnahmequelle. Das Eigentum der Opfer, oft Witwen wohlhabender Bürger, wurde konfisziert, auch wenn es nur aus der windschiefen Hütte einer alten Häuslerin bestand. Die Angehörigen mußten zahlen. Tagelöhner hatten viele Jahre lang für die Verbrennung ihrer Frauen, Mütter und Töchter Fronarbeit zu leisten.«

Sie kramt in ihrem Zettelkasten.

»Hier. In den vier Jahren von 1601 bis 1605 brachten die Hexenprozesse in Hanau einen Betrag von 13896 Gulden.

Die Kosten des Verfahrens – Entgelt für Richter, Ankläger, Fakultätsgutachter, Verteidiger, Gastwirte, die die Eingekerkerten verpflegten – was sie so nannten –, für Henker, Büttel und Gehilfen, für Holz, Reisig und so weiter: die Kosten betrugen 6030 Gulden. Blieb ein Reingewinn von 7850 Gulden – das war viel Geld.«

Auch ich ›sehe‹ die Schwestern, sehe plötzlich auch die andere, mich selbst, sehe mich selbst. Ich habe auch die Stimme schon gehört, die jetzt in mir spricht. Sie wird nach drei, vier Sätzen entmutigt sein und verstummen, denn sie erzählt ja nur Einbildungen, Phantasien, ein ›Garn‹, das ich spinne – nicht nur Kitty, auch ich spinne ein Garn. Noch spreche ich allerdings in der dritten Person: ›Es ist die Nacht vor ihrer Hinrichtung. Sie liegt im Kerker, an die Mauer geschmiedet. Draußen dämmert es. Sie ist aber vor Erschöpfung noch einmal eingeschlafen. Mit ihren verstümmelten Beinen kann sie nicht gehen, aber sie träumt, sie breche aus, will den Teufel suchen, der mit ihrer schreienden Schwester aus dem Feuer des Scheiterhaufens zur Hölle gefahren ist. Dorthin, in die Hölle, will auch sie und will ihm die Schwester aus den Klauen reißen...‹

Aus. Ich weiß nicht weiter. Ein Traum, geträumt vor 300 Jahren von einer Halbtoten auf einem Lager von schmutzstarrendem Stroh. Habe ich laut gesprochen? Kittys helle Stimme scheucht mich auf: »Begegnet sie aber dem Teufel – nein, ihrer toten Schwester begegnet sie, die ja frei ist, erlöst. Sie fliehen zusammen. Ich sehe sie am Rand der Hölle stehen. Sie blicken hinunter, aber die Hölle ist leer. Das Höllengesindel ist verschwunden. Vor vielen Jahren schon ist es in die Haut der Malefizmeister gefahren, der Richter und Ankläger, der Blutschöffen, der Professoren, Bischöfe, Fürstäbte und Landesherren. Die Schwestern aber haben eine Vision.«

»Eine Vision?«

»Ja, von einer besseren Welt, die kommen wird.«

Das ist es, daran erkenne ich mich: Der alte, immer neue Traum, der Menschheitstraum, aufsteigend aus tiefem Elend, ist auch mein Traum. Kein Zweifel mehr, ich bin es, bin die Verlorene, die Verdammte, zum Feuertod Verurteilte – eine junge Hexe im Morgengrauen vor ihrer Hinrichtung. Mein Körper fällt in einen tiefen Erschöpfungsschlaf. Ich verlasse ihn, wie es Hexen tun, wie es zum Beispiel Ännchen Schnabel gemacht hat, die mit ihrem Leib ›unverrückt in ihrem Bett in der Kammer geschlafen, dennoch auf dem Tanz gewesen, mit ihrer Altmutter auf einem apfelgrauen Schimmel geritten, wobei sie hinten gesessen‹. Das ist nichts Besonderes. Ich schlüpfe aus meinem Leib, meinem gemarterten Leib, der stöhnt in seinen Ketten, gefesselt an die feuchtkalte Kerkerwand. Ich husche die Stiege hinunter. Laut pfeifen Ratten. Raus aus der Finsternis – die Pforte knarrt.

Draußen ist Tag. Glocken läuten. Eine aufgescheuchte Hornisse ist die Stadt. Der Richtplatz summt. Ich laufe, das Reisig knistert mich an. Stimmen schrecken mich, Baldrian, Dost und Dill, Kinder tanzen, kann die Hex' nicht, wie sie will.

Traf mich ein Stein? Hinter mir zischen die Brunnen. Die Häuser speien mich an aus Fenstern und Dachtraufen. Am Kreuzweg steht meine Schwester mit brennenden Füßen. Ihren Leib hinauf züngeln Flämmchen. Ein roter Stein funkelt zwischen ihren Brüsten. Sie versinkt in Rauch, weht weiß übers Feld. Ich rufe: Fürcht' dich nicht mehr! Ich komme!

Schnee fällt, da bin ich schon weit. Der Fluß braust davon, das Moor weicht zur Seite, die Bäume heben mich auf ihre Zweige und schwingen mich durch den Wald, der Berg springt mir entgegen. Vor mir her zieht ein Lächeln aus Rauch.

Ich höre die Holzfäller, die klopfenden Spechte, denke an die Hummelspiele im Gras, die Lilien, weiß im Sonnenglast, die Schwalben, denke an die Türschwellen, über die ich floh, die Höfe und Winkel, wo ich kauerte – die Schergen liefen vorbei –, denke an die Regenrohre, die Treppen, das Versteck im Speicher; dort fingen sie mich.

Das Echo einer Stimme, geisterhaft wie das Wehen eines weißen Tuchs von der Zinne des Hexenturms: ›... ist hierauf der Bescheid der juristischen Fakultät exquirieret und peinlich Beklagte zur Folter geführt worden. Peinlich Beklagte gestund, sie könnt Läuse machen aus Sand, sei auch auf dem Tanz gewesen unter den Tannen, ihr Buhle sei ihr gar kalt erschienen, habe sie gestoßen, daß ihr Herz weh getan...‹

Ein Rascheln im Dickicht, ich finde die Waldschneise, wo der Tanz sein soll. Es klingt wie Musik aus dem Wald. Ich hebe die Arme, drehe mich, wirbele unter den Hieben eines höllischen Taktstocks, schnell, schneller, höre ein Geschrei in der Luft, ein Kreischen von Eisen, ein Heulen, höre die Stimme meiner Schwester: Weh! O wehe! Sie schrie: Jesus, hilf mir! Schrie: Weiß doch nichts, ist nicht wahr! Schrie: Aufhören! Will bekennen! Ist alles wahr, was ihr sagt!

›...erkannten hierauf Richter und Assessores dieses hohen peinlichen Halsgerichts auf geschehene Anklage und erfolgte litis contestation, daß peinlich Beklagte, ihr zu wohlverdienter Strafe und anderen zu abscheulichem Exempel gemäß Artikel 109 der C.C.C. auf den Holzhaufen zu binden und zu verbrennen sei. Dermaßen sei sie verdammt von Rechts wegen...‹

Ein Pferd wiehert, umkreist mich von fern – ich locke es. Mein Atem geht keuchend, meine Füße stampfen, mein Haar knistert mir im Nacken wie brennendes Stroh. Da hör' ich ein Lachen und bin starr – nicht von Furcht gelähmt, nein, von Freude. Ich hatte einen stinkenden Mannskerl erwartet, mit Kuhfuß, funkelnd von Bosheit. Statt seiner »... kam ich«, sagt meine Schwester und schließt mich in ihre Arme.

Ich bete stockend aus erschrockenem Herzen, falte die Hände über den ihren – sie nimmt sie nicht weg, ist kein Trugbild des Bösen, ist Rotraud, süße Schwester, und ist frei, erlöst aus der Hand des Menschen. Keines Teufels Klaue kann so erbarmungslos sein, keine höllische Arglist so tückisch. Fort! Fort von hier!

Sie hebt mich auf das Pferd, das jagt davon. Wir preschen durch ein Dickicht von Stimmen, neben uns, vor uns, hier, dort. Das klingt wie das Geifern wütender Hunde hinter dem verschlossenen Hoftor. Sie zerfleischen sich aber nicht, sie einigen sich:

›...ist Rechtens, ist Pflicht, ist Gottes heiliger Wille. Haben ihn wohl studieret, wissen ihn, so möge das Volk, mögen die Weiber gehorchen. Insonderheit vergönnen die weltlichen und göttlichen Rechte, daß in criminibus exceptis die Tortura ohne Gnade...‹ – ade – das Echo verklingt.

Die Berge wallen uns entgegen wie Scharen brauner Pilger in weißen Hüten. Aus der Schlucht kommt ein Tosen; wir sausen hinüber. Der Wildbach dampft ins Tal. Ich sehe die schwarzen Vögel des Wahns aus runzligen Felsköpfen stieben, trete ein an ihrer Hand in das Weiße, Kalte, die hallende Kristallglocke über dem Kratermaul. Schlamm brodelt viele Klafter tief in Steintöpfen über rauchendem Schwefel. Die Tiefe saugt an uns, schmatzend, wir wanken, reißen den Blick hoch: ein Adler schwebt in schattenloser Leere.

Die Hölle? Gewesen. Wir sehen kein zitterndes Volk, Sünder und Fromme, Verdammte und Selige, hinunter die einen, die anderen hinauf, justitia triumphans – und im Schmettern der Glorie geht der Schrei der Gequälten unter.

Es ist Nacht geworden und Morgen und wieder Nacht. Wir gehen im Geläut der Sterne, hören das Tosen des Raums, das kalte Brausen der Ferne, sehen der Sphären blaue Todesherrlichkeit. Meteore zischen an uns vorbei. Wir hören das Lobsingen der Milchstraßen, sehen den dröhnenden Kniefall und das glorreiche Sicherheben der Heerscharen des Lichts.

Wir gedenken aber der gemarterten Frauen auf Erden, die brennen müssen, und die Heerscharen und die göttlichen Majestäten entsetzen sich nicht.

Gedenken der humpelnden Margret, die im Stall murmelte – tags darauf starb die Kuh. Auch ein Baum ist verdorrt, den sie angesehen, und hat sich mit dem Teufel vermischt im Wald, sein Mannsding ist schwarz und häßlich gewesen, kalt, und hat ihr nicht wohlgetan. Sie ist voll Angst gewesen bei den Examine, hat gezittert und geschnattert, ihr Gesicht oft verändert, ihr Wasser in den Rock laufen lassen. Der Teufel brach ihr das Genick, damit sie aufhöre zu bekennen.

Gedenken der jungen Magd Anna, die fast noch ein Kind war. Hat der dicken Käte ans Bein gegriffen, worauf das Bein anschwoll. Hat Gott abgeschworen mit dem Spruch: Ich stehe hier auf dieser Misten, verleugne den Herrn Jesum Christen. Hat Fleisch wie Zwiebeln geschnitten, schwarzes Werg darübergestreut, gekocht – nach zwei Stunden wurden daraus Flöhe.

Gedenken der krummen Elsa, die kein Mann heimführen wollte. Sie kam aber ins Gerede, habe einen heimlichen Liebsten, der trage ein buntes Kleid, komme nachts in ihre Kammer, wo ein wüstes Treiben beginne, ein Klatschen und Stöhnen, als werde sie geschlagen. Sie habe ihm auch etwas geboren, das sei wie hartes Gras und lebendig gewesen und habe einen kleinen Kopf gehabt.

Wir gedenken auch des Küstersohns Anselm, der uns ins Unglück brachte. Er streifte uns im Vorbeigehen, sah ein eigentümliches Lächeln, ein grünes Glitzern im Blick meiner Schwester – das machte ihn elend, er ging heim, krank vor Verlangen: Rotraud, schön Rotraud. Aber sie lachte nur. Er wand sich und schrie, Schaum vor dem Mund: Ich muß sterben, wenn sie nicht brennt!

Er stand auf dem Escher unter dem Volk, sah den Dämon aus dem Leib meiner Schwester auffahren in Rauch und Flammen. Ist ein miserabel, auch formidabel Spectacul gewesen.

Ich mied ihn, vergeblich, er lauerte mir auf im Haustor. Ich erschrak, lief – zu spät: Das Blut wich aus seinen Wangen, er erkrankte von neuem. Das Gewisper ging wie ein Wind durch die Gassen, von Haus zu Haus: Sie war ihrer Schwester vertraut. Die lehrte sie ihre teuflischen Künste.

Da verspürte auch der Tagelöhner Göpel den höllischen Kitzel, ein klapperdürres Männlein. Er scherzte mit uns, als wir Kinder waren, warf uns Kirschen vom Baum in die aufgehaltene Schürze. Jetzt weinte er über mich, wiederholte aber, daß ich ihn berührt, als ich ihm die Suppe gebracht, auch wohl ein Pulver in die Suppe getan hätte, damit das Geschlecht ihn quäle und nicht schlaff werde.

Männer. Ankläger, Richter, Blutschöffen, Büttel und Henker, Assessores, Stiftsherren und Pfarrer, Zunftmeister, Zentgraf, die gelehrten Berater der Fakultät: Alle Gewalt ist des Mannes, so auf Erden wie im Himmel. Auch die heilige Jungfrau ist unter der dreifaltigen Mannsgewalt ein Fremdling mit versiegeltem Mund.

Wir sehen die Hexen auf dem hohen Saumpfad ziehen, es sind ihrer vieltausend. Der Berg öffnet seinen Schoß und umfängt sie – oder ist es die alte Göttin, die die Arme um sie breitet, ihre verkommenen Priesterinnen, einst Blumen, jetzt Asche im Haar. Ich stehe und schaue. Ein Brennen ist in meinen Füßen, ein Ziehen in allen Gliedern, ein Schauder auf Haar und Haut. Mut! Eine Sonne wird aufgehen, heißt Vernunft. Die soll uns leuchten. Sie dringt durch Leib und Gehirn, macht das Herz glühen, schwemmt das Höllengeröll der Angst aus der innersten Kammer.

Da fängt ein Wehen an, ein Rieseln von Gewässern, es fährt wie Rauch des Geistes nieder von den Gipfeln. Mondjagd, ein Gebell in den Wolken, ein Klagen und Rufen aus stummem Granit, ein Winseln im Moos. Plötzlich Stille. Ein Horchen aus Gräbern, ein Sichducken in die Bauchhöhle der Nacht. Krieg der Lichtpfeile. Dann das Gestirn, die weißglühende Rose, die aufbricht über dem Erdkreis, Blatt um Blatt.

O Pein vergehe, Wahrheit komme.

Die Brände verzischen. Freundlich empfängt uns die Stadt. Die Brunnen singen, die Häuser winken mit Türen und Fensterflügeln, Kinder flechten Kränze aus Dost und Dill. Aus den Mauern des Hexenturms wächst Gras. Kalk bröckelt von seinen Zinnen. Die Marterkammern verfallen, die Instrumente verrosten, theologische und juristische Autoritäten sterben im Spinnweb modernder Bibliotheken einen staubigen Tod. Frauen gehen aus und ein in den Gassen und Häusern und fürchten sich nicht. Die Soldaten zerschmettern ihre Waffen. Die Armen erkämpfen Brot, Recht und Wissenschaft. Keiner ist dem anderen untertan, der Bürger nicht dem Fürsten, der Bauer nicht dem Grundherrn, die Frau nicht dem Mann. Geblendet stehen wir, hoch atmend, in großer Bewegung. Spann die Flügel aus, weit...

Ich erwache in stinkender Finsternis, liege im Kot mit verstümmelten Gliedern, gefesselt an die feuchtkalte Kerkerwand. Die Ratten pfeifen, Ungeziefer nagt an meinen Wunden. Ich höre die Schlüssel rasseln, den Henker lachen: ›Auf, du störrische Hexe, zum letzten Tanz!‹

Das Sternbild

Unter einem leeren Himmel ein leeres Land. Die Straße glitt lautlos unter meinen Füßen dahin. Die Ferne hinter mir glitt in die andere Ferne, die sich vor mir auftat. Ich wollte den Raum, in dem ich ging, durchdringen, aber da war nichts, woran sich mein Blick hätte festhalten können. Ich bin aber unentwegt weitergegangen, furchtlos, als wäre mir die fremde Straße auch vertraut gewesen. Ich habe eine sonderbare Genugtuung empfunden, als ich bemerkte, daß ich von einer unsichtbaren Lichtquelle aus dem Nichts, das mich umgab, herausgeschnitten wurde, ja, es hat mir Vergnügen bereitet zu denken, daß die Straße dort, wo ich ging, hell war. Sogleich haben sich auch die sogenannte Logik – wäre die Straße nicht hell, könnte ich sie nicht sehen – und die Kinderfragen eingestellt, die mich noch immer beunruhigen, obgleich ich doch schon lange kein Kind mehr bin, das Woher und Wohin, das Warum. Ich habe schließlich an eine neue Erfindung gedacht, die ausprobiert wurde, etwa an einen unsichtbaren und unhörbaren Hubschrauber, der beauftragt ist, ein einzelnes, sich gleichmäßig fortbewegendes Objekt (mich) im Licht eines Scheinwerfers einzufangen und zu verfolgen. Vielleicht wollten Wissenschaftler die Gesetze der Panik, ihre verschiedenen Stadien, ihre Höhe- und Tiefpunkte studieren. Sie konnten ja nicht ahnen, daß sie an ein Objekt geraten würden, das sich von ihnen gar nicht in Panik versetzen ließ, weil es ihnen vertraute. Es wußte, der Scheinwerfer beobachtete es nicht in böser Absicht, im Gegenteil, in der besten, edelsten, in wissenschaftlicher Absicht, so wie Gehirnforscher in bester Absicht Ratten beobachten. Es ist ja kein Geheimnis, wie sie das machen: Sie gewöhnen die Ratten an ein bestimmtes Signal; wenn es ertönt, gibt es Futter. Das lernen die Ratten schnell, und wenn sie es zu einer gewissen Perfektion gebracht haben, hacken ihnen die Forscher mit einer eigens zu diesem Zweck konstruierten kleinen Guillotine die Köpfe ab, schaben das Gehirn heraus und injizieren den mit der Klingelerfahrung programmierten Gehirnextrakt anderen, nicht gedrillten Ratten. Einige von ihnen zeigen dann die erhoffte Reaktion und benehmen sich, als wären sie selber auf das Klingelzeichen dressiert worden, womit bewiesen wäre – und so weiter: Töten, um zu erkennen, sagt Lene Andras – kann das ein Erkennen des Lebendigen sein? Es ist ein Erkennen des Toten. Allerdings ist der Zweck des Hubschrauber-Experiments nicht so leicht zu verstehen gewesen; auch wenn ich angestrangt nachdachte, blieb er mir verborgen. Vielleicht hat auch gar kein Hubschrauber-Experiment stattgefunden, vielleicht stammte das Licht, in dem ich mich fortbewegte, das sich mit mir fortbewegte, woandersher, oder es stammte nirgendwoher. Ich bin aber plötzlich nicht mehr allein gewesen. Leute sind vor und neben mir gegangen, eine muntere kleine Schar, Frauen und Mädchen, auch kleine Mädchen, und ich habe sie gekannt, ja, ich bin sicher gewesen, sie zu kennen, wenn ich auch zuerst nicht recht wußte, woher. Das Kind dort vorne, das neugierig in die Nacht hineinläuft, das andere, etwas größere, mit blassem Grüblergesicht – es bleibt oft stehen, hält die Nachdrängenden auf, die es ungeduldig weiterschieben. Überhaupt die Ungeduld, das Drängen und Treiben. Ich möchte fragen, weshalb sie es so eilig haben, was sie denn zu versäumen fürchten auf der leeren Straße ohne Strauch und Baum.

Die Kleine bleibt stehen und winkt. Helle Tränen laufen ihr über die Backen. Mir ist, als hörte ich das Stampfen und Zischen einer Lokomotive, die aus der Bahnhofshalle fährt, das Rollen vieler Räder. Ein Gesichtchen im Zugfenster, Haare, ein Taschentuch. Der Fahrtwind reißt es weg; es fliegt hoch, flattert auf die Geleise. Das Kind rennt ein Stück mit, bis es ganz außer Atem geraten ist – es schluchzt auf und bleibt zurück. Das Gesicht unter den fliegenden Locken ist längst verschwunden. Laura, die phantastische kleine Laura – ich und Laura, Laura und ich, drei Jahre lang unzertrennlich, und jeden Tag ein neues, wunderbares Abenteuer, einmal sie die Verfolgte, Bedrohte, Entführte, Gefangene und ich die Retterin aus furchtbarer Not, der das Unmögliche gelingt, sei's auch unter gewaltigen Leiden und Kämpfen, Kämpfen gegen ungeheure Übermächte, ein andermal umgekehrt, aber sag nicht, sie wäre in einer der beiden Rollen besser oder schlechter gewesen. Ihr Herz, ihre Leidenschaft pochte in jeder Gestalt, die sie schuf und darstellte – vorbei, vorbei: der Vater nach Nürnberg versetzt, die Tochter an eine Nürnberger Schule. Da fällt mir ein anderes Mädchen auf, ein großes Mädchen, sechzehn oder siebzehn Jahre alt. Sie geht langsam und feierlich, ganz in sich versunken. Sie hält einen Kerzenstummel, der gleich ausgehen wird, den behütet sie mit der Hand, obgleich kein Wind weht, der ihn ausblasen könnte, nein, er wird von selber ausgehen, aufzehren wird er sich. Ist sie krank? Sie hat mondsüchtige Augen, ihre Lippen zittern – ah ja, ich weiß, verliebt ist sie, und sind das nicht Verse, die sie vor sich hinmurmelt? Die Hände in den deinen falten, dann kommt etwas mit innehalten; ich kenne die Verse, natürlich kenne ich sie:

Ich will die Hände in den deinen falten
und will mit meinem Denken innehalten ...

Gedichte an einen Knaben. Möchte wissen, was ein siebzehnjähriger Fratz Schweres zu denken hat, daß sie damit innehalten will – vor Liebe –, aber genau das muß ich gewollt haben, denn ich habe es mir nicht nur ausgedacht, sondern auch aufgeschrieben, und der sanfte, dunkelhaarige Knabe, den ich liebte, mit dem ich bis ans Ende der Welt fliehen wollte, war der Sohn des Friseurs, hieß Heinz und interessierte sich mehr für Fußball als für Mädchenträume.

Nachdenklich betrachte ich die älteren Mädchen, die in einer kleinen Gruppe für sich gehen. Sie kommen mir viel fremder vor als die kleine Verliebte und das Kind, das Laura nachwinkte, aber ich kenne auch sie, habe jede einzelne schon gesehen und mit ihr Zwiesprache gehalten. In ihr Spiegelbild habe ich gestarrt und ihr Haar nach rechts und links, nach vorn und nach hinten gekämmt. Beschimpft habe ich sie, verflucht und ausgelacht. Ich bin aus ihrem Schlaf gefahren, habe geschrien in ihrer Angst, ihrem Schmerz, und habe verzweifelt ihre Hände gerungen. Eine junge Person neben mir bleibt alle fünf, sechs Schritte stehen und preßt die Hand auf ihren aufgerissenen Mund, aber es kommt kein Laut, nur ihre Augen hetzen hin und her – gefangen, eine Falle ist zugeschnappt, sie zappelt in der Falle. Zu meiner Linken geht eine Schwangere, die auch oft stehenbleibt, aber nur, um zu horchen – steht da und horcht mit Augen, Mund und Ohren, bang, aber auch froh, als höre sie Worte, die sie beglücken, oder eine süße Musik. Sie tritt vorsichtig auf. Sie tastet mit der Fußspitze den Boden ab, ehe sie den Fuß daraufsetzt. Fürchtet sie zu stolpern? Plötzlich erhebt sich der Lichtfleck, auf dem ich gehe, von der Straße und fliegt auf ihren großen Bauch. Das Licht durchdringt ihn. Ich kann durch die Bauchdecke blicken, als wäre sie aus Glas – ich sehe Igor in ihrem Bauch hocken. Erschrocken fahre ich herum und bemerke nun auch hinter mir eine Reihe Frauen, die allerdings verhüllt sind und eigentlich Schatten gleichen. Die letzte wankt, tief gebeugt, eine Greisin. Ihr Anblick tut mir weh, tut nicht nur meinen Augen, sondern auch meinem Leib und meinen Armen und Beinen weh. Auch innen sitzt der Schmerz und sticht mir in die Brust, in die Eingeweide. Mir wird furchtbar übel, sterbensmatt, meine Beine knicken ab – aber kaum habe ich mich wieder umgedreht, sind Schmerz und Elend verschwunden und vergessen.

Ich betrachte neugierig die Frau neben mir, die jetzt mit tief gesenktem Kopf geht. Sie hat die Hände vor der Brust zusammengelegt, eine Sanfte, Geduldige – betet sie? Es sieht so aus, aber plötzlich öffnet sie den Mund und redet. Ich entsetze mich vor ihr. Dabei sagt sie nichts Besonderes. Ich habe meine Kraft verbraucht, nur um eine Frau zu sein, sagt sie. Dumm von mir, nicht wahr? Andere handeln, schaffen – ich bin. Bin eine Frau.

Das habe ich selber gesagt, obgleich es doch nur die halbe Wahrheit und lange vorbei und auch gar nicht schlimm ist: Sein ist besser als Tun, krächze ich mit meiner gefesselten Stimme, die mir schaurig im Ohr klingt. Plötzlich schlägt sie um, ich bin wach, Irina hält mich im Arm.

Der große Spiegel in ihrem Schlafzimmer hat Flügel. Wir können uns darin von allen Seiten betrachten. Er horcht, der Spiegel, hat Klemens' Wanst auf ihren schmalen Bauch klatschen hören. Bitte, flüstere ich, denk nicht an ihn, denk an uns, an dich und an mich. Sie denkt an sich und an mich. Klemens versinkt in weißer Spiegelferne. Ich lege den Arm um sie, ziehe sie an mich: »Du und ich. Eine Zarte, Schöne – und ich.«

»Oder ich.«

»Du?«

»Vielleicht haben wir einander vertauscht. Du bist Irina – hörst du? Ich bin Stefanie. Es gefällt mir nicht bei dir, Irina. Dein Mann spukt durch die Wohnung. Auch ist das nicht deine Wohnung, nicht unsere. Geborgt ist sie, alles, was du berührst: geborgt. Wie kannst du nur leben mit lauter geborgten Klamotten, und nicht einmal du selbst gehörst dir«, sagt Irina, und ich antworte: »Ja, es ist furchtbar. Laß uns gehen, laß uns zu dir gehen, bei dir sind wir in den eigenen vier Wänden – wenigstens können wir es uns einbilden, begegnen nur deinem und meinem Gespenst, und alles, was da steht und herumliegt, ist deins.«

Sie läuft mir davon: Fang mich! Es ist Herbst, aber der Himmel spielt April, spritzt uns Wasser- und Lichtduschen ins Gesicht, immer abwechselnd eine Brause voll Regen, eine voll greller Sonne. Das prickelt in den Adern, in der Kehle. In der Eisenacher Straße hole ich Irina ein, wir gehen ein paar Schritte Arm in Arm, gehen brav und langsam, ein altes Paar; dann stieben wir davon wie auf ein geheimes Kommando, springen und tanzen die Straße hinunter. Die ernsten Hausfrauen setzen ihre Einkaufstaschen ab, lassen die Kinderwagen stehen und hüpfen mit uns: hoppla! – aber das geschieht nicht wirklich, das denken wir uns nur aus: Stell dir den Spaß vor! Wir merken noch rechtzeitig, daß die Hausfrauen, Autos und Leute anderer Meinung sind. Sie schimpfen und hupen hinter uns her.

Vor unserer Haustür steht ein Krankenwagen; Kinder warten in zwei Reihen auf dem Fußweg. Sie recken plötzlich die Hälse, da sehen auch wir, herankommend, die Träger mit der Bahre. Sie schieben die Bahre in das Auto. Der Kranke muß Herr Riemann sein, denn die Frau, die jetzt aus dem Haus wuselt und in das Auto steigt, ganz verweint unter ihrem altmodischen Federhut, eine große schwarze Handtasche am Arm, ist zweifellos Frau Riemann.

Die Türen werden geschlossen, das Auto fährt ab, die Gaffer zerstreuen sich. Jemand sagt: »Schlaganfall. Der kommt nicht wieder.«

Es ist Herr Bergner, unser Hausmeister, ein Mann, der Bescheid weiß: Mir macht keiner was vor... Auch wir können ihm nichts vormachen, er erwartet von uns keine Trauerkundgebung für den verbiesterten Alten, den jede Unbefangenheit, jedes Lachen in rote Wut versetzte, der Unrat witterte...

»Ach, laß das Stinktier«, sagt Irina.

Da sind wir zu unserem Glück bereits außer Hörweite.

»Die Wahrheit über uns hat er aber nicht herausbekommen. Wenn der uns erwischt hätte...«

Irina antwortet kalt: »Dann hätte ihn schon damals der Schlag getroffen.«

Lene Andras hat mich im Büro angerufen, ein seltenes Ereignis. Es fällt ihr schwer, ihre Abneigung gegen meine Arbeitsstätte zu überwinden, von der sie allerdings eine alptraumhafte Vorstellung hat, ungefähr wie von einer Gogolschen Amtskanzlei mit bleichen Tintenkulis, die krumm über ihren Pulten hängen, und du hörst nichts als das Kratzen ihrer Federn und das Rascheln von Papier. Wenn sie aber einen Anruf nicht vermeiden kann, wenn es etwas Wichtiges ist, das sie mir mitteilen will, wählt sie meistens die ungünstigste Zeit, wie heute, gegen zehn Uhr morgens. Ich hätte auflegen, hätte sagen müssen: Ich rufe zurück, aber wie sie die ersten Sätze herunterrasselte, als hätte sie sie vorher auswendig gelernt – daß ihr irgend etwas leid täte und sie beunruhige –, da wußte ich, obgleich ich sie in meiner Nervosität nur halb verstand, daß es sich um Irina handelte. Etwas Ungewisses im Tonfall ihrer Stimme erinnerte mich an ihre Warnungen vor ihr, die stets zu gereizten Szenen zwischen Lene Andras und mir geführt hatten. Ich zwang mich zum Zuhören und atmete auf. Sie sprach gar nicht von Irina. Wovon aber? Ich legte nicht auf, obgleich Herr Döhnicke in der Tür stand und mich zu sich hineinwinkte. Muskeln, Lene Andras sprach von Muskeln, die erschlafften und verkümmerten, wenn sie nicht geübt würden. Wollte sie mich für einen Gymnastikkurs werben – nein, natürlich nicht. Ich hätte über meine dummen Gedanken gern gelacht, begegnete aber wieder Herrn Döhnickes empörtem Blick, der ohnehin eine Wut auf mich hatte, weil ich meinen Urlaub nehmen wollte. Es handelte sich aber gar nicht um Muskeln, sondern um nicht geübte geistige Kräfte, Potenzen, sagte Lene Andras jetzt. Die suchten sich oft eigenartige Tummelplätze, schössen ins Kraut, wucherten, entfalteten giftige, makabre Blüten oder auch ›unvergleichlich schöne‹ – so ähnlich. Ich wußte nicht ein noch aus.

Warum verschwand Herr Döhnicke nicht entdlich? War ich nicht immer rücksichtsvoll gewesen, hatte, wie es sich für eine Frau ohne Familie gehört, weder die Sommer- noch die Wintersaison beansprucht? Auch diesmal nicht. Ich mußte nur ›kurzfristig‹ den vorgesehenen Termin ändern. Ich hatte ja nicht ahnen können, daß Klemens Kroß' westdeutsche Tante sterben würde. Nun war sie aber gestorben, und er wollte eine seit Monaten geplante längere Geschäftsreise mit der Fahrt zu ihrem Begräbnis verbinden.

Ich hörte Herrn Döhnicke fragen: »Privat?« und sah Frau Krüger die Schultern zucken.

»Moment!« rief ich in den Apparat, bedeckte die Muschel mit der Hand und wandte mich an Herrn Döhnicke: »Soll ich...?«

»Lassen Sie sich nur nicht stören.«

War das nun ironisch gemeint, oder hatte er nichts dagegen, daß ich weitertelefonierte? Ich konnte nicht denken, war verärgert über Lene Andras, ihre Unfähigkeit, sich in meine Lage zu versetzen.

»... Verbotenes oder auch nur Verpöntes, verächtlich Gemachtes, Verdrängtes, Ungelebtes.«

Ungelebtes. Ich war selber schuld. Wenn sie sich gelegentlich nach meiner Arbeit erkundigte, hatte ich ihr nichts davon erzählt – alltäglicher Kram und Trott, habe ich gesagt, nichts Interessantes.

»... irgendwohin mußten sie ja mit ihrer Phantasie, ihrem Geist, ihren mächtigen Gefühlsströmen, ihrer Lebendigkeit und Sexualität.«

Stop. Herr Uhl stand vor mir, machte Faxen und streckte die Hand aus. Ich verstand. Er brauchte jetzt die Akte

Hengst. Vielleicht hatte er Herrn Hengst an der Strippe. Da endlich zog sich Herr Döhnicke zurück; die Tür knallte hinter ihm zu. Nun konnte ich ja in Ruhe zuhören, es kam nicht mehr darauf an, er mußte sowieso ins Amtsgericht, hatte keine Zeit mehr, mir noch etwas zu diktieren oder eine Szene zu machen. Die Akte Hengst contra Bartel, richtig. Ich zog sie aus dem Stoß auf meinem Schreibtisch. Der Aktenberg neigte sich und geriet ins Rutschen.

»Ungeschick läßt grüßen«, sagte Frau Krüger hinter mir, und Lene Andras an meinem Ohr: »...die Welt war ihnen versperrt. Ihr Glück hieß Gehorsam, ihre Tugend Demut. Ein Herr und Gebieter fürs Leben, und sonst nichts, sei's der Eheherr oder der Herr der Heerscharen – in jedem Fall wurden Unterwürfigkeit und Selbstaufgabe von ihnen erwartet. Aus sich selbst und für sich selbst durften sie nicht sein.«

Herr Uhl hob die heruntergefallenen Akten auf und reichte sie mir augenzwinkernd eine nach der anderen. Ich baute den Turm wieder auf. Manche hätten das Abenteuer, das Geheimnis und Wunder und den Sinn allen Dienens, Leidens und Gehorchens, den Lohn allen Verzichts in sich selbst gesucht, im ABGRUND DER SEELE, sagte Lene Andras. Es war zuviel. Ich unterbrach sie ungeduldig: »Bitte, ich habe keine Ahnung, wovon Sie sprechen.«

Sie schwieg verblüfft. Meine Schroffheit tat mir leid. »Der Betrieb hier. Mein Chef. Entschuldigen Sie...«

»Soll das heißen, daß Sie auch nicht verstanden haben, was ich von Irina sagte?«

Also hat sie doch von ihr gesprochen.

»War es etwas, das ich wissen muß?«

»Ich dachte, es würde Sie freuen.«

»Freuen?«

»Ich habe ihr Unrecht getan. Sie ist anders...«

»Wie anders? Wie meinen Sie das?« sagte ich aufgeregt, den Hörer zwischen Backe und Schulter geklemmt.

»Meine Vorstellung von ihr, die Sie ja kennen, war falsch. Ich dachte, das müsse ich Ihnen sagen.«

Herr Uhl legte die letzte Akte auf meinen neuen Turm. Er richtete ihn aus, dann umkreiste er ihn mit komisch übertriebener Vorsicht. Außer von Irina habe sie von Nonnen gesprochen, falls ich auch das nicht mitbekommen hätte, sagte Lene Andras, von der Nonnenmystik des 12., 13. und 14. Jahrhunderts, der Zeit vor den großen Frauenverfolgungen, die sie studiere.

Nonnenmystik! Ich seufzte. Das kommt dabei heraus, wenn eine Historikerin ein Buch über Frauen schreibt. Ich erwies Herrn Uhl, die Hand an die Stirn gelegt und forsch abgezogen, ein militärisches Dankeschön – was ich dafür hielt. Er verstand ebenfalls nichts von Kommißsitten, faßte es als ein Kommando auf – Wegtreten –, knallte die Hacken zusammen und marschierte in einer Gangart, die vielleicht den sogenannten Stechschritt karikieren sollte, unter allgemeiner Heiterkeit zu seinem Platz zurück.

»Ist etwas?«

»Nein, nichts.«

Die Nonnen hätten aus der strengen Herrenreligion eine zärtliche Jesus- und Gottesminne gemacht, und sie hätten ihr eine eigene Sprache erfunden, eine Sprache der Liebe. Ich dachte aber noch an ihr überraschendes Bekenntnis zu Irina. War es echt, empfand sie plötzlich kein Unbehagen mehr über die ›Elbin‹, das schillernde, unverständliche Wesen, das sich in kein Charakterschema fügte, das Ärgernis und Verwirrung stiftete? Soeben noch scheu und zag, eine Gehemmte, Bedrückte, die den Mund nicht auftun kann, im nächsten Augenblick eine scharfzüngige Spötterin voll Witz und Streitlust, und das waren nicht die einzigen Widersprüche, zwischen denen sie sich bewegte. Eine anstrengende Person, Irina, eigentlich nicht nach Lene Andras' Geschmack, der Menschen schnell lästig wurden, besonders wenn sie ihre Arbeit im Kopf hatte – und wann hatte sie ihre Arbeit nicht im Kopf? Sie sei froh, daß ich ihre Konzeption jetzt verstanden hätte, hörte ich sie zu meiner großen Verwunderung sagen. »Die Frauen müssen einander wieder liebenlernen, eine die andere.«

Das war mir allerdings nichts Neues, aber es kam mir nun vor, als hätte sie nur deshalb angerufen, um mir irgendwann im Laufe eines Gesprächs diesen Satz zu sagen. Bedurfte eine simple Wahrheit so langer Anläufe und Vorreden? ›Eine die andere‹, das hatte ich schon in einem anderen, einem grausigen Zusammenhang gehört, aber wie weit weg war das jetzt...

»Wer war denn das?« fragte Fräulein Koppisch. Ihr Vogelgesicht, und wie sie vom Stuhl hüpfte, zum Schrank stelzte. Eine die andere. So wurde es von ihnen erwartet. Denunzierten einander. Wenn ich daran glauben muß, soll auch die Anna, die Katharina, die Else... Seltsam, daß es nicht mehr unerträglich weh tat. Die Bilder, die mich bedrängt und gequält hatten, waren verblaßt, die Feuer erloschen, der bittere Rauch, der Totenrauch, der auch in unserem fortschrittlichen Jahrhundert die Sonne schwärzt, verweht. Auf einmal war das Entsetzliche Vergangenheit geworden, offizielle Zeit, Kalenderzeit, wie sie in den Büchern stand – 300 Jahre vergangene Zeit. Gestern noch spukte sie durch meinen Schlaf, zeigte mir sogar am hellen Tag ihre Fratze, heute ist sie in dem gefräßigen Maul verschwunden, das eine Generation Menschen nach der anderen zermalmt und verschlingt. Und wie geschah es, wie ging es zu? Ich hatte eine Geschichte zu Ende gedacht, das war alles. Schon spürte ich voller Unruhe und Erwartung, daß ich mich auf andere Bilder und Gestalten hinbewegte, die ich noch nicht erkannte, die noch keusch und kalt wie unter unzugänglichen Gesteinsschichten in mir ruhten. Am Anfang waren die Frauen, vielleicht werden sie auch am Ende sein. Ich erschrak. Wessen Gedanken dachte ich –.

Schritte in Herrn Döhnickes Zimmer, der vielleicht auf mich gewartet hatte, die Uhr in der Hand. Wie lange dauerte wohl ein solches Privatgespräch, das meinen Apparat blokkierte? Ich riß seine Tür auf. Es stimmte, er hatte gewartet, stand da in Hut und Mantel, zum Weggehen bereit, wollte mich anfauchen, stutzte dann aber, lachte ärgerlich – welche Gefühle las er nur immer auf meinem Gesicht, welche blöden Gedanken.

»Dort im Körbchen«, sagte er, »alles unwichtige Briefe, die Sie allein beantworten können. Möchte wissen, wie wir nächste Woche fertig werden sollen. Ausgerechnet jetzt Urlaub zu nehmen! Hätten Sie nicht noch einen Monat warten können?«

»Leider nein«, antwortete ich, und natürlich tat es mir leid, daß ich ihm nichts erklären konnte, aber das war unmöglich.

Unsere komischen Schwierigkeiten mit Kroß, und wie es zuerst nur um Irina ging, die er durchaus mitnehmen wollte, bis sie auf die Idee mit dem mürrischen Gesicht kam – das ließ sich nicht erzählen. Sie werde seinen Geschäftsfreunden ein mürrisches Gesicht zeigen, sagte sie, eine fürchterliche Drohung für Kroß. Er überlegte sich sofort eine andere Möglichkeit, animierte mich, meinen Urlaub zu nehmen und mit Irina in irgendeinem Kurort auf ihn zu warten, bis das Geschäftliche erledigt wäre. Mir blieb nichts anderes übrig, als mich hinter Herrn Döhnicke zu verschanzen, der mir jetzt bestimmt keinen Urlaub bewilligen könnte, und ein paar Tage später traf das Telegramm mit der Nachricht vom Tod der Kölner Tante ein. Der Streit mit Irina fing von vorn an. Hör auf, meine Nerven zu strapazieren! Sie werde am Grab seiner Tante zusammenbrechen, ›am offenen Grab‹, sagte sie dramatisch, und später zu mir: Keine Sorge, er kommt jetzt nicht zum Nachdenken. Erst nach ein paar Tagen wird er sich darüber wundern, daß du nun auf einmal doch Urlaub bekommst. Das konnte ich Herrn Döhnicke nicht auseinandersetzen. Es wäre ganz unverständlich für ihn geblieben, der ja nicht wußte, weshalb wir beide, Irina und ich, meinen Urlaub unbedingt allein verbringen wollten – ohne ihren Mann.

Wirklich? Wäre es unverständlich für ihn gewesen?

Ich beobachtete ihn nachdenklich. Pino war hereingekommen. Er stand anmutig in der Tür und wartete auf einen Auftrag. Er hatte noch kein Wort gesprochen, aber schon verschleierte sich Döhnickes Blick, ein Ausdruck von Hilflosigkeit erschien in seinem Gesicht. So blickte er ihn an, betroffen, ausgeliefert, ein Mann der Ordnung, der sich in Sicherheit geglaubt hat. Er jammerte mich. Ich ging schnell hinaus mit meinen unwichtigen Briefen, erschrocken über meine plötzliche Gewißheit. Kein Zweifel, er würde meine Beziehung zu Irina verstehen, so wenig ›ordentlich‹, so weit außerhalb der ORDNUNG sie auch war. Mein Dilemma wegen des Urlaubs, unsere Probleme mit Kroß, die krummen Wege, die wir gingen – alles würde er verstehen, auch daß ich Kroß noch immer nicht über uns aufgeklärt hatte. Döhnicke wäre der letzte gewesen, der es für möglich gehalten hätte, dem Ehemann – der Frau – in einer solchen Situation die Wahrheit zu sagen.

Die Birken hinter dem Haus werfen ihre letzten Blätter ab, zierliche zitronengelbe Blätter, die in Schwärmen zu Boden flattern. Einige weht es mit der kühlen Oktoberbrise bis zu uns herein wie späte Schmetterlinge. Wir sind aber noch nicht wirklich angekommen in dem Waldhaus am äußersten Ende von Kladow, in dem wir eine Weile bleiben wollen. Unsere Nerven vibrieren noch vom Stadtbetrieb, auch vom Abschiednehmen, von der Angst, Kroß werde sich in letzter Minute noch anders besinnen. Wäre nicht die tote Tante in Köln gewesen, deren Beerdigung nicht verschoben werden konnte, er hätte es gewiß getan. Irinas plötzliche Munterkeit kam ihm verdächtig vor, ihre aufreizend gute Laune, die zunahm, je näher seine Abfahrt heranrückte. Er leidet, hab Mitleid, sagte ich, aber sie lachte unbekümmert. Seine Eitelkeit wäre verletzt, sonst nichts, sonst gäbe es nichts zu verletzen: »... beruhige dich, er wird sich schnell trösten, er liebt mich ja so sehr, kann ja ohne mich nicht lange leben, ohne seinen Irina-Typ.«

»Ich verstehe nicht.«

»Der ist nicht einmalig. Es laufen Variationen davon herum, frisch von den Deckblättern der Illustrierten gesprungen, in jeder Stadt eine andere, ein bißchen dunkler in Hamburg, ein bißchen heller in München, und eigentlich alle viel bequemer, viel williger als das störrische Original.«

»Das vermutest du nur.«

»Nein«, sagte sie gelangweilt, »es gibt Briefchen, Fotos, Lippenstiftspuren.«

»Davon hast du mir nie etwas gesagt.«

»Weshalb sollte ich? Du riechst hier genug Ehemief. Auch interessiert es mich gar nicht. Ich gönne ihm ja sein Vergnügen. Übel ist allerdings, daß die kleinen Seitensprünge seinen Appetit auf mich anregen. Das ist sehr schlecht.«

Da kam er schon wieder hereingerannt mit einer neuen Wunschliste für seinen Koffer, den er durchaus nicht packen konnte. Frauen waren so viel praktischer veranlagt, nicht wahr, wußten sich zu helfen, verstanden sich auf die kleinen

Dinge und Notwendigkeiten – während die großen den Männern vorbehalten blieben, aber wer wollte noch mit ihm streiten, wozu, und nun haben wir den Ärger ja hinter uns, liegen auf der breiten Couch in Irinas Kladower Zimmer, liegen wie hingeklatscht auf dem Bauch, Arme und Beine von uns gestreckt. Ich höre Irina auf das Telefon schimpfen, das jeden Abend gegen achtzehn Uhr klingeln wird, und wenn sie abhebt, wird er sagen: Wie geht es dir, mein Engel, und wenn sie heute nicht abhebt, muß sie es doch morgen tun und seine Vorwürfe über sich ergehen lassen: Ich habe dir ausdrücklich gesagt gegen sechs. Wenn du nicht daran denken kannst, soll wenigstens Stefanie dafür sorgen, daß du gegen sechs zu Hause bist. Wenn sie aber abhebt und den Hörer hinlegt oder wenn sie den Hörer vorher abnimmt und liegenläßt, so daß er annehmen müßte, die Leitung sei besetzt, wird er es nicht annehmen, sondern die Störungsstelle anrufen...

»Du kannst dich drehen und winden, er hat dich am Kragen.«

»Schimpf nur. Schimpf dich aus.«

»Gibt es überhaupt noch irgendwo auf der Welt ein Schlupfloch? Registriert, numeriert, auf Datenbanken gespeichert, festgenagelt als Irina Kroß geborene Bronski, Hausfrau, Tochter von, Grundschule, Mittelschule, abgehauen. Zu nichts zu gebrauchen. Selbstverständlich siehst du ein, daß Ordnung sein muß, du siehst ja alles ein, auch daß sie perfekt sein muß, kein Loch haben darf, durch das du entwischen könntest. Siehst ein, daß der ganze elektronische und sonstige Aufwand einzig und allein dir selber dient, deinem Schutz, deinem Glück und Wohlergehen. Brav in der Reihe, hier entlang, dort entlang, und immer freundlich und verständnisvoll, bitte, ein mündiger Bürger, heißt das neuerdings, kein Chaot.« Sie stutzt, lacht. »Das Wort klingt nach Wahnsinn, nicht? Ordnung und Wahnsinn – die gehören zusammen. Hör auf! Du kitzelst mich!«

Aber ich bin hoffnungslos albern, kichere in ihre Armbeuge hinein, in das zarte Fleisch zwischen Ober- und Unterarm: »Wie gut du riechst! Was du vorhin von dir gegeben hast, das von den Variationen, na, das war ein Unsinn! Du bist einmalig. Es gibt keine Variation von dir. Kannst du dir eine vorstellen, die so appetitlich ist, sich so gut anfühlt wie du?«

»He! Du beißt ja! Sei nicht frivol. Wenn du meinst, du dürftest dir Frivolitäten erlauben, nur weil wir es endlich geschafft haben und allein sind... Vergiß nicht, daß ich es war, die dich verführt hat.«

»Du? Du hast mich...?«

»Ja doch.«

»Das ist ja lächerlich. Du hattest Angst vor mir, damals, in dem Hausflur, wo ich dich fand.«

»Zuerst ja, zuerst hatte ich Angst und war wütend auf dich, wäre dir am liebsten an die Gurgel gesprungen. Aber dann hast du ruhig meine Hände genommen und mich hochgezogen. Da ist etwas mit mir geschehen, ich bin ganz still geworden, du konntest mich wegführen, deine Gefangene. Nein, sag nichts. Ich bin gern deine Gefangene.«

»Aber ich wollte doch nicht, wollte ganz bestimmt nicht, nichts liegt mir ferner...«

Sie lacht.

Ich sage auftrumpfend: »Und wie verträgt sich das mit deiner Behauptung, du hättest mich verführt?«

»Doch nicht sofort, nicht gleich in der ersten Nacht, aber später, nach ungefähr einem Monat, da habe ich den Spieß umgedreht und die Initiative ergriffen. So war es. Ich habe dich verführt.«

»Es wird nicht unbedingt glaubhafter, wenn du es wiederholst.«

»Ach«, sagt sie schnurrend, sehr sanft, »du hast es vergessen, mein armer Liebling. Es war ja eigentlich auch keine Glanzrolle, die du gespielt hast, verwundert, blaß, stocksteif vor Angst, von Kopf bis Fuß in Abwehrstellung. Aber ich war eine erfolgreiche, eine unwiderstehliche Verführerin. Deine Herzbeklemmung verschwand, deine Furcht vor dem Ungewohnten, Verpönten. Liebe, Zärtlichkeit – zwischen Frauen. Dabei hattest auch du den Schauder gespürt. – Laß gut sein. Streite nicht mit mir. Du hast ja die Hürde genommen, bist über die Barriere gesprungen. Auf einmal war der Weg zu mir nicht mehr versperrt. Du warst wunderbar. Warum starrst du mich an? Du kannst es nicht wirklich vergessen haben, kannst es nicht im Ernst leugnen, denn es ist wahr: Ich habe dich zuerst geliebt.«

»Nicht geliebt –«

»Berührt also. Zuerst berührt. Habe den Bann gebrochen, das Tabu verletzt. Und wie wir einander erkannten. Wie vom Mutterschoß her, sagtest du, als hätten wir eine Mutter gehabt.«

Es ist noch nicht Nacht, aber wir sind sehr müde, die Augen fallen uns zu. So liegen wir nebeneinander und hören draußen vor den Fenstern den Wind in den fast kahlen Bäumen knarren. Irina kuschelt sich in meinen Arm; ich halte sie, während ich in den Schlaf sinke, nehme sie mit in meinen Traum vom Hochmoor. Hochmoor? Wie komme ich auf das Hochmoor? Ich habe einmal, als ich ein Kind war, meine Ferien im Hochmoor auf einem alten Bauernhof verbracht und schaurige Geschichten gehört, aber die waren längst vergessen, wie auch das Hochmoor selber vergessen war – habe ich je daran gedacht? Trotzdem gehen wir nun dort, gehen brav hintereinander, denn der Weg zwischen den Gräben ist schmal, gehen und gehen. Immer nur gehen, das ist kein schöner Traum, denke ich. Da muß ich aber einen Augenblick wach gewesen sein, lange genug, um festzustellen, daß es auf dem Leuchtzifferblatt der Uhr halb neun war. Vielleicht habe ich draußen die hohen Schattengestalten der Birken stehen sehen, habe mich über die wenigen und ungewohnten Geräusche gewundert, auch über Irina, die schwer auf meinen Arm drückte, aber ich nahm ihn nicht weg, und dann fiel es mir wieder ein: Wir befinden uns im Wochenendhaus von Klemens Kroß, ich habe Urlaub, kann bis morgen mittag oder bis morgen abend schlafen, wenn ich Lust habe. Da bin ich schon wieder abgesackt, gehe im Moor, blicke in die schwarzbraunen Gräben. Sie sind schmal und sehr tief. Über ihnen liegen die sauber ausgestochenen Torfwürfel hoch aufeinandergeschichtet. Der Wind pfeift durch die blonden Grasbüschel auf den Geesträndern, ein kalter Wind, mich schauert. Jedesmal wenn ich aufblicke, ist der Himmel weiter weggerückt. Ich suche ihn nicht, es ist die Tiefe, nach der ich verlange, und auch sie will mich, lockt, ruft. Ich sehe Irina hinuntersteigen, sehe sie die moorige

Grabenwand hinabgleiten. Angstgeschüttelt schreie ich: Komm zurück!

Wir erwachen gleichzeitig, vor Kälte klappernd. Es ist Mitternacht. Ich lehne mich einen Augenblick in den raschelnden Wald hinaus, der nach Nebel riecht, nach Friedhof. Zuerst kommt ein Streifen gelbliches Gras, dann sehe ich die vorderen Stämme auftauchen, klar erkennbar im Lampenlicht, das aus unserem Fenster fällt. Dahinter steht wie eine schwarze Wand die Nacht.

Ich schließe schnell das Fenster, erzähle Irina meinen Traum vom Hochmoor. Den Schluß unterschlage ich aber, frage statt dessen nach ihrem Traum. Der erste in einem Haus soll bedeutsam sein, munkele ich. Sie streicht sich über die Stirn, als sitze der Traum noch dahinter: »Ich habe von Anni geträumt.« Anni?

»Wer ist Anni?« Vielleicht blicke ich sie argwöhnisch an; sie lacht auf: »Glaubst du, ich träume von einer anderen Freundin? Nein, sei nur ruhig, sei ganz ruhig, du bist die einzige. Als ich Anni kannte, war ich kaum vier Jahre alt, und Anni war ein erwachsenes Mädchen, ein Dorfmädchen. Es ist im letzten Kriegsjahr gewesen. Meine Großmutter war mit mir aufs Land geflüchtet. Nach unserer Rückkehr habe ich Anni nie wiedergesehen.«

»Und träumst trotzdem von ihr?«

»Ich verstehe es ja selber nicht.«

»War sie schön? Klug? Etwas Besonderes?«

»Schön und klug vielleicht nicht, aber etwas Besonderes war sie. Die Leute im Dorf nannten sie die Polenhure. Sie war kahlgeschoren, stolperte über die eigenen Füße und ließ alles aus den Händen fallen, was sie festhalten sollte. Früher sei sie anders gewesen, hieß es. Damals, als ihre Liebesaffäre mit einem jungen Polen noch nicht bekannt war. Der hatte als Knecht auf Harprechts Hof gearbeitet. Jetzt lag er halb totgeprügelt im Gefängnis und wartete auf den Abtransport.«

»Warst du nicht viel zu klein, zu jung...?«

»Keiner war zu jung, das weißt du selber, aber beruhige dich, ich habe nicht von Greueln geträumt, sondern von meinem Versuch, Anni zum Lachen zu bringen. Sie stand vor Harprechts Scheunentor und bemerkte mich nicht, sah auch sonst nichts, glaube ich, sah überhaupt nichts, ihre Augen waren zwei blinde Spiegel. Ich glaube, ich wollte ihnen einen Blick entlocken, einen einzigen Blick, und der sollte nicht traurig sein. Ich zupfte meinen Kittel zurecht, strich die Haare glatt und zog mit steif ausgebreiteten Armen und mit winzigen Trippelschritten rund um den Anger einen großen Kreis. Dabei stieß ich die Luft durch die Zähne und summte tief unten in der Kehle – das dröhnte in meinem Kopf wie die Mistfliegen am Kammerfenster, aber Anni starrte weiter blind vor sich hin. Ich zog einen zweiten Kreis, der noch schöner war als der erste, flog dann in Halbkreisen: rechtsherum auf dem Platz vor dem Scheunentor, linksherum, dideldum, immer näher an Anni heran, mir wurde schwindlig davon, ich rief: Flieg mit!

Plötzlich hielt ich mit einem Ruck an und stand still. Nur in meinem Kopf drehte sich die Welt weiter. Ich täuschte mich aber nicht: Anni blickte mich an. Allerdings hatte ich noch nie ein so erstauntes, so fassungsloses Gesicht gesehen. Ich wollte weglaufen, fing vor Angst zu weinen an. Ich hatte doch Anni nicht erschrecken wollen! Da breitete sie ganz langsam, wie im Traum, als wisse sie nicht, was sie tat, die Arme aus, ich rannte hinein, sie schloß ihre Arme fest um mich, ich preßte meinen Kopf an ihre Schenkel.«

Uns ist nicht wieder warm geworden; wir beschließen, Tee zu kochen und etwas zu essen. Die Küche im Souterrain ist so blank und steril wie das Schaufenster einer Elektrofirma, nichts erinnert an die verräucherte Hutzel- und Brutzelhöhle im Hause von Irinas Großvater mit dem großen schwarzen Kohle-Kochherd, dem mit Rosetten und Säulchen verzierten Geschirrschrank, den Brettern mit Töpfen und Pfannen, den an großen Haken ringsum an den Wänden hängenden Küchengeräten. Es muß der heiße Tee sein; wie wir am Küchentisch hocken und uns die Hände an den dicken, nicht für Tee bestimmten Steinguttassen wärmen, aus denen wir ihn schlürfen – das erinnert uns an eine andere Nacht, an Irinas letztes Abenteuer im Mühlbachtal, das auch mit heißem Tee in der Küche endete. Wir haben nie davon gesprochen, aber jetzt sagt sie, es sei ihr Glück gewesen, daß ich schließlich an die Scheune gedacht hätte. Es klingt unbefangen, ich horche erstaunt.

»Es wurde dunkel, wurde Nacht, und du kamst und kamst nicht«, sag' ich. Sie blickt mich spöttisch an: »Es war ein bißchen schwierig für mich zu kommen, weißt du...«

Zum Mühlbach hinunter, den mondhellen Weg am Fluß entlang bis zur Brücke, am anderen Ufer den Hang zum Elmhof hinauf über die gemähten Wiesen – dort oben, hinter dem Bauernhaus, eigentlich schon auf dem Feld, stand die Scheune. Ich hörte Irina schreien, sah, wie das Licht im Elmhof ausging, dachte noch: Sie haben mich kommen sehen, wollen nichts damit zu schaffen haben, wollen sagen, sie hätten nichts gehört, wüßten von nichts. Ich trommelte mit den Fäusten an die Scheunenwand. Die Tür wurde aufgestoßen. Zwei Männer stürzten heraus und rannten querfeldein davon, zwei Männer aus unserer Nachbarschaft. Der eine hatte seine Hose vorn aufgeknöpft, dem anderen hingen die Hosenträger herunter. Ich bekam die Fesseln nicht auf, die um Irinas Gelenke geknotet waren. Sie schnitten ihr ins Fleisch. Sie heulte, fluchte und schrie, lachte dann plötzlich, das war noch schrecklicher, lachte und würgte Sätze hervor: »Zwei Kerle, und schaffen es nicht! Zwei gottverfluchte vollgefressene Mistkerle, Amulette um den Hals!«

»Amulette?«

»Kreuze. Das ist eine fromme Stadt. Die beten vorher – ehe sie dich vergewaltigen.«

Sie zitterte noch, als wir in der Küche saßen und den Tee tranken. Ich rieb ihre Hand- und Fußgelenke mit warmem Öl ein. Im Haus war es noch stiller als sonst, unheimlich still war es. Der Großvater, den wir meistens in seiner Kammer hörten, lag reglos in seinem Bett. Schlief er aber? Ich glaubte es nicht. Sein Schlaf war noch nie vollkommen lautlos gewesen, und warum wollte mir Irina nicht verraten, was sie abends in der Elmhofgegend zu suchen hatte? Sie hat es mir nie gesagt, auch später nicht, und jetzt behauptet sie, ich hätte sie nicht gefragt.

»Wenn du es durchaus wissen willst, bitte, es ist kein Geheimnis, ist ja auch lange vorbei, berührt mich nicht mehr. Manchmal denke ich, das war ich gar nicht, damals, das war eine andere, Fremde, die mir nur ähnlich sah und wie ich Irina hieß.«

Mir fällt der Traum von Frauen und Mädchen ein, die alle ich waren. Eine sonderbare Angst steigt in mir auf, nicht die alte Angst vor den Schatten, denen ich in den Gassen der kleinen Stadt begegnete, nein, eine andere Angst, die mich klar und kalt macht.

»Du hast den Rubin in der Scheune verloren«, flüstere ich. Plötzlich sehe ich ganz nahe und deutlich den Großvater auf seinem mottenzerfressenen Kanapee, sein winziges, zusammengeschnurrtes Gesicht, von abstehenden Kopf- und Bartborsten weiß umrahmt, seine alt gewordenen Kinderaugen, naiv, aber ohne Unschuld, geübt im Nichthinsehen, die Hände, die zittrig vom Tisch gleiten, weil das Zufassen mißlingt. Das beunruhigt ihn nicht; er merkt es gar nicht, hat bereits vergessen, daß er die Pfeife vom Tisch nehmen wollte. Nur die Ohren machen ihm zu schaffen – nicht weil sie wie bei anderen alten Leuten halb taub geworden wären, sondern im Gegenteil, weil sie hellhörig geblieben sind. Sein Wille befiehlt ihnen, nichts zu hören, aber sie gehorchen nicht. Wach und aufgetan sind sie und lassen sich nicht verschließen. Mit dem Geflüster, dem Gehechel in den Ohren, das ihn die Mühlbachgasse hinunter verfolgt hat, schleicht er wie ein ertappter Bösewicht durch das Haus, will nichts gehört haben, nichts wissen. Begierden ängstigen ihn. Seine Welt ist der Wald, das Käfer- und Bienensummen im Farn, im Heidekraut, die grüngoldene Mooskühle unter dem Geflimmer hoher Laubkronen, das Abendglühen auf den Höhenzügen, der große sausende Wind im Herbst. Was war es nur, was wollte er nicht hören, nicht wissen?

Früher blieb es ihr in der Kehle stecken, heute sagt Irina unbekümmert: »Die verklemmten Mannsbilder aus dem Mühlbachviertel, die fühlten sich im Recht. Wer war ich denn in ihren Augen? Eine, die nur darauf wartete. Ich konnte es nicht lassen. Ich trieb meinen Spaß und Spott mit ihnen. Ich reizte sie. Ja, das tat ich. Erstaunlich eigentlich, daß nichts Schlimmeres passiert ist. Hör auf, mich anzustarren! Du wolltest es doch wissen – oder? Sie haben mich nicht in die Scheune geschleppt, ich habe sie hingelockt.«

Kein Weckerrasseln, kein Straßendonner, und das Kopfkissen neben mir nicht leer – aber auch kein Regenrauschen mehr vor dem Fenster. Ich horche lange; es bleibt still, ich gehe hin und ziehe den Vorhang zurück: weißer Rauch zwischen den nassen Bäumen, ein ferner, kühler Himmel, zartgolden überhaucht am östlichen Rand. Stille. Ein klagender Vogelruf, ein Seufzer Irinas. Ich denke an meine hektischen Aufbrüche, an die Selbstvergewaltigungen, die ich mir morgens antun muß, und wie ich zwischen Tür und Angel, noch schnell einen Bissen Brot mit Kaffee hinunterspülend, zurückblicke und schaudere: ein Schlachtfeld, Wäsche, die aus den Schrankfächern quillt, ein zerknülltes Kleid auf dem Fußboden, eine ausgebeulte Strumpfhose, von der Stuhllehne baumelnd, ein Hausschuh unter dem Tisch, der andere – der Kuckuck weiß wo. Ich stehe am Fenster und dehne mich, strecke meinen lahmen Körper. Sind wir nicht frei, gehört unser Leben nicht uns selbst? Unsere Zeit, unsere Tage und Nächte, Seele, Leib, du, ich: mit Haut und Haaren unser – drei Wochen lang! Vielleicht sogar das Haus, Bett, Tisch und Schrank, und auch die Birken hinter dem Haus. Eine aufschlußreiche, eine entlarvende Illusion, sage ich laut, als stünde ich mir gegenüber. Mach gefälligst eine Tugend aus deiner Not. Kommt es dir zu, heimlich ein Haus zu begehren, du Kleinverdienerin, du hoffnungslos Unterprivilegierte, hast du deine Lektion noch immer nicht gelernt?

»Was denn, was redest du?«

Ich fahre herum. Irina ist wach, wenn auch noch nicht ganz, aber das ändere ich mit einem Luftsprung, einem Tanz durch das Zimmer.

»Der Vogel, der früh singt…«, unkt Irina, spielt aber dann selber die Katze, die ihn fängt, nicht erst am Abend fängt: die Treppe hinunter, durch das Kaminzimmer, auf die Terrasse hinaus, in den Garten. Erdklumpen kleben an unseren Füßen, unsere Beine und die langen Nachthemden sind bespritzt; wir stellen fest, daß solche Gewänder für den Frühsport, den wir treiben, ungeeignet sind, da entdecken wir das Spinnennetz. Es schaukelt, groß wie ein Rad, zwischen zwei jungen Fichtenzwillingen, die dicht beisammenstehen, die Häupter einander zugeneigt, eine elegante, vollkommene

Konstruktion, streng und verspielt, zweckbestimmt und ästhetisch. Regentropfen glitzern in den feinen Maschen der Gewebestruktur. Nur ein zart weiß schillernder Fliegenflügel mit einem Hauch von Geäder und ein Restchen vom Brustpanzer zeugen von den lautlosen Mordtaten, die hier geschehen.

Manchmal ›tun‹ wir etwas, wie es Irina nennt, wenn wir ein bißchen aufräumen, Geschirr spülen, das Laub im Garten und auf der Terrasse zusammenharken. Wir halten uns nicht lange damit auf, gehen zur Havel hinunter, hören den Wind im Schilf rascheln, betrachten tiefsinnig die Nylontüten, Konservendosen und die durchlöcherten Socken, die, von kleinen flinken Wellen umplätschert, um die Pfeiler des Bootsstegs trudeln, suchen die drei, vier weißen Segel, die auch heute wieder in der rauhen, bleigrauen Havelweite schweben. Drüben am anderen Ufer schwingt sich in langen Wellen der Wald in eine dunstige Ferne, ein Wald, der doch nur ein Stadtforst ist. Manchmal, gegen Mittag, leuchten zwischen den Kiefern und Fichten die Laubbäume noch einmal auf, einer besonders, eine große, breitverzweigte Doppelbuche, die an unserem Einkaufsweg nach Kladow steht. Sie hat über dem Erdboden eine Art Podest gebildet, einen Baumschoß, aus dem die zwei Stämme emporsteigen. Irina und ich können darin sitzen, wenn wir uns dünn machen. Wir legen den Kopf in den Nacken und blicken die glatten, schimmernden Stämme empor, verfolgen den Lauf der himmelgreifenden Äste. Plötzlich geschieht es. Wir haben keinen Wind verspürt, aber die letzten Blätter, ein Schwarm kleiner, kreiselnder Sonnen rieselt auf uns nieder – wir strecken die Hände aus.

Wir erleben aber auch Überraschungen wie den ›Sportsfreund‹, der eines Tages an unserem Zaun steht und uns besuchen will. Er sei unser Nachbar, sagt er und weist mit einer vagen Handbewegung in die Gegend. Dort, hinter der Baumgruppe, stünde sein Haus, das wir gewiß schon gesehen hätten. Wir wissen nicht, ob wir es gesehen haben, bitten ihn aber zu einer Tasse Tee herein. Er friert in seiner kurzen Hose und in dem Freizeithemd und wärmt sich, händereibend, mit ›Ah‹ und ›Wunnerbar‹ an der Heizung. Dann ißt er unseren

Vorrat an Keksen auf und verspürt offenbar auch Appetit auf Irina. Einen Augenblick lang erinnert er mich an Arvid, obgleich er massiver ist, aber Irina läßt keine Zweideutigkeiten aufkommen, im Gegenteil, sie meistert die Situation mit heuchlerischer Liebenswürdigkeit.

Die andere Überraschung habe ich zu bewältigen. Wir gehen die stille Villenstraße hinunter, die nach Kladow führt, wo wir unsere Einkäufe erledigen wollen. Zuerst streiten wir ein bißchen wegen des Autos, das Irina sich wünscht. Sie hat Kroß schon darum gebeten, es läßt sich nicht mehr verhindern, ich weiß, er wird es ihr schenken. Auch sehe ich ja ein, wieviel leichter zum Beispiel das Einkaufen mit einem Auto ist und daß es uns mehr Freiheit schaffen wird, aber ich will es ihr nicht aus Unverstand ausreden, sondern aus Angst. Schreckliche Tode sehe ich sie sterben, in den Straßengraben geschleudert, gegen die Leitplanke geprallt, eingekeilt zwischen zusammengequetschtem Blech, und schon schießt die Flamme hoch, ich höre Schreie –. Es ist unerträglich, ich verbiete meiner Phantasie solche Szenen. Aber auch ein Unfall, der nicht tödlich verliefe, wäre furchtbar. Irina könnte entstellt, könnte gelähmt werden. Genug. Ich höre von selber auf. Sie muß nicht grollen, und noch weniger muß Herr Striese aufkreuzen, der ist ganz und gar überflüssig. Er geht aber schon ein paar Minuten lang in einiger Entfernung vor uns her. Ich täusche mich nicht; er ist es. Ehe er in den Weg zur Havel hinunter einbiegt, dreht er sich kurz um, und ich sehe sein Gesicht. Ich weiß allerdings nicht, ob auch er mich erkannt hat, ich fühle mich nur plötzlich sehr elend. Er hat mich erkannt, natürlich hat er mich erkannt. Weshalb soll er mich denn nicht erkannt haben. Vielleicht beobachtet er uns schon lange; es kann ihm ja nicht schwergefallen sein, unseren Aufenthaltsort zu erfahren. Von wem? Von den Dorows, natürlich, die ihrerseits ja nur Kroß fragen mußten. Beobachtet, verfolgt, bis hier hinaus verfolgt. Der will nicht Süßholz raspeln, wie die Dorows andeuteten, sondern etwas herausfinden, verstehst du, etwas über dich und mich. Für wen? Was er davon hat? Für Joachim, natürlich. Nicht einmal in unserer Einöde hier draußen sind wir vor Joachim in Sicherheit.

Irina sagt kühl: Erstens könne mir Joachim nichts mehr

antun, zweitens sei nicht erwiesen, daß er oder die Dorows mir den Herrn Striese hinterhergeschickt hätten, drittens hätten sie alle andere Sorgen, viertens...

»Ach, laß gut sein.«

»Willst du Vernunft annehmen?«

»Ja. Ja doch.«

»Wirklich? Hast du keine Angst mehr?«

Ich habe keine Angst mehr, nicht in diesem Augenblick. Ihre Argumente überzeugen mich; auch vergesse ich niemanden so schnell und so gern wie Herrn Striese. Trotzdem gehen wir nicht nach Kladow, sondern kehren um und vergraben uns mit Büchern und Zeitungen in einem gemütlichen Dachzimmer mit Rundblick über die Havellandschaft. Im Radio gibt es einen Vortrag über literarische Neuerscheinungen. Irina interessiert sich neuerdings lebhaft für neue Bücher – zum Entzücken von Klemens Kroß, der sich bereits im Besitz einer ›feingeistigen‹ Gattin wähnt, einer eigens für ihn, einen Händler mit alten und neuen Büchern und Kunstgegenständen, abgerichteten Gattin, die es versteht, auf Partys mit Bonmots zu glänzen. Noch ist es leider nicht soweit, aber sein Einfluß, seine ›Erziehung‹... Lassen wir das. Mit halbem Ohr höre ich die fröhlich-arroganten Kommentare, mit denen Irina die Ausführungen des Rundfunkmenschen begleitet: »Der eine Autor tut, als wisse er alles, der andere tut, als wisse er nichts. ›Tun‹ tun beide...«

Ich muß lachen. Wir sind, fürchte ich, auf dem besten Weg, Snobs zu werden, ja, wir tragen die Nasen hoch und bilden uns ein, wir brächten Opfer, wenn wir Zeitungen lesen, Vorträge anhören, ein Fernsehspiel sehen, das gesellschaftskritisch sein will, aber bloß langweilig ist, bloß ›kleinkariert‹, sagt Irina – brächten dem ZEITGEIST Opfer. Die Öffentlichkeitsmühlen mahlen langsam. Die Müller haben einen zähen Brei im Mund. Irina gibt mir einen schmalen Band mit Fragmenten frühgriechischer Lyrik, den ihr Lene Andras in die Manteltasche geschoben hat. Auf den linken Seiten sind die griechischen Texte abgedruckt, die Bruchstücke davon, die nach 2500 Jahren noch erhalten sind, geheimnisvolle Schriftzeichen für uns Unkundige, zierliche, aber leicht nachziehbare Buchstaben. Wir kennen nur die wenigen, die wir im

Mathematikunterricht gelernt haben: Alpha, Beta, Gamma, Delta, aber rechts stehen ja die deutschen Übersetzungen, Ergänzungen und Nachdichtungen.

... und mit duftendem Myrrhen-Öl
salbtest du dir den Leib, mit fürstlichem Balsam.
Neben der zarten Freundin auf weichem Bett
hast du deine Sehnsucht verströmt.

Es klingt wie Wind rings um das Haus, aber es ist die Zeit, ich höre die Zeit, höre die Jahrhunderte, die uns von Sappho trennen, in schweren Garben zu Boden sinken. Mein Denken an Irina, meine Liebe, gewinnt eine Dimension, in die ich mich früher nicht gewagt hätte, die ich vielleicht gar nicht sah. Auch Irina spürt, daß es sie gibt. Worauf warten wir – aber sie weiß im nächsten Augenblick: Wir warten gar nicht, oder das Warten hat plötzlich aufgehört. Mit offenen Augen liegen wir nebeneinander, und nun horcht sie wie ich. Unser Atem geht so leise wie das Atmen der Hautporen, nicht wahrnehmbar. Da denken wir nichts mehr, schlafen aber nicht, fühlen etwas Unermeßliches, eine dunkle Ausdehnung ohne Ende, in die Höhe, in die Tiefe, eine Bodenlosigkeit.

Es ist schnell Abend geworden. Schon schwebt im Viereck unseres Fensters hauchzart ein Stern.

Wie der Sturm in die Eichen des Berges fällt, so schüttelt Eros mein Herz. Sie soll häßlich gewesen sein, Sappho, die Mädchenfreundin, aber wer weiß es. Unbestritten ist, glaube ich, nur die Häßlichkeit des Knabenfreundes Sokrates. Ihn haben seine Athener Mitbürger zum Tode verurteilt, nicht aber die Lesbier ihre Sappho. Es blieb christlichen Eiferern vorbehalten, sie zu verdammen. In den untersten Höllenpfuhl mit ihr! Und ihre Bücher? Ins Feuer!

Hätte sie zu einer späteren Zeit gelebt, nicht nur ihre Bücher, auch sie selbst, ihr Leib...

›O Sappho, unter veilchendunklen Locken lieblich lächelnd‹, schrieb Alkaios, der sie liebte, und noch heute, in der späten Zeit, meiner Zeit, spüre ich in ihrer frommen Diesseitigkeit etwas vom Geist der verschollenen Frauenkultur, die auch für Sappho schon ferne Vergangenheit war. Die alte Göttin atmet mich an. Fülle, Sonne, Liebe... Das Weibliche noch ungebrochen, noch nicht verdunkelt, gedemütigt, sentimentalisiert, noch nicht an den Mann fixiert, verflucht, ihm anzuhängen und zu dienen, nicht identisch mit dem nächtlichen und dumpfen Teil des Menschen, sondern noch ungeteilt: Gefühl und Bewußtheit in einem, beides ist SIE, war, wollte werden...

Die Augen fallen mir zu, Bilder glänzen in mir auf, Bilder wie Ebenholz, ich weiß nicht, woher, wohin, hohe Schattengestalten mit Fackeln, die eine nach der anderen erlöschen, eine schwere Hockende, umringt von schwarzen Rosen und bleichen Kindern, Reiter, die sich gegenseitig mit großen barbarischen Lanzen aufspießen und von den Rössern schleudern. Komm! Fort von hier, ruft Irina und nimmt meine Hand. Wir fliehen, irren durch labyrinthische Gänge und Schluchten, stolpern über Geröllfelder, rennen atemlos zwischen den Ruinen einer versunkenen Stadt. Ich falle, Irina zieht mich hoch, wir keuchen weiter, hinter uns ein Fauchen, ein gewaltiges Schnauben und Grollen, jemand Großes, Wallendes, Gesichtsloses, aber mit Bart, ein bärtiger Riesenkerl in Patriarchentracht – der tobt hinter uns her und verflucht uns, schlägt uns mit seinem Hirtenstab, seine Stimme dröhnt: Ich bin der Herr!

Wir schleppen uns weiter, sehen weit weg am Ende der unterirdischen Steinschlucht ein schwaches Licht glimmen. Erschöpft, aber plötzlich ganz erfüllt von einer brennenden Glückserwartung, kriechen und klettern wir auf das Licht zu, während der furchtbare Alte wie blind an uns vorbeitappt. Der Schein wird heller, wird größer. Frische Luft weht uns entgegen, Meerwind, und dann hören wir die Stimmen, hören warme und liebliche Stimmen in großen, lang ausklingenden Rhythmen sprechen, eine Sprache, die wir nicht verstehen, aber wir spüren ihre Poesie, ihre Kraft, das reißt uns an den Haaren hoch, wir erkennen in heller Traumklarkeit: Es ist Sapphos Sprache. Taumelnd steigen wir herauf aus dem Erdbauch, dem Traum- und Zeitgrab. Wir stehen unter der weißen Sonne, atmen den Geruch des wilden Fenchels, den Rosen- und Apfelduft, den Salzhauch der Insel, der Mädcheninsel. Die Mädchen kommen gelaufen, umringen uns...

Vielleicht hat auch Irina von Sapphos Freundinnen geträumt. Sie flüstert ihre Namen: Dika, Atthis, Gongyla. Unsere Hände sind wie die Hände von Blinden, die im Dunkeln sehen. Wir bedrängen einander. Plötzlich saust es, ein zärtlicher Wirbelwind, über mich hin mit Haaren, Lippen und Brüsten. Wir sind aufgetan, eine der anderen, weit, eine dem Kuß der anderen.

Später wollen wir die Sterne anschauen, auch die Sternschnuppen, die jetzt, Anfang November, in Scharen durch den Weltraum schießen sollen. Wir bewegen uns wie Betrunkene, vor allem ich bin wie betrunken. Ich melde Wünsche an, behaupte, sie gingen in Erfüllung, wenn ich sie denke, während eine Sternschnuppe fällt. Irina spöttelt: »Ich weiß, was du ganz gewiß bekommen wirst. Der Monatspickel am Kinn ist schon da.« Nun lacht sie über meine Bestürzung: schon wieder vier Wochen vorbei?

Wir hüllen uns in unsere Mäntel und treten in die Nacht hinaus, die erste wolkenlose Nacht, seit wir gekommen sind. Fest umschlungen, als fürchteten wir, einander zu verlieren, stehen wir auf der Terrasse und suchen den schon winterlichen Himmel ab, den ganzen großen, den riesigen Himmel, den wir in der Stadt nicht zu sehen bekommen. Es weht kühl auf uns nieder, weht von weither. Wir stehen schweigend, wie von Händen ergriffen. Die Sternschnuppen sind vergessen. Die große stumme Sprache der Bilder über uns gibt ihr Geheimnis nicht preis. Wir kennen nur einige der alten Deutungen, die die Menschen ihnen gegeben haben, aber das sind nur noch Namen – Orion, Eridanos, das Nebelhaar der Berenice. Wir sehen das Firmament mit allen seinen Sternen um uns kreisen, als wäre die Zeit geschrumpft, die das Kreisen sonst in viele Stunden zerdehnt und unsichtbar macht, nicht spürbar. Aber sie hält mich ja, Irina hält mich, mein Kopf ruht fest auf ihrer Schulter. Das Kreisen muß innen sein, innen in meinem Kopf. Ich höre, weit weg, das Wasser der Havel aufrauschen. Irina legt ihre Hand auf meine Stirn, aber es ist ja nichts, du weißt selber, das kommt und geht, ist keine Krankheit. Sie lacht, wirft den Kopf in den Nacken. Eine Wildheit geht von ihr aus, eine jähe, ungezügelte Kraft. Ihr Blick hat etwas Visionäres, ihre Stimme klingt spröde und hell: »Wenn der Orion zusammenstürzt, wenn der Große Bär vom Himmel bröckelt, die Kassiopeia, wenn alle Sternbilder zerbrechen...«

Wahnsinn, aber ich sehe in einer ungeheuren feurigen Erscheinung die Sternhaufen der Milchstraße, Myriaden von Sternen, auseinanderstieben und zum Rand des Raums fliehen.

»Es gibt die alte Verheißung: Die Menschen sollen gerettet werden.«

Das klingt fremd in Irinas Mund, aber es stachelt meine Phantasie; ich muß die Vision weiterträumen. Gerettet! Ich halte den Atem an. Ein Sternbild taucht aus dem Chaos, groß, ein neues Sternbild, klare, ruhig leuchtende Chiffre eines kommenden Äons: unser Sternbild. Habe ich nicht schon einmal von ihm geträumt? Ich erinnere mich. Es ist in Lene Andras' Mansarde gewesen. Dort bin ich in ihrem Lehnstuhl eingeschlafen, dann schwebte ich, Hand in Hand mit Irina, im Weltraum, und das Sternbild erschien uns, schwamm auf uns zu, ein umschlungenes Paar, aber erst jetzt erkenne ich die zwei Sterngestalten, die nicht Kastor und Pollux sind, nicht Pylades und Orest, nicht David und Jonathan. Ich wußte nichts mit ihnen anzufangen, aber nun begreife ich: Sie kommen von weiter her, kommen aus nicht auslotbarer Zeit-Ferne. Ihr irdisches Urbild war älter als alle strahlenden Knaben- und Freundespaare.

»Es war weiblich«, sagt Irina und drückt mich fest an sich, war die Doppelgestalt mit zwei Köpfen und vier Brüsten, aus dem Steinblock gehauen in der Zeit vor der Zeit, in sternenferner Vor-Zeit. Die Menschen, die noch an sie dachten, sagten nicht dunkle, sondern goldene, paradiesische Zeit. Sie erinnerten sich der Weltgebärerin, der Mädchen-, Mond- und Muttergöttin. Aus ihrer friedvollen Nacht steigt unser Sternbild herauf, aus feuchter Moortiefe, aus der Weltenbauchhöhle. Es steigt und steigt, geht auf über Chaos, Wahn und Mord, über dem Stahl- und Betongesicht der entwürdigten Erde. Nach Jahrtausenden Vatergewalt, Joch und Zwietracht: DAS STERNBILD DER FREUNDINNEN.

2. Teil

Verstörung

Es ist im Spätherbst gewesen, als wir in dem Waldhaus bei Kladow meinen Urlaub verbracht haben. Ich verspürte damals kein Verlangen mehr, etwas aufzuschreiben – ich sah die Notwendigkeit nicht mehr ein. Irina amüsierte sich. Es sei gegen meine Natur, meine Eichhörnchennatur; es sei leichtsinnig, sagte sie. Vielleicht hat sie vorausgesehen, wie ich eines Tages hier sitzen würde, erschöpft von der Anstrengung, mich zu erinnern, das Leuchten wiederzuerwecken, das in uns war und uns gegenseitig wärmte und erhellte. Sogar Kroß sonnte sich darin. Es ist verschwunden. Eine magere Zeit ist angebrochen, und ich habe in der guten fetten Zeit nicht vorgesorgt – kein Eichhörnchen, das Vorräte speichert, eher ein sattes Katzentier: Es wärmt sich am Ofen den Pelz, schnurrt, bemerkt die Funken nicht, die aus der Ofentür stieben, den brennenden Span, der herausfällt. Erst wenn das Feuer schon unter ihrem Hintern knistert, setzt sich die verblendete Kreatur in Bewegung.

Ich muß etwas vergessen oder verloren haben, etwas Wichtiges. Ungeschickt tappe ich umher zwischen schiefen Wänden, in seltsam ineinandergeschobenen Straßen, einen Nebel vor den Augen. Ich will ihn durchdringen; dazu bin ich fest entschlossen. Allerdings hört ein Gefühl langsamen Zerbröckelns nicht auf, mich zu peinigen. Bilder, Worte, kaum gesehen, gedacht... Ich will in großer Angst aufwachen und kann nicht. Ich schreie deinen Namen in die Nacht. Die Klage Saphos, die sich den Tod wünscht, klingt mir im Ohr, ihre Sehnsucht, die Ufer des Acheron, ›die von Lotos umkränzten‹, bald zu sehen. Da fahre ich aus der Dämmerung meines unruhigen Halbschlafs und bin von Sätzen umstellt. Feindselig starren sie mir entgegen, lapidare Behauptungen, Schlagzeilen, hämisch, dick und dumm:

Pitt ist gekommen.

Herr Riemann ist gestorben.

Pitt. Peter. Peter Hauk.

Es ist aber umgekehrt gewesen. Zuerst ist Herr Riemann gestorben. Mit Herrn Riemann muß ich beginnen, damit mir nicht alles durcheinandergerät, vielmehr: mit seiner Frau, mit Margarete Riemann. Sie ist es gewesen, die mir den ersten Stoß versetzt hat, fremd in ihrem schwarzen Trauerkleid, aber sie hatte nicht geweint, ihre Augen waren trocken, und stand nicht gleich darauf Peter vor der Tür, und ich hatte sein Gesicht vergessen? Erst als er den Mund auftat und mich beim Namen nannte, erschrak ich.

Die Lücken füllen sich. Der Satz von Herrn Riemann, der doch seinen Tod aussagt, beginnt zu leben, zu tanzen. Die Buchstaben züngeln auf dem Papier unter meiner Hand. Irina hatte mich vom Büro abgeholt, und auf dem Weg zu mir nach Hause und dann auch oben in meinem Zimmer sprach sie wie unter einem Zwang von Herrn Riemann, als wolle sie sich ein für allemal ihren Groll von der Seele reden, könne auch mit einem einzigen unausgesprochenen Gedanken an Herrn Riemann nicht weiterleben. Dabei interessierte er uns doch gar nicht. Hatte sie ihn überhaupt wiedergesehen? Nein. Er stand schon seit geraumer Zeit nicht mehr auf. Zuerst lag er in seinem Bett zu Hause und dann im Krankenhaus. Wie er sie immer verachtet und sich angestrengt hätte, ihr seine Geringschätzung zu zeigen, daß sie ein Nichts in seinen Augen sei, nicht vorhanden für einen Mann wie ihn. Deshalb sei er ihr auch nicht ausgewichen, wenn er ihr im Korridor begegnete. Sie mußte sich an die Wand drücken, und dann schnaufte er, zornrot bis unter die dünnen weißen Haare, an ihr vorbei mit vorgeschobenem Bauch, eine Dampfwalze, eine Lokomotive aus Fleisch, wütend auf die Ungerechtigkeit und Gnadenlosigkeit des Lebens im allgemeinen, das keine Ausnahme mit ihm machte, ihn wie jeden Dummkopf alt und krank werden ließ, wütend im besonderen auf die Rentenversicherung, die ihn so knauserig versorgte, daß er sich nur die halbe Wohnung leisten konnte, und wütend auf Irina und mich, vor allem auf Irina. Sie war unverschämt, war anmaßend jung. Sie schminkte sich die Lippen, lackierte ihre Nägel und lief barfuß herum, halb nackt. Frech und frei war sie, und er durfte sie nicht bestrafen. Ein paar Jahre Arbeitsdienst oder ein

Mann und vier Kinder, das wären seine Rezepte für sie gewesen.

Das war doch damals. Jetzt ist er todkrank. Weint jemand? Ich atme auf wie eine, die den schon abfahrenden Zug noch erwischt hat. Triumphierend halte ich ein Ende des Fadens in der Hand, den ich leichtsinnig losließ. Ich sehe mich wieder, sehe die anderen, sehe, wie ich meine Tür aufreiße und Frau Riemann erblicke, die in unserem schmalen Korridor steht. Sie hat nicht geweint. Keine Spur einer Träne ist auf ihren Bäckchen. Ich höre sie auf mich einreden in einem Ton, der mir ganz neu ist, einem vertraulichen Ton. Es klingt, als wolle sie mir ein Geheimnis verraten, das außer mir niemand wissen darf. Dabei sagt sie nur, sie habe sich nicht entschließen können anzuklopfen, habe gedacht, sie ›störe‹ uns vielleicht. Das wiederholt sie und rückt mir dabei immer näher. Sie versucht wahrhaftig, mir ins Ohr zu flüstern, daß sie gedacht habe, sie störe uns. Ich weiche zurück; sie folgt mir. Plötzlich steht sie in meinem Wohnzimmer, ohne hereingebeten zu sein. Sie sagt ruhig, es sei nun soweit, ihr Mann sei heute gestorben.

»Gestorben?«

Ich fürchte, das ist alles gewesen, was ich herausgebracht habe. Ich erinnere mich aber noch, daß sie ›heute mittag‹ sagte, heute mittag sei er gestorben. Er war also bereits tot, als Irina durchaus von ihm sprechen mußte. Das erleichterte mich. Ich will nicht wissen, warum. Vielleicht hängt es mit einer abergläubischen Vorstellung zusammen. Sterbende können uns zwingen, an sie zu denken, glauben manche Menschen. Das will ich gar nicht wissen. Auch ist es ja lächerlich – Herr Riemann hätte in seiner letzten Stunde bestimmt nicht mit Irina gehadert.

Sie steht in einem kurzen, schnell übergezogenen Kittel in der Schlafzimmertür, die Hände rechts und links gegen die Pfosten gestemmt, ein Bein spielerisch vor dem anderen, barfuß, natürlich, nackt bis unter das Kittelröckchen. Ich beobachte Frau Riemann, denke vielleicht an einen Nervenschock, den sie erlitten haben könnte. Auch Irina ist verblüfft: tze tze tschiiii, macht Frau Riemann (so ähnlich), wobei sie im Zimmer hin- und hergeht und unsere herumliegenden Wäschestücke zusammensucht. Sie ergreift sie vorsichtig mit zwei Fingern, als fürchte sie, sie zu beschädigen, und hebt sie hoch. Besonders Irinas Spitzensachen entlocken ihr immer neue Schnalzlaute. Irina verschwindet im Schlafzimmer. Ich sehe noch ihr angewidertes Gesicht, dann knallt die Tür zu. Frau Riemann sagt in ihrem neuen, süß-vertraulichen Ton, es sei ja nun keine Gefahr mehr, ich und mein ›Schätzchen‹, wir brauchten keine Angst mehr zu haben. Es sei allerdings nicht leicht gewesen, den Mann zurückzuhalten, empört wie er immer war. Natürlich hätte er gewußt, daß sich die Polizei nicht für uns interessieren würde, verboten sei das ja nur zwischen Männern, und auch damit solle ja jetzt Schluß sein. Übrigens lebten wir schließlich nicht in der Provinz...

Ich höre sie noch, eine schon ferne, gleichgültig gewordene Stimme, aber damals hat sie mich umgeworfen.

Ist Peter am gleichen Tag gekommen? So muß es gewesen sein. Ich sehe mich ihm gegenüberstehen, und es ist keine Pause zwischen meiner Bestürzung über die Riemanns, die also die ganze Zeit Bescheid gewußt haben (Wer noch? dachte ich), und meinem Schrecken über Peter. Ich höre ihn sagen – aber da sitzt er schon in meinem blauen Sessel, meinem königsblauen Lesesessel und Lieblingsplatz, den eigentlich nur Irina benutzen darf: »Ein frostiger Empfang nach fast dreizehn Jahren. Hat dir mein Anblick die Sprache verschlagen?«

Das hatte er; es ließ sich nicht leugnen. Auf einmal kam ich mir wie eine Figur in einem Theaterstück vor, das vielleicht EIN WIEDERSEHEN hieß oder DREIZEHN JAHRE SPÄTER – kein erfreuliches Stück. Habe ich meine Rolle heruntergeschnurrt? Wie geht es dir, was treibst du, wie hast du die Zeit bis heute verbracht... Vielleicht haben wir einander vorgeheuchelt, es sei SCHÖN, sich wiederzusehen, der andere sei unverändert, sei jung wie damals. Ich weiß es nicht mehr, ich sehe mich nur unglücklich auf dem Sofa sitzen und auf den Funken warten, der nicht springen will, das knisternde Feuerwerk zwischen ihm und mir. Ich blicke ihn an: nichts. Erloschen. Es kann nicht die glattere Haut gewesen sein, die er einmal besaß, das dichtere Haar, die Geschmeidigkeit des Fünfundzwanzigjährigen. Zerknirscht denke ich: Er ist es doch, ist doch Pitt. Kann er dafür, daß kein Strahlen mehr von ihm ausgeht? Auch ich bin älter geworden.

Vielleicht hat sich Irina geräuspert oder ihren Stuhl gerückt. Ob jemand im Nebenzimmer sei, fragt er. Warnte mich eine innere Stimme – Unsinn! Ärgerlich antworte ich, meine Freundin ist nebenan.

»Wohnt sie hier?«

»Nein.«

»Schick sie fort.«

Wir starren einander an; seine Augen sind nicht mehr sanft und arglos, etwas Listiges, Berechnendes ist darin – sie träumen nicht mehr, seine Augen. Was will er von mir?

Da erhebt sich die Stimme in mir von neuem: Laß ihn Irina nicht sehen. Es ist lächerlich, ein Unfug, ich will das nicht, bin wütend auf ›die Stimme‹, die ja nichts als eine Ausgeburt meines krankhaften Mißtrauens ist, das doch lange geschlafen hat, aber nun richtet es sein Haupt wieder auf: Schlag es ab!

»Irina! Peter Hauk besucht uns!«

Sie kommt. Ich sehe sie mit neugierigen Augen auf ihn zugehen, fühle eine Spannung zwischen ihr und ihm. Eine Tür fällt zu, ein Vorhang schließt sich. Ich hocke in mir und horche, spähe durch einen Spalt meiner Lider, höre sie lachen, ein hohes und ein tiefes Lachen. Es ist aber nur das hohe, das mich schmerzt. Ich sehe ein Augenblitzen hin und her, aber mich trifft nur der blaue Blitz. Die anderen Augen, die ich doch auch geliebt habe, liegen flach in seiner Stirn, ohne Gefahr und Tiefe, niemand kann in ihnen versinken. Niemand? Nein, auch Irina nicht.

Vorsichtig tauche ich wieder auf, langsam, um sie nicht zu erschrecken. Sie hat allerdings mein Verschwinden gar nicht bemerkt. Die Rede ist von Geld. Wie bitte? Ja doch, von Geld. Er braucht dringend Geld, und da hat er sich meiner erinnert, hat gedacht, vielleicht ist die kleine Stefanie noch in Berlin, die damals mit Geld um sich geschmissen hat – so drückt er sich aus. Es sei nicht schwierig gewesen, meine Adresse ausfindig zu machen, und nun sei er also gekommen, sagt er und blickt Irina an. Er habe es mir unter vier Augen sagen wollen, aber vor Irina geniere er sich nicht.

Ich deutele noch an seiner Erklärung, die mir nicht schmecken will, und ich wundere mich über Irina. Warum lacht sie nicht, kommt es ihr nicht albern vor, daß er mich ›die kleine Stefanie‹ nennt? Natürlich überlege ich auch, warum er behauptet, ich hätte Geld verschwendet; er muß sich etwas dabei denken. »Ich?« sage ich, so dramatisch ich kann. »Ich soll Geld verschwendet haben?«

»Es war ja nicht dein Geld«, antwortet er fröhlich.

Nicht mein Geld. Nein, es war Joachims Geld, und ich habe also damit gewüstet, das kann Pitt nicht erfunden haben. Wie denn aber, wie habe ich es gemacht? Einkäufe, Zechen, Geschenke – es gibt viele Möglichkeiten, ich strapaziere mein Gedächtnis, aber ich habe vergessen, wofür ich Geld verschwendet habe. Da blitzt ein Bild auf, das ich allerdings nicht glauben will, denn ich kann doch nicht, kann nicht... Wirklich nicht? Ich kann. Das Bild ist ein wahres Bild. Ich knie über ihm auf dem Bett, den Kopf in den Nacken geworfen, lachend, meine Geldtasche in den hoch erhobenen Händen. Ich reiße sie auf, schütte Scheine und Münzen auf seinen schmalen braunen Bauch.

Mein Kopf will zerspringen. Ich höre wieder die Stimmen. Ihr Mann hat für sie gesorgt, ein guter, ein treuer Mann, was will die Frau, warum kann sie nicht zufrieden sein?

»Nichts. Ich will nichts«, sage ich, tief bestürzt, und will auch nicht mehr daran denken, nicht jetzt, nicht heute. Morgen früh kommt Igor. Ich will mich auf Igor vorbereiten.

Igor macht sich über seine Eltern Gedanken, warum sie geschiedene Leute sind, warum sein Vater nicht von mir spricht, warum sogar die Großmutter, die jetzt mindestens achtzig sein muß, sich aufregt, wenn Igor mich erwähnt. Sie pflegt sich sehr theatralisch aufzuregen mit Kopf- und Gliederzittern, Augen- und Mundaufreißen und mit Sprechunfähigkeit. Igor sagt, sie bekomme den Tatterich. Früher bekam sie ihn, wenn von ihrem verstorbenen Mann die Rede war, Igors Großvater, der im alten Petersburg irgendeinen Handel betrieben hat und dem sie nach der Oktoberrevolution ›aus Liebe‹ in das ferne und barbarische Land der Deutschen gefolgt ist. Das klang, als liege Deutschland am Nordpol. Heute bin *ich* also der Auslöser ihrer Zustände, und das trifft mich hart; ich habe die alte Frau geliebt und bewundert, und ich weiß, auch sie mochte mich. Igor aber ist ein 16jähriger Gerechter, der das Böse ausrotten will. Er leidet unter meiner Schlechtigkeit, umkreist gewisse Tatbestände in immer engeren Bögen, plaudert im Stil eines Kuriositätenerzählers über die Macht des Pater familias in früheren Zeiten, die er ablehnt, aber es reizt ihn, sie zu beschreiben und mich dabei zu beobachten. Der Hausherr durfte seine Frau züchtigen, sie gehörte ihm, war zu absolutem Gehorsam verpflichtet, sein Besitz und Eigentum. Ehebrecherinnen wurden gesteinigt oder ertränkt. Igor kennt die entsetzliche Geschichte von Maxim Gorki, in der ein Bauer seine treulose Frau anstelle seines Pferdes vor seinen Wagen spannt und zu Tode peitscht...

Mich schaudert. Joachim denkt noch immer voll Haß an mich, kann mir nicht verzeihen, daß ich es war, die ihn betrogen hat – nicht umgekehrt; das frißt an ihm.

Ich habe mir aber die Frage an Igor, ob er seine Kenntnisse seinem Vater verdanke, versagt. Es wäre mir früher, als noch strengere Ansichten galten und die Frauen weniger Rechte besaßen, ebenfalls sehr schlecht ergangen, erkläre ich ihm, so ruhig ich es vermag: »Du weißt ja, daß ich deinem Vater nicht treu gewesen bin.«

Er starrt mich an – Mütter sollen Idole sein, nicht wahr, die Güte in Person, die Uneigennützigkeit und Selbstlosigkeit in Person, die Sanftmut, die Opferbereitschaft, die Bescheidenheit und natürlich die Treue in Person.

»Dein Filius hat dir ja eine Gemeinheit angerichtet«, sagt Irina – ich erschrecke: »Er doch nicht. Er kann nichts dafür.«

Ich sehe ihr an, daß sie etwas im Schilde führt. »Kroß wartet im Wagen vor der Haustür. Beeilt euch«, sagt sie.

Ich fühle mich nicht wohl, mein Kopf schmerzt, der Gedanke an Peter macht mich krank, aber Igor ist ›Feuer und Flamme‹ für Irinas Vorschlag, den Sonntag mit uns in Kladow zu verbringen – ein schreckliches Wort. Man kann umkommen im Feuer, in Flammen. Viele Frauen sind im Feuer gestorben.

Da sind wir schon unterwegs. Kroß will wissen, ob auch Igors Vater einen russischen Vornamen hat. Igor sagt nein, den Namen seines Vaters hätte sein deutscher Großvater bestimmt, nicht seine russische Großmutter.

Ich sehe seinen Nacken und seine Ohren langsam rot werden, und dann fange ich im Rückspiegel einen sonderbaren Blick von ihm auf, der aber Irina gilt, nicht mir. Ich lege meine Hand auf ihr Knie. Warum lacht sie nur so merkwürdig hoch, mit fremder Stimme? Mir ist heiß, unerträglich heiß ist mir; ich kurbele das Fenster herunter.

»Es zieht«, sagt Kroß. Ich schließe es wieder. Plötzlich friere auch ich, ein Frostschauer rieselt mir vom Scheitel in den Nacken und das Rückgrat hinunter. Ich höre eine verschollene Stimme klagen:

... und nicht recht ist's, daß du, Mika,
meine Liebe vergißt. Aber ich lasse dich nicht.

»Sieben Runden ohne Fehler.«

Das sagt Igor, der sich jetzt mit Kroß über Tischtennis unterhält, während ich plötzlich wieder an den Herrn Dr. Ginsterberg denken muß, zwischen unserem Tisch und dem seinen hin und her: ›Kennst du den?‹ fragte Irina. Es war vor zwei Wochen in einem Lokal am Hohenzollerndamm. Auch Kroß blickte mich fragend an. Ich nickte, ja doch, ich kenne ihn, wenn auch nur flüchtig, habe ihn einmal aus Lene Andras' Wohnung kommen sehen und bin ihm ein andermal in der Haustür begegnet. Da hat er sich vorgestellt: Ginsterberg. Aber ich hatte es eilig, und nun saß er dort, gestikulierte und winkte, verzehrte sein Steak, trank dann schnell, schon stehend, einen Schluck Bier, wischte sich den Mund ab und kam herübergeflitzt, um mir die Hand zu drücken: »Nett, Sie zu sehen. Hoffe, Sie amüsieren sich.« Er merkte, daß er die Serviette noch in der Hand hielt, und warf sie weg. Sie flatterte zu Boden. Als ich mich von meinem Schreck erholt hatte und aufblickte, sah ich ihn durch den Mittelgang auf ein würdevoll zum Ausgang stelzendes Paar zueilen, mit dem er sich eine Weile unterhielt.

Kroß und Igor sprechen noch immer von Tischtennis. Wenn Igor Lust habe, könne er in Kladow den ganzen Tag Tischtennis spielen, höre ich Kroß sagen – auch Irina spiele gern. Herr und Frau, sagte ich zu Ginsterberg, Herr und Frau

Kroß. Er tat plötzlich das zappelige Wesen von sich wie vorher die Serviette, stand ruhig, nachdenklich da. So gefiel er mir; ich sagte nicht nein, als er mich um einen Tanz bat. Wir gingen die breite Treppe hinauf in das obere Stockwerk. Dort standen wir einen Augenblick verlegen am Rand der farbig beleuchteten Tanzfläche. Jemand schubste uns, und wir legten los, jeder für sich, ohne einander zu berühren, nur durch den gleichen Rhythmus verbunden. Er schimpfte über die Kontaktlosigkeit, die sich in solcher Tanzerei ausdrücke, nahm mich in den Arm und probierte die altmodische Tour mit Führen und Ansichdrücken, ein Spaß, wir amüsierten uns, es gelang ihm, die Musik in eine Art Foxtrott umzuhoppeln, und als wir in einer weniger bevölkerten Ecke landeten, wo wir uns unterhalten konnten, fühlten wir uns wie alte Freunde. Das überrasche ihn nicht, er habe nichts anderes erwartet, sagte er. Ich mußte schließlich begreifen, wer er war – nicht irgendein zufälliger Besucher Lene Andras', sondern ihr Mann, Knut, Kittys Vater. Es lag an seinem Nachnamen, daß ich nicht schneller darauf gekommen bin. Lene trage ihren Mädchennamen, und das sei ungesetzlich nach dem Ratschluß einer hohen Obrigkeit, sagte er mit einem kindlichen Lachen. Sie trage ihn nur privat. Behörden gegenüber dürfe sie es ja nicht.

»Und Sie nehmen es ihr nicht übel?«

»Warum sollte ich?«

»Wie großmütig!«

Er schwenkte mich herum. »Vorsicht! Die Bank, auf der die Spötter sitzen, ist hart.«

In diesem munteren Ton ging es eine Weile weiter. Ob ich das Buch kenne, an dem sie noch schreibe, was ich davon halte. Es werde ja zweifellos Aufsehen erregen, sei's auch vielleicht mehr wegen der Unbeweisbarkeit einiger Behauptungen, die sie aufstelle. Neue Fakten lägen ja nicht vor.

Ich sagte verlegen, es sei sicherlich nicht ihre Absicht, Aufsehen zu erregen, und er, lebhaft, immer in meine Augen hinein, aber mit plötzlich veränderter Stimme: »Ich freue mich, daß Sie sie gern haben. Allerdings glaube ich, dazu gehört nicht viel, anregend, wie sie ist, voller Überraschungen.«

Ja, das war sie. Ich dachte an einen Abend, jene Nacht in

ihrer Mansarde, als ihre Bluse aufging und ich mit Staunen ihre unvermutete Schönheit sah.

»Ich komme mir allerdings oft unzulänglich vor. Ich verstehe sie manchmal nicht. Seit Jahr und Tag mit ihr verheiratet, und noch immer irritieren mich ihre Vorstellungen von der Liebe.«

Der Tanz war zu Ende. Wir gingen die Galerie entlang zur Treppe. Ich erinnerte mich plötzlich an ein Buch, das ich vor Jahren, als auch ich noch verheiratet war, immer und immer wieder voller Hoffnung gelesen und dann eines Tages, krank vor Enttäuschung, weggelegt und nicht mehr angesehen habe. Der Autor rühmte die Frauen vergangener Zeiten für ihre Geduld. Sie harrten aus, harrten bei TRINKERN UND TOBENDEN aus, schrieb er, wenn mich mein Gedächtnis nicht täuscht. Allerdings hatten sie keine Wahl, das vergaß er.

Ich wußte auf einmal Sätze aus dem Buch:

IMMER ÜBERTRIFFT DIE LIEBENDE DEN GELIEBTEN.

Ich preßte meine Schläfen. Mein Kopf schmerzte. Ich war sehr müde.

»Ich wüßte gern, woran Sie jetzt denken«, sagte Ginsterberg neben mir. Wir lehnten einen Augenblick an der Brüstung der Galerie, blickten in das Restaurantgetümmel.

»An ein Buch«, antwortete ich. »Es muß vor ungefähr 60 Jahren geschrieben worden sein. Die Frauen hätten viele Jahrhunderte lang ›die ganze Liebe geleistet‹, hieß es darin wörtlich. Die Männer hätten es ihnen schwergemacht mit ihrer Zerstreutheit, ihrer Nachlässigkeit und Eifersucht – auch das sind, glaube ich, Rilkes Worte. Er forderte die Männer auf, ihren ANTEIL ARBEIT IN DER LIEBE endlich auf sich zu nehmen. Die Frauen hätten ihnen alle Mühsal der Liebe erspart, und so sei sie den Männern ›unter die Zerstreuungen geglitten‹, wörtlich auch das, ich erinnere mich genau. Ich glaube, er war ein Mann, der auch Weibliches in sich hatte.«

»Jeder hat auch Weibliches in sich«, murmelte Ginsterberg.

Plötzlich höre ich wieder Kroß, Igor und Irina. Vielleicht habe ich ihr Gespräch die ganze Zeit mitgehört, denn ich bin sofort im Bilde. Von Olympischen Spielen ist die Rede. Jugend der Welt. Flamme. Siegerehrung. Nationalhymne. Für unsere anderen Spiele ist Irina heute nicht zu haben, aber mir tut es wohl, an den Spaß hinter Kroß' Rücken zu denken, den wir uns manchmal erlauben, wenn er uns fährt.

Es muß sein breites Kreuz sein, der Nacken, der sauber geschnittene Haaransatz über dem tadellosen Kragen – etwas daran reizt uns, Albernheiten zu treiben, uns die Handteller zu kitzeln, auf die Knie zu trommeln, Fingerspiele zu erfinden. Ihre rechte Hand liegt unter meiner linken, mein Daumen tupft an den ihren, dann der Zeigefinger, der Mittel-, der Ringfinger und der kleine. Langsam zuerst, ein Finger nach dem anderen, dann schnell, schneller, hin und zurück – mit den Augen nicht mehr zu verfolgen...

»Was macht ihr denn?« fragt Kroß. Wir kichern, können nicht aufhören. Mein linkes und ihr rechtes Bein hüpfen, aneinandergepreßt, gleichzeitig in einem bestimmten Rhythmus auf dem Autoteppich bis unter den Vordersitz, so weit es geht: eins, zwei, drei und vier. Vorwärts und rückwärts.

Heute nicht, heute ist Irina mit Igor beschäftigt. Sie stellt fest, daß er mein Kinn und meine Nase hat. »Er sieht dir unheimlich ähnlich«, sagt sie, von ihm zu mir blickend.

»Wieso unheimlich, was ist daran unheimlich, wie meinst du das: unheimlich?«

Sie wiederholt aber, daß er mir unheimlich ähnlich sähe; ich sage ärgerlich: »Mir doch nicht. Seinem Vater!«

»Nein, dir. Eine männliche Ausgabe von Stefanie.«

Igor schweigt verbissen. Ich lege zaghaft meine Hand auf seine Schulter – er schüttelt sie ab.

Es ist ein unfreundlicher Tag, nicht einzusehen, warum wir ihn in Kladow verbringen müssen, wo uns nur schlammige Wege, Krähen im Garten, ein tropfnasser Wald und eine regenverhangene Havellandschaft erwarten. Natürlich hat mein Mißbehagen noch einen anderen Grund: Ich bin nicht gern mit Kroß an dem Ort, wo uns das Sternbild der Freundinnen aufgegangen ist, aber es gibt kein Zurück. Wir haben den Kaiserdamm mit seinen langen Häuserreihen und den wilhelminischen Kandelabern bereits hinter uns, rollen die Heerstraße hinauf, an Villen und Bungalows vorbei, die fröstelnd in ihren kahlen Gärten stehen. Ein Stück Kiefernwald, rechts ein Hochhaus mit bunten Balkonen, Parkdurchblicke und wieder Villen, Wald und Gärten bis zur Havelbrücke. Ein rascher Blick über die bleigraue Spiegelfläche, die leise schwankenden, vertäuten Boote, die Wildenten und Möwen – meine Augen schmerzen, fallen zu. Wir sind schon in der Gatower Straße – oder heißt sie Kladower Damm? –, da schlage ich die Augen wieder auf, höre Irina und Igor über eine Sportveranstaltung fachsimpeln. Irina hat sich vorgebeugt; er spricht mit zurückgewandtem Kopf, nennt Namen, Tennisgrößen, denke ich, wieder halb schlafend, und lehne meinen schweren Kopf an das Fenster. Wald, vergilbte Wiesenstücke, Feld, Häuser mit Vorgärtchen, in denen schon Blumen blühen, Schneeglöckchen oder Märzenbecher, etwas Weißes jedenfalls, oder hat nur jemand sein Tempotaschentuch weggeworfen? Das schwebt an mir vorbei in nebliger Ferne. Jetzt ist es Kroß selber zu warm im Wagen; er kurbelt sein Fenster herunter. Mich friert. Ich habe Kopfschmerzen. Meine Augen brennen. Ich höre Lene Andras sagen: ›Er ist ein Ignorant, aber ich liebe ihn.‹ Sie meinte ihren Mann, Ginsterberg. Für etwas Ähnliches halte er auch sie, fuhr sie fort, für eine Dilettantin. ›Spaßig, wie? Er mich, ich ihn.‹

Sie hat mir dann erklärt, was ihr Mann zu ignorieren beliebe. So sagte sie: ›beliebe‹. Wir hätten es vor allem Frauen zu verdanken, daß die religiöse Literatur des Mittelalters, die natürlich auch die weltliche beeinflußt habe, nicht in den kalten, objektiven Formeln des klerikalen Latein, sondern in der lebendigen, höchst anschaulichen und konkreten Sprache des Volkes geschrieben worden sei. Ginsterberg ziehe sich auf die üblichen Bastionen zurück, wenn er sich zu einem Zugeständnis gezwungen sähe. Die Frauen hätten der Mystik einen weiblichen Zug hinzugefügt, heiße es dann – nicht nur bei ihm.

Sie hat auf meine Empörung gewartet, die ausblieb. Ich weiß zu wenig, will erst die Texte zu Ende lesen, die sie mir gegeben hat. Auch sträube ich mich noch manchmal gegen sie. Muß ich mich für Nonnen interessieren? Im nächsten Augenblick schäme ich mich meiner Widerborstigkeit. Lange vor Eckhart, Seuse, Tauler haben Frauen die UNIO MYSTICA gelebt und am eigenen Leib erfahren, haben das EINSWERDEN DES SEELENGRUNDES MIT GOTT (was immer damit gemeint sein mag, denke ich schläfrig) erlitten und beschrieben: Hildegard von Bingen, die auch eine Ärztin war, später Mechthild von Hackeborn und die andere Mechthild, die von Magdeburg, die DAS FLIESSENDE LICHT DER GOTTHEIT schrieb. Das Buch liegt in meiner Handtasche.

Wir stapfen über bräunliche Grasnarben. Das Haus, UNSER Haus, steht unter den Kiefernwipfeln, die sanft hin- und herschwanken. Vielleicht bin auch ich es, die sanft hin- und herschwankt. Irina hat den Arm um Igors Schultern gelegt. Plötzlich entschlossen, umfaßt Igor ihre Taille. Sie gehen vor mir her. Kroß verschwindet im Keller, wo er die Heizung anstellen will. Igor küßt Irina auf die Wange, reißt sich los und rennt davon. Ein paar Minuten später bin ich nicht mehr sicher, ob er sie geküßt hat.

Es wird schnell warm im Haus, aber das Frösteln und die Kopfschmerzen, die mir die Fahrt verleidet haben, hören nicht auf, mich zu peinigen. Meine Benommenheit wächst. Ich sinke in einen Sessel und strecke die Beine von mir, als wollte ich nie wieder aufstehen. In weiter Ferne höre ich Irina sagen: »Ich kann jeden Menschen lieben. Ob weiß oder schwarz, alt, jung, Mann oder Frau...«

»Na hör mal«, unterbricht Kroß sie ärgerlich, »du redest wieder einmal nichts als Unsinn.«

Unter meinen gesenkten Lidern sehe ich ihn zum Kamin gehen.

»...wenn nur der gewisse Funke überspringt«, beendet Irina ihren Satz. »Möchtest du dich hinlegen?«

Damit bin ich gemeint. Ich will aber erst wissen, wovon sie mit Kroß gesprochen hat. Sie lacht: »Von Karin, Fräulein Husseks Nichte. Sie soll sich in einen Afrikaner verliebt haben.«

»Ach so.«

Kroß hat im Kamin ein Feuer angezündet, einem richtigen Kamin, der mit dicken harzigen Holzscheiten gefüttert wird. Irina wickelt mich in eine Decke und gibt mir Kognak zu trinken. Ich werde näher an das Feuer gerückt, meine Beine werden auf einen Schemel gebettet, ein zweites Kissen wird mir ins Kreuz geschoben. Ich nehme mich zusammen, erinnere mich, daß kein schwirrendes Insekt, kein Glitzerwesen, das mit hoher Stimme sirrt und girrt, keine Elbin um mich ist, sondern sie, Irina, meine Irina. Meinen Zustand kenne ich übrigens, habe ihn schon drei-, viermal erlebt – er wird vorübergehen. Vorerst werden allerdings die Hitze- und Kälteschauer und die Kopfschmerzen zunehmen, aber ich bin nicht verwirrt – würde ich sonst Klemens Kroß' Unmut bemerken? Nichts ist ihm so verhaßt wie eine kranke oder kränkelnde Frau. Von Irina ist er ja in dieser Hinsicht einiges gewöhnt, aber ich habe gesund und munter zu sein; es widerspricht allen Gepflogenheiten, daß ich faul am Kamin sitze und leide.

Es sind dann aber nicht Irina, Igor und Kroß, von denen ich träume, auch nicht Peter, der wie eine stumme Bedrohung immerzu im Hintergrund meines Bewußtseins lauert, es ist überhaupt kein Mensch, sondern das Feuer, ein mächtiges Feuer, Flamme neben Flamme steht es hoch aufgerichtet in der Feuerhöhle des Kamins auf den knisternden Holzscheiten, eine Vision. Da fällt mir Prometheus ein, die quälende Vorstellung, er habe das Feuer in den bloßen Händen davongetragen. Er muß ein Gefäß mitgebracht haben – aber das ist ja eine ganz andere Geschichte, ich stehle ja das Feuer nicht, nein, ich ›mache‹ es. Mit einer seltsamen Traumgeduld schlage ich es aus Herrn Uhls rotem Stein. Ihn halte ich in der einen und Irinas Nagellackfläschchen in der anderen Hand. Der Lack ist zu einer festen Masse erstarrt. Ich zerschlage das Fläschchen, das Glas splittert ab, zurück bleibt eine kleine knallrote Keule aus knallhartem Lack. Ich schlage sie auf den Stein, schlage und schlage: die Funken sprühen. Lene Andras sagt: ›Das sind die Ursprünge.‹

Es folgt eine lange Dunkelheit und Leere, von der ich nichts weiß, bis auf einmal ein Lachen um mich ist, ein Huschen und Flüstern hinter meinem Rücken, in den Ecken. Das ist nicht im Traum, sondern im Halbschlaf. Ich höre Kroß kommen, denke in großer Angst: Er wird sie umbringen, beide. Dann hocke ich wieder in meiner Sandkuhle. Es war gar nicht Peter, es war Igor, mit dem sie lachte. Ich halte Herrn Uhls Stein und meine kleine Lackkeule in den Händen, schlage die Funken jetzt über einer Schale, in der dürre Gräser auf übereinandergeschichteten Gittern aus kleinen getrockneten Hölzern liegen. Lene Andras sagt verzweifelt: ›Die Schale stammt aus dem Neolithikum. Bandkeramik, sehen Sie? Das war 5000 Jahre vor Christus. Sie befinden sich aber im Diluvium, im Quartär, der ersten Zwischeneiszeit – 600 000 Jahre vor Christus. Da hat der Mensch das Feuer aus dem Stein geschlagen.‹

Ich würde gewiß darüber staunen, wäre ich nicht mit meinem eigenen Feuer beschäftigt. Es knistert schon. Lene Andras' Gesicht kommt mir ganz nahe; sie flüstert: ›Verführerin. Verführerin. Verführerin.‹

›Sie, Irina, will die Verführerin gewesen sein‹, lalle ich.

Lene Andras sagt streng, mit schmalem Mund: ›Hüte Igor!‹

Weg. Die Flamme springt hoch. Steil aufgerichtet steht sie vor mir in der Schale. Sie tanzt...

Ich bin wach, aber nicht wach genug. Das Feuer im Kamin wirbelt und prasselt jetzt mit kleinen schnellen Flämmchen die Holzscheite entlang. Es züngelt über ein versinkendes Gesicht, ein Frauengesicht. Gierig leckt es in den aufgerissenen Mund, in die Augen. Ich schreie: Nein! Nicht! Aber ich bilde mir das Schreien nur ein, in Wahrheit würge ich nur etwas Heiseres, Unverständliches hervor. Klemens Kroß sagt: »Schlaf ist wichtiger als Essen. Laßt sie schlafen.«

Irina küßt mich auf die Stirn, dann noch jemand mit kindlichen Lippen – das überrascht mich so sehr, daß ich hochfahren möchte, aber es geht nicht, ich bin wie ein Stein. Ich weiß aber, wohin sie wollen, das muß ich im Schlaf gehört haben: ins Strandrestaurant zum Mittagessen mit Blick über die Havel. Die Stimme vorhin, Lene Andras' Stimme, die mich wieder einmal vor Irina warnen wollte, ist aus mir selber gekommen, aus meinem eigenen träumenden Gehirn. Ich selber bin es gewesen, die mich warnen wollte. Ich kichere in mich hinein, komme mir schlau vor, durchschaue einen Mechanismus, der mir immer unheimlich war: Was du nicht zu denken wagst, das träumst du. Auch was zu dumm ist. Igor und Irina – zu dumm. Die Gefahr heißt Peter, nicht Igor. Auch meine Skrupel gegenüber Kroß sind sehr dumm. Ich will aber nicht, erlaube nicht, daß er Igors Zeche bezahlt. Es kommt nicht in Frage, ich bestehe darauf, ›ich be-zah-le selbst‹, stammele ich mit traumschwerer Zunge. Ich stolpere über das Wort ›selbst‹ und erwache aus meinem unruhigen Schlaf.

Ich bin allein, vielleicht schon lange. Es ist mir recht, allein zu sein, obgleich ja auch das Alleinsein anstrengen kann, besonders wenn es ein Alleinsein mit Scharen mystisch ergriffener Frauen ist. Die ziehen an mir vorbei in ihren weißen, schwarzen, ihren braunen und grauen Kutten, die Gesichter in Hauben gezwängt, Dominikanerinnen, Benediktinerinnen, Zisterzienserinnen. Sie singen: *Die minn' Christi hat min hertz verwundt...* – eine große Bewegung, eine Frauenbewegung, kreuz und quer durch Deutschland, Holland, die Schweiz. Auch Laien gehörten zu ihr, die sich FREUNDE nannten, Gottesfreunde, Jesusfreunde. Sie suchten apostolische Armut und Gemeinschaft, Begarden und Beginen wie die von Nürnberg, die im 13. Jahrhundert mit einer GOTESMINNERIN, die Allheit hieß, in einer Wohngemeinschaft lebten.

Ich nehme das Textbuch aus meiner Handtasche und schlage es auf. Die altertümliche Sprache bereitet mir Schwierigkeiten. Ich muß die Sätze zwei-, dreimal studieren, Wort für Wort, dann geht es plötzlich, ich verstehe, lese nicht ohne Beklemmung die Liebeserklärung der Seele an ihren GIESSENDEN VLIESSENDEN BRENNENDEN SMELZENDEN GOT: *O du ruowender got an minen brùsten* –

Und er antwortet seiner Taube, seiner SUNNE: *du bach miner hicze, min minneklichest bette... Lust miner gothait, trost miner moenschhait: O du vliegendes bini in dem honge* –

Mir ist, ich höre SIE sprechen, SIE! Ich lache, schluchze in mich hinein: Das ist ja SIE, ist ja IHRE Sprache – Himmel, wo ist dein Stachel –.

Draußen in der Diele schlägt die Uhr die vierte Stunde. Ich muß also volle zwei Stunden hier am Kaminfeuer im Sessel ausgestreckt geschlafen haben, das Buch mit den Nonnentexten auf der Brust. Durch das Fenster sehe ich unter den Wolken eine fahle Sonnenscheibe rollen, dort ist Westen – auch an der Sonne erkenne ich, daß die Mittagszeit längst vorbei ist. Ich bin aber noch müde, will hinaufgehen und mich auf Irinas Bett legen. Es geht nicht, die Schläfrigkeit bezwingt mich von neuem, und ich wehre mich nicht, wehre mich nie, wenn ich mein ›Fieber‹ habe – was immer es sein mag. Ich sollte einmal einen Arzt befragen. Schlafen hilft mir aber. Wenn ich ausgiebig schlafe, verschwindet das Fieber.

Ich muß mich dann doch auf den Weg nach oben gemacht haben, denn als ich wieder zu mir komme, sitze ich auf einer der oberen Treppenstufen, den Kopf an das Geländer gelehnt. Sagte ich: Als ich zu mir komme? Auch das soll eine der Redewendungen sein, die die Frauen damals geprägt haben. Allerdings bin ich nur aus einem Schlaf zu mir zurückgekommen, nicht aus Jesu' ›minneklicher umbehalsunge‹.

Ich nicke noch einmal ein, spüre dann aber plötzlich, daß ich nicht mehr allein bin. Durch die Gitterstäbe des Treppengeländers sehe ich Igor und Irina in der Diele stehen. Sie stehen dort seltsam starr. Plötzlich schluchzt Igor auf und wirft sich in Irinas Arme. Sie hält ihn einen Augenblick, dann stößt sie ihn von sich: »Mein Mann kommt.«

›Mein Mann‹. Das habe ich von Irina noch nie gehört. Sie sagt es auch nicht für mich, sondern für Igor, der nun zur Haustür geht und hinaustritt: niemand kommt.

Irina entdeckt mich auf der Treppe und setzt sich zu mir.

»Geht es dir besser? Kannst du etwas essen?«

»Irina, was tust du ...«

Meine Stimme klingt grausig; wäre ich Irina, ich hätte Angst vor meiner Stimme, aber Irina lacht nur: »Dein Sohn ist ein guter Pingpongspieler«, sagt sie, und dann zu ihm: »Hol ein Glas Wasser für deine Mutter.«

Er trottet gehorsam in die Küche.

»Ich brauche kein Wasser.«

»Doch. Für das Aspirin, das ich dir mitgebracht habe.«

Ich habe das Aspirin geschluckt. Kroß ist in Begleitung einer Kundin zurückgekommen, die auch im Havelrestaurant war. Ich habe sie einmal in seinem Laden gesehen: ein weiblicher Ludwig der Vierzehnte mit einem großmächtigen weißen Lockenhaupt und der Statur eines alt gewordenen Schwergewichtlers. Sie besitzt hier draußen ebenfalls ein Haus, ist eine Großtante von Klaus Dorow, interessiert sich ›brennend‹ für Antiquitäten und bibliophile Seltenheiten und will mit uns Tee trinken. Kroß hat sie zu ihrem Haus fahren müssen, weil sie die selbstgebackenen kleinen Kuchen holen wollte, die sie jetzt aus einem Korb nimmt. Sie will auch den Tee selber machen, traut Irinas Fähigkeiten nicht. Mich streift sie sowieso nur mit verächtlichen Blicken. Ich habe etwas in ihren Augen Unverzeihliches getan, habe ›schlappgemacht‹. Sie trippelt in die Küche. Ich sehe mit Staunen, daß sie sich nicht ohne Grazie bewegt.

Mein Tag mit Igor geht zu Ende, und ich kann nicht mit ihm sprechen oder auch nur allein sein. Sprechen würde ich vielleicht ohnehin nicht; was sollte ich ihm sagen? Das Klopfen und Brennen hinter meiner Stirn beginnt von neuem. Es ist ja klar, was geschehen ist. Warum denkt es sich so schwer? Er hat sich in Irina verliebt, ›verknallt‹, wird er sagen, aber das Leid wird davon nicht kleiner. So ist es. Er wird leiden, wird vielleicht – so hoffe ich – nicht lange leiden, nein, nicht lange, aber heftig, wird ruhelos und verzweifelt sein, und ehe er es ganz begriffen hat, ist es vorbei. Dann nimmt er ein Mädchen in die Arme und vergißt die Circe, die ihm den Kopf verdreht hat, Freundin seiner Mutter.

Er sitzt links von der Großtante, Kroß rechts. Die Männer beanspruche sie für sich, erklärt sie.

»... damit Sie Bescheid wissen, meine Damen.«

Wir lachen pflichtschuldig.

»Es braucht Sie nicht zu hindern, meine Kuchen zu probieren.«

Auch das tun wir, sogar ich nage an einem ihrer Gebäckstücke.

»Ich verstehe mich eben besser mit Männern.«

Sie legt die Arme um ihre Schultern. Es gelingt ihr, sie einen Augenblick an sich zu ziehen, ohne das Gleichgewicht zu verlieren, meinen schmalen Igor und mit dem anderen Arm Klemens Kroß.

»Ich liebe die Männer«, sagt sie feierlich und sieht aus wie der Sonnenkönig im Gebet. »Ich habe nie genug bekommen können.«

»Nicht genug Männer?« fragt Irina angeregt.

»Nein«, sagt Klaus Dorows Großtante, die also auch in ›sexueller Hinsicht‹ nichts für Zimperlichkeiten übrig hat.

Wie verloren Igor neben ihr sitzt, allein unter uns fremden, erwachsenen Leuten, die Trivialitäten reden, während er liebt.

Kroß fährt uns zum Roseneck, unserem Trennungseck. Bis dorthin begleite ich Igor immer, wenn er nach Hause muß. Ich winke ihm nach und warte, bis er in der Dunkelheit verschwunden ist. Dann fahre ich mit dem Bus zurück.

An diesem Sonntag habe ich es bequemer. Kroß und Irina bringen mich im Wagen bis vor meine Haustür. Irina streichelt meine Hand – böse Irina, ist ein Triumph in ihrer Stimme? Nein, kein Triumph.

»Hör auf, dummes Zeug zu denken. Einmal mußte die Quälerei beendet werden. Er wird dich und sich selbst nicht mehr mit grausamen Vorstellungen peinigen. Seine Phantasie kreist um etwas Besseres als Ehebruch und Strafe...«

Da begreife ich endlich, was ihr Flirt mit Igor bedeutet. Sie hat ihn umgestimmt und abgelenkt, weiter nichts, und natürlich ist es ihr wie im Spiel gelungen. Er wird seiner Mutter gegenüber nachsichtiger werden. Etwas Besseres, sagt sie, er hat etwas Besseres zum Träumen und Leiden.

Es fällt mir schwer, den Stachel zu finden, der mich trotzdem piesackt. Ich friere. Meine Zähne schnattern. Igor, mein unerfahrener Igor, der sich nicht wehren konnte, der gar nicht wußte, wie ihm geschah! Sie hat ihn bewußt, in der Absicht, ein bestimmtes Ziel zu erreichen, in Verwirrung gestürzt, ›vorsätzlich‹, würde Herr Döhnicke sagen.

Ich schleppe mich die Treppe hinauf, und dann falle ich auf mein Bett: Für dich, du Närrin, Undankbare, hat sie ihm den Kopf verdreht. Für mich. Ich kann es nicht erklären, aber meine Angst um sie wächst. Igor wird es überstehen. Ich werde ihn von ihr fernhalten, damit es schneller vorübergeht. Aber sie... Das Unwägbare, nicht Erklärbare, ein Schmelz, ein Zauber, ›Farb und Schein‹, heißt es in einem alten Lied:

die Lilj' und Ros hat nicht
was an Farb und Schein
dir möcht ähnlich sein...

– war es verletzt?

Aufhören! Ich bin krank! Krank bin ich, verdammt noch mal, schonungsbedürftig! Ich ziehe mir die Decke über den

Kopf. Herr Uhl und Fräulein Koppisch werden mir allerdings nicht glauben, daß ich krank bin. Das hast du davon. Wer einmal lügt... Und was wird Herr Döhnicke sagen? Schon wieder krank...

Ich bin mir noch einmal entkommen. Stur und verstockt, das Phantom meiner Liebe im Arm, beherrscht von einem fanatischen Beharrungswillen, der sich von Tatsachen nicht irritieren ließ, sah ich nichts, hörte nichts, immun gegen die Wahrheit, die Wirklichkeit, als hätte mich jemand mit einem Serum geimpft, das vor Klarsicht schützt.

Hat Peter es gewußt? Sicher ist, daß er sehr schnell herausfand, wie ich lebte. Vielleicht hat er mich auch gefragt, ob es denn nach ihm keinen Mann gegeben hätte. Er wunderte sich. Vermutlich sah ich nicht einsam aus, noch nicht. Er dachte aber nicht über mich nach, gab sich gern zufrieden, überlegte lieber, wie er die Situation nützen könnte, spielte, probierte dies und das – mal abwarten, ob es funktionierte.

Er zog in eins der vorderen Zimmer. Frau Riemann hätte es ihm angeboten, förmlich aufgedrängt hätte sie es ihm. Frau Riemann erzählte mir allerdings, er hätte sie beschwatzt, ihm ein Zimmer zu vermieten. Er versorgte sich seitdem aus meinem Kühlschrank. Ich war ja seine gute alte Freundin Stefanie, die ihm auch gern gelegentlich mit der Miete aushalf, damit Frau Riemann nichts von seinen augenblicklichen finanziellen Schwierigkeiten bemerkte – das wäre mir nur peinlich, nicht wahr: Keine Sorge, ich zahle alles zurück.

Ich sehe mich vor Lene Andras' Haustür stehen. Die Straße ist dunkel und menschenleer; es muß spät sein. Ich rüttele an der Tür, drücke verzweifelt auf den Klingelknopf. Lene Andras rührt sich nicht. Ich trete zurück und blicke die Hausfront mit den schmalen, vergitterten Balkonen hinauf. Die Mansarde ist dunkel, aber in der Wohnung darunter, in Onkel Heriberts Wohnung, brennt Licht, viel Licht, die lange Fensterreihe ist hell. Ich will es dort versuchen. Vielleicht hat Kitty nach ihrer Mutter verlangt, oder sie diskutiert mit ihrem Onkel und Frau Marquardt. Sie konnte ja nicht ahnen, daß ich heute kommen würde, nachdem ich sie lange vernachlässigt habe. Da wird im Souterrain ein Fenster aufgestoßen. Ein kleiner krötenartiger Frauenkopf schiebt sich langsam heraus. Zwei alte Augen blicken mich von unten herauf an. Ich streiche mir über die Stirn, höre mich eine Entschuldigung stottern: »... falls ich Sie gestört habe.«

Die alte Frau schweigt.

»Ich will nur – hoffte nur – ich will zu Frau Andras.«

Der Kopf wird zurückgezogen, das Fenster geschlossen. Ich drücke den Klingelknopf Onkel Heriberts, den Knopf, den ich für den seinen halte; es stehen ja keine Namen auf dem Klingelbrettchen. Da ist schon jemand an der Haustür – Onkel Heribert? Nein, die alte Frau aus dem Souterrain steht auf der Schwelle und hält mir die Tür auf. Klein und krumm steht sie dort, zerknittert, fast kahl. Sie trägt einen schwarzen Tuchmantel, unter dem ein langes Nachthemd heraushängt, darauf sind rings um den Saum kleine rosafarbene Blumenkränze gedruckt. Ich bedanke mich, aber sie bleibt stumm; mir ist jedoch, als ruhten ihre Augen freundlich auf mir. Langsam steige ich hinauf im Dämmer des stillen, schlecht beleuchteten Treppenhauses, blicke zurück – sie ist verschwunden. Kann sie so schnell hinuntergegangen sein? Wieder denke ich, ich träume, aber ich befinde mich ja im Haus, jemand muß mich hereingelassen haben, und dann stehe ich vor der schwarzbraun glänzenden, in vier hohe Rechtecke gegliederten Tür mit dem blanken Messingklopfer, der im Maul eines kleinen Löwenkopfes hängt. Ich betrachte sie aufmerksam, als könnte sie mir etwas von den Gewohnheiten und Eigentümlichkeiten der Menschen verraten, die hinter ihr leben. Sie sind allerdings eigenartig. Da kommt jemand. Die Tür wird geöffnet. Kitty, in einen weißen Bademantel gehüllt, der ihr viel zu groß ist, blickt mich erwartungsvoll an. Ich habe das Gefühl, sie erkennt mich nicht, hat die schrecklichen und absonderlichen Gedanken vergessen, die sie sich über Irina und mich gemacht hat. Ich erinnere sie nicht daran, sage nicht: Zuerst die Blonde, dann ich – vor 300 Jahren, auf dem Escher einer kleinen mitteldeutschen Stadt –, sondern frage nach Lene Andras, ob sie hier sei. Da fällt ihr wieder ein, wer ich bin. »Ach Sie.« Ja. Ach ich. Ich folge ihr an offenstehenden Türen vorbei, die in große, spärlich möblierte Zimmer führen, staubige Zimmer mit verblaßten Tapeten und Vorhängen, und alle sind hell erleuchtet. Ein Gefühl von Weiträumigkeit ergreift mich. Auch das Studierzimmer, in dem ich warten soll, ist sehr groß und sehr hoch.

»Sie werden sich hier nicht langweilen«, sagt Kitty. Die Tür klappt hinter ihr zu. Ich stehe in der fremden Stille vor einem großen gläsernen Globus, den ich nur antippen muß, und er schwingt um seine Achse. Mir ist wie manchmal beim Einschlafen, wenn ich plötzlich in einer fernen Zeit, früher, später, einer Zeit, die war oder die sein wird, auf fremder Erde gehe. So wandere ich die Bücherregale entlang, lese Titel, die ich noch nie gehört habe, nehme die Gegenstände auf dem Schreibpult in die Hand, einen Winkelmesser, einen großen Dreieckswinkel, ein Lineal mit Querbalken. Habe ich denn vergessen, was mich hergetrieben hat, meine Ungeduld, meine Angst? An den Wänden hängen altertümliche Welt- und Sternkarten, schöne, handkolorierte Kupferstiche mit den Tierkreiszeichen und den Bahnen der Planeten, die Welt unserer Vorfahren, in deren Mitte die Erde ruhte, umkreist von Sonne, Mond und Sternen, eine für Menschen gemachte Welt, von menschlichen Maßen, in der man nichts fürchten sollte außer der Sünde. Aber wie furchtbar verlassen waren die Verstoßenen, die ANDEREN. In den Ecken der Karten ist viel Wunderliches zu sehen: ein weißes Einhorn, ein lesender Herr in einer Art Nachthemd, von einem Band umschlungen, auf dem mit verschnörkelten Buchstaben steht: ARISTOTELES, das Lamm, weiß und rosa, die Kreuzfahne im angehobenen Vorderbein, und oben über dem Ganzen mit segnend ausgebreiteten Händen schwebend ein freundlicher Greis in blauem Mantel und mit Bart, umflattert von Wolken kleiner Engel. Es folgen aber Blätter mit grafischen Aufzeichnungen Keplers und Tycho Brahes, die die Sonne nun im Mittelpunkt zeigen. Eine Revolution hat stattgefunden. Da höre ich Schritte – kommt sie endlich? Nein, die Stimme, die nun spricht, gehört einem Mann, einem alten Mann. »Hier. Ich habe die Stelle«, höre ich. Die Tür wird aufgerissen, und ein aufgeregter Onkel Heribert wedelt herein: »Es steht nicht bei Wilhelm, sondern bei Friedrich, wie ich dir bereits sagte. Hör zu.«

Jetzt endlich hebt er den Blick von seinem Buch, sagt: »Ach, du bist es gar nicht –«

Er blinzelt mich mit angestrengten Augen an, mit Lene Andras' Augen, der er ähnlich sieht, dasselbe steife Kreuz, eine dünne, mittelgroße Gestalt, das Gesicht vom gleichen noblen Schnitt, großzügig, mit hohen Backenknochen. Es würde auch mich interessieren, sagt er. Wilhelm? Friedrich?

»Schlegel, natürlich. Hier. Über Diotima: ›Was ist häßlicher als überladene Weiblichkeit, was ekelhafter als übertriebene Männlichkeit.‹«

Ich reiße die Augen auf. Er blättert: »Und hier. ›Nur sanfte Männlichkeit, nur selbstbewußte Weiblichkeit ist die rechte, wahre und schöne‹ et cetera. Weiter: ›In der Tat sind die Männlichkeit und Weiblichkeit so, wie sie gewöhnlich genommen und getrieben werden, die gefährlichsten Hindernisse der Menschlichkeit.‹ – Da hast du deine ›neuen‹ Einsichten. Humanisierung durch Überwindung der Phallus- und Uterus-Charaktere, das ist ganz und gar nichts Neues.«

Grübelnd blickt er mich an, ohne mich zu sehen. »Denk an Platon, an Jakob Böhme. Nicht Superman und Schnulzenhäschen, nicht Eierkopf und Vamp – wie immer die Pärchen heißen, die nichts beweisen, als daß die Männer die Rollenverteiler gewesen sind...«

Er stutzt, kichert in sich hinein: »Es ist nämlich ein erhebendes Gefühl, ein ›Geistiger‹ zu sein, ein ›Reiner‹, umworben und verführt vom ›Fleisch‹ – oder auch nur ein vertrottelter Professor, dessen ›Leibliches‹ eine unbedarfte ›Gute‹ betreut... Nicht wer ganz und ausschließlich ein Mann oder eine Frau ist, sondern der Weib-Mann, das Mann-Weib – sie erreichen die vollen menschlichen Möglichkeiten.«

Ich bin wieder in sein Blickfeld geraten oder vielmehr in sein Bewußtsein: ein fremdes, allerdings, so glaube ich, ein leuchtendes Gesicht.

»Wer sind Sie eigentlich? Was tun Sie hier?« fragt er erstaunt, wartet aber meine Antwort nicht ab: »Die Romantiker konnten nicht biochemisch beweisen, daß die Natur keine Nur-Männer und Nur-Frauen kennt wie zum Beispiel Hollywood und mancher Schriftsteller, wie die Werbebranche, die Illustriertenindustrie und so weiter. Aber sie haben es gewußt, haben es erfühlt.«

Lene Andras steht in der Tür und freut sich, daß er eine Zuhörerin gefunden hat. Er ist irritiert, faßt sich aber schnell. »Ich vergaß ihr zu sagen, daß auch die Romantiker bald bequemere Wege aufsuchten. Anfangs sollte die Frau vor allem Mensch sein, das war vielleicht etwas anstrengend für die verwöhnten Männer. So wurde sie wieder in erster Linie ›Weib‹ – nun allerdings mit üppiger Romantikerphantasie verherrlichtes Weib, Inkarnation des heiligen Unbewußten, Somnambulen, ›Ahndungsvollen‹, berauschte und berauschende Sinnlichkeit, ›die Hölle, die nach mir lüstern ist‹, heißt es bei Tieck, ›das Urtier‹, sagt Oken: das Weib ist das Urtier.«

Seine rechte Gesichtshälfte fängt an zu zucken; ich blicke Lene Andras ängstlich fragend an, die aber nur die Brauen hochzieht: »Kommen Sie. Sagen Sie schnell Frau Marquardt gute Nacht, dann gehen wir hinauf.«

Ich sitze einen Augenblick, einen scharfen, wasserhellen Schnaps lang, den Onkel Heribert einschenkt, in Frau Marquardts abenteuerlich mit schweren flaschengrünen Draperien, einem Arrangement aus Pfauenfedern und einem düsteren Böcklin-Bild ausstaffierten Zimmer. Sie blickt mich aus Decken und Kissen heraus blaß und gedankenvoll an. Kitty, ›unser Troll- und Schmollkind‹, hockt auf einem mit weinrotem Samt bezogenen Schemel neben ihrem Diwan und will ebenfalls einen Schnaps haben. Onkel Heribert blickt fragend auf Frau Marquardt. Lene Andras sagt: »Es wird gleich Streit geben. Gehen wir lieber. Die drei Lieben können furchtbar sein.«

Ich suche ihren Blick, begegne aber Frau Marquardts bleichem Lächeln: »Sie merkt nichts, merkt nicht, wie rasend es mit uns abwärts geht, unaufhaltsam...«

Onkel Heribert murmelt etwas Lateinisches, das ich kenne, das ich bestimmt schon irgendwo gehört oder gelesen habe: *media vita in morte sumus.*

Kitty springt auf, stampft mit den Füßen, trommelt mit den Fäusten auf den Tisch, das Gesichtchen verzerrt, Tränen in den Augen. Onkel Heribert will seinen Arm um sie legen und sie an sich ziehen, aber sie stößt ihn von sich. Auch Lene

Andras unternimmt einen schüchternen Versuch, ihre Tochter zu beruhigen, und blitzt ab. Frau Marquardt, als sei Kittys Benehmen das denkbar natürlichste, sagt ungerührt zu Lene Andras: »Du denkst, ihr könnt es aufhalten mit Sozialismus, Freundschaft, Frauenbefreiung...« Und im gleichen Atemzug zu Onkel Heribert: »Lieber, gib doch dem Kind einen Schnaps.«

Ich sehe mich mit Lene Andras die Treppe hinauflaufen, höre sie sagen: »Jetzt spricht sie von den Schrecken und Verstrickungen, die kommen werden, furchtbaren, ausweglosen Zwangssituationen, denen sich niemand entziehen kann, nicht mehr Freiheit, sondern mehr Unfreiheit, bis nichts mehr sein wird. Nichts wird mehr sein.«

Warum habe ich ihr nicht gesagt, was mich hergetrieben hat? Veranstalte einen Aufruhr vor ihrer Haustür, ein Rütteln, Rufen und Klingeln, und wenn ich endlich bei ihr oben bin, versinke ich in Schweigen.

DER ERNST DES EXISTIERENS.

Wer sagte das? Wann?

Ich bin du

Frau Riemann hat mich in der Diele abgefangen; ihr Mund klappt auf und zu, ihr Gerede fließt wie Speichel. ›Hineingeschlittert‹, höre ich. Aus Verzweiflung über die Männer in eine Liebesgeschichte mit der Freundin hineingeschlittert, und nun auf einmal hätte ich einen jungen Freund. Wenn ihr Mann ihn noch erlebt hätte! Der hätte fest geglaubt, ich ›stünde auf Frauen‹, nur auf Frauen. Deshalb hätte er auch auf sie, Margarete, immer aufgepaßt: »Na, na, was ist denn?« Aber ich bin schon draußen. Es ist nicht das erste Mal, daß ich mich nur durch Flucht retten kann, immer wieder höre ich eine Tür hinter mir zuschlagen, auch die Wohnungstür von Klemens Kroß. Ich renne die Treppe hinunter, rase aus dem Haus. Bin ich denn aber nicht selber einmal in Peter verliebt gewesen, weiß ich überhaupt, ob sie sich in ihn verliebt hat? Ich lasse den Kopf hängen und kehre um, schleiche Stufe für Stufe wieder hinauf in meinen bitteren Himmel, meinen Himmel der Bitternis, sehe mich zu Irinas Füßen niederstürzen. Sie hebt mich auf, tröstet, beruhigt mich, liebreich wie nie zuvor, aber auch erregt, auch sie sonderbar erregt, ganz bewegte Oberfläche, ein blondes Grannenfeld, durch das leise der Wind zischt. Noch weiß ich nicht, woher der Aufruhr kommt, was er bedeutet. Ich will es nicht wissen, profitiere davon, wie damals Joachim ahnungslos am Glück meines Betrugs teilnahm. Er fand mich aufregender, verführerischer, und nun bin auch ich hingerissen. Im nächsten Augenblick streite ich mit ihr wegen Kroß, den sie neuerdings mit kostspieligen Wünschen bedrängt. Du hast kein Recht, dich von ihm beschenken zu lassen, auch weißt du genau, was er dafür will.

»Ach«, sagt sie mit unschuldigen Augen, »es macht ihn doch glücklich, meine Wünsche zu erfüllen.«

Das ist wahr. Er hat sich danach gesehnt. Ihre Gleichgültigkeit gegenüber Geld und Besitz ist ihm peinlich und auch anrüchig gewesen. Er hat einen Armeleutegeruch dahinter gewittert, eine schäbige, kleinbürgerliche Bescheidenheit, die aus Nöten Tugenden macht. Das Besondere ihrer Bedürfnislosigkeit hat er nicht verstanden – daß sie Freiheit bedeutet, das ist über seine Begriffe gegangen, hat außerhalb seines Horizonts gelegen. Eine Frau mit GESUNDEN INSTINKTEN begehrt eben Kleider, Pelze, ein Auto, Schmuck.

Kroß freute sich; er nahm es für ein gutes Zeichen. Irina sollte zu Hause ergeben zu ihm aufblicken, aber draußen, in der Welt seiner Geschäfte, sollte sie eine elegante, anspruchsvolle, mit Kostbarkeiten behängte Madame sein, die er vorführen, mit der er sich sehen lassen, seinen STATUS demonstrieren konnte. Er hatte diese Hoffnung allerdings schon fast aufgegeben, als Irina plötzlich von selber anfing, sich äffisch zu benehmen.

Träumte ich aber nicht auch manchmal von einem Schmuck für sie? Es war ein bestimmter Schmuck, an den ich dachte, ein Türkishalsband, das ich vor langer Zeit in einem Juwelierladen sah.

An einem kalten Tag im Mai – ich hatte mich von der Morgensonne täuschen lassen und nicht warm genug angezogen – stand ich frierend vor dem Geschäft in der Martin-Luther-Straße, trat von einem Fuß auf den anderen, blies in meine klammen Hände und überlegte, was geschehen würde, wenn ich mit einem Faustschlag die Scheibe zertrümmerte. Auf dem Samtkissen in der Mitte glitzerte allerdings nicht mehr das Türkishalsband, sondern ein anderes, ein noch märchenhafteres. Es war abwechselnd mit Perlen und kleinen tiefblauen Kugeln besetzt. Ich buchstabierte die winzige Schrift auf dem Preisschildchen, das diskret unter dem Samtkissen hervorlinste: Collier, 18ktg. Gelbgold mit Lapislazulikugeln und Zuchtperlen.

Ich stand da und drückte meine Nase an der Schaufensterscheibe breit. LAPISLAZULI. So blau war also Lapislazuli, so tief-, fast dunkelblau, mit einem Schimmer Violett – Inannas Blick. Mit den tiefblauen Märchensteinen waren ihre Augenhöhlen ausgelegt. Es kann sich auch um eine Priesterin der Inanna handeln, hörte ich Lene Andras sagen. Sehen Sie nur, wie ihre großen leeren Augenhöhlen voll und lebendig werden, wenn Sie lange hineinschauen, wie sie Sie anblicken. Ich summte vor mich hin: LA-PIS-LA-ZU-LI. Ein einziger Konsonant, das s der Silbe PIS, unterbrach die Reihe offener Silben, eine Zauberformel, ich wünschte mir, die blauen Steine wären auch vor 5000 Jahren in der Sprache des entschwundenen Volkes im Zwischenstromland LAPISLAZULI genannt worden, genauso. Die Silben umkreisten mich, blaue Sternkugeln. Sie schwebten auf und nieder, berührten einander, erklangen.

»Ich wußte es doch«, sagte Klemens Kroß hinter mir. Ich fuhr herum, hatte den Wagen nicht gehört, der an den Straßenrand fuhr, die zuschlagende Tür, seine Schritte. »Es ist gar nicht wahr, daß Sie Juwelen nicht mögen.«

Ich erholte mich schnell. Konnte ich ihm aber sagen, das sei nur Irinas Version, mir wäre es aus einem ganz anderen Grund unangenehm, wenn er ihr Juwelen schenkte? Damit hätte ich früher beginnen müssen, dachte ich erbittert. Warum habe ich eine gewisse Erklärung immer wieder aufgeschoben! Er lachte amüsiert. Ich müsse ja nun nicht gleich wie eine auf frischer Tat ertappte Diebin aussehen.

Ich stotterte: »Ich sehe mir nur für Irina etwas an. Zuerst gefielen mir Türkise, ähnlich wie die dort, in der weißen Schachtel. Da lag aber das Lapislazuli-Halsband noch nicht im Schaufenster.«

»Lapislazuli – das sind Glasursteine, oder? Türkise dürften wertvoller sein.«

»Ja, aber ...«

Ich verstummte. Es war mir unmöglich, von der alten Göttin zu sprechen, das ging nicht, nicht mit ihm. Unter den wandernden Sanddünen der irakischen Wüste hatte sie gelegen, begraben und vergessen. Es würde ihn befremden, würde sein mehr geschäftliches Interesse an Altertümern und Antiquitäten weit, jahrtausendeweit, übersteigen. Oder unterschätze ich ihn, hatte er nicht eine kleine kretische Schlangengöttin neben einen neuen Bildband über Knossos in sein Schaufenster gestellt?

Von der Seite sah ich, wie er mit verkniffenem Kennerblick das Halsband schätzte, ob der Preis gerechtfertigt sei. Ein Seufzer entwischte mir, ein kleiner, klagender Laut: mein Lapislazuliblau, mein Irinablau – nicht für mein Staunen, nicht für meine Liebe zu haben, aber für einen bedruckten Fetzen Papier in den fetten Fingern eines Geschäftsmannes.

»Sie meinen, das Ding würde ihr gefallen?«

Ich nickte – welche Frage! LA-PIS-LA-ZU-LI, geheimnisvolle Tonfolge, verschollene Noten einer zarten, fremden Musik. ZULALIPISLA. PISLAZULALI.

»Wie bitte?«

»O ja, sehr, es würde ihr sehr gefallen«, sagte ich schnell. Wir werden jetzt in den Laden gehen, ich werde die Steine berühren, ihre versunkenen Augen. Unsinn, es sind nicht die gleichen Steine. Aber ihr Blau ist ein Omen, ein Symbol. Es bedeutet: das Rot, Blut und Feuer, die Zeit des Rubins ist vorbei.

Ich möchte lachen. Närrische Gedanken sind das.

»Worauf warten wir noch?« fragte Kroß ungeduldig.

Der Juwelier, ein scharfäugiger kleiner Herr mit Seehundsbart, war vielleicht ein Brillantenkenner, aber von Menschen verstand er nicht viel. Er hielt mich für die Gattin oder Freundin. Auch von verräterischen Äußerlichkeiten ließ er sich nicht irritieren, von der Konfektionskleidung, die ich trug, von meinen Hausfrauenhänden, denen es nicht gelingen wollte, wenigstens etwas Bürodamenhaftes anzunehmen. Er sah nur, daß Kroß auf meine Zustimmung wartete, ehe er das Scheckheft zückte. Vielleicht fand er mein Kopfnicken ›gnädig‹: Bitte sehr, mach deiner verwöhnten Gattin eine kleine Freude – für 2250 Mark. Ehrfürchtig stand er da, unterwürfig – nur seine Augen schmolzen nicht, die waren hart und blank, wie es sich im Diamantengeschäft gehörte.

Ich mußte aber einmal ›Geschmeide‹ sagen, ein Wort, das er nicht benutzt hatte, aber ich liebte es.

»Ein Geschmeide aus Gold, Perlen und Lapislazulikugeln«, flüsterte ich. Der Juwelier wunderte sich, sagte befremdet: »Aber ja. Wollen Sie es noch einmal prüfen?«

»Geschmeide – geschmeidig – Geschmeidigkeit –«

»Sie meinen?«

»Machen Sie schon«, sagte Kroß nervös. Der Juwelier beeilte sich, das Halsband in eine Schachtel zu legen, eine schmale, mit weißer Seide gefütterte Schachtel. Er wickelte sie in zartes Papier ein und legte sie feierlich in meine Hände. Wir gingen, er verbeugte sich devot; ich ließ die Schachtel in Kroß' Jackentasche gleiten.

»Was meinten Sie eigentlich mit Geschmeide und Geschmeidigkeit?«

Ich hätte gern gelacht, fand mich aber plötzlich gar nicht mehr witzig, blickte beschämt an Kroß vorbei – nie würde ich Irina ein ›Geschmeide‹ schenken können.

Er hält mich für verrückt, aber nützlich, ich weiß, und ich wollte nun allein sein, wollte rasch nach Hause gehen, aber er ließ mich nicht. Das Halsband sei meine Idee gewesen, also müsse ich auch dabeisein, wenn er es ihr umlege. Außerdem wolle er mich etwas fragen. Bitte, steigen Sie endlich ein.

Wir waren vielleicht schon am Nollendorfplatz, als ich begriff, wovon er sprach, von wem. Er mußte Irina mit Peter gesehen haben. Natürlich wäre es gescheiter gewesen, hineinzugehen und sich den Knaben vorstellen zu lassen. Es sei im Kranzler gewesen, dort hätte er sie mit ihm sitzen sehen, in ein lebhaftes Gespräch vertieft.

»Leider reagiere ich manchmal etwas unvernünftig, wenn es sich um Irina handelt...«

Sein Ton stürzte mich in noch größere Verlegenheit. Ich glaube, ich habe ihn nie zuvor so sprechen hören, so menschlich, dachte ich, ganz außer mir. Zuerst seine Freude über das Halsband – ein Mann, der noch beim Scheckausschreiben strahlte –, und nun das. Ich sagte leise: »Man hat immer Angst um Irina.«

Er nickte. »Ich will sie nicht verlieren.«

Nicht verlieren. ER WILL SIE NICHT VERLIEREN. Die kurze Fahrt mit ihm an einem geschäftigen Sonnabendvormittag kam mir endlos vor. Ich wünschte verzweifelt, ich hätte zugehört, als mir Irina gewisse Anweisungen gab. Sag, ich hätte, du wüßtest nicht, er wäre... Ich hatte es vergessen oder gar nicht aufgenommen. Mein Gehör war ausgeschaltet. Ich bin mit Sehen beschäftigt gewesen. Ihr Bild ätzte sich in meine innere Netzhaut. Wie sie durch das Unterholz brach, ein blondes Wild, das witternd den Kopf hob. Wie sie plötzlich mit einem Schrei die Arme hochwarf. Ich winke und rufe.

Über Baumwurzeln und Grasnarben renne ich ihr entgegen, stolpere zwischen Wald und karg beschneitem Rübenfeld. Da fliegt sie mir in die Arme. Wir halten einander, hoch atmend, lachend. Langsam gehen wir dann, Hand in Hand, durch die frostige Dämmerung auf das Haus zu, das feist und behäbig mit gelben Fenstern unter den Kiefern hervorblinzelt.

»Kroß ist drinnen. Er hat mich mit Pitt gesehen. Bestimmt wird er dich nach ihm fragen. Sag ihm...«

Aus. Ich erinnerte mich nicht, wußte nicht, was ich ihm sagen sollte. Ich sah mich am Gatter stehen, überwältigt von der Heftigkeit, der Kraft meines Schauens. Ich nahm Unsichtbares wahr, das Feine, Unstoffliche, die Aura, die ihre Gestalt umfloß, eine zarte Regenbogenstrahlung, die ich aber auch auf der Haut spürte, scharf, ein Brennen.

»Antworten Sie doch«, hörte ich Kroß' Stimme neben mir. Wir parkten am Straßenrand vor dem geräumigen alten Mietshaus.

Ich nahm mich zusammen. Irinas Begleiter sei mein Freund, der bei mir lebe, dem ich über die Runden helfen würde, sagte ich. Seinetwegen möge er, Kroß, sich keine Sorgen machen. Er sperrte die Augen auf, hol's der Teufel, und dann ging's los mit: »Es geht mich natürlich nichts an...«, und: »Ihre Weltfremdheit...«

Ich horchte erstaunt. Eigentlich hatte ich mich nicht für weltfremd gehalten.

»Hoffentlich lassen Sie sich nicht ausnützen. Ich dachte, Sie leben allein. Zum Kuckuck, ich kann nicht leugnen, daß ich enttäuscht bin, wenn ich mir die Bemerkung erlauben darf.«

Aber meine Geduld war erschöpft. Bitte sehr, seien Sie also enttäuscht. Glauben Sie, ich wäre erbaut davon, daß Peter sich an mich hängt – nicht nur an mich?

»Zerbrechen Sie sich nur meinetwegen nicht den Kopf«, sagte ich – das kränkte ihn. Tut mir leid.

»Könntet ihr nicht vorsichtiger sein?«

Erstaunt blickt Irina mich an, und ich starre zurück: ihre Gestalt einer Botticelli-Venus, umweht von Haar, ihre florentinischen Hände, ihr Gesicht eines Kindes, das im Schlaf geweint hat. Es fällt mir ein, daß ich neuerdings manchmal häßliche Träume habe, widerliche Träume. Ich stehe nackt auf der Straße, von Gaffern und Fratzen umringt. Liege auf unserer alten, längst ausrangierten Matratze – die Sprungfedern stechen mich ins Kreuz. Aus den Löchern quellen die Eingeweide, schwarz, kotig.

Mir fällt auch ein, daß meine Tür abgeschlossen ist. Auch das ist eine Neuerung, eine Schutzmaßnahme, die ich früher nicht brauchte. Wenn auch die Riemanns nicht besonders angenehme Leute waren, mein ›Hausrecht‹ akzeptierten sie, platzten nicht herein unter irgendeinem fadenscheinigen Vorwand. Oft verzichtet Peter auch auf Vorwände. Ich komme ahnungslos aus der Küche – da steht er mitten in meinem Zimmer, nicht im geringsten verlegen. Oder ich will mich anziehen und kann einen bestimmten Gürtel, ein Wäschestück, einen Pulli nicht finden – er reißt die Tür auf, erfaßt mit einem Blick die Situation: Brauchst du Hilfe?

Er nimmt meine Ablehnung nicht ernst. Es ist allerdings schwierig, sie ihm glaubhaft zu machen, der dem PITT von einst immer ähnlicher wird. Es fällt ihm nicht ein, seine Schandtaten zu beschönigen oder auch nur Tatsachen zu vernebeln, die wenig schmeichelhaft für ihn sind, ein Schelm, ein Schnorrer und Schlemihl. Seit er begriffen hat, daß ich mich nicht weigere, mich ein wenig ausnützen zu lassen, ist die berechnende Vorsicht, die mich irritiert hat, aus seinem Blick und Benehmen verschwunden. Er fühlt sich frei, ist mir dankbar dafür, daß ich es ihm erspare, mich hintergehen und überlisten zu müssen. Nichts entstellt den Menschen so sehr wie der Kampf um den täglichen Happen.

Er kann darüber tiefsinnig werden. Warum soll er für die Bedingungen und Voraussetzungen einer Existenz schuften, die er nicht verlangt hat? Man hat ihn nicht gefragt, ob er sie will.

Meine Gefühle für Irina hat er längst erraten; sein ›Gespür‹ hat ihn nicht im Stich gelassen. Es ist beruhigend zu wissen, daß er unsere Liebe so natürlich findet wie jede andere, auch so verrückt, sagt er. Das bedeutet allerdings auch: sie ist für ihn so wenig tabu wie jede andere.

Er hat mir eine Liebeskumpanei selbdritt vorgeschlagen. Mein Bett wäre ja breit und stabil wie ein Frachtdampfer.

Gewogen und zu leicht befunden – als könnte nicht auch ein tänzelnder Fuß eine Lawine auslösen. Sie rollte auf mich zu. Auch das verhinderte Justizopfer, Mister Babyface, der Herr Striese, war wieder hinter mir her. In Döhnickes Büro kam er nicht mehr, aber er beobachtete mich, wußte vermutlich von den Dorows, wo ich wohnte. Ich habe ihn in einer Haustür stehen sehen, und eine Woche danach, kurz vor Ladenschluß, ist er aus der Kroßschen Buchhandlung gekommen. Er hat mich, glaube ich, nicht bemerkt, aber ich sah deutlich, daß er schmunzelte, als habe er jemandem einen boshaften Streich gespielt. Ich bin vor Schreck ganz lahm gewesen, unfähig, ihm nachzulaufen und ihn zur Rede zu stellen. Wenn es mir auch immer unklarer wurde, wie ich es nach so langer Zeit noch anstellen sollte, so wollte ich doch Klemens Kroß selber die Wahrheit über Irina und mich sagen. Herr Striese hat aber nur mit Fräulein Hussek gesprochen. In meiner großen Erleichterung habe ich vergessen, sie zu fragen, wovon. Ich bin nur dagestanden und habe ungläubig auf ihren Mund gestarrt. War das Lächeln des Herrn Striese ansteckend? Auch Fräulein Husseks Mund schmunzelte – satt und boshaft.

Einmal, als er mir nachging, ist es mir gelungen, ihn zu stellen. Da bin ich im Schutz einer Menschenmenge, die sich vor einer Tierhandlung staute, schnell in ein Haus getreten und habe ihn herankommen lassen. Er suchte mich. Kurzsichtig blinzelnd, den kleinen Kopf aus dem Kragen schiebend, tätschelte er sich durch eine schreiende Kinderschar, die ebenfalls sehen wollte, was es in der Tierhandlung gab.

Er erschrak nicht, als ich ihn plötzlich ansprach.

»Da sind Sie ja«, sagte er, als sei es nichts Ungewöhnliches, daß er mir gefolgt war. »Gehen wir einen Kaffee trinken. Kommen Sie.«

Es hat ihn überrascht, daß ich mich weigerte. Wir standen vor einem kleinen Lokal, einem Bierlokal, in dem aber auch ein guter Filterkaffee serviert werde, wie er mir versicherte. Ich wußte es, bin manchmal mit Irina hier gewesen. Er ›lechze‹ nach einem Kaffee, sagte er. Ich ließ mich aber nicht ablenken.

»Sie verfolgen mich. Was wollen Sie von mir?«

»Ich? Ich verfolge Sie?«

»Sie laufen mir nach, warten vor meinem Haus, vor dem Büro...«

»Oh!«

Das klang, als hätte ich ihn geschlagen. Sein massiger Körper schwang vor mir hin und her, von einem Bein auf das andere stampfend: »Sie sind grausam. Sie tun mir weh. Sie haben kein Mitleid mit mir.«

»Mitleid? Warum soll ich denn Mitleid mit Ihnen haben?«

Er staunte mit aufgesperrtem Mund, dachte vielleicht, jeder Mensch braucht Mitleid, es ist überflüssig zu fragen, warum. Starrte mich an wie ein Kind, das noch nicht sprechen kann, mir aber mitteilen will, daß es Bauchweh hat, Hunger, sich naßgemacht hat. Plötzlich füllten sich seine Augen mit Tränen, es war unerträglich, ich drehte mich auf dem Absatz um und lief davon, rannte über die Fahrbahn, von den Flüchen der Autofahrer und vom Kreischen ihrer Bremsen begleitet. Ohne mich umzublicken bin ich nach Hause gerannt. Wovor habe ich mich aber entsetzt? Es ist nichts geschehen. Vielleicht hat er auch nicht geweint. Es kann der scharfe Wind gewesen sein, der ihm Tränen aus den Augen biß. Genug. Hör auf damit. Ich habe gehofft, ihn nach diesem Auftritt auf der Straße nicht wiederzusehen.

Damals war heute, heute ist heute, und irgendwann dazwischen an einem Abend im Juni war ebenfalls heute. Das hätte Irina sagen können, die nebenan in der weißen Dämmerung mit Lene Andras auf mich wartete, mich aber nicht wecken wollte –: falsch. Sie wartete nicht. Sie müsse gehen, höre ich sie sagen und sehe mich aufspringen.

Irina! Bleib noch!

Sie stürzt mir entgegen. Wir umarmen uns heftig. Das haben wir in Lene Andras' Gegenwart noch nie getan.

»Man könnte denken, du kommst aus zehnjähriger Gefangenschaft heim«, sagt sie gereizt. Gefangenschaft! Was meint sie mit Gefangenschaft, wie kommt sie darauf, warum sagt sie nicht: von einer Reise, man könnte denken, du kommst von einer Reise zurück.

Nachher, nachdem Irina schon lange gegangen ist, behauptet Lene Andras plötzlich, sie habe die Wohnungstür nicht klappen hören, Irina müsse noch in der Wohnung sein. Ich kann ihren Blick nicht festhalten, er gleitet ab, schielt.

»Ist eigentlich dieser Herr Hauk zu Hause, der hier wohnt?«

Sie raucht hastig, hat sich im nächsten Augenblick gefangen. Ich möchte aufatmen, fühle mich aber nun unsicher, bilde mir vielleicht Dummheiten ein. Wie sie dort sitzt mit ihrem plötzlich disziplinierten Gesicht und gegen ihre Gewohnheit und Überzeugung blasiert daherredet – ich weiß nicht mehr was. Muß sie sich gegen mich wehren? denke ich traurig. Auf dem Tisch liegen noch aufgeschlagen die Sappho-Verse, die ich heute morgen vor dem Weggehen wieder gelesen habe. Ich schiebe ihr das Buch hin, ihre Augen gleiten die Zeilen entlang:

Schön will ich singen
für meine Freundinnen,
für euch, ihr Schönen ...

Ihre Spannung löst sich, sie lächelt, aber nun bin ich es, die böse Augen macht und schweigt. Ich fühle, wie böse ich aussehe, böse von unausgesprochenen Verdächtigungen. Vielleicht hat sie Irina gekränkt, vielleicht ist Irina ihretwegen gegangen, hat sie nicht länger ertragen können. Und ich, was tue ich, helfe ich ihr, schicke Lene fort – nein, ich lasse zu, daß sie, Irina, das Feld räumt. Da höre ich Lene Andras von ihrem Mann sprechen, dem Dr. Knut Ginsterberg. Das hat sie nur einmal getan – es ist lange her. Er sei ein großzügiger, gütiger Mensch, sagt sie und zählt noch mehr liebenswerte Eigenschaften auf: geistreich, ironisch, selbstbewußt, das alles ist er – ich bezweifle es nicht; der einzige Mann, der für sie in Frage komme, sagt sie und blickt mich an, als erwarte sie Widerspruch von mir. Widerspruch? Ich sehe ein zappliges Männlein mit Adlerprofil und Denkerstirn, eine Serviette wedelnd, durch ein überfülltes Restaurant flitzen. Plötzlich leuchtet er auf. Seine Augen glänzen mich an. Ruhig geleitet er mich durch das Gedränge der Tanzdiele.

»Du fragst nicht, wunderst dich nicht. Weißt du, was ich dir sagen will? Daß ich trotzdem allein bin. Ich verwirre ihn, mache ihn unsicher und traurig, wenn ich mich nicht verberge. Also verberge ich mich und bin allein.«

Ich habe es geahnt. Meine Vorstellung von ihr war falsch. Sie hat die Misere der Frauen nicht überwunden, schwindelt sich allerdings auch nicht wie die GLÜCKLICHEN, die Einverstandenen, die mit den grellen Selbsttäuschungen, darüber hinweg.

»Dabei dachte ich, hoffte, als er plötzlich anfing, den MALTE zu zitieren – kennst du ihn?«

»Ja«, sag' ich erfreut. Der Gedanke, daß ja ich es war, die ihn an das Buch erinnert hat, überwältigt mich. Wenn ich etwas damit bewirkt hätte, etwas Gutes…

»Da gab ich mich tatsächlich der Hoffnung hin, er werde über seinen Schatten springen. Aber er kann nicht. Es wäre zu anstrengend, zu ungewohnt. Vor allem ungewohnt. Er ist abhängig von seinen Gewohnheiten. Seine Einwilligung, unseren gemeinsamen Haushalt aufzulösen, war das Äußerste für ihn. Es hat seine Möglichkeiten erschöpft. Mehr ist nicht drin. Ich habe das zu akzeptieren. Ja, ich rechne es ihm hoch an. Er braucht seine Lebensroutine. Allerdings peinigt mich manchmal der Gedanke, auch seine Treue sei vielleicht nur Gewohnheit und Routine. Kann das sein?«

Darauf weiß ich keine Antwort. »Ich mag es nicht glauben«, sag' ich, aber das hilft ihr nicht.

»Auch Rilke hat ihm keinen Stoß, keinen Anstoß versetzt. Für ihn ist das Literatur. Ich fürchte, er wäre auch nicht elastisch genug, einen Stoß aufzufangen, einen, der ins Herz zielt.«

Literatur! Es war nichts mit dem BEWIRKEN. Gar nichts habe ich bewirkt. Warum blickt sie mich wieder so erwartungsvoll an – es gibt nichts zu erwarten, nicht von mir. Ich fühle aber nicht ohne Beklemmung, daß sie auf etwas hinauswill, das mit mir zu tun hat. Es sei zuviel in ihr, das keine Antwort von ihm bekomme, sagt sie klagend. Vielleicht werde es eine Frau sein, ja, eine Frau könne ihr die Bestätigung geben, die sie brauche, und dann, träumerisch: Ich zu werden, das sei ein großer, aber nur der erste Schritt. Den zweiten, bedeutenderen, werde sie vielleicht eines Tages mit mir zusammen tun, Hand in Hand mit mir.

Das Selbst verlieren. Das Sein gewinnen. Das ist es. Ich wage nicht zu atmen. Ihre Vision vom Leben ist wie meine eigene, nur klarer, bewußter vielleicht, aus festerem Grund aufsteigend. Was der Mensch liebe, das werde, das sei der Mensch, sagt sie, und wieder horche ich auf, betroffen, an einer empfindlichen Stelle berührt, die ich stets ängstlich vor fremden Blicken gehütet habe. Der Grund Gottes und der Grund der Welt: eins.

Ich blicke jetzt ohne Groll auf Lene Andras, und sie weicht mir nicht aus, schielt nicht. Schielt nicht? Wie komme ich auf Schielen? Können ihre Augen denn schielen? Mir ist, ich hätte noch nie hineingeschaut in ihre Augen. Ganz gewiß habe ich sie noch nie so still und stet leuchten sehen. Sie ruhen auf mir. Zwischen uns ist eine schwingende, vollkommene Übereinstimmung. Da begreife ich sie auf einmal, es ist plötzlich nicht schwierig, sie zu begreifen – waffenlose Jägerin, Fischerin, der der Fisch aus der Hand springt. Verliebt blickt sie ihm nach, wie er taucht und davonschnellt. Ich sehe ihren Kahn im offenen Meer treiben. Sie steht darin, hoch aufgerichtet, schwankend vor dem riesigen Himmel. Aber ich träume ja, träume mit offenen Augen.

»Wie kindlich du jetzt aussiehst«, höre ich sie sagen. Kindlich? Ja. Sie könne sich jetzt vorstellen, wie ich als Kind gewesen sei. Ganz deutlich könne sie es sich vorstellen. Versucht habe sie es schon früher manchmal, aber es sei ihr nicht recht gelungen. Sie denke, ich sei ein einsames Kind gewesen, sehr ernst, sehr gefaßt.

Fragend blickt sie mich an. Ich bringe kein Wort hervor, kann nur mit dem Kopf nicken – aber das bedeutet ja Zustimmung, und ich hatte doch Laura. Ich schüttele ihn heftig und finde nun auch die Sprache wieder: »Ich hatte eine Freundin …«

»Ich weiß. Irina hat mir von ihr erzählt.«

»Irina hat dir …?«

»Durfte sie das nicht? Sie weiß allerdings nicht viel mehr von ihr als ihren Namen.«

»Laura.«

»Ja, so sagte sie. Laura sei das behütete Geheimnis deiner Kindheit.«

»Geheimnis! Nur weil ich selten an sie denke«, sag' ich, ehrlich entrüstet.

»Du meinst, das sei der einzige Grund dafür, daß du Irina nur wenig von ihr erzählt hast?«

»So ist es. Welchen anderen Grund sollte ich haben? Es gibt wirklich keinen. Wir hingen aneinander. Wir waren zehn, elf und dann zwölf Jahre alt. Wie die Kletten, spotteten die anderen. Unser Reich war der große verwahrloste Schrebergarten meiner Großmutter. Niemand störte uns dort. Die Nachbarn kamen selten, und meine Eltern hatten keine Zeit. ›Bewußtlos‹ sagte man, nicht wahr, ›bewußtlos glücklich‹. Das war ich damals.«

Ich verstumme. Hätte mich nicht wenigstens das Rollenspiel, das wir so leidenschaftlich trieben, ein wenig nachdenklich machen müssen? Aber nein, ich lernte nichts daraus. Erst viel später begriff ich, was wir, zwei kleinen Mädchen, uns selber und den abwesenden Mitmenschen da drei Jahre lang vorexerziert hatten: die traditionellen Männer- und Frauenrollen – er, der Tatendurstige, der loszieht und sich die Welt unter die Füße reißt, und sie, in ihrer Gefangenschaft schmachtend, auf Erlösung wartend, Erlösung durch ihn – die waren nicht vom Geschlecht abhängig, Laura und ich, wir konnten beide Rollen überzeugend verkörpern. Das war überhaupt nicht schwierig. Keine NATÜRLICHE BESTIMMUNG hemmte und hinderte uns, ›männliche‹ Eigenschaften zu entwickeln, und wenn wir gelegentlich ein bißchen miteinander stritten, dann meistens um die Rolle der Aktiven, die uns beiden besser gefiel, die niemals langweilig wurde...

»Sprich doch weiter«, sagt Lene Andras, aber es gibt ja nicht viel zu erzählen.

»Laura zog nach Nürnberg. Ihr Vater war irgendwas bei der Reichsbahn und wurde dorthin versetzt.«

»Habt ihr euch nie wiedergesehen?«

»Nein. Wir verloren uns aus den Augen. Zuerst schrieben wir einander, aber der Briefwechsel schlief dann ein. Ich habe allerdings nie so recht begriffen, daß es nur drei Jahre waren. Es waren wirklich nur drei Jahre – aber was für Jahre: überschwappende Jahre, voll bis zum Rand! Daß sie eines Tages vorbei waren, das bekam ich zu spüren, aber wann hatten sie angefangen? Vorher war Finsternis, und plötzlich sprangen sie daraus hervor.«

»Weißt du gar nichts von der Zeit vorher?«

»Doch. Einiges schon...«

»Versuch es. Erinnere dich. Denk zum Beispiel an die Angst. Ich kann nicht glauben, du hättest die Angst nicht gekannt, die Angst der Kinder, diese schreckliche, grundlose Angst...«

Ich halte den Atem an. Angst. Die Angst. Der herzerstarrende Schrecken, wenn Unheimliches geschieht – oder nicht geschieht, wenn es nur hinter dem Vorhang, im Schrankwinkel, vor der spaltbreit offenen Tür lauert.

»Woher weißt du – auch von Irina?«

Aber sie weiß nichts, kann nichts wissen. Sie hat allerdings etwas in mir aufgerissen, das verschlossen war, eine verrammelte Tür, aus der nun Gestalten treten, eine besonders, eine bleiche, hohlwangige, und die Großmutter röchelt auf ihrem Sterbebett.

Wieder der erwartungsvolle Blick, aber ich muß Lene Andras enttäuschen. Sag nichts, lieber nicht. Weiß ich denn, ob es überhaupt wahr ist? Ich kann die Geschichte vom Gevatter Tod nicht erst gelesen haben, nachdem die Großmutter schon gestorben war. Das muß ich mir eingebildet haben. Es ist vielleicht wichtig für mich gewesen zu denken, der Tod, den ich sah, sei keine Nachwirkung der Geschichte, keine Reaktion meiner überreizten Nerven, meiner überspannten Phantasie. Allerdings besaß ich kein Zeitgefühl. Jeder Tag war unendlich. Ich muß noch sehr klein gewesen sein. Mit Begriffen wie VORHER und NACHHER wußte ich noch nicht viel anzufangen. Wahr ist nur, daß ich ihn sah. Daran gibt es keinen Zweifel. Ich sah ihn, sah den Tod, den dunklen Fremdling, den außer mir niemand wahrnahm. Reglos stand er am Bett meiner Großmutter, die ich liebte, eine hohe, weißäugige, schwarz verhüllte Gestalt. ›Wo denn?‹

›Dort‹, schluchzte ich. ›Er blickt sie an. Er ruft sie.‹

Ich fahre hoch. Lene Andras sitzt mir nicht mehr gegenüber, sondern wandert im Zimmer umher. Jetzt bleibt sie vor mir stehen und blickt auf mich herab. Dabei holt sie tief Luft, und dann sagt sie etwas Grausames, ganz und gar Unerwartetes: ›Gib sie auf. Laß sie ihre eigenen Wege gehen. Spring endlich. Stoß dich ab und schwimme. Du hast genug um sie gelitten.«

Ich starre sie an. Langsam begreife ich. Vielleicht sah ich bedrückt aus, oder der alte Schrecken, der Kinderschreck, spiegelte sich in meinem Gesicht. Es ist unerträglich. Sie meint Irina. Ihretwegen habe ich gelitten.

Unsere Stunde ist vorbei; Lene spürt es wie ich. Schwer läßt sie sich in ihren Sessel fallen. Habe ich um Irina gelitten oder gar GENUG gelitten? Nicht doch. Was redet sie denn? Wer ist sie überhaupt? Ich krieche in mich hinein. Vorsichtig taste ich mein Inneres ab, das wund ist, das sich zusammenzieht... Es ist zweifellos Lene Andras, die mir jetzt wieder gegenübersitzt, Lene Andras, der ich mich verbunden fühle, aber ihr Gesicht verschwimmt. Daran ist nicht nur die Dämmerung schuld. Ich erkenne sie nicht mehr. Hinter ihr steht eine andere, ja, ich blicke durch sie hindurch auf eine andere, blicke vielleicht immer nur auf die andere, obgleich doch mein Herz nicht nur für sie offen sein will. Es ist wahr, ich erkenne nur sie, die allerdings tut, was Lene von mir verlangt hat: Sie springt ab und schwimmt. Sie ermattet aber schnell. Ich sehe sie mit geschlossenen Augen im Brandungsschaum treiben. Ich selbst bin es, die dort treibt, bitteren Schaum schlingend. Du. Ich bin du. Leide deine Liebe, deine Bosheit, deine Angst.

Ich verabschiede mich schnell von Lene Andras; ich muß jetzt allein sein. Mir ist, ich sollte den Augenblick festhalten, das Bild und die Ahnung eines großen, furchtbaren Irrtums. Ich lasse mich von Lene Andras' Blick nicht zurückholen, der mir allerdings Pein bereitet, einen bohrenden kleinen Schmerz, hartnäckig wie Zahnweh. Dabei wächst die Entfernung zwischen Irina und mir, zwischen der Larve, die sie auch ist, die auch ich bin, dem sonderbaren Wesen aus Fleisch, Knochen und Haaren, das sich vor meinem Blick wie auf einer Bühne produziert, hin und her in einem geisterhaften Licht, einer gespenstischen Zeit. Ich schmecke sie auf der Zunge, fad, süß, ein Lächeln und Lallen, eine nebulose Güte und Harmonie von ihr zu mir, und immer weicht sie mir aus, schlüpft, gleitet mir unter den Händen fort, liebkost, tröstet, küßt und kokettiert über meine Fragen hinweg. Ich will wütend werden, mich wehren, will Klarheit haben, aber eine innere Stimme mahnt mich zur Geduld: Hab Vertrauen, laß sie die Erfahrung mit Peter machen, die sie vielleicht braucht, wie du selbst sie gebraucht hast. Es gelingt ihr vielleicht sonst nicht, sich wiederzufinden oder sich überhaupt erst zu finden. Hilf ihr. Es wäre ja vermessen zu glauben, dazu brauche sie nur dich. Ich schweige also, reagiere wie im Halbschlaf, ja, ich überlasse mich dem falschen Spiel, weiß: Sie ist es nicht, täuscht sich nur vor, bewegt sich freudlos, lieblos; eine rostige alte Mechanik rollt ab. Träume suchten mich heim, schreckliche Träume, besonders ein Autotraum, der öfter kam. Es war nicht die leere Straße in einer leeren Welt, auf der ich vor langer Zeit inmitten der Frauen und Mädchen gegangen bin, die einmal ich waren, es war eine Straße in einer Welt voller Autos. Ich kann nicht sagen, ob es in ihr außer Autos und verschwommen hinter Lenkrädern hockenden menschlichen Oberkörpern noch etwas anderes gegeben hat, Häuser, Bäume, Brücken, Läden oder gar Menschen auf Beinen – das weiß ich nicht, sehe nur die ununterbrochen an mir vorbeizischenden Autos, die aufheulen und kreischen, einander jagen und überholen. Ich weiß: Ein falscher Schritt, ein Straucheln und Stolpern, ein unbeabsichtigter Stoß von hinten, und sie bringen dich um. Trotzdem fürchte ich mich nicht, noch nicht, presse mein Taschentuch auf Mund und Nase und warte geduldig auf grünes Licht. Du erreichst allerdings nur die Insel in der Mitte der Fahrbahn, dann werden die Ampeln schon wieder rot, und nun braust und brandet, röhrt und quietscht das volle Leben auch hinter dir. Ihm ist viel Zeit gegönnt, vier-, fünfmal soviel wie dir. Jetzt! Lauf!

Neben mir hoppelt eine krummbeinige alte Frau, ein Kind an der Hand. Schnell, schneller – sonst holt dich der Volkswagen!

Zu Hause angekommen, falle ich auf mein Bett und schlafe bald ein. An Irinas Auto denke ich nicht. Warum auch, wieso? Irina ist ausgenommen, hat an keinem Übel teil. Auch lasse ich mich gern von ihr fahren, liebe das schnelle, glatte Dahinsausen, weiß es zu schätzen, wenn ich nicht im Regen an Haltestellen warten und mich dann, eingeklemmt zwischen zwei Fettärschen oder mit verrenktem Arm an einer Halteschlaufe hängend, durch die Stadt rütteln lassen muß. Wäre ich nicht von dem Autotraum heimgesucht worden, ich würde sagen: Es ist mir nicht im Traum eingefallen, daß Irinas Auto mich bedrohen könnte. Aber genau das ist geschehen. In schrecklichen Alpträumen hat mich Irinas Auto ermorden wollen. Das Auto, sage ich, obgleich ja ein Auto ohne Lenker gar nichts vermag. Es kann höchstens gegen einen Mast rollen oder die Böschung hinunterstürzen. Ich habe aber in dem Auto, das mich verfolgte, weder Irina noch Peter gesehen, der auch gern fährt, habe überhaupt keinen Menschen in dem Auto gesehen, wußte nur: Es ist Irinas Auto. Das erkannte ich zuerst an der Farbe, obgleich es eigentlich gar nicht lakkiert aussah, nicht wie rot gespritztes Blech, sondern wie aus Rot gemacht, eine Inkarnation des Rot. In keinem Traum und noch weniger, wenn ich wach war, hat mein Gehirn ein ähnliches Rot produziert – herrlich und herrisch, kein dunkelglühendes Rubinrot, sondern schmetternd, festlich, ein Hahnenschrei und Trompetenstoß, ein greller Luststrahl, Wut, Krieg. So ist das Rot des Autos gewesen, das mich töten wollte. Irinas Auto ist aber von einem milden, heiteren Rot. Gleichviel: Die Straße, auf der es geschah, die Mordstraße, war hart gefroren und glasklar, so klar und durchsichtig, wie ich noch nie eine vereiste Straße gesehen habe. Beim Gehen trat ich auf meine eigenen Schuhsohlen, und dann sah ich in einer eigenartigen Perspektive meine Beine und Schenkel und tief unten Brust, Hals und Kopf, alles verkehrt, versteht sich, wie im Wasserspiegel, aber fest, nicht hin- und herschwankend und auch nicht verzerrt. Ich wunderte mich, sah unter dem Eis keine Erde. Das erwähne ich nur, weil mir sonst im Traum Unwirkliches natürlich vorkommt. Wie ich aber weiterging auf der vereisten Straße und mich gleichzeitig unten in der Tiefe auf dem Kopf und mit gespreizten Beinen mitgehen sah, ist das Eis auf einmal rot geworden. Ich dachte, es sei der Widerschein der Sonne, die irgendwo außerhalb meines Horizonts besonders feurig auf- oder unterging. Es war aber ein Auto, das das Rot ausstrahlte. Seine Räder krochen unter der Eisdecke entlang. Ich sah zuerst die Karosserie, begriff nicht, daß das umgestülpte Auto lautlos auf meine umgestülpte Gestalt lospreschte. Erst als es mein Spiegelbild umwerfen wollte, sprang ich erschrocken zur Seite. Da sah ich das Auto aufrecht, das nun auch nicht mehr lautlos war: groß, rot und donnernd stand es mir gegenüber, gewaltige Gasfürze ausstoßend. Es stand auf der weißen Straße und verbreitete einen schrecklichen Glanz. Ich drückte mich an die Mauer, geblendet, das Gesicht in den Händen. Da höre ich das Auto heranrollen. Es kommt geradewegs auf mich zu. Ich renne über die Straße, das Auto schießt mir nach. Zurück – Räder kreischen, aufheulend rast mir das Auto von neuem entgegen, im Zickzack, Haken schlagend, nach rechts, nach links: Ich kralle meine Hände in die Wand, aber sie ist glatt und hart, meine Hände gleiten ab. Ich sinke an der Wand nieder. Das Auto, riesig, rot, mit grellen weißen Scheinwerferaugen, setzt zum Sprung an. Es singt einen hohen Sirenenton, springt singend auf mich...

Plötzlich will sie mir ihre Liebe beweisen, das hat sie noch nie für nötig gehalten. Es wäre ihr lächerlich vorgekommen, als hätte sie beweisen wollen, daß sie Irina sei oder daß ein Stein ein Stein sei. Eine Rose ist eine Rose ist eine Rose. Ich muß lachen, daß mir nach Stein sogleich Rose einfällt. Darauf kommt sie nicht. Sie will aber meine Gedanken in bestimmte Bahnen lenken, deshalb spricht sie von den Gefühlen, die sie für mich hegt, von ihrer Stetigkeit. Ich lasse mich betören, ergebe mich ihrem zärtlichen Zugriff, folge ihrer verführerischen Spur. Sie ist aber unruhig und unzufrieden. Auch ihre Sprache hat sich verändert. Die Sätze bedrängen einander. Fragen warten die Antwort nicht ab, und immer sagt sie ›doch‹. Vergiß doch nicht. Laß dich doch nicht. Ich will doch nur. Ich werde, ich kann doch nicht. Bedenke doch.

Sie, die Unsichere, will mich fest und sicher machen, und es dauert lange, bis ich begreife, warum. Ich soll die Kälte ertragen, in die sie mich stoßen wird. Weil sie unstet ist und das Reden von Stetigkeit ihr nichts nützt, soll ich unwandelbar bleiben, immer wiederzufinden sein, gleichgültig, wohin sie sich treiben läßt – ein kindlicher Wunsch, töricht und rührend in einer sich bewegenden, immerzu wandelnden Welt, in der die Erde selbst, auf der wir gehen und stehen, keinen Augenblick stillsteht.

Ihre Stimme hat einen tieferen Klang gewonnen, ihre Bewegungen sind schwerfälliger, eine abgründige Melancholie verlangsamt ihre Reaktionen. Sie sitzt gern schweigend neben mir, die Beine von sich gestreckt, den Kopf auf meiner Schulter. Ich fühle etwas Unentrinnbares, das mich lähmt, die sonderbare Willenlosigkeit, die sich wieder einmal in ihr ausgebreitet hat, als liege es nicht an ihr, etwas zu tun oder nicht zu tun, als müsse sie ein Verhängnis erfüllen, ein Fatum, müsse einem Fluch gehorchen, dem sie nicht entkommen kann. Ich bestimme mein Leben nicht, ich erleide es, sagte sie einmal – lange her. Ich seufze vor mich hin. Plötzlich spüre ich ihre Nervosität. Es ist schwer für sie, ihre Widersprüche unter einen Hut zu bringen. Mit raschen kleinen Fingerbewegungen streichelt sie mein Knie, meine Hand, spontan und sehr zart. Ich beruhige sie. Ich weiß ja, ich weiß. Du mußt dich ja nicht entscheiden, mußt nicht wählen, ich bedränge dich nicht.

Wenn sie ihr Schweigen bricht, sind es Beschwörungen, die sie in mein Ohr, mein Haar hinein flüstert und lallt:

Niemand ist wie du.

Denke immer an mich.

Ich bin du. Bin du. Ich bin…

Mein Grübeln, mein zögerndes, schwerfälliges Denken, und wie es mir dann den Kopf hell machte: Beides, ich bin beides, dachte ich erschüttert, und nun kommt es leicht von ihren Lippen, ein Wind, ein Schlaflied: Ich bin du.

Ein Schlaflied. Das BIN DU im Ohr bin ich oft eingeschlafen, erschöpft von der Anstrengung, still zu sein, ruhig, nicht außer mir, nicht in Verzweiflung zu geraten, ohne tödliche Verletzung aus der Gefahr hervorzugehen. Wenn ich ihrer nicht achte, wenn ich furchtlos ins Leere springe, werde ich über ihre Untiefen hinweggetragen.

Ich empfand aber meine Fremdheit schneidender als zuvor, auch die Ratlosigkeit, in die mich Männer wie Klemens Kroß stürzten, wenn sie über Frauen sprachen.

Der Anlaß war Irinas hartnäckiges Fragen nach einem gewissen Herrn Striese, den Kroß nicht kannte; allerdings fragte sie nicht ihn, sondern Klaus Dorow, der mit ihm an der Whisky-Bar saß.

»Hör auf damit«, flüsterte ich ihr zu, aber sie konnte nicht mehr zurück: »Laß mich nur. Das ist eine Gelegenheit. Er soll Farbe bekennen.«

Klaus Dorow sagte verlegen, er kenne Striese nur flüchtig, und natürlich konterte Irina mit Spott: »So wie Joachim Siewers?«

Wer das nun wieder sei, fuhr Kroß dazwischen.

»Siewers«, stotterte Klaus Dorow, und dann, mit einem waidwunden Blick auf mich: »Ach, SIEWERS meinen Sie, Stefanies Ex-Gatten. Er ist ein alter Freund von mir. Ich kenne ihn seit vielen Jahren.«

»Und halten ihm die Stange, helfen ihm. Männer müssen zusammenhalten, nicht wahr – gegen die Frau.«

Kroß sagte wütend zu Irina: »Willst du nicht endlich verraten, worum es sich handelt?«

»Frag doch ihn.«

»Mich? Ich verstehe kein Wort. Was ist mit Ihrer kleinen Frau passiert, Kroß? Ich kenne sie noch gar nicht so – so –«

»Aggressiv?« Irina lachte ihm ins Gesicht; er riß die Augen auf.

»Eigentlich habe ich Sie immer für schüchtern gehalten.« Zu Kroß sagte er: »Die Schüchternen sollen ja die Tollsten sein...«, ein unüberhörbares Stichwort, das augenblicklich und mit Lust aufgegriffen wurde. Irina verstummte, und mit jedem neuen Banausenspruch wuchs Klaus Dorows und Klemens Kroß' gute Laune. Das mit dem physiologischen Schwachsinn der Frauen sollte natürlich nur ein Scherz sein.

»... ist ja auch nicht auf unserem Mist gewachsen, entschuldigt nur, ihr Süßen, Anwesende sind nicht gemeint. Prost!«

Ganz ohne Ursache ist das Wort allerdings nicht geprägt worden. Gab es einen nennenswerten Beitrag der Frauen zur Kunst, Wissenschaft, Literatur, Politik – von seltenen Ausnahmen abgesehen? Nicht einmal zur Theologie, die doch ihr Fach sein soll, das heißt, die Religion ist ihr Fach, nicht die Theologie, das ist ein Unterschied.

Ich fauchte ihn an: »Auch die Religion nicht. Auch sie ist Männersache, von Männern verwaltet. Der Gott der Männer hat seinen Bund nicht mit der Frau geschlossen.«

»Gott der Männer! Was ist eigentlich los heute«, fragte Kroß mißtrauisch. »Wo bleibt Ihr Humor?«

Ungerührt kehrten sie zu ihrem Thema zurück, das vielleicht DAS WEIBERVOLK hieß, ein unerschöpflicher Quell des Vergnügens. Dabei dreschen sie nur immerzu das leere Stroh der WEIBERLIST UND WEIBERSCHÖNHEIT, die jederzeit die Macht der Männer zu brechen gewußt hätten und so weiter – als wäre nicht in wichtigen Angelegenheiten allein das geltende Recht ausschlaggebend gewesen, das den Bedürfnissen und Interessen des Mannes entsprach. Ich konnte es nicht sagen, fühlte, wie zäh und ledern meine Sätze klangen, wie ›humorlos‹ – bierernst. Da fiel mir ein Wort ein, das Kroß vielleicht stutzig machen könnte, ein Wort aus seinem eigenen Vokabular.

»Sie war ja nicht einmal geschäftsfähig«, sagte ich, so gelassen ich es vermochte, verächtlich fast, als hielte ich sie selber nicht dafür. Es gelang mir nicht, die Männer aus der Fassung zu bringen; sie lachten: Gab es nicht gute Gründe für die Geschäftsunfähigkeit der Frauen? »Überall, wo was los ist, was geleistet wird, Projekte entworfen werden, wo's weitergeht, wo Persönlichkeiten gebraucht werden, Köpfe, da stehen sie in einer geschlossenen Phalanx, stehen wie ein Mann, die Männer«, sagte Kroß selbstgefällig und blickte sich herausfordernd um, Hausherr, wohin er sich auch wandte, überall zu Hause, unter seinem Dach und Himmel, in seiner Gesellschaft, seiner Welt. Es war aussichtslos, aber ich fühlte mich furchtbar bedrängt, wollte wenigstens eine Erklärung versuchen, und das wäre ja nicht schwierig, wenn ich nicht wie Lene Andras eine Neigung zum Urschleim hätte. Ich geriet ins Stottern, fühlte, daß ich mich auf unsicherem Grund bewegte. Die Niederlage der Frauen in der Frühzeit, mit der ihr Unglück, ihr Ausgeschlossensein und Anderssein begonnen hat, die vorzeitig abgebrochene Entwicklung einer auch weiblichen Kultur, dieser versandete Weg ins Niemandsland hat ja für das Bestehende, das Gewordene überhaupt keine Bedeutung, spielt nicht die geringste Rolle, ist das Nicht-Gewordene. Nur für mich, für Irina, für Lene Andras, für die WEIBLICHE HÄLFTE DER MENSCHHEIT, wie sie einmal sagte, für ›uns‹ ist es ungeheuer wichtig, ›wir‹ fangen überhaupt erst an damit. Ein weiblicher Entwurf menschlichen Daseins! Es gab ihn. Er fing an, Gestalt anzunehmen. Hätte nicht auch aus ihm Kultur und Geschichte werden können? Eine andere allerdings, nicht die wahnwitzige, die mörderische Berg-und-Tal-Fahrt, an deren Anfang männliche Usurpatoren standen, im Himmel wie auf Erden, Schöpfer- und Schlachtengötter, in die Sphären projizierte überdimensionale Abbilder irdischen Herrscher- und Selbstwahns, zuerst mehrere Mächtige, dann der EINE, ALLMÄCHTIGE, der für alle Zeit über das Heute hinaus bis zum selbstproduzierten apokalyptischen Untergang die Richtung gewiesen hat und ein Ausbrechen aus der Kainsordnung nicht dulden will. Er hat auch Großartiges bewirkt, das ist wahr, ›Herr‹liches, aber um welchen Preis. Wäre die ältere Zeit, ihr Traum, ihre Utopie, nicht ausgelöscht und verdammt worden, was ja vorstellbar ist – oder? Es ist nicht auszudenken. Die Frauen wären nicht erniedrigt und ausgeschlossen gewesen, nicht fremd und abseits, auf enge Wirkungskreise beschränkt, zu ängstlichem Denken, zur Unterwürfigkeit erzogen, auf kleinliche Interessen ausgerichtet. Die Männer hätten sich nicht zu ihren Herren erhöht. Eroberer und Völkerschlächter hießen nicht die GROSSEN der Geschichte. Der Preis ihres Ruhms, Qual und Tod vieler Menschen, wäre nicht gerechtfertigt und verherrlicht worden. Geist und Materie, Gott und Welt, Fleisch und Seele wären nicht auseinander und gegeneinander gedacht worden. Nicht der Krieg wäre der Vater, aber die Liebe wäre die Mutter aller Dinge...

Abstrus! knurrte Klaus Dorow.

Abwegig! bellte Klemens Kroß. Ohne Aggression keine Kultur, ohne Tod kein Leben.

Ich mußte etwas berührt haben, etwas Verborgenes, eine geheime Narbe vielleicht, von deren Existenz ich nichts ahnte, die aber noch manchmal empfindlich war. Sie brennt allerdings nur einen Augenblick, dann ist sie wieder vergessen. Männer haben es leicht. Sie bewegen sich auf breiter, hartgetretener Straße, argumentieren mit der Wucht der gewordenen Tatsachen. Die erschlagen meine vage Vorstellung von etwas, das hätte werden können, aber nicht wurde. Abwegig, ab und weg vom Weg, dem einzigen, der begangen worden ist, damit hatte Kroß den Nagel auf den Kopf getroffen. Abwegig war das richtige Wort. Ahnte er aber mein großes Verlangen nach dem Licht, das ich auf dem abwegigen Weg, dem Abweg, glimmen sah, nach der Stimme, die murmelte: Ich bin nicht, durfte nicht sein, aber ich hätte sein können. Meine eigene Stimme. Lene Andras', Irinas Stimme: Stimme eines ganzen Geschlechts.

Die Falle

Ich sehe mich im Regen die Augsburger Straße hinuntergehen, den Schirm gegen den Wind stemmend. Fuggerstraße, Martin-Luther-Straße. Ich trage meine dunkelblaue Hose und die Wetterjacke, gehe schnell, blicke mich nicht um. Das letzte Stück bis zum Haus renne ich. Der Regen spritzt unter den Spitzen meiner Schuhe hervor. Manchmal, wenn Irina mich abholt, hat sie Herrn Striese schon vorher entdeckt: »Komm schnell. Das Auto steht dort drüben.«

Wir fahren los, und nun, in der Sicherheit der rollenden Blechschachtel, blicke ich zurück. Groß und grotesk steht er am Straßenrand, die Hand leicht erhoben, als wolle er winken, traue sich aber nicht – ein Unsinn! Er und sich nicht trauen! Trotzdem sieht er traurig aus, einsam. Sollte ich nicht doch versuchen, mit ihm zu sprechen? Vielleicht geniert er sich, wenn er merkt, daß er durchschaut ist, hört dann auf, uns zu beobachten, oder es gelingt mir, sein Mitgefühl zu wecken.

»Mitgefühl«, sagt Irina. »Glaubst du, der weiß, was das ist?«

Der Rotdorn blühte, die Luft war durchsonnt, ich trug mein gelbes, ärmelloses Leinenkleid und Sandalen an den nackten Füßen. Eigenartig, daß mir wieder einfällt, wie ich angezogen war – oder sollte ich sagen: daß ich angezogen war, fürchtete ich, er könnte mich überraschen, wenn ich nicht angezogen war – immer hinter mir her; es war aufreibend.

An jenem Nachmittag dachte ich allerdings nicht an ihn, sondern an Fräulein Koppisch, die nicht Frau Koppisch genannt werden wollte, obgleich sie eine erwachsene Person war, zu der die Verkleinerungsform nicht paßte. Auch war sie kein Neutrum. ES statt SIE, DAS statt DIE – nicht sie, sondern es liebte ihn, der nicht sie, sondern es, das Fräulein, umarmte. Fräulein Koppisch hielt das für Äußerlichkeiten, so sagte sie. Auch den Namensverlust der Frauen beim Heiraten nannte sie eine Äußerlichkeit. Ihr Name war nicht Teil ihrer Person, machte nicht lebendig, wie es heißt. Sie erlitt keinen Verlust, keine Schwächung, wenn sie sich plötzlich Meier oder Schmidt nennen mußte. Frauen, keine Spur von Persönlichkeit, höhnte ein Schriftsteller der Jahrhundertwende; sein Buch, eine fette alte Schwarte, steht in Lene Andras' Regal.

Striese war plötzlich da, nahe, dicht hinter mir – ich spürte seinen Blick. Als ich mich umwandte, lächelte er sonderbar. Ich war aber entschlossen, mich nicht wieder zu entsetzen, und begrüßte ihn munter. Es sei mir recht, ihn zu sehen, einmal müßten wir wohl miteinander sprechen, nicht wahr. Er hörte nicht auf zu lächeln, hatte noch kein Wort gesprochen, stand nur da und blickte mich an, ein Verkehrshindernis, dem die vorbeieilenden Menschen mürrisch auswichen. Schon spürte ich wieder die Angst, die Panik: Fort! Fort von hier! Lauf!

»Nicht doch«, sagte er mit seiner seidenweichen Stimme – ich stehe wie festgenagelt.«

»Können Sie mich nicht vergessen?«

»Vergessen?«

»Erschrecken Sie doch nicht gleich. Ich will es Ihnen ja erklären. Heute dürfen Sie nicht wieder weglaufen. Ich halte das nicht aus. Ich meine ja nur: meine Anwesenheit vergessen. Können Sie das denn nicht?«

Ein hypnotisiertes Kaninchen, hatte Fräulein Koppisch gesagt – so gehe ich neben ihm her. Er steuert auf das Lokal zu, in dem es einen guten Filterkaffee gibt. Wir sitzen dort auf bequemen Stühlen ganz allein im Vorgarten, den eine dichte Hecke von der Straße trennt, sitzen an einem mit einer grünkarierten Decke geschmückten Tisch. Die grünen Karos, eigentlich Rhomben, Parallelogramme, sind in Reihen angeordnet, die einander abwechseln: Einer Reihe hellgrüner Rhomben folgt eine Reihe dunkelgrüner. Ich kann es auch umgekehrt sagen, je nachdem, ob ich einen hellgrün umrandeten dunkelgrünen oder einen dunkelgrün umrandeten hellgrünen Rhombus hellgrün oder dunkelgrün nenne. Der Grund, auf dem die Rhomben stehen, ist bläulichgrün. Ich bemerke, daß auch Herr Striese bestürzt auf die Decke blickt.

»Witzlos«, murmelt er, »ein vollkommen witzloses Muster.«

Es ärgert und irritiert mich, daß er plötzlich etwas Vernünftiges sagt. Da bekommen wir unseren Kaffee, serviert von einer welken, weißhäutigen Blondine. Ihr großer Busen streift Herrn Strieses Schulter. Er erstarrt, sitzt lauernd, aber die Frau bewegt sich schon wieder zur Tür. Mit einer Stimme, die nicht ins Tageslicht gehört, nicht in die Nachmittagssonne, fängt Herr Striese jetzt zu sprechen an. Ich muß an mitternächtliche Straßen mit einsamen Laternen denken, an feuchtkalte Hotelbetten, aufrauschende Wasserspülungen. Schnell trinke ich einen Schluck Kaffee, lehne mich zurück, denke: Ich kann ebensogut ein bißchen zuhören.

»...bin verdächtigt worden. Man hat sich nicht geschämt, mich nach einem Alibi zu fragen. Es ist furchtbar, einer solchen Tat verdächtigt zu werden, besonders wenn man immerzu denken muß, man wäre ihrer fähig gewesen. Warum, wenn Sie doch dafür büßen sollen, haben Sie nicht... Lassen wir das. Wenn ich es nicht mit meinen Händen getan hätte, so wäre ich dennoch am Tod ihrer Schwester schuld, sagt meine Schwägerin. Aber meine Frau hat sich nicht meinetwegen das Leben genommen, am wenigsten wegen meiner Eifersucht. Die störte sie nicht. Sie hat sich erhängt, weil ihr junger Geliebter sie verlassen hat. Das war der Grund. So stand es auch in dem Brief, den meine Schwägerin unterschlagen wollte.«

»Bitte, was wollen Sie? Was kann ich für Sie tun?«

Stille. Ich horche meinen Worten nach, verblüfft, weil es mir gelungen ist, ihn zu unterbrechen, den Hahn abzudrehen, aus dem Sätze tröpfelten. Das ist aufregend, ein Lachreiz kitzelt mich. WAS KANN ICH FÜR SIE TUN? fragen wir Besucher, die in unser Büro kommen. Wir alle fragen so, Herr Uhl, Fräulein Koppisch, ich und auch Herr Döhnicke selber, wenn er zufällig in unseren Räumen zu tun hat oder zum Schwatzen über Kreisläufe herüberkommt. Auch das geschieht manchmal. Das Schwatzen über Kreisläufe überbrückt Klassenunterschiede. Jeder hat einen Kreislauf, an dem er früher oder später leiden wird, sofern er das faule, zivilisierte Leben nicht aufgibt und in die Wildnis zieht. Jeder von uns kennt die Kreisläufe der anderen, ihre Tücken und Mucken, weiß, wie sie funktionieren, unter welchen Umständen sie versagen, welche Diät und Gymnastik sie benötigen, und als einmal, mitten im schönsten Kreislaufpalaver, die Tür aufging und zögernd ein Unbekannter hereinkam, sprangen wir auf und riefen: »Was kann ich für Sie tun?« – alle auf einmal.

»Sie lachen«, sagt Herr Striese. Sein Blick wird tückisch; ich beeile mich, ihm zu versichern, daß ich nicht über ihn gelacht habe, und er glaubt mir – ich atme auf, fasse Mut.

»Haben die Dorows Sie beauftragt, mich zu beobachten? Will mein geschiedener Mann etwas über mich wissen?«

Plumper geht es nicht, aber das macht nichts, ich bin trotzdem zufrieden mit mir, lehne mich zurück und warte auf seine Antwort. Da bemerke ich zu meinem Entsetzen, daß er lautlos in sich hineinkichert.

»Interessant. Sehr interessant. Ich gestehe, daß ich auf derartige Fragen nicht gefaßt war.«

Eine eigenartige Erregung bemächtigt sich seiner. Seine Wurstfinger trommeln auf den Tisch. Er blickt sich nach allen Seiten um, geht zur Hecke, hebt sich auf die Fußspitzen und beobachtet die Straße. Irgend etwas befriedigt ihn. Er stellt sich, leicht wankend, vor mir auf, einen Ausdruck äußerster Konzentration im Blick, und plumpst plötzlich auf seine Knie. Ich schreie auf, die Hand auf den Mund gepreßt, höre den Kies unter seinen Knien knirschen. Entgeistert starre ich in seine Augen, die mir jetzt sonderbar kalt vorkommen. Da hebt er mir seine gefalteten Hände entgegen. FLEHEND, denke ich, in einen fatalistischen Gleichmut verfallend, flehend heißt das Wort. Er sagt es: »Ich flehe Sie an. Auf den Knien flehe ich Sie an. (Immer die kalten Augen.) Versuchen Sie es, bitte, vergessen Sie meine Anwesenheit. (Fischaugen. Die Augen eines toten Fischs.) Ihre Freundin braucht ja gar nichts davon zu erfahren. Ich verstecke mich. (Auch die Augen eines toten Fischs sind tragisch.) Lindern Sie mein Leid, meine Einsamkeit.«

»Wenn Sie jetzt nicht augenblicklich aufstehen ...«

Ja, was dann. Seine Lächerlichkeit macht mich ratlos. Er bringt es fertig, mir noch in seiner albernen Stellung Angst einzuflößen. Da heult eine Schallplattenstimme aus der Tür der Gaststube und ernüchtert ihn; er wuchtet sich hoch. Der Tisch will umkippen, das Kaffeegeschirr klirrt, aber es geschieht kein Unglück, Tisch und Tassen wackeln sich in ihre ursprüngliche Lage zurück. Die Stimme drinnen jault etwas Verzweifeltes von Kälte, von Einsamkeit. Einsam auch der, denk' ich ungerührt, während Herr Striese den Sand von seinen Hosenbeinen klopft. Er setzt sich, rückt sich auf dem Stuhl zurecht, trinkt gleichmütig seinen Kaffee aus, als hätte er nicht soeben noch vor mir gekniet. Er sieht allerdings noch käsiger aus als vorhin, aber das kann auch mit der Entdeckung zusammenhängen, die er gemacht hat, einer kleinen Beschädigung am Rand der dicken weißen Porzellantasse. Sein Schmatz- und Schmollmund ist vor Ekel schmal, seine Hand schiebt die noch volle Tasse von sich weg.

Ich frage hoffnungsvoll: »Gehen wir?«

»Es ist herausgebissen. Jemand hat seine Zähne in den Rand der Tasse geschlagen.«

Ich habe übrigens immer noch keine Ahnung, was er will, was er mit VERGESSEN meint, seine Anwesenheit VERGESSEN. Wenn er sich wenigstens ein bißchen kleiner machte, denke ich, entschlossen, den Humor nicht zu verlieren, dann könnte ich ihn vielleicht übersehen. Im nächsten Augenblick habe ich verstanden. Noch bevor er wieder zu reden anfängt, habe ich ihn verstanden. Er muß nichts erklären, ich weiß jetzt, was er will, sitze da, starr in der Junisonne, blicke auf seinen Finger, der die Rhomben der Tischdecke nachzieht.

Plötzlich hebt er den Blick. Er erschrickt vielleicht über den meinen, der ja nur kalt sein kann. Mit leisem Grauen erinnere ich mich meiner Empfindungen bei seinen Besuchen in unserem Büro. Er will mich zu seiner Komplizin machen, dachte ich damals, ohne zu ahnen, ohne im entferntesten zu ahnen...

Ein Gedanke schießt mir durch den Kopf – er bereitet mir Übelkeit. Soviel Dummheit in einem einzigen Dickschädel – hoffnungslos. Allerdings ist es schwierig, sich zurechtzufinden, wenn nichts ist, wie es zu sein scheint. Dann bilde ich mir Dinge ein, wittere Unheil aus der falschen Richtung, sehe nicht, wo wirkliche Gefahren auf mich lauern. Ich mißverstehe die Menschen, so ist es, ja, ich vergesse das Wesentliche, das Wichtige, vergesse, daß Striese ja nur Theater spielt. Damit will er mir ein Wort über Irina entlocken, ein verräterisches Wort, das seinen Verdacht gegen uns bestätigt. Das ist alles. Darum geht es ihm, allein darum. Ein Glück, daß ich mich noch rechtzeitig daran erinnere und nicht in die Falle laufe, die er für mich aufgestellt hat, eine umständliche, allzu ausgeklügelte Falle. Strengen Sie sich nicht länger an, es ist umsonst.

Er hat die Hoffnung jedoch noch nicht aufgegeben, sondern strengt sich ganz außerordentlich an, sagt schöne, rührende Sätze über sein ›Leid‹, das ich nicht für Neugier halten soll oder für Schlimmeres, ein großes Leid, eine immerwährende Todesgefahr, Tod durch Verdursten, Verdorren, Eintrocknen, der ihm drohe.

»...ich kann nicht leben, wenn ich nicht teilnehmen, nicht wenigstens von weitem zuschauen darf. Ich träume davon, habe meine Arbeit vernachlässigt, mein Einkommen hat sich verringert. Bitte, es ist ja nichts Schlechtes, nichts Böses, im Gegenteil, die Schönheit ist es, die ich sehen, die ich belauschen will, das Wunder, den Sieg des Ästhetischen über die Greuel der Natur. Ich hasse Gewalttaten, die Scheußlichkeiten zwischen Mann und Frau. Leider bin ich selber ein Mann. Sie wissen nicht, was für ein Unglück das ist. Jetzt sperren Sie die Augen auf! Das haben Sie nicht erwartet, keine Frau erwartet es, jede glaubt, ihr Los sei das härtere. Aber lassen wir das, streiten wir nicht darüber. Sie haben gewiß einen Vorhang in Ihrem Zimmer oder eine spanische Wand, oder aber Ihre Freundin erlaubt mir, anwesend zu sein, unhörbar, unsichtbar. Ich rühre mich nicht. Mit angehaltenem Atem werde ich stehen und beten...«

Der rettende Gedanke fällt mir ohne Grübeln zu, fällt ein in mich, ein EINFALL – plötzlich ist er da. Ich habe allerdings keine Ursache, mir etwas darauf einzubilden. Natürlich ist es nur gerecht, wenn auch Peter mir einmal hilft, aber es kränkt mich, daß ich keinen anderen Ausweg sehe, als ihn vorzuschieben, einen Mann, hinter dessen Rücken ich mich nun verstecken werde. Mir bleibt nichts anderes übrig. Ich stehe auf und erkläre ruhig, meine Freundin sei verheiratet und ich selber sei mit einem jungen Mann liiert.

»...er heißt Peter Hauk, und er wohnt bei mir. Genügt Ihnen das?«

Ich lege ein Zweimarkstück neben meine Kaffeetasse, will ihm zunicken und stolz davonschreiten, aber plötzlich knikken meine Knie ein. Es ist nur ein Augenblick – dann mach' ich mich schnell aus dem Staub. Wie aufrichtig meine Stimme klingt, wenn nur ein paar billige Halbwahrheiten die Lüge einwickeln. Soll ich umkehren – nein, nicht, laß gut sein. Spiel dich nicht auf, als hättest du noch nie etwas Unwahres über die Lippen gebracht. Auch hast du nicht gesehen, wie er zurückgeblieben ist, traurig, zornig oder aber nur erstaunt, daß meine Freundschaft mit Irina nun doch ›harmlos‹ sein soll...

Es bedrückt mich noch lange. Mir ist, er hocke mir im Nacken, ein Nachtmahr, und hechele mir ins Ohr: ›Ich bin unschuldig, tue nichts Böses – ich habe auch meine Frau nicht umgebracht, das weißt du. Andere töten, foltern, vergewaltigen, morden. Warum verabscheust du mich?‹

Er hat uns sehen wollen, sag' ich laut vor mich hin. Hat er uns sehen wollen? Wäre ihm nicht etwas Glaubhafteres eingefallen, wenn er mich verleiten wollte, meine Gefühle für Irina zu bekennen – oder auch abzustreiten, heftig abzustreiten, auch das hätte ihm Gewißheit verschafft. Warum quält mich der Gedanke an ihn, wenn er nur ein raffinierter Heuchler ist?

Ruhelos gehe ich in meinem Zimmer hin und her, höre plötzlich Peter draußen im Korridor und rufe ihn herein, will ihn fragen...

»Gut, daß du da bist«, sagt er und zieht sein Schnorrergesicht.

»Wieviel?«

»Nur einen Zehner. Bis übermorgen.«

Ich werfe ihm meine Geldtasche zu, die er KATZE nennt, Geldkatze, die liebenswürdigste Mieze, die ich kenne. Er schüttet das Geld auf den Tisch, zählt.

»Heute hast du es dir verdient«, sag' ich.

»Na prima.«

Er fragt nicht, womit.

»Peter, du mußt mir jetzt eine Frage beantworten. Ist es ein Unglück, ein Mann zu sein?«

Aber ihn kann nichts überraschen.

»Ich würde sagen, es ist das kleinere Übel – oder Unglück,

wenn du willst. Eine Frau zu sein, das ist bestimmt noch schlimmer – allerdings nicht für dich, dich liebe ich, das gleicht alles aus.«

Ich atme tief auf, hebe und senke die Schultern. Es geht leicht, das Striesegespenst hat sich verflüchtigt, nur eine leise Beunruhigung bleibt zurück. Irgend etwas stimmt aber nicht, ich möchte den Mann vergessen, wie ich ihn früher, wenn er ins Büro kam, immer sehr schnell wieder vergessen habe, auf einmal gelingt es mir nicht mehr.

»Hast du Sorgen?«

Ich nehme mich zusammen. Er denkt aber noch an meine Frage und findet seine Antwort jetzt unbefriedigend. Die Frauen wären auch selber schuld, sagt er, sie bemühten sich redlich, ihre Lage schwieriger, ihr Leben härter zu machen. »Unsereins tut, was er kann, sich selbst und den anderen Narren den Ehrgeiz abzugewöhnen – und ihr? Was tut ihr? Biedert euch an, wollt beweisen, daß auch ihr ›tüchtig‹ seid, wenn man euch nur ranläßt an die Tretmühlen, die Futterkrippen.«

Ich seufze: »Es gibt doch nur eine Art und Weise, aktiv zu werden.«

»Aktiv! Müßt ihr unbedingt aktiv werden? Ist das nicht gegen eure Natur?«

»Wieso ...«

»Das ist wissenschaftlich erwiesen. Biologisch. Das Weibliche ist passiv. Das Ei wartet in träger Ruhe, während die Samentierchen einen ungestümen Wettlauf veranstalten.«

»Und das willst du auf den Charakter der Männer und der Frauen übertragen? Es ließe sich ja auch ganz anders beschreiben.«

»Anders? Wie denn?«

»Es wäre genauso dumm, aber wenn du willst, warum nicht, bitte sehr: Das Ei strahlt einen unwiderstehlichen Willen aus, befiehlt: Kommt alle! Und die Samentierchen gehorchen in blindem Eifer, überlassen sich willig dem Kraftfeld einer Anziehung, gegen die sie nichts auszurichten vermögen. Wer wäre da aktiv? Wer passiv? Das Samentierchen, das zuerst ankommt, wird verschlungen, vereinnahmt, gefressen – das Ei braucht es und nimmt es sich.«

»Ich staune.«

»Ich auch. Wollte ja nur sagen: Es geht auch andersherum.«

»Schade. Ich habe die Frauen dafür bewundert, daß sie sich nicht zu der allgemeinen Idiotenaktivität hinreißen lassen. Wenn aber ihre Passivität und Enthaltsamkeit nicht NATUR ist, kann sie ihnen abgewöhnt werden. Das sind fürchterliche Aussichten, die sich da eröffnen. Nichts und niemand wird der geplagten Menschheit noch helfen. Verdoppelter Schaffens- und Produktionswahn, und die globale Müllhalde wächst und wächst – wir ersticken. Jetzt zieh aber kein Gesicht. Sei ja still. Tröste mich lieber.«

Das versuche ich mit einem Drink, nehme auch selber einen. Mit gekreuzten Beinen, den Rücken an die Wand gelehnt, hocke ich am Kopfende meiner großen alten Couch, auf der er sich ausgestreckt hat. Er wälzt sich herum, bis er auf dem Bauch liegt, stützt die Ellenbogen auf, legt das Kinn in die Hände. So blickt er zu mir auf, lachend. Ein Bündel Sonnenstrahlen fällt durch das halboffene Fenster auf sein Gesicht und vergoldet seine Augen. Es ist verhältnismäßig still. Ich horche, da rauscht ein einzelnes Auto an unserem Hof vorbei. Stille. Peters braungoldene Augen. Dann noch ein Auto, und nach ein paar Sekunden wieder eins.

Ich blicke erstaunt auf Peter. Wieso ist er hier und nicht Irina, was will er, warum glaubt er, es amüsiere mich, wenn er sich über Kroß lustig macht, der sein Mißtrauen gegen seine junge Frau ausgerechnet dann einstelle, wenn es zum ersten Mal berechtigt sei.

»Das hat sie großartig hingekriegt. Sieht aus wie ein Lamm –« Er kichert. »Hat es aber dick hinter den Ohren.«

Ich drücke meinen Rücken an die Wand, meinen schmerzenden Kopf. Mir ist, ich müsse schreien, aber ich verharre steif und stumm, murmele schließlich: »Zum ersten Mal berechtigt, sagst du.«

Es macht ihn verlegen – wenigstens das.

»Das zwischen euch beiden, das zählt doch nicht für ihn – oder?«

Ich bin aber nicht beleidigt, bin ganz und gar nicht beleidigt. Es wäre vielleicht der richtige Augenblick, ihn zu fragen, was er für sie empfinde, ob er sie sehr liebe. Es wäre jetzt nicht schwierig, eine solche Frage zu stellen. Warum tue ich es nicht, will ich es nicht wissen, nicht mit Worten, die erst schaffen, was sie sagen? Die Macht des Gesagten. Das Ungesagte hat weniger, nein, hat eine andere Macht, der ich ebenfalls nicht trauen sollte, denn auch sie kann gefährlich sein, heimtückisch, kann sich gegen das Vernünftige, gegen das Wirkliche richten, das sie unterminiert, bis es morsch und unkenntlich ist – ich muß es wissen, ich habe Erfahrung.

Es hätte auch gar keinen Zweck gehabt, Peter zu fragen, der natürlich ja gesagt hätte, ja, ich liebe sie. Er sagt zu jeder einigermaßen ansehnlichen Frauensperson: Ich liebe dich, und vielleicht stimmt es sogar, vielleicht liebt er alle und keine, liebt die Liebe, den Spaß, wie er sagt, den Zeitvertreib. Zeitvertreib ist ein Wort, über das ich mir Gedanken mache, seit Pitt wieder aufgetaucht ist, aber ich enträtsele es nicht, finde nicht heraus, wohin er die Zeit vertreibt, wo sie sich aufhält, wenn er sie vertrieben hat. Ich beobachte den Zeiger von Frau Riemanns Küchenuhr, wie er von einem schwarzen Strich auf den nächsten rückt, tack-tack, weg ist die Sekunde, die es soeben noch gab, unwiderruflich weg und verschwunden ist sie – wohin verschwunden? Die Wörter, die es dafür gibt, haben mit Fallen zu tun, mit Sinken, hinein und hinunter, in den Abgrund, das Nichts, die Vergangenheit, Ewigkeit, das Gewesene, in das Dunkel, aus dem wir kommen. Sogleich tut sich das Dunkel, in das wir gehen, auf. Es ist vergeblich. Mir ist aber nun die Lust abhanden gekommen, mit Peter die Zeit zu vertreiben.

Ich höre das Telefon in der Diele des Kroßschen Hauses läuten, der Hörer wird abgenommen, eine fremde Stimme sagt: »Moment bitte.« Ein Summen, Murmeln und Rauschen dringt an mein Ohr, dann ein schnelles, leises Atmen. »Kroß«, sagt Irina.

Kroß. Sie meldet sich sonst mit ›Irina‹ oder ›Hallo‹.

»Sind schon Gäste da?«

»Alles voll, es ist grausig, wir können hier nicht sprechen, ich gehe in mein Zimmer hinauf, bleib am Apparat, lege nicht auf, wenn es knackt.«

Alles in einem Atemzug. Nach ein paar Minuten ist ihre Stimme wieder da. »Die Schickeria von Kladow. Ein baumlanger Mensch mit roten Haaren, der behauptet, ich hätte mit ihm geschlafen. Und Fräulein Hussek will mich blamieren, redet von Büchern, die ich nicht kenne. Komm endlich. Laß mich hier nicht länger allein.«

»Aber ich wollte zu Lene Andras. Sie hat angerufen. Es geht ihr nicht gut.«

»Laß sie sausen. Mir geht's viel schlechter.«

»Ich habe ihr versprochen...«

»Sag, es brennt, das Wasserrohr ist geplatzt, das Dach eingestürzt. Du mußt kommen. Ich halte es nicht aus ohne dich. Kroß stolziert um mich herum.«

»Wollte nicht Peter...?«

»Nein, er will nicht, er haßt Renommierpartys. Du kannst ihm etwas von mir ausrichten. Ja, sag ihm, ich bin bereit, bin einverstanden.«

»Womit?«

»Sag ihm, ich verschwinde mit ihm.«

»Hat er das von dir verlangt?« frage ich und bin vollkommen ruhig, meine Stimme wankt nicht, meine Hand, die den Hörer hält, zittert nicht.

Irina lacht nervös: »Vielleicht war's nur ein Spaß.«

»War es ein Spaß?«

»Ach, hör auf. Begreif doch endlich. Jag mir nicht immerzu Angst ein.«

»Ich? Ich jage dir...?«

»Manchmal denke ich, du bist gar nicht mehr da. Das ist schrecklich. Ich sehe eine Nebelgestalt, und wenn ich meine Hände nach dir ausstrecke, greife ich ins Leere.«

»Irina – um Himmels willen...«

»Sei still. Jetzt rede ich. Ist es auch wahr? Rede ich mit dir?«

»Ja doch. Natürlich redest du mit mir. Mit wem sonst solltest du reden...«

»Ich bin in deinen Augen wie das Baby mit der Seife. Die Mutter sagt: Pfui!, aber das Kind glaubt ihr nicht, muß die Seife probieren, beißt hinein, und dann...«

»Dann?«

»Dann schreit es natürlich. Bitte, komm. Sag, daß du nicht zu Lene Andras gehst, nicht heute.«

Ihre Stimme versagt, sie schluchzt auf, es ist unerträglich. Ich möchte selber heulen, über mich möchte ich heulen.

»Weine doch nicht. Bitte, weine nicht. Ich komme ja.«

»Du kommst? Du! Du kommst!«

Das ist wie eine Umarmung.

Eine Gartenparty

Wir taumeln durch die Nacht, eine warme Nacht mit Windlichtern und Laternen, die zwischen den Bäumen schaukeln, mit Grillenzirpen, Jasminduft und Schwärmen von Johanniskäfern. In ihrem weißen Kleid erinnert mich Irina an die Liliendamen ihres Großvaters – meine schönen Damen, sagte er. Wir irren hin und her zwischen dem Garten, dem Haus und dem fremden, raschelnden Leben im Wald jenseits des Gartens, immer das Schwatzen und Lachen einer betrunkenen Partymeute im Ohr.

Kroß hat die Veranstaltung mit einer wahllos zusammengeladenen Gästeschar, die er UNSERE KLADOWER GARTENPARTY nennt, mit einem gewissen Eifer vorbereitet. Sie ist ihm wichtig, die erste seit seiner Heirat, eine Art Test, der Irinas Domestizierung beweisen soll – schließlich ist sie eine WILDE gewesen, nicht wahr. Das habe ich nicht vergessen. Ich höre das beifällige Gemurmel, mit dem er zu seiner jungen Frau beglückwünscht wird, höre auch Vorwürfe, er habe seinen Egoismus zu weit getrieben, habe ihnen Irina entschieden zu lange vorenthalten. Sie steht dabei mit ihrem glattesten Gesicht. Es belebt sich auch nicht, wenn ich an der Reihe bin und meinen Stempel IRINAS FREUNDIN STEFANIE aufgedrückt bekomme. Auch das bewegt sie nicht, nichts bewegt sie. Spürt denn niemand die Kälte hinter der puppigen Gattin-Maske? Ein weißhaariger Professor tätschelt ihren Arm. Ein Kunststudent beichtet ihr seine Liebe zu den wunderbaren Frauengestalten der ARS NOVA. Gnädige Frau, auch eine zu spät Geborene, ja doch, er erkenne es mit einem einzigen Blick, gnädige Frau gehörten, wenn er sich die Bemerkung gestatten dürfe, dem Typus nach eigentlich auch in die Frührenaissance, diese UNERHÖRTE Zeit. Es ist das AUCH gewesen, das einen Augenblick Irinas Aufmerksamkeit erregt hat. Sogar die schwerbusige Sechzigerin mit Federboa, Klaus Dorows Großtante, der ich hier schon einmal begegnet bin (sie liebe die Männer, bekomme nicht genug von ihnen, sagte sie – beim Tee, wir tranken Tee und aßen ihre Kuchen, ich fieberte, Igor litt seinen ersten Liebeskummer) – sogar sie läßt sich herab, Irina ein Kompliment zu machen. »Schrecken aller Schöneberger Antiquitätenhändler«, kichert hinter dem Rükken der Großtante ein Herr in mein Ohr. Vielleicht galt ihr Kompliment auch Kroß, dem glücklichen Besitzer von Haus, Garten, Kunstgegenständen, Büchern, Bildern und Irina. Wie ein eifriger Hofhund umkreist er seine Habe, streicht um die Gruppen und Grüppchen, die sich im Haus, im Garten gebildet haben, kassiert Beifall und Schmeicheleien, bewacht und kommandiert die schwitzende Frau Haske aus Alt-Kladow und ihre lockenumwallte Tochter, die Stühle schleppen, Drinks anbieten, Platten mit Happen und Salaten herumreichen. Auch für mich, dafür, daß ›Irinas Freundin Stefanie‹ eine zuverlässige Person reiferen Alters ist, erntet Kroß Beifall. Er wüßte nicht, was er und Irina ohne mich anfangen sollten, höre ich ihn sagen. Auch meine Scheidung erhält plötzlich eine neue, überraschende Note: Ich bin ›leidgeprüft‹.

»Kommen Sie doch mal!«

Ein junger Mensch hat mich unsanft am Arm gepackt und zieht mich auf die Terrasse hinaus. Dort erwarten mich seine Freunde und Freundinnen. Sie umringen mich, fragen, wo sie hier ›bumsen‹ könnten – ich wisse doch Bescheid in dem Haus, oder? Sei doch die Freundin der Frau Kroß. Sigis Vater kenne sie von früher, sie sei lesbisch – stimmt's? Ohne Hinterhältigkeit, nicht zweideutig, mit klaren Augen blicken sie mich an.

»Wer ist Sigis Vater?«

»Der dort, der Große mit roter Perücke, der gerade ins Haus geht.«

»Das ist echtes Haar, sein eigenes.«

»Nun sagen Sie schon, wo können wir...?«

Ich machte eine vage Handbewegung zum Garten hin, zum Wald. Es ist dunkel und einsam dort, die Gartenbeleuchtung reicht nicht weit, der Mond steht reifschmal über der Havel – er wird sie nicht stören. Ein Mädchen mit hängenden, in der Mitte gescheitelten Haaren sagt empört: »Die verlangt von uns, daß wir dazu in den Wald gehen!«

Verlange ich das? Der Wald ist eine bösartige Zumutung, darin sind sich alle einig. Ich zucke die Schultern.

»Entschuldigen Sie mich.«

»He! Wir sind noch nicht fertig!«

Aber ich bin ihnen schon entwischt, laufe ins Haus zurück, an den Menschen vorbei, die kauend, trinkend und schwatzend herumstehen, die Treppe hinauf, dritte Tür rechts. Sie ist abgeschlossen.

»Ich bin's. Mach auf.«

Ein Seufzer, die Tür geht auf, ich halte Irina im Arm, die ihr nasses Gesicht in meine Halsgrube preßt.

»Weine nicht. Bitte, wein doch nicht schon wieder!«

Sie seufzt noch einmal, schluchzt noch einmal auf, aber das gehört bereits zu unserem Ritual, von dem wir selten etwas auslassen. Sorgfältig tupfe ich ihre Augen trocken.

»Die Tränen sitzen mir locker, ich weiß nicht, warum, wegen jeder Kleinigkeit muß ich heulen, dabei habe ich doch gar keinen Grund mehr, es läuft wie am Schnürchen, er denkt, er hat's geschafft, hat mich ›hingebogen‹. Ich weiß sogar schon, was ich sagen werde: Ich fahre mit dir nach Hamburg oder nach München, du hast eine alte Verwandte dort, oder du mußt für deinen Chef etwas erledigen – in Hamburg. Er wird es schlucken, wird auf meine Rückkehr warten, wird mir bestimmt nicht gleich nachspüren.«

»Du willst ihn verlassen?«

»Aber das weißt du doch! Du hast zu Anfang manchmal davon gesprochen. Erinnerst du dich nicht? Ich bat dich, mir Zeit zu lassen. Das hast du getan.«

Ich stottere: »Wohin... (beinahe hätte ich: ›wollt ihr‹ gesagt)... Wohin willst du denn aber?«

»Wohin? Zu dir natürlich. Ich komme zu dir. Wir werden wieder zusammenleben wie früher. Etwas Geduld mußt du allerdings noch mit mir haben. Ich muß die Geschichte mit Peter erst hinter mich bringen.«

Mir will kein Laut über die Lippen. Ich stehe da und horche und denke über ihre Stimme nach, die nicht falsch klingt – kein bißchen falsch. Müßte sie nicht falsch klingen? Aber sie ist hell und aufrichtig – wie ihre Augen, auch sie blicken mich hell und aufrichtig an.

»Warum sagst du nichts? Fürchtest du, ich werde dir wieder zur Last fallen?«

Ich erschrecke. »Unsinn.«

»Du brauchst keine Angst zu haben...«

»Hör sofort mit dem Unsinn auf. Wovor sollte ich denn Angst haben?«

»Ich werde mehr Geld haben, als du verdienen kannst.«

»Irina, was soll das?«

»Ich habe vorgesorgt. Da staunst du! Ich kann auch den Pelz verkaufen, das Auto, den Schmuck, die Goldbarren. Ich brauche den Plunder nicht.«

»Den Lapislazulischmuck?«

»Den auch.«

»Das darfst du nicht. Es geht ja auch gar nicht. Kroß wird seine Geschenke zurückverlangen.«

»Eben nicht. Das habe ich schriftlich. Ich sagte dir doch: Ich habe vorgesorgt.«

Vielleicht fühlte sie mein Unbehagen. Ich muß an Peter denken – wie er von ihr gesprochen hat. Zum Teufel damit. Aber sie ist mit dem Thema noch nicht fertig.

»Peter hält mich für habgierig«, sagt sie mit einem halben Lachen, das auch mir sofort klarmacht, wie lächerlich das ist. »Und jetzt fängst auch du damit an.«

»Ich halte dich doch nicht...«

»Nein?«

»Bestimmt nicht. Du hast doch nur Angst...«

»Ja«, sagt sie gedehnt, »ich will nicht noch einmal so tief in den Dreck geraten, daß ich heirate – bloß um wieder rauszukommen.«

»Es gibt andere Wege...«

Zu meiner Verwunderung sagt sie: »Ja.« Ich warte, aber sie fügt ihrem Ja nichts hinzu. Meine Gedanken überstürzen sich. Geduld! Warte! Dränge sie nicht!

Wir sind zusammengeblieben. Unsere Hände haben einander nicht wieder losgelassen. Ich sehe uns immer zusammen, sehe uns durch das Haus gehen, das wie ein Bienenstock summt. Hier wird getanzt, dort Skat gespielt, und in einer anderen Ecke, einem anderen Zimmer wird geraucht, geküßt, geredet. In der Diele spielen die Damen Walpurgisnacht. Sie haben die Besenkammer ausgeräumt, hüpfen und flattern mit Gelach und Geschrei, einen Besenstiel zwischen den Beinen, wie angeschossene Krähen, die nicht mehr hochkommen, hin und her. Nur Lissy Dorow, die auch mitspielt, bringt etwas zustande, das wie Reiten, einen Augenblick sogar wie Durch-die-Luft-Reiten, aussieht. Mir ist es unheimlich, auch Irina mag das Spiel nicht, wir wissen warum. Im Kaminzimmer hören wir die Antiquitätengroßtante mit Federboa und Louis-Quatorze-Kopf schlafen. Sie sitzt auf dem großen Sofa, ihre quellenden Kinne nicken auf ihre Brust. Hand in Hand schleichen wir an ihr vorbei. Ich sehe uns im Garten, im Wald, wie ich Irina eine Rose ins Haar stecken will, die nicht hält; ihr Haar ist zu glatt, zu weich. Auf der Terrasse vor dem Haus hocken die jungen Leute, die im Wald nicht können, in einer Reihe an der Hauswand und rauchen.

»Wohin wollt ihr denn?« rufen sie.

»In den Wald«, sag' ich – sie lachen, und immer wieder taucht Kroß plötzlich auf und blickt suchend umher, einmal auch draußen, entfernt vom Haus. Da steht der Mond fast im Zenit, die Bäume atmen einen wilden Geruch aus, wir selber, unsere Hände, Irinas Haar, riechen nach Baum, nach Harz, nach Nacht. Wir schlittern über den glatten Nadelholzboden von Stamm zu Stamm bis zum Waldrand. Dort zieht sie mich ins Gras, umarmt mich, preßt sich an mich. Ihr Blick ist voll Leid, ihr Kuß war nie drangvoller. Sie wolle in mir sein, stammelt sie, in Sicherheit, mein Embryo wolle sie sein. Die GEBORGENHEIT, die Kroß ihr geboten habe, gebe in Wahrheit nicht ihr Sicherheit, sondern ihm. Ein Recht auf ihre Gefügigkeit gebe sie ihm. Sie flüstert und stöhnt mir ins Ohr. Auch Peter könne sie nicht retten.

»... nur du kannst es. Du. Nur du.«

Bedeutet es mehr als die Beschwörungsformel, mit der ein Kind im Dunkeln seine Angst vertreibt? Nicht mehr, aber genug; ich tröste, streichele und küsse sie. Ich wiege und schaukele sie in meinem Schoß. Langsam verebbt unsere Erregung. Den Geruch von Gras und Erde, den Geschmack unserer Liebe im Mund, liegen wir, locker umschlungen, entspannt, tief beruhigt. Über uns strömen die weißen Sternherden.

Plötzlich sehe ich ihn. Er steht auf einer Böschung unter der hellen Mondsichel, eine einsame Gestalt. Hinter ihm, in einiger Entfernung, blinken die Lichter von Haus und Garten. Wir hören jetzt auch ferne Musik, und dann, sehr nahe, seinen rauhen Schrei: »Irina!«

Sie kichert, schluchzt, atmet in mich hinein.

»Still. Sei doch still!« zischele ich.

Einmal hat uns Sigis Vater aufgestöbert. Das ist drinnen im Haus gewesen, in dem kleinen Zimmer unter dem Dach, das eigentlich nur eine Abstell- und Gerümpelkammer ist, vollgestopft mit ausrangierten Korbmöbeln, einem Ungetüm von Rasenmäher und einem großen vergoldeten Vogelkäfig, ein Versteck, in dem Kroß uns gewiß nicht suchen würde. Da ging plötzlich die Tür auf, und der rothaarige Herr, Sigis Vater, stand vor uns; baumlang, hatte Irina gesagt, es war nicht übertrieben.

»Entschuldigung, Jakusch«, sagte er, von oben auf uns herabblickend. Es genierte ihn, daß wir auf dem Fußboden saßen. Vielleicht fand er seine Länge auf einmal beängstigend, denn er versuchte, sich zusammenzuziehen. Ich dachte, es müßten Quetschtöne aus seinen Rippen kommen, aber er seufzte nur, sagte noch einmal: »Entschuldigung – Jakusch«, und setzte sich, kurz entschlossen, ebenfalls auf den Fußboden. Das Problem war nun, wie er seine Beine unterbringen sollte. Er versuchte sie abzuwinkeln, konnte aber seitlich auf der halben Sitzfläche nicht sitzen, die vielleicht zu spitz war. Nun probierte er den sogenannten Schneidersitz, aber auch das ging nicht.

»Entschuldigung«, sagte er verzweifelt. Ich konnte es nicht länger mit ansehen, streckte demonstrativ meine Beine aus, zog sie, den Blick auf ihn gerichtet, an mich und umschlang sie mit den Armen. Sein Gesicht hellte sich auf, er machte es mir nach, und es funktionierte, der Platz reichte aus, er saß sogar bequem.

»Enorm«, sagte er.

Ich nickte.

»Kolossal.«

Irina kicherte: »Phänomenal.«

Er starrte sie mißtrauisch an.

»Ich erinnere mich jetzt«, sagte sie.

Er lachte erfreut: »Jakusch.«

»Ja, richtig.«

»Ich wollte nur, wollte Ihnen sagen, erklären, es ist mir natürlich peinlich, wollte Sie bitten...«

»Schon gut«, sagte Irina; er lachte befreit. »Danke. Sie sind wunderbar. Da brauche ich ja nichts weiter...«

Er schob sich in die Höhe.

»Einsneunzig?«

»Fünfundneunzig.«

Er stand linkisch in der Tür. Ein lautloses Gewitter zog über sein Gesicht. Er duckte den Kopf zwischen die Schultern, als fürchte er, oben anzustoßen. Ich bezweifelte keinen Augenblick, daß sein Sohn ihn ›überrumpelt‹ hatte, wie er nun doch, die Hand schon auf der Klinke, in großer Verlegenheit seine ›Geschwätzigkeit‹ erklärte, die er sich nicht verzeihen wolle. Ob er in Frau Kroß verliebt sei, habe der Bengel ihn gefragt: »...ich weiß nicht warum, wieso. Er hat mich nur kurz mit Ihnen sprechen sehen. Ich habe ihm schnell geantwortet: Nein, nicht mehr. Sie ist – ist – sie ist...«

»Schon gut«, sagte Irina noch einmal. Ich hatte den Eindruck, ihr Wortschatz schrumpfe in Jakuschs Gegenwart. Er atmete auf, bedankte sich wieder. Sein Blick ruhte verträumt auf uns. Zu meiner Überraschung hörte ich ihn etwas Griechisches sprechen. Ich erkannte es am Klang, es waren Verse, ich ahnte von wem. Mein Herz sprang. Ich hielt Irinas Hand fester. Leise übersetzte Herr Jakusch: »Mädchen, du Schöne, du Reizende du. – Schon vor langer Zeit, Atthis, hab' ich dich liebgewonnen.«

Er hatte die Tür bereits aufgestoßen, wandte sich aber noch einmal an uns, wiederum auf griechisch. Es war jetzt etwas Längeres, Zusammenhängendes, das er rezitierte, und es hatte einen anderen Rhythmus. Sobald er die ersten deutschen Worte sagte, erinnerte ich mich daran. Ja, es war ein Gedicht, das auch in unserem Bändchen stand, ein Stück aus einem Gebet an Aphrodite:

...wer ist's, den Peitho
deiner Liebe schenken soll, wer,

Sappho, tut dir weh?
Sie flieht jetzt, bald wird sie dich verfolgen,
sie nimmt kein Geschenk, bald wird sie dich beschenken,
sie liebt jetzt noch nicht, aber bald wird sie dich lieben.

Er ging leise hinaus. Irina sagte: »Er heißt nicht nur Jakusch, sondern Doktor Doktor Jakusch, zweifach, ein hochgelehrtes Haus. Ich habe damals eine schreckliche Nacht mit ihm verbracht, eine Quälerei war das, nahm kein Ende, aber er wollte es erzwingen – ich habe aus Mitleid gesagt: Es liegt an mir, ich liebe eine Frau, aber damit habe ich ihn nur noch mehr gereizt.«

Haut von Haut

Es ist dann sehr schnell gegangen, ist in rasendem Tempo abwärtsgegangen, würde Frau Marquardt sagen. Etwas stimmte allerdings nicht: Ein elendes Gefühl der Künstlichkeit peinigte mich, als wäre, was ich erlitt, nicht ganz wahr, geschähe nicht wirklich – ein Schattenspiel an der Wand, in dem auch mein Schatten mitspielte. Das ertrug ich nicht. Ich bin aus der Rolle gefallen, die mir zugeschoben wurde, die ich vielleicht auch selber wollte. Ich weiß, es war wahnwitzig, dagegen aufzubegehren, aber ich tat es, ich brach aus, entschlossen, das Gespinst zu zerfetzen, in dem sich Irina verbarg. Wie falsch, wie theatralisch benahm ich mich aber, benahmen sich auch Irina und Peter. Ich bin in ihre Heimlichkeit hineingepoltert wie der im Schrank versteckte Ehemann, der plötzlich die Tür aufstößt und keuchend vor dem Lotterpfuhl steht. Frau und Liebhaber ducken sich unter die Bettdecke, Fetzen fliegen, Spiegel und Fensterscheiben bersten, und dann die Scham, wie er vor ihr steht, zerknirscht, zitternd.

»Du hast ja recht«, sagt Irina sehr sanft, unerträglich sanft. In ihren Augen ist nichts als Liebe. Sie retten mich, ihre Augen, retten mich vor mir selbst. Ich muß nicht fürchten, daß sie lacht oder etwas Mitleidiges murmelt oder mir Vorwürfe macht. Nein, sie ist nur verstummt. Auch Peter sagt nichts. Das Schweigen lastet auf mir und drückt mich ganz nieder. Peter bricht es schließlich mit HÄTTEST DU und WÄRST DU. Ich verstehe. Er meint die Liebschaft zu dritt, die er mir vorgeschlagen hat. Wäre ich VERNÜNFTIG gewesen, hätte mitgespielt... Da höre ich einen kindlichen Laut, ein Stimmchen – es war nachts in der Motzstraße hinter einem alten Haustor, ich dachte, eine kleine Katze sei am Verhungern.

Mit einem Schrei stürze ich zu ihr hin. Ich falle auf die Knie, will gut sein, demütig, will um Vergebung bitten. Ich schäme mich ja so sehr. Warum habe ich kein Vertrauen? Vertrauen war es doch, wodurch sich unsere Freundschaft, unsere Liebe von anderen Beziehungen, von ihrer, von meiner Ehe, unterschied. Ich führe mich ja wie ein Mann auf, der seinen Stolz, seinen Besitzstand, Prestige und Bequemlichkeit – was weiß ich – bedroht sieht.

Irina hat sich aufgerichtet. Rückwärts auf die Hände gestützt, sitzt sie im Bett, den Kopf in den Nacken gelegt, und blickt auf mich herab, auf ihr zerknirschtes Zwillings-Ich. Sie ruft Peter zu: »Geh!« Er gehorcht widerspruchslos, wie seltsam. Wenn ich ihn zu gehen bitte, erfindet er einen Vorwand nach dem anderen, der ihm zu bleiben erlaubt. Er muß etwas begriffen haben, etwas, woran ich selber nicht mehr recht glauben kann – zu meinem großen Schmerz. Ja, er sieht ein, was sie mir immer und immer wieder zu sagen versucht: daß ich ihr wichtiger bin, näher, daß unsere Liebe unzerstörbar ist.

Ich sehe Peter hinausschleichen. Die Tür fällt hinter ihm zu. Auf einmal zerreißt der Nebel vor meinem Blick. Ein Entsetzen packt mich, und daran ist nichts Künstliches. Unsere Liebe ist unzerstörbar. Das ist nicht wahr. Nichts ist unzerstörbar. Wenn wir uns nicht aufraffen und das Unglück aufhalten, wird etwas Furchtbares geschehen. Wir werden einander etwas Unwiderrufliches antun, das wir nicht wiedergutmachen können, ich nicht an ihr, sie nicht an mir. Das Sternbild der Freundinnen, unser weibliches Doppelgestirn, kaum aufgegangen, wird versinken. Alles Zarte, Blühende wird getötet werden. Ermattet schleppen wir uns dem großen Tod entgegen. Manchmal ruft eine Stimme, schreit: Kehrt um! Niemand hört sie. In die gemordete Erde gekrallt, sterben ihre Töchter.

Ich höre mich aufheulen – da ist Irina über mir; ich bin augenblicklich ruhig. Sie atmet in meinen Nacken. Langsam schlage ich die Augen zu ihr auf. Ihr Haar fällt über mein Gesicht, ihr Geruch springt mich an. Sie kauert auf dem Bettrand und hebt mich auf.

Ich bin mißtrauisch gewesen, aber nicht mißtrauisch genug, nicht dort, wo ich es hätte sein sollen. Verblüfft und wehrlos saß ich Herrn Döhnicke gegenüber und wollte nicht begreifen, was er mir – unter vier Augen – zu sagen hatte, nahezulegen hatte, so drückte er sich aus: »...ich muß Ihnen leider nahelegen«, und blickt mich mit seinen engen, humorlosen Augen unglücklich an. Ein Anruf? Ein anonymer Brief? Nicht doch. Wenn es sich nur darum handelte. Einen Denunzianten, der sich hier aus Furcht vor einer Anzeige oder aus Scham und Feigheit nicht sehen ließe, den könne er ignorieren, sagt Herr Döhnicke: »Aber Herr Striese.«

Herr Striese. Aber Herr Striese.

Vergebens rüste ich mich mit Dickfelligkeit. Das Bocken und Widerstreben nützt mir nichts. Glaubte, Herrn Strieses Hintergedanken und Absichten durchschaut zu haben, und muß nun erkennen, daß der Mann sein eigenes Spiel spielt. Wie denn – nicht von Joachim, nicht von den Dorows beauftragt? Nein. In eigener Sache, würde Herr Döhnicke sagen: Striese in Sachen Striese. Der Auftritt im Gartenlokal mit Kniefall und Ansprache ist nicht THEATER gewesen, aufgeführt, um mich zu einem verräterischen Wort über Irina zu verleiten. Das hatte er nicht nötig. Er wußte längst, wie es sich mit Irina und mir verhielt, wußte vielleicht schon damals Bescheid, als Fräulein Koppisch ihn aus dem Büro hinauskomplimentierte. Er ist keine krummen Wege gegangen, sondern nur Umwege, die allerdings unvermeidlich waren. Ein Verlangen wie das seine ließ sich nicht ohne Umschweife vorbringen.

Am Ende hat er es aber vorgebracht, hat mir zu verstehen gegeben, was er wollte: uns SEHEN – weiter nichts. Weiter nichts? Meine Ablehnung muß eine furchtbare Beleidigung für ihn gewesen sein, ein Schlag ins Gesicht. Er entblößt sich vor mir, und ich, was tue ich – binde ihm eine billige Lüge auf, die nächstbeste, nächstdümmste. Bin mit Peter liiert. Irina ist nicht meine geliebte Freundin, sondern nur meine Freundin – ohne Liebe. Zärtlichkeit ist zwischen uns nur in strengen Grenzen erlaubt, bis zum Hals, nicht weiter. Nein. Hals und Nacken sind bereits tabu. Auch der Mund, obgleich oberhalb der SCHATTENLINIE, darf nur mit scheuen Lippen gestreift werden. Das ist sehr lächerlich, aber auch ungeheuer wichtig. Womit hätte ich Herrn Striese mehr Geringschätzung erweisen können als mit meinem plumpen Täuschungsversuch? Es war unerträglich. Er mußte sich rächen, mußte mich bestrafen, mir seine Macht demonstrieren. Dazu brauchte er nur seine Verwandte, Frau Döhnicke, über mich ›aufzuklären‹. Immerhin dauerte es ein paar Wochen, bis sie ihren Mann von meiner UNTRAGBARKEIT ALS MITARBEITERIN überzeugt hatte. Das muß schwierig gewesen sein. Er hat besonders die Zumutung, sich künftig von einer anderen Person bedienen zu lassen, erst einmal mit Entrüstung von sich gewiesen. Last but not least gab es einen jungen Mann namens Pino, der sein Fischblut in höchst regelwidrige und unerlaubte Wallungen versetzte. Auch das stimmte ihn mir gegenüber milde, stimmte ihn gewissermaßen ›brüderlich‹. Und natürlich würde er, ein vermögender, juristisch versierter Mann, die Angelegenheit ›im Griff behalten‹ – im Gegensatz zu mir. Er wollte mich ja nicht einfach FEUERN, das wäre ungesetzlich gewesen. Nein, er wollte sich mit mir verständigen, mir ›nahelegen‹, selber zu kündigen – falls ich nicht eine vernünftige Regelung vorzöge.

Ich horchte auf. Immer wenn ich in der Klemme saß, riet mir jemand, VERNÜNFTIG zu sein. Auch Peter hatte mir eine VERNÜNFTIGE REGELUNG vorgeschlagen. Geschehen müsse etwas, fuhr Herr Döhnicke fort – leider, sagte er. Ein so kleines Büro, und seine Frau sei eine strenge, moralisch gefestigte Person... Täuschte ich mich auch nicht? Nein, er sagte es mokant, mit vorgeschobener Schnute. Wenn es nicht ausgerechnet Herr Striese wäre, der über mich und meine Freundin Bescheid wüßte –: woher eigentlich? Waren Sie so unvorsichtig? – Ein Mann ohne Skrupel. Es würde ihm nichts ausmachen, hier hereinzuschneien und SCHRECKLICHE DINGE zu sagen – womöglich wenn Klienten da wären. Auch könnte er Herrn Döhnickes Kanzlei bei verschiedenen Firmen unmöglich machen, zu denen er Beziehungen unterhalte. Er, Döhnicke, höre ihn reden: ein Puff, dieses Büro...

Genug. Ich enttäuschte Herrn Döhnicke. Übrigens fügte er von selbst hinzu, Puff sei natürlich nicht der richtige Ausdruck, im Gegenteil. Ich wisse wohl, was er sagen wolle. Er war sehr verlegen. Ihm wäre wohler gewesen, wenn ich mich verteidigt oder beklagt und ihm erlaubt hätte, ›dem Striese die Tour zu vermasseln‹. Damit meinte er, ein Gerichtsurteil oder eine Verfügung zu erwirken, die Striese verbot, ›schreckliche Dinge‹ über mich zu sagen. Herr Döhnicke benötigte dazu eine Erklärung von mir, daß Herrn Strieses Behauptung nicht der Wahrheit entspräche. Das wäre alles, damit könnte er seine Frau beruhigen, die mir ja keine Unaufrichtigkeit unterstellen werde. Sie würde ihrem Mann nicht mehr mit meiner Entlassung in den Ohren liegen, und er könnte ›dem Striese das Maul stopfen‹. Er sagte noch mehr in diesem munteren, aufmunternden Ton, aber ich ›spurte‹ nicht, war nicht ›auf Draht‹. Dumm von Ihnen, schimpfte Herr Döhnicke. Überlegen Sie es sich. Ich lasse Ihnen Zeit zum Nachdenken.

Auch Herr Uhl und Frau Krüger waren gekränkt. Eine Büroaffäre spielte sich ab, und ich vertraute mich ihnen nicht an. Sie fühle es doch, »etwas stinkt«, sagte Frau Krüger. Mir war aber klar, daß ich nur aus Schwäche und Widerwillen kampflos das Feld räumen wollte. Tief in mir gab es ein Einverständnis mit meinem Mißgeschick, etwas, das es bejahte. Mein eigener Widersacher hauste dort drinnen in der Lichtlosigkeit unterhalb meines Bewußtseins, wohin kein scharfer Strahl drang. Die NORMALITÄT, die Sicherheit und Unauffälligkeit, in der ich leben wollte, um die ich gekämpft hatte, standen mir nicht zu. Auf Jobsuche gehen, hoffen, warten, draußen stehen, eine Fremde, andere, das ist das Deine, ist dir angemessen, darin erkenne ich dich, hetzte und hechelte er, ein Feind, der mich mutlos machte, kraftlos. Ich mußte ihn niederringen, wenn ich frei sein wollte. Eigentlich hatte ich geglaubt, er wäre längst besiegt. Ich erkannte mich in diesem Augenblick, als stünde ich mir in einem grellen Spiegel gegenüber. Mein tiefster Punkt war erreicht. Tiefer hinab ging es nicht. Stand da und grübelte. Nicht tiefer. Keinen Schritt tiefer. Keimte darin nicht auch wiederum Hoffnung? Kein Zweifel, ich würde auf der Stelle treten oder langsam wieder aufsteigen. Sehr langsam vermutlich, aber immerhin. Ich fühlte etwas Zähes, Unverwüstliches in mir, das nicht umzubringen war. Wenn nur Irina wieder auf mich zulebte, mich anblickte, mich festhielte – ich würde mich wieder ganz aufrichten. Mein Verlangen nach Wort und Zuspruch, nach dem Trost einer warmen Stimme, war groß, einer Stimme, die mir zuriefe: Laß dich nicht einschüchtern, nicht ins Abseits drängen – auch nicht von der Macht der Konvention in dir selbst!

Irina kam nicht, und als ich anrief, war niemand zu Hause. Ich bin zu Lene Andras hinaufgegangen, die aber nicht allein gewesen ist. Allerdings wollten ihre Gäste bereits aufbrechen. Es waren ihr Mann, Knut Ginsterberg, und ein mir unbekannter Herr. Sie standen unschlüssig in der Tür. Offenbar warteten sie auf das Abflauen eines Andrasschen Zornausbruchs, der sie vielleicht nicht weniger überrascht hatte, als er nun mich überraschte – ich hatte dergleichen noch nicht erlebt, nicht bei Lene Andras. Nach einer Weile verstand ich dann, wovon sie, ganz außer sich, wütend, aber auch merkwürdig schwerfällig, sprach: von wandernden Bettelmönchen zur Zeit der Hexenverfolgungen. Sie sei betrunken, flüsterte mir Knut Ginsterberg zu. Ihr Abscheu sei aber berechtigt; die Bettelmönche hätten die Hexenfurcht geschürt.

»Betrunken?«

Er lachte. »Sehen Sie es nicht? Stockbesoffen ist sie.«

Ich wunderte mich. Eine Tabletten- oder Nikotinvergiftung hätte ich vielleicht für möglich halten können, aber daß sie sich betrank? Ich würde keinen Zuspruch bekommen, nicht von ihr, ich mußte allein mit mir fertig werden, mit dem WIDERSACHER in mir, der mich auf ein totes Gleis schieben wollte. Halben Ohres hörte ich, wie Lene Andras ihren anderen Gast UNSEREN ALTEN ADEBAR nannte. So stellte sie ihn mir schließlich auch vor, und alle drei, sie selbst, ihr Mann und besagter Adebar, kicherten, während ich überlegte, was Adebar bedeutete – Storch, nicht wahr, aber wie ein Storch sah er nicht aus. Lene Andras hatte auch für mich einen verrückten Namen, Vrundel, das VRUNDEL MIN. Da sah ich ihren Schreibtisch, der blank und leer war, Manuskripte, Bücher, Zettelkasten, Schreibhefte, Papierstöße – alles verschwunden, die Schreibmaschine zugedeckt, der Aschenbecher, groß wie ein Blumentopf, ausgekippt und gesäubert.

»Du hast ja aufgeräumt. Bist du denn schon fertig?«

Schweigen. Ich suche hinter Rauchschwaden den Inannablick, den es gar nicht gibt; sie hat gar keinen Blick, ihre Augenhöhlen sind leer. Lene Andras wirft sich auf ihr Sofa; ich höre sie stöhnen, frage, ob sie Schmerzen habe.

»Eine Krise hat sie, eine Arbeitskrise«, antwortet ihr Mann. »Es ist nicht die erste...«

Sie wälzt sich auf die Seite und streckt die Arme nach mir aus. Sie lallt. »Allerliebstes Vrundel min, wenn die süezze Stimme din...«

Es ist noch mehr gewesen, das Gedicht hat mindestens sechs Verse gehabt, an die ich mich aber nicht mehr erinnere. Dr. Ginsterberg sagt mit undurchdringlichem Gesicht zu dem anderen Herrn, den sie Adebar nennen: »An ihrer Stelle würde ich kapitulieren. Sie kann aus der Geschichte nicht mehr herausholen, als drin ist.«

»Sie wird mehr herausholen«, murmelt Adebar.

Ich will meinen Augen nicht trauen, aber es ist wahr, er steht dort mit angewinkelten Armen, die Hände in die Hüften gestützt, ein Bein seitlich hochgezogen, die Schuhsohle in Kniehöhe gegen die Innenseite des anderen Schenkels gelegt – sieht wie eine Ballettfigur aus, fehlt nur, daß er auf der Fußspitze balanciert. Jetzt schlägt er die Arme wie Flügel auf und ab und blickt mich mit einem runden Auge, den Kopf weggedreht, an. Ich begreife, klatsche in die Hände: ADEBAR! Er ist großartig, unverkennbar ein Storch. Jetzt schiebt er den Mund vor und klappt ihn auf und zu, als wär's ein Schnabel. Heraus kommen allerdings Wörter, Satzfetzen: »... Verwirklicht. Verherrlicht. Vergottet. Gesetze und Strafen ersonnen. Kriege, Schlächtereien, Autodafés veranstaltet. Immer perfektere Vernichtungsmethoden erfunden. Eine unentrinnbare Zivilisation geschaffen. Die Erde fast unbewohnbar gemacht. Da gibt's nur eins: ABTRETEN! Die Frauen ranlassen. Ihre Zeit ist gekommen.«

Er nimmt seine normale Haltung wieder ein. Verwirrend und sonderbar lächelt er mich an.

»Sie schläft. Du verschwendest deine Einsichten«, sagt Ginsterberg. Er meint Lene Andras, die tatsächlich eingeschlafen ist. Ruhig atmend, einen einfältigen Zug um den Mund, liegt sie auf dem Sofa und läßt mich im Stich. Ich ärgere mich. Abtreten, sagt der Mensch, die Männer sollen abtreten. Das ist lächerlich, so meint sie es nicht. Wenn es in der

Frühzeit eine Ära der Frauen gegeben hat, die auch Herrschaft war – die kommt nicht wieder. Aber auch die Herrschaft der Männer muß aufhören, Herrschaft überhaupt muß aufhören. Eine Zeit der Frauen kann nicht wie die Zeit der Männer Ausschluß, Unterdrückung oder auch nur Einengung des anderen Geschlechts bedeuten. Dann fände ja nur ein Machtwechsel statt. An die Stelle der Männer träten die Frauen, und nichts wäre gewonnen. Nein, eine Zeit der Frauen muß eine Zeit der Menschen sein. So ähnlich würde es auch Lene Andras ausdrücken: Eine Zeit der Menschen soll kommen, Zeit der Frauen, Zeit der Männer, Zeit der Kinder.

Bin ich naiv, habe ich etwas Dummes gesagt? Die Herren amüsieren sich. Das Blut schießt mir ins Gesicht. Ich versuche, Lene Andras aufzuwecken; sie dreht sich knurrend zur Wand. Dr. Ginsterberg sagt, Adebar wäre als Kind gern ein Clown geworden, hätte es dann allerdings nur zum Geschichtsprofessor gebracht. Sie lachen, spötteln. Der Wahn vom reinen Geist, die Zwangsinstitutionen unserer Angst: Staat, Kirche, Ehe, Justiz, Armee – das ganze monströse Riesengebäude der Zivilisation, errichtet mit ungeheuren Aufwänden an Gottes- und Gewissenspein, Askese, Selbstkasteiung, Triebverdrängung, Sublimierung und Vergeistigung auf der einen Seite, an Gewalt, Macht, List, Betrug, Blut und Geld, Ausbeutung und Unterdrückung auf der anderen, getarnt und ungetarnt, grausam, selbstherrlich, in Purpur und in Lumpen zur Schau und Rührung gestellt, die Stufenleiter der Narretei hinauf und hinunter. Das sei natürlich männlichen Ursprungs, sei erst möglich geworden, nachdem den guten, schützenden Gebärmüttern der Schöpfung das Handwerk gelegt worden wäre.

Ich bin gegangen. Nachher habe ich aber Lenes Anblick nicht loswerden können, wie sie auf dem Sofa lag, grau, ganz zerknittert, und mit offenem Mund schlief, während die Spottpfeile über ihr hin und her schossen. Keine giftigen Pfeile, sicherlich nicht, aber ich bin für Lene gekränkt gewesen. Das ist grotesk. Ich weiß doch, weiß ganz sicher, sie, Lene, wäre nicht, wäre kein bißchen gekränkt gewesen, sondern hätte – auch über sich selbst – mit den Spöttern gelacht.

Auch das, ihre Souveränität, ist ja ein Grund dafür, daß sie und ihr Mann Freunde sind und bleiben.

Darüber bin ich wieder ins Grübeln geraten, bis ich plötzlich an ihren Anruf vor vier, fünf Wochen denken mußte, als ich eine Verabredung mit ihr traf, die ich dann nicht einhielt: ›...es geht mir nicht gut. Wenn du heute abend kommen könntest...‹, höre ich sie sagen, aber ich kam nicht; Irina rief, und ich fuhr nach Kladow. Ich bin mitten in der Nacht noch einmal zu Lene hinaufgegangen. Die Haustür stand offen, auch ihre Wohnungstür ließ sich leicht aufdrücken, und Lene war wach; ich hätte sogar klingeln können. Sie trank einen starken Kaffee und schenkte auch mir sogleich davon ein. War die KRISE vorbei? Sie habe tief geschlafen, sagte sie. Allerdings hatte sie vergessen, was am Nachmittag gesprochen worden war, oder sie wollte sich nicht daran erinnern. Als ich sie fragte, ob sie ›kapitulieren‹ werde, verstand sie mich nicht. Sie sei nur manchmal furchtbar gehemmt und unzufrieden, ja, sie habe wieder einmal eine SCHWIERIGE ZEIT:

»...die Heilige und die Hexe. Sonst heißt es ja meistens die Hure, die Heilige und die Hure, zwei Pole eines überspannten Bogens, auch andere Weisheiten, die sich schnell herumsprechen und fad werden – was soll's. Der Absturz aus großer Höhe, die Perversion, der Greuel.«

Ich horchte verwirrt. Schließlich wurde mir klar, daß sie von den Bettelmönchen sprach, über die sie sich am Nachmittag aufgeregt hatte, von Angehörigen der gleichen Orden, die einst Freunde der gottbegierigen Frauen waren. Zwei-, dreihundert Jahre später predigten sie Feuer und Mord. In Scharen zogen sie durch das Land und hetzten das Volk gegen die Frauen auf. Die alten theologischen Wahnideen vom weiblichen Geschlecht, PFORTE DES TEUFELS, trugen nun ihre stinkenden Früchte. Sie, das Weib, Eva ist es gewesen, die alles Menschenelend, Sünde, Verdammnis und Tod in die Welt gebracht hat.

»Es war nicht das erste und nicht das letzte Mal, daß die Menschen SÜNDENBÖCKE schlachteten. Sind die Hexenbrände damit erklärt? Auch Knut und Adebar, die ja zur Zunft gehören«, sagte Lene Andras, »auch sie geben zu, daß sie nicht restlos erklärt sind – ein gärender Bodensatz bleibt.«

Sie holte tief Luft. Sie wollte nicht aufgeben, das sei nicht wahr. Keinesfalls werde sie sich mit den bekannten leichtfertigen, schnell fertigen Erklärungen zufriedengeben. Sie werde ihre Arbeit wiederaufnehmen. Ihr Buch müsse geschrieben werden, sagte sie und blickte mich an. Die Menschengeschichte solle nicht mehr nur die Geschichte des Mannes sein, neben dem und hinter dem die Frau – deines Nächsten Weib – wesenlos durch die Zeiten geistere, in einer Reihe und in einem Atemzug mit eines Mannes Gut und Besitz, seinem Haus, Knecht, Ochsen und so weiter, die ein anderer Mann nicht begehren soll. Von ihr, von dem, was sie begehren und nicht begehren soll, sei nicht die Rede.

Sie merkte es plötzlich. Vielleicht mußte man mich nur ansehen und merkte es.

»Du hast selber Kummer«, sagte sie, und dann, schüchtern: »Ihretwegen natürlich.«

Ich hörte sie über Irina klagen – vielleicht war es auch ein andermal: »...kam sehr oft, saß hier, las, lernte, zeigte Interessen, die ich nicht erwartet hatte, nicht von ihr.

Es war schwierig, aus ihr klug zu werden. Sie hatte im Nu heraus, wie sie mit mir umgehen mußte. War sie die kluge Naive, die in Unwissenheit gehalten worden war, oder spielte sie mir etwas vor? Fragt, fragt, fragt. Ich bin schließlich bezwungen. Sie ist ja ganz anders, denke ich zerknirscht; ich habe ihr Unrecht getan. Nun dreht sich der Spieß, ich bin nun die Werbende, und ich weiß nicht, wie ich mein Schuldgefühl loswerden soll. Goutiere und verwöhne sie. Finde mich nicht nur damit ab, daß du sie sehr lieb hast, sondern verstehe es, freue mich sogar, wenn du sie mitbringst, worüber ich mich ja anfangs sehr geärgert habe. Da wäre ich lieber mit dir allein gewesen. So geht es eine Weile, und plötzlich ist es aus. Sie kommt nicht mehr. Aus ist es. Verstehst du das? Kannst du es mir erklären? Ich warte, bin beunruhigt, unterbreche meine Arbeit und rufe sie an. Die Gnädige sei ausgegangen, sagt die Person, die dort putzt. Krank gewesen? Aber nein, bestimmt nicht – und so weiter. Ich habe mindestens vierzehn Tage gebraucht, bis es hinuntergeschluckt war...«

Ich sehe mich auf dem Sofa sitzen, das zu Frau Riemanns neuer Garnitur gehört, Sofa, zwei Sessel, langer, niedriger Tisch. Sie hat in der Diele auf mich gewartet, hat mir die neue Garnitur unbedingt zeigen wollen. Die Polster sind wie ihr Morgenrock mit großen, gräßlichen Blumen bedruckt. Auch die Tapete in diesem Zimmer hat ein Blumenmuster, und an der Wand hängt in einem verschnörkelten Rahmen ein Stillleben mit fleischfarbenen, trompetenförmigen Hängeblumen auf schwarzem Grund; schwefelgelbe Geschlechtsorgane baumeln aus den Trichtern. Das Zimmer ist hellhörig; immerzu reden irgendwo Leute, aber auch Frau Riemann redet ununterbrochen. Es sei das ehemalige Riemannsche Schlafzimmer, sie habe die Ehebetten verkauft und so weiter, nichts Besonderes, ich glaube nicht, daß ich etwas versäume, wenn ich nicht aufmerksam bin. Hinter der Wand dort muß übrigens Peter Hauks Zimmer liegen. Wenn ich nur wüßte, womit ich Frau Riemann meinerseits ein wenig unterhalten könnte. Sie blickt mich erwartungsvoll an, es ist schrecklich, lauernd blickt sie mich an. Wie kann ein Mensch, dem ich doch eigentlich gleichgültig bin, so begierig auf ein Wort von mir warten.

Ich nehme plötzlich den Geruch wahr, der hier herrscht, ein Geruch nach Krankheit, nach Tod. Ich bilde mir ein, daß er aus den fleischfarbenen Blumenkelchen dort drüben auf dem Wandbild strömt. Da erblicke ich im Spiegel neben dem Gemälde, der vielleicht noch aus der Schlafzimmerzeit stammt, ein blasses, schnüffelndes Gesicht mit verschreckten Augen, das personifizierte Unbehagen – ich – mein Gesicht. Dabei weiß ich doch, daß Herr Riemann nicht hier gestorben ist, und ich glaube auch nicht, daß die Flüche noch in den Ecken nisten, die er hier, ans Bett gefesselt, in zorniger Ohnmacht ausgestoßen hat. Die hat seine Witwe mit einer Blumentapete erschlagen; kein Hauch davon blieb zurück. Ich bin am falschen Platz, das ist es, das setzt mir zu, ich gehöre nicht hierher, ›passe‹ nicht auf Frau Riemanns neues Sofa zwischen geblümte Wände. Sie will mir Tee einschenken, aber ich halte schnell meine Hand über die Tasse: »Bitte nicht. Ich muß gehen, ich erwarte Besuch.«

»Besuch?«

Ich verstehe nicht, was hat sie nur, warum ist etwas Höhnisches, Feindseliges in ihrem Blick, das ihre Stimme Lügen straft? Bin ich nicht freundlich gewesen, habe ihre Garnitur nicht gelobt, bin auf ihren Krankheitsbericht nicht eingegangen, ihre neueste Schauergeschichte von ihrer Leber – oder war's die Galle, das Herz, das versagen will? Sie bittet mich, noch zu bleiben.

»Ich muß Ihnen doch die neuen Fotos von Ingemaus zeigen.«

Ingemaus. Das sagt sie, ohne zu erröten. Ich entsinne mich dunkel, von dieser Ingemaus schon gehört zu haben, ihrer Enkelin. Warum holt sie aber die Fotos nicht? Steht mitten im Zimmer, horcht, blickt mich bedeutungsvoll an, den Finger auf den Mund gelegt – plötzlich geht sie zur Wand und preßt ihr Ohr daran. Es ist die Wand, hinter der ich Peters Zimmer vermute.

»Was tun Sie denn?« frage ich, obgleich ich ja sehe, was sie tut.

»Psch!«

Sie horcht angestrengt, und vielleicht ist Horchen anstekkend, denn auch ich sperre unwillkürlich die Ohren auf. Darin sitzt nun allerdings schon seit einigen Minuten Irinas Stimme, die sich natürlich lustig machen würde über mich, wie ich artig hier hocke. Ich höre sie lachen. Ich lebe ja oft mit dieser Stimme im Ohr.

Plötzlich begreife ich. Es ist nicht ihre Stimme in meinem Ohr, es ist sie selber, Irina, die ich höre. Sie vergnügt sich nebenan mit Peter. Das Bett knarrt. Sie stöhnen.

Ich wundere mich über mich, es tut weh, aber nicht zu sehr, nicht so, daß es unerträglich wäre. Ich bin wie eine Kranke, die den ersten Schritt zur Genesung tat, ohne recht zu wissen wie. Der Kopf ist noch heiß, aber das Fieber fällt. Ich bin dem Widersacher in mir entgegengetreten, das ist es, das wirkt sich aus. An meinem Gefühl für Irina hat sich ja nichts geändert.

Ich sehe Frau Riemann, die sich langsam nach mir umdreht und mich anblickt. Es gelingt ihr nicht, ihren Triumph zu verbergen, der mich allerdings nur müde macht. Ich bin auf einmal furchtbar müde, kann mich kaum aufrecht halten.

Daran sind nicht Peter und Irina schuld, sondern Frau Riemanns Bosheit. Bosheit macht müde. Du bekommst sie so satt, daß du sie gar nicht mehr wahrnehmen magst. Was will die Person noch? Ihre Lippen, ihre Bäckchen zittern. Ich verstehe, sie versucht mir zu sagen, daß sie es für ihre Pflicht gehalten habe und so weiter. Übrigens sei Herr Hauk natürlich nur der Verführte, die SCHULDIGE sei sie – so ähnlich. ›SIE‹, höre ich – mit drei Ausrufungszeichen.

»Wirklich, Sie tun mir leid.«

Verschwinde. Ich bin draußen, ehe sie ihr Mitleid genauer ausdrücken kann. Ich renne über die Diele, durch einen schmalen Korridor.

»Ihre Handtasche! Nehmen Sie doch Ihre Handtasche mit!« ruft Frau Riemann hinter mir her, aber ich bin schon in meinem Zimmer. Tür zu. Häng die Handtasche an die Klinke, oder wirf sie aus dem Fenster, ich öffne nicht.

Ich weiß nicht, wie lange ich auf meinem Bett gelegen und ins Leere gestarrt habe. Irina ist gekommen und hat mich, als wäre ich ein kleines Kind, das schlafen soll, in den Armen hin- und hergewiegt. Da habe ich plötzlich gewußt, was UNSCHULD ist. Sie, Irina, was immer sie tut, ist unschuldig. Wenn sie bei Peter war, so ist sie jetzt bei mir, ist ihm entkommen, hat sich nicht verloren. Wie sagte aber Lene Andras: Keiner entkommt.

Die Augen fallen mir zu. Schlafe, murmelt Irina, und ich gehorche. Plötzlich schlage ich – im Schlaf, im Traum – die Augen wieder auf, da bin ich aber schon weit fort in einer fremden, nein, nicht doch, in einer vertrauten Welt, gehe zwischen schwarzbraunen, mit Pflanzen- und Tierreliefs bedeckten Wänden: das Moor, ich bin im Moor. Es war aber Irina, die die moorigen Wände hinabgeglitten und im Moor verschwunden ist – ich rief: Komm zurück! Gleichviel. Sie oder ich, das spielt keine Rolle. Ich befinde mich allerdings schon sehr lange hier, unermeßlich lange. Ich muß tot oder ohnmächtig gewesen sein oder tief, wie eine Tote, geschlafen haben. Warum aber, wieso, was suche ich hier, und kann ich denn atmen, wo keine Luft ist? Es kommt mir eine dumpfe Erinnerung an etwas Entsetzliches, etwas Grauenvolles, das draußen – droben – vor langer Zeit geschah, ein Röcheln und

Ersticken rings um den Erdkreis, ein langsames, furchtbares Leiden und Sterben, Qual –

Da hat das Leben aufgehört. Die Erde ist kein schöner blauer Stern mehr gewesen, sondern so, wie es in der Genesis vom Anfang heißt: wüst und leer. Sie zieht ihre Bahn, rotiert, eine aufgezogene Maschine, die keiner mehr anhalten kann, um ihre Achse – ich aber bin gerettet worden. Ein Sternbild, unser Sternbild, das Sternbild der Freundinnen, ist über mir aufgegangen. Es gibt die alte Verheißung – wer sagte das? DIE MENSCHEN SOLLEN GERETTET WERDEN.

Nun sehe ich auch andere Gerettete, eine besonders, eine, die ich kenne, die ich liebe – wie hieß sie doch? Vergessen. Ich habe ihren Namen vergessen, wie seltsam, aber nun richte ich meinen Blick fest auf die schattenhafte, in bräunlichen Nebeln wabernde Gestalt, fixiere sie so scharf, daß mir Tränen in die Augen schießen, und plötzlich weiß ich, wer sie ist, wie sie heißt: »Irina!« rufe ich, und sie hört mich, bewegt sich auf mich zu, schwimmt auf mich zu. Es sind unverkennbar Schwimmbewegungen, die sie mit ihren Händen und Füßen macht. Sie gewinnt Boden unter den Füßen und stellt sich darauf, richtet sich auf, schreitet durch das schwere, moorfarbene Element, Luft oder Wasser, das uns umgibt, schiebt es nur sanft mit den Händen zurück. Sie ist sehr groß, eine Riesin ist sie, und wie grau sie aussieht, wie bleich, es muß lange her sein, daß sie in der Sonne war. Ich erschrecke: Sie ist steinalt. Da bin ich am Erwachen, sehe aber nun eine zweite steinalte Riesin auf mich zuschweben. Ich denke noch: Das ist Lene Andras – da verliere ich die Traumbilder aus dem Sinn. Erst eine Weile später kehren sie zurück, zögernd zuerst – dann kehrt auch meine Angst zurück. Ich betaste mich in meiner Angst, mein Gesicht, meine Hände, die Brüste, den Leib – auch ich bin furchtbar groß und schwer und steinalt. Wir blicken einander an unter unseren schlafschweren Lidern, drei Steinalte im Moor, die warten – worauf? Sie warten und warten und warten. Warten auf das dritte Jahrtausend oder auf das vierte. Dann soll die Erde wieder bewohnbar und lebendig werden, ist uns vor langer, langer Zeit versprochen worden – wir haben vergessen, von wem. Dann müssen wir neue Menschen gebären, sagt Lene Andras, und das kommt mir närrisch vor – drei Steinalte! Ich möchte lachen, aber das geht nicht im Schlaf, es ist qualvoll, ich will aufwachen und sinke noch einmal zurück. Da geschieht etwas Wunderbares. Irina wird wieder jung, wird Zug um Zug unter meinen staunenden Augen jung. Allerdings schläft sie dabei – oder ist es Igor, der dort liegt und tief schläft? Eine Knabengestalt, nein, ein Mädchen, Igor, Irina, ihr archaisches Lächeln. Wer aber bin ich, woher fließt mir Kraft zu, daß ich ihre Hand nehme und sie – ihn – anhauche und aufwecke: Steh auf! Und sie – er – erhebt sich, wir steigen hinauf...

Ich beobachte ihr Treiben mit Verwunderung, wie sie sich in hektische Erregungen hineinsteigert, in falsche, irre Gefühle. Mit Fragen beginnt es. Ich denke, es muß sie interessieren, wenn sie immer wieder, Tag für Tag, damit anfängt, und erzähle ihr also, was ich von Lene Andras weiß oder vielmehr, daß ich nichts weiß, fast nichts. Es braucht nur ein Herr namens Adebar seinen Witz funkeln zu lassen, und schon verzage ich. Aber vielleicht hat Lene inzwischen eine Spur gefunden, ist einer Erklärung der Greuel nähergekommen, für die sich die Historiker nicht besonders interessieren. Frauen, du lieber Gott. Die Epoche hatte Bemerkenswerteres aufzuweisen als die Leiden der Frauen. Mit keinem Wort deute ich an, daß Irina ja selber zu ihr gehen, mit ihr sprechen, sie vielleicht versöhnen könnte – das versage ich mir. Plötzlich begreife ich dann: Irina sucht Stoff und Nahrung für die Eifersucht, mit der sie mich neuerdings verfolgt. Nur deshalb fragt sie unermüdlich nach Lene Andras, hetzt und ist nicht kleinlich, gibt sich nicht mit koketten kleinen Sticheleien ab, steht vor mir in ihrem schwarzen Hosenanzug, der ihre Blässe und Blondheit noch zarter macht, groß und tragisch steht sie da, ein Opfer meiner Bosheit, meiner Falschheit, und beschuldigt mich hemmungslos: der Treulosigkeit, der Scheinheiligkeit, des Verrats.

»Du liebst sie. Gib es zu. Leugne nicht. Sie ist interessanter als ich, hat dir mehr zu bieten. Seit wann betrügst du mich mit ihr?«

Wie merkwürdig falsche Worte klingen, wie durch einen

Trichter gesprochen. Aber die Tränen, die aus ihren großen offenen Augen quellen, sind über jeden Zweifel erhaben.

»Ich hasse sie. Schon lange fühle ich, daß sie sich zwischen uns drängen, mir deine Freundschaft rauben will.«

›Rauben‹. Wie merkwürdig allein das Wort rauben klingt. »Ist sie wirklich sterbenskrank? Wieso hat sie Gäste, wenn sie so krank ist? Du sagst nur, sie sei krank. Ich soll Mitleid mit ihr haben oder soll denken: Eine Kranke taugt nicht zum Küssen.«

Das sagt sie mit böser, zynischer Zunge. Ich starre sie an. Sie hat mir gar nicht zugehört. Ich habe gesagt, ich dachte, sie sei krank, als ich sie stöhnen hörte – von ›sterbenskrank‹ habe ich überhaupt nicht gesprochen.

Sie schluchzt.

»Du gehörst mir. Immer. Ich muß wissen, daß du immer mir gehörst.«

Es schwirrt in meinem Kopf, sticht, hämmert: der grausige alte Wahn – Joachims Wahn, meiner, Klemens Kroß' Wahn, eifernder Kehrreim, immer und immer wieder gesungen, geweint, geschrien, gestöhnt: Mir gehörst du! Mir! Wird er nie zur Ruhe kommen, nie aufhören, nicht einmal in uns? In ihr. Von mir ist nicht die Rede, ich bin ruhig, heule nicht mit, horche nur zu ihr hin, in sie hinein, und auf einmal weiß ich, warum sie mich peinigt: Sie kann nicht mit ihm gehen, wenn ich nicht schuld bin. So ist es. Ich muß vorher, muß zuerst etwas zerstört haben.

Sie hat mich in unseren letzten Tagen nicht allein gelassen, ist immer bei mir gewesen, in jedem wachen Augenblick, und auch wenn ich schlief, ist sie gekommen, ist in allerlei Vermummungen durch meine Träume gegeistert, und wenn ich aufwachte, war sie neben mir oder saß auf dem Bettrand, mitten in der Nacht, frisch vom Wind, vom Mond – küßt mich und verschwindet. Sie hat auf etwas gewartet, das ich noch sagen, noch tun sollte. Voll Angst und Ungeduld hat sie gewartet, und ich habe sie dann ja auch verstanden. Sie brauchte meine Absolution.

Danach ist sie ruhiger geworden. Ich aber stelle mir vor, wie ich wieder auf ihre Rückkehr warten und hoffen und nicht verzweifeln werde. Ich sehe mich bei Lene Andras sitzen und ihr zuhören. Ihre Worte überraschen mich nicht mehr. Die Überhebung des Geistes. Seine Arroganz. Das absurde Dogma seiner REINHEIT. Seine Feindschaft zum FLEISCH, zum Leib, zur lebendigen Materie. Die wirke ihn ja erst hervor. In ihr sei und werde er. Jajaja, murmele ich und horche in mich hinein. Schon stellt sich ein leichtes Schwindelgefühl wieder ein, ein fernes, immerwährendes Summen und Sausen in meinem Kopf, eine Leichtigkeit, Heiterkeit. Freudig blicke ich jedem sich nähernden Gesicht entgegen. Sie ist es nicht, noch nicht, aber ich lasse mich nicht entmutigen. Sie kann es ja noch gar nicht sein. Es ist noch zu früh. Aber bald, morgen vielleicht, nächste Woche. Wenn sie trotzdem morgen und übermorgen nicht kommt und auch nicht am Tag danach, wenn sie tatsächlich, was ja möglich ist, in der nächsten Woche noch nicht kommt...

Noch einmal die irre Empfindung, mein eigener Schatten zu sein, ein Widerwille auch, ein Ekel, frierende, faserige Gedanken. Aber die Empfindung ist kraftlos geworden. Mit Verwunderung stelle ich fest, daß sie mich nicht überwältigt, nicht umschmeißt, mir nicht den Blick verstellt. Ich muß daran denken, wie die Tassen vom Tisch fallen wollten, damals, im Vorgarten der Kneipe, als ich mit Herrn Striese Kaffee trank. Sie fielen nicht, sie wackelten sich zurecht. So ähnlich geht es jetzt mir. Die Welt um mich herum, die ins Gleiten und Rutschen geraten war, ich selber, die Gesichter, die zu Fratzen wurden – nicht mehr schief und wankend, nicht verzerrt. Ich blicke Irina an, fühle ihren Blick auf mir wie Balsam, aber sie versteht nicht, etwas an mir irritiert sie: »Was ist los mit dir? Du machst mich nervös.«

»Nervös? Dazu ist kein Grund. Mir ist einiges klargeworden. Wir müssen uns nicht ängstlich aneinanderdrücken, nicht ducken. Sei nur ruhig. Ich lasse dich nicht zurück.«

»Du? Du läßt mich nicht? Ich bin es, die gehen will, und du sagst, du läßt mich nicht...«

»Ja, es klingt verrückt.«

»Hör auf, dich lustig zu machen. Ich bin unruhig, ganz zerrissen.«

»Ich mache mich nicht lustig.«

»Das fetzt mich hin und her. Du – er. Du – er. Du – er.«

»Einmal schrieb ich dir, unsere Freundschaft schließt nichts aus, nichts und niemand.«

»Das hast du mir nicht geschrieben.«

»Doch. Du hast allerdings den Brief nicht bekommen.«

»Was denn? Ich habe einen Brief von dir nicht bekommen?«

»Ich habe ihn zerrissen, aber er gilt noch.«

»Du – du selber bist schuld. Du hast mich auf Peter neugierig gemacht. Ich war schon in ihn verliebt, als ich ihn noch gar nicht kannte. Und dann wollte ich ihn erleben, wie du ihn erlebt hast. Erinnere dich nur! Ein Wunder, sagtest du, ein Fabelwesen. Anders als die Männer, die du kanntest. Ein Mann, der auch eine Frau sei...«

»Ist er denn nicht liebenswert?«

»Doch. Das weißt du selbst. Du hattest natürlich recht. Er war nicht wie dein Joachim, und er ist nicht wie Kroß. Nur...«

»Nur?«

»Wenn er der Mensch wäre, den du in ihm gesehen hast, hättest du ihn nicht sausen lassen.«

»Darüber will ich nicht nachdenken«, sag' ich erschrocken.

Es ist vorher gewesen, vor dem Anruf einer fremden Männerstimme aus der Stadt Nürnberg, einer Stimme, die mir etwas Unfaßbares mitteilte: Laura, meine kleine Schulfreundin aus der Parallelklasse, die ich nie wirklich vergessen habe, auch wenn ich nicht an sie dachte – ich habe tatsächlich nicht oft an sie gedacht, fast nie, trotzdem wußte ich sofort, von wem der Mann sprach –, Laura sei gestorben, sagte die Stimme. GESTORBEN. Ich erfuhr nicht, woran, an welcher Krankheit. Irina, die noch nichts davon weiß, gibt sich die Schuld an meiner Traurigkeit und will mich trösten. Sie fängt es ungeschickt an, trägt zu dick auf. Ihr Gefühl für Peter sei schon ermattet, ein Strohfeuer, das niederbrennt. Sie spüre das Ende voraus, das häßlich sein werde wie stets, und tue es trotzdem, gehe trotzdem mit ihm fort. Ich starre sie an. Ihre Augen sind wie blind. Plötzlich spüre ich in allen Nerven die verzweifelte Wahrheit hinter ihren Worten.

»Es ist sinnlos und dumm. Er kann meine Erwartung nicht

erfüllen. Sie hat auch keine Kraft mehr, nichts Mitreißendes. Warum tue ich Dinge, die mich und dich unglücklich machen? Das heißt: eigentlich nur im Augenblick. Auf die Dauer machen sie uns nicht unglücklich, das glaube ich nicht. Kann das ein Trost sein? Ich gehe ja nur eine kurze Zeit mit ihm, bis das letzte Fünkchen erloschen ist. Ich weiß, es ist schrecklich mit mir, ich bin schwer zu ertragen. Immer muß ich erst wirklich und endgültig genug haben, eher geb' ich keine Ruh. Warum kann ich nicht vorher aufhören? Jetzt? Erst muß ich dich verletzen. Dich! Verstehst du das?«

»Ich soll es verstehen. Ich!«

»Wenn ich es nicht kann, solltest wenigstens du... Ich bin ganz wirr, wie verfitzt in mich selbst. Es gibt für uns auch keine Spielregeln, an die man sich halten kann!«

»Spielregeln?«

»Wie für Hans und Grete. Die haben es leichter. Bücher, Zeitschriften, Filme, Theaterstücke – alles ist voll von ihren Geschichten. Sämtliche Möglichkeiten, in allen nur erdenklichen Variationen, werden ihnen vorexerziert.«

»Auch die wirklichen?«

»Du spottest, aber es ist doch wahr. Grete und Grete, Hans und Hans – die müssen sich, ihr Leben und ihre Liebe selber erfinden, oft gegen alle Welt.«

»Kann ihnen etwas Besseres passieren?«

»Ich weiß nicht. Ich habe ja eine Geschichte über Liebe zwischen Frauen gelesen, aber das war eine poetische Schauergeschichte. Die teuflische konventionelle Vorstellung von der Frau, die Frauen liebt: ein verworfenes Geschöpf, das dem LASTER verfällt. Ganz entmenscht, zum Un-Wesen geworden, zu einer Art Höllenvieh, kriecht sie heulend auf allen vieren. Ein Hund weicht entsetzt mit gesträubtem Fell vor ihr zurück.«

»Armer Hund.«

»Du willst mich nicht verstehen. Zwischen Hans und Grete gäbe es jetzt unüberwindliche Schwierigkeiten und Schreckensszenen. Aber wir... Lassen wir das. Sag es einfach. Sag, es ist recht, geh nur mit Peter. Bitte, sag es! Ich sterbe, wenn du nicht...«

»Irina, ich bin zu müde für solche Spiele. Und sag nicht: Ich sterbe. Das kann ich nicht hören, nicht heute.«

»Was soll das heißen: nicht heute? Was meinst du damit? Ist es denn nicht auch für dich wichtig, daß ich die Feuerprobe bestehe? Ich muß durch. Danach werde ich frei sein – für dich und für mich selbst. So wie du es uns immer gewünscht hast.«

»Geh also mit Peter.«

»Wirst du sehr traurig sein?«

»Nein. Sei still. Hör auf mit deinen Grausamkeiten.«

»Nein, sagst du? Du wirst nicht traurig sein?«

»Du wirst nicht fort sein.«

»Nein. Nicht aus dir. Und bald, eher, als du denkst, bin ich wieder hier. Ich halte es ja gar nicht aus ohne dich. Das habe ich schon einmal versucht, und es ging nicht. Habe ich dir aber gesagt, wie wunderbar es war, zu dir zurückzukehren? Ich muß kommen. Wenn ich leben will, muß ich kommen. Laß mich nur eine kurze Zeit mit ihm allein. Hier ist es nicht möglich, aber wenn wir wegfahren... Es wird schnell vorbeisein, und dann fangen wir von vorn an, du und ich, ohne Peter, ohne Kroß. Wir werden alles anders machen, besonders ich werde alles anders machen. Arbeiten werde ich, lernen, einen Beruf lernen. Gefällt dir das? Wirst du auf mich warten?«

»Ich warte.«

»Sag, daß du dich nicht verlieben wirst! Doch, doch, das kann passieren. Was mir passiert ist, kann auch dir passieren. Es muß nicht Lene Andras sein, nicht unbedingt eine Frau.«

»Ich werde mich nicht verlieben.«

»Nein? Es ist natürlich nicht gerecht, wenn ich dich darum bitte.«

»Ich sage trotzdem nein.«

»Sag auch, daß ich immer kommen kann, wann immer ich will, jeden Tag, jede Stunde. Nachts...«

»Du kannst jederzeit kommen, das weißt du doch.«

»Sag, du wirst immer für mich dasein.«

»Ich bin immer für dich da.«

Jetzt endlich ist sie still. Bin ich eingeschlafen? Ich habe ihre Wärme, ihre WAHRHEIT eingesogen, und ich habe mich meiner Gedanken und Gefühle in den letzten Monaten geschämt, aber das alles versandete in meiner großen Erschöpfung. Wenn ich die Augen aufschlage, ist Dämmerung, eine geisterhafte, milchig-blaue Dämmerung, als wäre mitten im Sommer Schnee gefallen. Das hat nicht nur mit Irina zu tun, sondern auch mit Laura. Bis der Anruf ihres Mannes kam, habe ich nicht an sie gedacht, aber nun denke ich an sie, und ich will und will nicht begreifen, daß das Unvorstellbare wahr sein soll. Laura gestorben. Tot. Niemand ist so lebendig gewesen.

Habe ich es laut gesagt? Nicht laut, es kann nur ein Flüstern gewesen sein, aber Irina ist es nicht entgangen. Während ich schlief, mich in die Worte hineinträumte, die wie finstere Sterne über mir stehen: Laura tot, Irina fort – während ich darüber wegsackte, hat Irina über mich nachgedacht, hat meine Antworten abgetastet – karge Antworten.

»Du warst sehr einsilbig. Ich rede und rede, und du sagst fast nichts. Bitte, was ist los?«

Ich erzähle ihr also von dem Anruf, den ich bekommen habe, erzähle von Laura, eine Geschichte, die keine ist, die nur der Anfang und das Ende einer Geschichte ist. Das Leben dazwischen, Lauras Leben, kommt ja nicht darin vor, nur daß EWIGE FREUNDSCHAFT das mindeste ist, was wir einander gelobt hatten. FREUNDSCHAFT BIS IN DEN TOD. Unsere Briefe wurden trotzdem immer spärlicher.

»Wie ich es hielt, weiß ich nicht mehr genau«, erzählte ich, »aber ich habe ihr bestimmt hin und wieder geschrieben. Von ihr bekam ich gelegentlich eine Postkarte mit Grüßen, zuletzt eine bunte Ansichtskarte von ihrer Hochzeitsreise. Darauf stand weder ihr neuer Name noch ihre Adresse. Ich glaube, ich habe an die alte geschrieben, die in Nürnberg. Ja, so war es, ich erinnere mich jetzt: Der Brief kam zurück. Vielleicht war ihr Vater wieder einmal in eine andere Stadt versetzt worden. Es ist lange her, vierzehn oder fünfzehn Jahre, und nun ist sie gestorben. Laura ist gestorben. Das sagte mir vorhin, als ich nach Hause kam, eine erfrorene Stimme am Telefon. Es war ihr Mann, der anrief. Ich hätte vielleicht aufgelegt, wenn die Stimme nicht so klanglos, so sonderbar trocken und ganz gefühllos gewesen wäre. Früher hätte mich eine solche Stimme abgestoßen, aber heute... Mit der Zeit entwickele ich ein sicheres Gespür für Schmerz.«

Irina will genau wissen, was der Mann gesagt hat, wörtlich, bitte. Ich glaube, den Wunsch kann ich ihr erfüllen. Ich höre die Stimme noch, die harten Sätze, wie Schläge auf mein Herz: »›Laura ist tot. Ich soll es Ihnen ausrichten. Ich bin ihr Mann. Kurz bevor sie starb, trug sie mir auf, Sie anzurufen. Sag ihr: Laura ist tot. Schade, nicht wahr? Nein, antworten Sie nichts. Ich will nicht wissen, was Sie denken und empfinden. Laura hat nie von Ihnen gesprochen, kein Wort. Aber seit sie begriffen hat, daß sie sterben würde, wollte sie unbedingt eine Verbindung zu Ihnen herstellen. Das ist ihr ungeheuer wichtig gewesen. Sonst interessierte sie gar nichts mehr, nichts und niemand. Nicht besonders erhebend für mich und die Familie. Sie gab mir einen Zettel mit Ihrer Telefonnummer, den ich leider in der Aufregung verlegt haben muß – er war auch völlig zerknittert. Wer weiß, wie lange sie ihn schon in ihrer Handtasche herumgetragen hat. Erst heute fand ich ihn wieder. Sie ruht jetzt schon über drei Wochen unter der Erde.‹ – Schluß. Er legte auf. Ich habe nicht ein Wort mit ihm sprechen können, nur am Anfang, als ich mich meldete, habe ich meinen Namen genannt.«

Ich blicke auf, verwirrt, als hätte Lauras Mann noch einmal angerufen. Auch Irina ist ganz verstört, wie verwandelt ist sie, weich – weint sie? Sie hat doch Laura gar nicht gekannt, Laura war meine Schulfreundin, nicht ihre, und nun ist sie es, Irina, die getröstet sein will, getröstet von mir. Das ist einerlei. Du – ich: Was ist aber vor drei Wochen gewesen – vor über drei Wochen, sagte er –, was tat ich, woran dachte ich? Bin ich mit Irina durch die Stadt gefahren, habe telefoniert, gelesen, gefrühstückt, an das Amtsgericht Tiergarten in Sachen Kürass contra Daum geschrieben? Oder starb sie nachts? Starb, während ich schlief – unter dem gleichen Himmel schlief. Starb, eine kleine Koboldin mit glatter, runder Stirn unter der Haarmähne, den Kopf voller Geschichten, einen Kiesel, eine Vogelfeder, ein Schneckenhaus in der warmen Faust. Aber sie war ja gar kein Kind, schon lange nicht mehr. Sie war eine Frau, eine Mutter vielleicht, eine Gattin.

Auch das Zimmer ist verändert. Stand der Schrank immer so dicht an der Tür? Vierschrötig, als erbittere ihn sein Los, lehnt er an der Wand. Es ist sehr still. Ich höre Irina nicht atmen. Plötzlich öffnet sich lautlos die schmale Seitentür des Schrankes, als werde sie von innen aufgeschoben, schwingt bis zur Mitte ihrer Drehweite, bleibt stehen.

»Herrjeh«, flüstert Irina. Ich sage leise: »Das passiert manchmal.«

Ich will ihre Hand ergreifen, aber die meine ist schwer, ich bekomme sie nicht hoch. Das ist, weil ich Irina nicht festhalten will. Selbst wenn sie es wünschte, würde ich sie nicht festhalten, nicht mehr.

»Es war ihr ungeheuer wichtig, sagte er. Sagte er ›ungeheuer‹?«

»Ja.«

»Das war nicht immer so. Es ist so geworden. Im Laufe der Jahre, während der Liebesgeschichten, die sie hatte, und in ihrer Ehe ist es immer größer, immer einzigartiger geworden. Zuletzt hat es alles andere überschattet. Nein, übersonnt. Übersonnt«, wiederholt sie, und noch einmal, leise: ÜBERSONNT – als fühle sie warmes Licht. Was ist es nur, was erschüttert sie so sehr? Sie kann damit nicht aufhören.

»Ruht in der Erde, sagte er.«

»Unter der Erde.«

»Aber er meinte: in. In der Erde.«

Ich erschrecke, sie jagt mir Angst ein. Wenn ich nun, nur weil ich ihr von dem Anruf erzählen mußte, Gedanken an den Tod, Sehnsucht nach ihm, in ihr ausgelöst habe… Er kann auch ein Freund sein.

Wie sanft das klingt, wie gut: Ruht in der Erde. Ruht. Und Irina liegt still neben mir, viel zu still. Sie ist aber nicht zufrieden mit der Vorstellung von Lauras Todesschlaf im Grab. Sie will wissen, wo Laura WIRKLICH ist. Darauf weiß ich keine Antwort. Wurde uns der Lebenswille nur eingepflanzt, damit der Tod ihn breche? Es ist absurd. Je unbändiger der Trieb, desto größer der Triumph des Todes. Dann hat es sich gelohnt für ihn, sagt Irina, dann hat er was zu knacken gehabt. Ich erinnere mich eines Traumbildes, das mir einmal erschienen ist: Irina schlief. Ich folgte einer verschollenen Spur, IHRER Spur. Da sah ich die Toten in ihrer Obhut. Auf meinen ausgestreckten Händen reichte ich ihnen die Schale mit Milch und Mohn.

Plötzlich umschlingt mich Irina. Sie schreit. Ein Geheul bricht aus ihr. Sie hat nicht von Selbstmord geträumt, von gestillter Unrast, von Frieden, von der letzten, der wahren Freiheit. Sie hat überhaupt nicht an ihren Tod gedacht, sondern an den meinen. Ich horche erstaunt: Laura war in deinem Alter, und sie starb. Wenn nun auch du...

Sie weint laut auf, wälzt sich über mich, umklammert mich mit ihrer ganzen Kraft. Ich bin naß von ihren Tränen. Ich bekomme keine Luft. Möchte lachen und kann nicht. Wäre es aber nicht billig, jetzt zu sagen: Ja. Wenn du nicht bei mir bleibst, sterbe ich – so wie sie sagte: Ich sterbe, wenn du nicht... Nein. Ich bringe es nicht über mich. Sie wird mit ihm gehen. Für eine kurze Zeit nur, sagte sie, aber sie wird gehen, und ich halte sie nicht zurück. Das ist allerdings nichts Besonderes; ich habe keine Ursache, darauf stolz zu sein, denn ich weiß es ja nun: Ihr Versprechen war kein billiges Trostpflaster. Wenn sie mich auch jetzt verläßt – bald werden wir wieder zusammensein. Dann werden wir einander nicht wieder allein lassen in unserem stillen, erbitterten Ringen um unser Selbst.

Sie liegt jetzt sanft an meiner Seite, weich, ganz gelöst. Ihre Berührung ist leicht, ein Hauch. Ihre Haut empfindet die meine nicht als fremd. Wenn es nicht ihr Wille wäre, der sie mir zurückbrächte, würde es ihre Haut sein. Sie verlangt nach der meinen. Zuerst kommt aber die blutige Verletzung der Trennung. Haut von Haut, das tut sehr weh. Sie wird weinen, und ich kann den Schmerz nicht stillen.

»Wann?« frag' ich sie leise.

Sie legt ihre Hand auf meinen Mund.

Epilog mit Klemens Kroß

Von seinem Balkon aus sieht Klemens Kroß seine Frau, einen kleinen Koffer in der Hand, aus der Haustür treten und in Richtung Garage gehen. Es ist ein heller Augustmorgen mit Sonne auf der einen und scharfen Schatten auf der anderen Seite der Straße. Irina trägt Hosen und den langen, schlampigen Pullover, den er nicht leiden kann. Sie schleicht an der Hauswand entlang, schlapp, mit hängenden Schultern und eingezogenem Kopf, als fürchte sie, er werfe ihr einen Blumentopf nach. Er ärgert sich; es geschieht noch immer, daß sie plötzlich vergißt, wer sie ist: *seine* Frau, und bewegt sich wie eine gramgebeugte Alte! Vor der Garage dreht sie sich um und winkt, das versöhnt ihn ein wenig, und dann rollt der rote Wagen, den er ihr geschenkt hat, aus dem Garagentor, hält einen Augenblick an der Ecke, wo vermutlich Stefanie einsteigt, die in Hamburg etwas für ihren Chef zu erledigen hat. Er kann sie allerdings vom Balkon aus nicht sehen. Sie fahren los. Er seufzt, ein Opfer seiner Großzügigkeit. Hätte Stefanie nicht ebensogut mit der Bahn fahren oder fliegen können? Er geht in die Küche, trinkt noch einen Kaffee, liest die Morgenzeitung. Ein paar langweilige Tage stehen ihm bevor. Er freut sich auf den Anruf aus Hamburg, den er heute abend, spätestens morgen früh, erwartet.

Es ist kein Anruf gekommen, auch keine Postkarte, nichts. Klemens Kroß hat sich im Münzenzimmer eingeschlossen, das auch als Empfangszimmer für besondere Kunden dient, einem holzgetäfelten, mit Ledersesseln und einer Bar ausgestatteten Raum über der Buchhandlung. Kroß hat die Jalousien heruntergelassen. Die Münzen auf Samtkissen in Glasvitrinen glänzen im Halbdunkel. Reglos, mit von sich gestreckten Beinen, sitzt Kroß an einem kleinen Tisch und zwingt sich zur Ruhe. Irina ist seit sechs Tagen unterwegs. Seine Nervosität und Reizbarkeit sind unerträglich geworden. Warten, nichts unternehmen, sie nicht einmal zur Rede stellen und ihr ihre Pflichtvergessenheit bewußt machen können, die sie vielleicht gar nicht als solche empfindet. Sich vorstellen müssen, daß sie vergnügt und gedankenlos irgendwo umherstrolcht mit neugierigen Augen, nicht mehr schlapp und matt, ganz und gar nicht müde, von keinem Kopfweh gepeinigt und vielleicht auch nicht allein mit Stefanie – das frißt an ihm, raubt ihm Schlaf und Appetit. Hat Stefanie einen Bären aufgebunden, die glaubt ihr ja alles, hat gesagt, sie hätte mit mir telefoniert, es ginge mir gut: Mach dir nur keine Sorgen um ihn, er hat nichts dagegen, daß ich länger bleibe.

Er stöhnt. Seine Angestellten machen sich über ihn lustig. Schadenfreude glitzert in Fräulein Husseks Reptilaugen, wenn sie mit heuchlerischer Miene nach Irina fragt. Er hält die Hitzewelle, die Berlin heimsucht, für eine eigens an ihn adressierte Plage. Seine Verdauung funktioniert nicht. Zu Hause gibt es Ärger mit der Putzfrau, einer impertinenten Person. Seit Jahr und Tag säubert sie die Wohnung, aber er hat sie nicht beachtet, wußte nicht, daß sie widerspenstig ist, sich ›von einem Mann nicht herumkommandieren‹ läßt, Krampfadern hat: ›*Frau* Kroß nimmt Rücksicht auf meine Beschwerden!‹

Nachts steigern sich seine schlimmen Ahnungen zu einem Katastrophengefühl, und er hat in Berlin keine Freundin mehr, die er anrufen kann; sogar Sabine hat er ›abgeschafft‹, als er heiratete. Soll er versuchen, sie zu erreichen? Es lohnt sich nicht. Seit sie fort ist, will er nur Irina. Mit Sabine wüßte er nichts anzufangen.

Die Zeit schleicht weiter. Kroß, der die halbe Nacht wachgelegen hat, blättert gelangweilt im Katalog einer Kunstausstellung. Er kann von seinem Arbeitstisch im Hintergrund des Ladens über Büchertürme hinweg an dem querstehenden vorderen Regal vorbei nicht mehr von ihr sehen als etwas Haar und Profil und die rechte Schulter, auf der der Riemen ihrer Hängetasche liegt, aber er zweifelt keine Sekunde, denkt erstaunt: Vor dem Schaufenster steht Stefanie.

Stefanie?

Er springt auf. Sie geht schnell weiter.

»Stefanie!«

Er schiebt eine Dame beiseite, und dann tritt er einem Hund auf die Pfote, der vor der Ladentür wartet. Der Hund jault auf. Eine kleine grauhaarige Frau stürzt aus dem Laden und trommelt Kroß mit winzigen Fäusten auf die Brust. Plötzlich läßt sie von ihm ab – hat vielleicht begriffen, daß er sie kaum wahrnimmt. Er steht da und sucht Stefanie unter den Menschen, die die Straße hinauf- und hinuntergehen. Sie ist spurlos verschwunden. Verstört kehrt er um. Drinnen im Laden sprechen Fräulein Hussek und Herr Strehlitz lebhaft mit einer aufgeregten Dame. Fräulein Hussek tippt sich an die Stirn, und er weiß natürlich, was das bedeutet, hat das unangenehme Gefühl, er sei gemeint. Herr Strehlitz lacht selbstgefällig. Die Dame redet und redet; ihr Mund schließt sich keine Sekunde lang. Es sieht aber vielleicht nur sonderbar aus, weil er draußen nicht hören kann, was sie sagt.

Er wischt sich den Schweiß von der Stirn. Es ist närrisch, sie kann es gar nicht gewesen sein. Stefanie in Berlin und kommt nicht, fragt nicht, wie ich mich zurechtfinde, allein in der großen Wohnung, wer für mich sorgt, ob sie etwas für mich tun kann – das ist undenkbar, absurd. Es bringt ihn aber auf den Gedanken, bei ihr anzurufen. Sie kann ihrem jungen Mann – wie heißt er doch, irgend etwas Albernes, Pitt, richtig – kann Pitt oder der Frau Riemann, der sie allerdings nicht nahesteht, eine Hamburger Adresse hinterlassen haben.

Sein Anruf wird nicht beantwortet. Jemand nimmt den Hörer ab und schweigt.

»Ist dort Frau Riemann? Sind Sie Herr Pitt?«

Schweigen. Leises Atmen. Horchen.

Es ist zu dumm. Er hat etwas so Dummes noch nicht erlebt. Sein Blutdruck steigt in gefährliche Höhen. Wütend wirft er den Hörer auf die Gabel.

Eine schwüle Sommernacht mit an- und ab- und immer von neuem anschwellendem Autoterror auf der Straße, eine bedrückende, wahnsinnig machende Nacht. Kroß hat sich die Sachen vom Leib gerissen und tappt nun, leise keuchend, auf nackten Sohlen durch die Wohnung. Es ist ein bestimmter Schlafanzug, den er sucht, ein dünner, seidener, den er vielleicht auf seiner fetten, schnell schwitzenden Haut ertragen kann, aber er findet ihn nicht, natürlich nicht, nichts liegt dort, wohin es gehört. Er fegt Socken, Hemden, Unterhosen und Taschentücher aus seinen Wäschefächern. Da läutet das Telefon. Er reißt den Hörer von der Gabel: Sie ist es, endlich! Er atmet tief auf.

»Wo steckst du, warum hast du nicht angerufen, wieso kommst du erst heute zurück...«

Er horcht angestrengt, versteht aber nur, daß sie nicht aus Berlin und auch nicht aus Hamburg, sondern aus München anruft.

»München? Wieso München, wie kommst du nach München, was tust du dort?«

Er beißt sich auf die Lippen. Ich darf sie nicht einschüchtern, nicht jetzt. Sie wird nicht antworten, wenn ich sie zu sehr erschrecke. Manchmal ist sie vor ihm zurückgezuckt, als fürchte sie, er werde sie schlagen, dabei hat er doch nie, auch nicht, wenn sie ihn reizte und quälte... Aber jetzt ist sie nicht ängstlich, ihre Stimme klingt ganz und gar nicht zaghaft, auch nicht müde, nein, fremd klingt sie, wie die Stimme einer Unbekannten. Sie sei nicht mit Stefanie gefahren, sondern mit Peter, sagt sie ruhig.

»Mit wem?«

Das sollte nicht drohend klingen, trotzdem ärgert es ihn, daß sein Ton sie nicht beunruhigt.

»Mit Peter Hauk. Du kennst ihn.«

Hauk. Peter Hauk. Er kennt keinen Peter Hauk, aber er will die Angelegenheit jetzt in den Griff bekommen. Lauter als nötig, fest, jawohl, mit Nachdruck und Autorität befiehlt er ihr, augenblicklich ihr Köfferchen zu packen und nach Hause zu kommen. Er wiederholt es energisch: »Nach Hause, wohin du gehörst.«

Danach sollte er auflegen. Er hat Erfahrung mit Befehlen. Sie verlieren an Wirkung, wenn ihnen etwas hinzugefügt wird. Andererseits war es Unsinn, ›augenblicklich‹ zu sagen. Sie ist mit dem Wagen unterwegs. Er würde ihr niemals erlauben – oder gar befehlen –, nachts zu fahren. Da hört er sie lachen – leise nur, aber er hört es und will seinen Ohren nicht trauen – täuscht er sich auch nicht? Nein, sie lacht, und das irritiert ihn mehr als alles, was sie zu sagen hat, obgleich auch das ihm genügen sollte, es ist mehr als genug.

»Bei dir – das ist nicht mein Zuhause. Verzeih. Du wirst es überleben. Ich komme nicht zu dir zurück.«

»Soll das heißen, du willst dich von mir trennen?« fragt er blöd und verblüfft. Ja, das soll es heißen.

»Und wo wirst du bleiben? Bei deinem Peter Hauk?«

»Bei Stefanie.«

»Ach! Weiß sie schon von ihrem Glück?«

»Glück, sagst du – das ist es, nicht nur ihr Glück.«

»Ich verstehe nicht.«

»Ich rufe sie morgen an. Bei dir komme ich vorbei und hole meine Sachen ab.«

»Deine Sachen. Du meinst die Sachen, die ich dir gekauft habe«, sagt er, und das tut ihm aufrichtig leid, aber er muß es sagen, ja, er muß endlich die verfluchte Selbstsicherheit erschüttern, die sie sich herausnimmt. Er horcht begierig, aber seine Worte haben sie nicht gekränkt. Fröhlich antwortet sie: »Ja. Die Sachen, die du mir gekauft hast. Andere habe ich ja nicht.«

»Und du rechnest mit meiner Gutmütigkeit? Fürchtest nicht, ich könnte dir Schwierigkeiten machen?«

»Eigentlich nicht. Es ist wahr, ich hänge an dem Zeug. Es geht mir wie allen Habenichtsen, die plötzlich etwas besitzen. Aber es gibt Wichtigeres. Wenn du die Klamotten nicht herausrücken willst, bitte sehr, laß es bleiben.«

»Wie sprichst du eigentlich mit mir? Was erlaubst du dir...«

»Ach hör auf. Ob du es glaubst oder nicht: Ich habe nachgedacht.«

»Na großartig. Mal was Neues.«

»Ja«, sagt sie in einem ironischen Ton, den er nicht von ihr gewohnt ist. »Ich bin ganz deiner Meinung. Gute Nacht.«

Er kann nicht mehr fragen, was mit ihr los sei, ob sie zuviel getrunken oder den Verstand verloren hätte. Es knackt in der Leitung; sie hat aufgelegt – in München, in einer Telefonzelle oder in einem lausigen Hotelzimmer.

Leidend und schwitzend hockt er vor dem Telefon, hält sich die Ohren zu, bemerkt plötzlich, daß er noch immer nackt ist, und zieht wenigstens eine Unterhose an. Nicht die Nerven verlieren! Du kennst ihre Launenhaftigkeit. Wenn ihre Stimme merkwürdig selbstbewußt klang, so hat das vielleicht an der Leitung gelegen. Kann er aber jetzt, nach Irinas Anruf, noch immer glauben, die Person vor seinem Schaufenster sei nicht Stefanie gewesen?

Er zieht die Unterhose wieder aus und nimmt eine kühle Dusche. Danach mixt er sich einen kräftigen Gin mit Tonic, Eis und Zitrone. Sein Kopf ist jetzt klar; er ärgert sich, daß er Irinas Unsinn ernstgenommen hat. Mit ruhiger Hand wählt er noch einmal Stefanies Nummer, aber seine Hoffnung auf einen Irrtum, ein Mißverständnis schwindet. Stefanie ist tatsächlich nicht mit Irina unterwegs, sondern befindet sich – QUIETSCHFIDEL, denkt er wütend – in ihrer Wohnung in Berlin-Schöneberg, nicht weit von seiner eigenen Wohnung, im gleichen Viertel.

»Ich habe schon vor zwei, drei Tagen versucht, Sie zu erreichen...«

»Ja, ich weiß.«

»Sie wissen es? Soll das heißen, Sie selbst waren am Apparat?«

»Es tut mir leid, ich konnte nicht mit Ihnen sprechen.«

»Warum denn nicht?«

Schweigen. Er horcht ungläubig, versteht nichts. Mit unbewegter Stimme fragt er: »Wer ist Peter Hauk?«

Die Antwort kommt unverzüglich, klingt aber nicht freundlicher. »Pitt natürlich. Haben Sie mich seinetwegen aus dem Bett geklingelt?«

Pitt also, Stefanies junger Mann, ihr Faktotum oder ihr Liebhaber, dem sie über die Runden half. Auf ihn wäre er nicht gekommen. Stefanie und Irina benahmen sich nicht wie Rivalinnen. Auch hätte er angenommen, es ginge um ihn, Kroß, wenn er eifersüchtige Regungen an ihnen entdeckt hätte.

»Wo ist er jetzt?«

Stefanie zögert.

»Er ist mit Irina gefahren«, antwortet sie schließlich. »Ich glaube, sie wollten nach Italien.« Und dann, auf seine Frage (seine EISKALTE Frage), wie er das zu verstehen hätte: »Irina wird Ihnen selbst erklären, wie Sie es zu verstehen haben.«

»Sie meinen, sie will mich verlassen?«

Schweigen.

»Will sich von mir trennen, sich scheiden lassen – wegen Ihrem Pitt?«

Er horcht, aber es kommt kein Wort des Bedauerns, des Mitgefühls, kein: ›Tut mir leid‹ – auch kein gereiztes: ›Er ist nicht *mein* Pitt‹, nur: »Sie wird Ihnen sagen, was sie will. Gute Nacht.«

Auch sie: ›Gute Nacht‹, und aufgelegt. Ihre Gleichgültigkeit verletzt ihn tief. Im Augenblick schmerzt sie ihn mehr als Irinas Untreue, an die er ohnehin nicht recht glaubt. Pitt. Peter Hauk. Daß ich nicht lache! Ein Versager, ein Psychopath vielleicht, einer, der ›mit dem Leben nicht fertig wurde‹ und Stefanies Unterstützung brauchte, und nun hat Irina ihn ihr ›ausgespannt‹.

Er stutzt. Die Phrasen, die sich ihm anbieten, helfen nicht. Auch merkt er plötzlich, daß er keine Vorstellung von dem jungen Mann hat, der ihm vorgezogen wird. Hat er Stefanie je mit ihm zusammen gesehen, hat sie ihn auch nur erwähnt?

Er wirft sich auf sein Bett. Etwas unternehmen, denkt er. Irina in München suchen lassen. Sie auffordern lassen, unverzüglich nach Hause zu kommen. Eigentlich gehört nicht viel Mut dazu, am Telefon aufzutrumpfen. Hätte er sie hiergehabt, Auge in Auge, es wäre ihm mit Leichtigkeit gelungen, ihr die Grillen auszutreiben. Es ist ihm noch stets geglückt, sie zum Nachgeben zu zwingen. Ihre Widerstandskraft und ihr Mut sind nicht groß. Gegen seine Körperlichkeit vermag sie nichts auszurichten – wenn er ihr zu Leibe rückt, wie man sagt; er hat es oft genug erprobt. Wie hieß doch das Wortmonstrum, das Herr Strehlitz kürzlich gebrauchte: die angemessene LEBENSBEWÄLTIGUNGSTECHNIK. Er, Kroß, verfüge über sie – verdammter Bursche, der Strehlitz, macht sich lustig. Ob mein Schlafanzug in Irinas Schrank geraten ist?

Er steht in ihrem Geruch, der aus dem offenen Schrank strömt, und dann reißt er das weiße Kleid vom Bügel, ein schmuckloses Kleid, in dem sie ihm immer besonders begehrenswert erschienen ist, kindlich, aber auch aufreizend mit ihren Augen und dem starken, lebendigen Haar, das knisterte, wenn sie es kämmte. Er preßt das Kleid an sein Gesicht, er atmet darin. Er muß von Sinnen sein. Plötzlich begreift er, was es bedeutet, daß sie ihn verlassen will. Es schlägt ihn nieder. Er wehrt sich erbittert gegen das Gefühl, etwas Einmaliges, Unersetzliches zu verlieren. HÖRET NIMMER AUF, heißt es irgendwo von irgendwas – von der Liebe oder vom Wetter, denkt er verzweifelt, denn er ist sich endlich einen Witz schuldig. Zum Teufel mit den Klamotten! Der Schweiß rinnt ihm in die Augen, aber er kann nicht aufhören, wirft Irinas Kleider, Blusen, Röcke und Hosen, ihre Jacken und Mäntel auf einen Haufen, ein Rasender, nicht aufzuhalten mit einem vernünftigen Gedanken, nicht einmal mit einem Gedanken an Irina selbst. Irina in dem schwarzen Kasack, dem moosgrünen Samtkleid, dem blauen Kleid.

Sachen. *Meine* Sachen!

Den Schlafanzug, den er suchte, braucht er nicht mehr. Keinesfalls würde er sich wegen eines lächerlichen Schlafanzugs anstrengen bei einer Temperatur, in der die kühlste Seide lästig wäre. Vielleicht hat er auch bereits den Pappkarton entdeckt, der unter einem Stoß alter Wollsachen zum Vorschein gekommen ist, aber er will ihn nicht wahrhaben, noch nicht, kann ihm ja auch nicht ansehen, was er enthält. Seine Wut verraucht so unmittelbar und lautlos, wie sie entbrannte. Die triviale Geschichte, die ihn leiden machen will: ›Frau brennt älterem Mann mit jungem Liebhaber durch‹, läßt ihn merkwürdig kalt. Sosehr er sich auch anstrengt, sein Zorn und seine Eifersucht reichen gerade so lange, bis ein Schrank ausgeräumt ist. Er fühlt sich überlegen, das ist es. Der Knabe ist keine Konkurrenz für ihn, kein Gegner, mit dem sich ein Kampf lohnte. Wie stellt er sich überhaupt das Leben mit Irina vor, ohne Beruf und Einkommen? Kann er ihr auch nur ein Dach über dem Kopf bieten? Soll sie für ihn arbeiten oder auf den Strich gehen? Wenn es zur Zeit noch auszuhalten ist, dann vermutlich auf seine, Klemens Kroß', Kosten, der ja dafür gesorgt hat, daß Irina nicht mittellos ist, blind und sentimental, wie die Weiber ihn gemacht haben. Fräulein Bronski. Kenne ich ein Fräulein Bronski?

Er starrt auf die verblaßte Tintenschrift, die plötzlich in sein Blickfeld gerückt ist. Aber ja, Bronski ist Irinas Mädchenname. Der Karton an Fräulein I. Bronski stammt aus ihrer Mädchenzeit. Absender Walter Bronski, Seelhausen, Mühlbachgasse 7. Irgendwo in der Provinz. Hinter dem Mond Nummer sieben. Wußte gar nicht, daß sie Verwandte in einem Kuhdorf hat. Der Karton enthält vielleicht alte Handschuhe, Schals, Wollmützen und dergleichen, Zeug, das niemand mehr trägt. Es ist ein unsympathischer alter Karton aus einem gottverlassenen Nest, wo Leute wohnen, die auch den schäbigsten alten Pappkasten noch einmal verwenden. Kroß würde keine Notiz von ihm nehmen, hätte sich nicht der Deckel verschoben. Aber nun sieht er die Briefe. Der Karton ist bis zum Rand mit Briefen gefüllt, mit Briefen an Irina, von denen einige noch in den aufgerissenen Umschlägen stecken – ohne Absender, aus Berlin, nicht aus Krähwinkel oder wie das Nest hieß, manche auch ohne Briefmarken und Poststempel; die sind ihr also persönlich ausgehändigt worden.

Er kippt den Karton auf sein Bett aus. Ihm wird übel. Sein Geist verfinstert sich. Er muß nur die Anrede und die Schlußfloskeln einiger dieser Briefe lesen und weiß Bescheid, weiß, was für Briefe das sind.

Er sitzt auf seinem Bett, umraschelt von beschriebenem Papier, einem Ansturm fremden Gefühls ausgeliefert, dem er nicht gewachsen ist. Es macht ihn elend. Er weiß nicht, wie er die erste flüchtige Durchsicht der Briefe hinter sich gebracht, welches Tribunal er angerufen hat, welche Instanz. Vielleicht hat er nur MEINE HERREN gesagt, hören Sie mich an, meine Herren, nein, sehen Sie selbst, lesen Sie, überzeugen Sie sich. Hier. Vom 26. April dieses Jahres, das ist noch keine fünf Monate her: ›Meine Liebste, meine Schöne, mein gebenedeites anderes Ich...‹, aber es kommt noch viel blödsinniger: meine Schneehäsin, meine Hindin, auch Schwänin heißt es, weiße natürlich, schneeweiße Schwänin, und dann plötzlich nur ›Du‹ oder einfach: meine geliebte Irina. Das ist ein Brief vom August 1963 – so lange dauert die Affäre schon, und es ist nicht der älteste Brief. Geschrieben wurde er in einer Nacht wie dieser, zur gleichen Stunde. Auch damals lebte Irina bei Stefanie: ›...es ist Mitternacht und noch immer schwül und laut. Ich kann nicht schlafen. Meine Gedanken suchen Dich. Soeben fühlte ich Dich noch neben mir, Deine Haut, Deinen

Atem, aber plötzlich bist Du gegangen. Wohin?‹ Vier, nein, fünf, sehen Sie nur, fünf Seiten Gefasel. Ich bitte, ich beschwöre Sie, erklären Sie mir das Unmögliche, das Absurde. Ich habe arglos neben ihr gelebt, habe sie geliebt. Sagte ich Gefasel? Ich habe selbst erlebt, wie das ist, wenn sie mitten in der Nacht fortläuft. Wache auf, und das Bett neben mir ist leer, die Wohnung still wie ein Grab. Noch ehe ich es betrete, weiß ich, sie ist auch nicht in ihrem eigenen Zimmer. Stehe da und wehre die Gedanken ab, die über mich herfallen wie eine Meute wütender Hunde.

Er sieht ihr Gesicht, ihre Augen, die ihm ausweichen, hört ihr Lachen. Es kann nicht wahr sein. Er glättet den Brief wieder, den er in der Faust zerknüllt hat, überfliegt ihn, klaubt Wörter heraus: Angst, Vereinsamung, Furcht vor Gefühlen, Trägheit, keine Freude. Das klingt wie die Litanei eines Gesellschaftskritikers, der den Zeitgenossen die Stadien ihrer chronischen Schizophrenie aufzählt. Nein, andersherum, es sind die Leiden, von denen Irina ›erlöst‹ sein soll. ERLÖST. Er meint nun sich selber, ruft sich selber an mit: meine Herren oder ›mein Herr!‹. Natürlich sich selber, wen außer sich muß er überzeugen, wer will nicht wahrhaben, nicht glauben, was er da schwarz auf weiß über jeden Zweifel erhaben besitzt, zum Anfassen, zum Zerfetzen wirklich und wahr: Sehnsucht, Anbetung – ein sentimentales Gewäsch – und dann plötzlich die zugreifende Sprache des Sicheren, der weiß, er muß nur die Arme öffnen, muß nur dasein.

Hier: ›...Du sollst Dich nicht fürchten. Du bist nicht allein. Ich halte Dich. Du kannst nicht fallen, nicht aus mir. Was immer auch geschieht, Du und ich, wir sind ineinander verzahnt, verkettet...‹

Es ist unerträglich. Ich kann's nicht lesen. Verzahnt und verkettet – mit meiner Frau. Unterschrift: S. Sei umarmt von S. Sei geliebkost, geküßt – in großer Sehnsucht – S. Meine Linke liegt unter deinem Haupt und meine Rechte... S. – Alles in der gleichen klaren und großzügigen Handschrift, die er sympathisch finden würde, wäre sie nicht die Handschrift seines Feindes.

S., grübelt er und blättert dann schnell zehn, fünfzehn Briefe durch. Immer nur S. Wer ist das: S.? Stefanies junger

Mann hätte mit P. unterzeichnet. Kroß hat es geahnt, Pitt spielt nur eine untergeordnete Rolle in der Geschichte, den Reisebegleiter, den Irina aus irgendeinem Grund nicht entbehren will, den Beifahrer, der sie am Steuer abwechselt, wenn sie müde wird. Sie ermüdet ja schnell, und hätte sie denn seinen Namen preisgegeben, wenn er ihr Geliebter wäre? Kroß wundert sich nicht mehr, daß er auf Peter Hauk nicht eifersüchtig sein konnte. Keinesfalls hat er diese leidenschaftlichen Episteln verfaßt. Er schiebt die Briefe zusammen und stopft sie wieder in den Karton. Er wird sie später durchlesen, wenn überhaupt, S., das kann Siegfried oder Siegbert heißen, Sebastian, Simon, Stefan, Sepp. Unter seinen Bekannten gibt es allerdings nicht einen Mann, dessen Vorname mit S. anfängt. Nur Nachnamen mit S. fallen ihm ein, Herr Senftenberg, Herr Sonntag, aber wer unterzeichnet einen Liebesbrief mit dem Nachnamen? Samuel, Simon, Salomon. Das sind biblische Namen, davon weiß er noch mehr: Simeon, Samiel. Er hält inne. Samiel gefällt ihm. Bei Samiel will er bleiben, dem bösen Geist, dem Lügner, dem Schwein Gottes. Schwein fängt auch mit S. an.

Da hat er schon mindestens vier Gläser Gin mit Tonic getrunken. Jetzt ist die Tonicflasche leer; er trinkt den Gin pur, sitzt auf dem Teppich vor Irinas zugedecktem Bett, neben sich einen alten Pappkarton mit Liebesbriefen und einen Kleiderhaufen, vor sich im Türspiegel des leeren, offenstehenden Schrankes eine Fratze mit Schiefmaul und durchkurvter Stirnglatze. Die Fratze muß seine eigene sein. Wenn er den Kopf wendet, tut sie es ebenfalls, glotzt ihn an, einen fetten Faun, nackt bis auf die kleine, prall gefüllte Unterhose. Er erinnert sich der Nüchternheit, in der er als verantwortungsbewußter Autofahrer meistens gelebt hat, aber sie kann nicht so erfrischend gewesen sein, wie er sich einreden wollte. Sie ist ein Mangel gewesen, eine Dürre und Dürftigkeit, eine innere Trockenheit, und jetzt ist sie weg. Wie große Blasen schwellen jetzt die Flüche auf seiner Zunge, saftige, schmutzige Flüche. Der Schweiß rinnt ihm das Rückgrat hinunter. Er steht am Fenster in der von Scheinwerferlicht durchblitzten Nacht, steht in der Hitze, dem Gestank, dem infernalischen Knattern und Heulen des Sommernachtverkehrs und verflucht laut zum Fenster hinaus sein Leben, seine Ehe, Irina, einen Mann namens S. und Stefanie. Sie besonders. Zu ihr ist er gut gewesen, hat sie quasi in seine Familie aufgenommen, aus Mitleid, aus ›Menschlichkeit‹. Natürlich hat sie sich dann auch nützlich gemacht. Manchmal, nachts bei verhängter Lampe und angelehnter Tür, durch die gelegentlich ein gelangweiltes Stöhnen aus dem Nebenzimmer drang, wo Irina ruhte, hat er interessante Gespräche mit Stefanie geführt, hat ihr ›Einblicke‹ gewährt und an ihren Bemerkungen erkannt, daß sie ihm folgen konnte. Sie ist einsam gewesen. Nur die Dorows haben sie manchmal eingeladen. Verschüchtert war sie, ganz verklemmt. Lissy Dorow mußte ihr ihre Freundschaft förmlich aufdrängen. Aber auf Irina und ihren Mann stürzte sie sich, mit ihnen verbrachte sie jede freie Stunde. Hat Kroß sie enttäuscht? Es ist dumm von ihm gewesen, nicht mit ihr zu schlafen. Sie hat es bestimmt erwartet. Manchmal hat er das Gefühl gehabt, sie wolle ihm etwas sagen, etwas Wichtiges, Persönliches, das eine Frau schwer über die Lippen bringt – etwas, das Mut und Anstrengung kostet. Aber er hat nicht reagiert, und nun präsentiert sie ihm die Rechnung für seine Dummheit.

Er flucht jetzt leise mit Genuß, er zerbeißt die saftigen Gemeinheiten. Hat Irinas Spiel gespielt, hat ihr geholfen, hat ihr den Betrug vielleicht erst möglich gemacht. Er lehnt es ab, den Windungen und Krümmungen der listigen Gedankengänge Irinas zu folgen. Sie nicht, Stefanie hat es nicht abgelehnt. Irinas Verbündete ist sie gewesen, nicht die seine, wie er sich eingebildet hat. Das hat er tatsächlich gedacht. Hat geglaubt, sie helfe ihm, beeinflusse die störrische Irina in seinem Sinn.

Störrisch? Er heult zwischen seinen Fingern. Nicht störrisch, nicht nur, auch weich, nachgiebig, sanft. Aber Stefanie hat sie gegen ihn aufgehetzt. Warte du. Sieh dich vor. Einmal krieg' ich dich, auch wenn du plötzlich fremd tust und mir aus dem Wege gehst. ›Einmal mach' ich dich fertig.‹ Du Reh. LEICHTFÜSSIGE.

Er sinkt auf sein Bett und mümmelt sich in die Kissen. Ich nehme sie ernst, das ist lächerlich. Man soll Frauen nicht ernst nehmen, soll Mitleid mit ihnen haben. Sind arme Luder. Ich möchte keine sein. Herr, ich danke dir, daß ich nicht als Frau geboren wurde, heißt es in einem Morgengebet an den Herrn der Patriarchen. Wie wahr. Uralte Weisheit. Yang und Yin. Das Helle, Schöpferische, Männliche, und das Dunkle, das Zerstörerische, Feuchte, das Weibliche. Wem, der einen Penis trägt, schwillt da nicht der Kamm?

Er lacht. Zum Zweck männlicher Kammschwellung ist es ja wohl auch gedacht und endlos variiert und wiederholt worden, bis es jedermann für eine selbstverständliche Wahrheit hielt, die keiner Prüfung bedurfte. Dabei ist es eigentlich eher männliches Streben, das die großen Drangsale, Vernichtungen und Verfinsterungen über die Menschen bringt. Handelte es sich nur um die Feststellung von Gegensätzen, die einander bedingen, wäre das Weibliche gewiß auch öfter in der anderen Reihe, auf der Seite des Guten, des Lichten, zu finden gewesen, wohin ein deutscher Dichter es erhob, der sich dann seinerseits hinanziehen ließ. Auch das, nicht nur das Herabsetzen ist angenehm und ermunternd. Männer brauchen beides, bedürftig, wie sie sind, begierig nach Anerkennung und Bestätigung. Davon können sie nie genug bekommen. Immer auf der Kippe, jeden Augenblick in Gefahr, ihre Selbstherrlichkeit zu verlieren. Was wissen Frauen – nichts. Sie halten es für ein ungetrübtes Vergnügen, ein Mann zu sein, denken, es macht Spaß, den Überlegenen zu spielen. Von dem schrecklichen Imponierzwang, dem die Männer unterworfen sind, ahnen sie nichts. Unser Gefieder spreizt sich eben, wenn eine Hübsche in Sicht ist. Eigentlich haben es die Frauen ja leicht mit uns, wenn sie nicht unerlaubt dumm oder häßlich sind. Die Geste der Unterwürfigkeit, ein bißchen Kinnkraulen und Bewunderung genügen meistens, die Männer friedlich zu stimmen.

Was soll's. Er, Kroß, war immer friedlich, war viel zu friedlich, hat sich nicht gewehrt gegen das Gemeine, das Teuflische, das immerzu hinter seinem Rücken geschah. Allerdings hat er es gar nicht gemerkt. Hat sich einschläfern lassen von den Weibern. Hat sich sogar manchmal mit ihren Gedanken beschäftigt. Tatsächlich stammte das mit Yang und Yin und dem männlichen Streben von Stefanie.

Er ist furchtbar erschöpft, treibt dahin in seinem Bettkahn, allein. Noch nicht alt und schon allein. Er träumt: Eine schwarze Sonnenscheibe rollt am Horizont. Eine Formation kleiner Flugzeuge schwebt in niedriger Höhe heran, Kinderspielzeug, aber schwarz, schwarze Kinderflugzeuge. Plötzlich steuern sie auf ihn zu und stoßen auf ihn herab. Er duckt sich, schützt Kopf und Augen mit den Armen: Was wollt ihr? Fort mit euch!

Er ist dann ganz ruhig, geht auf weichem Boden, auf Akkerboden, der frisch gepflügt worden ist, vielleicht das Rübenfeld in der Nähe seines Kladower Hauses. Das muß es sein. Er hat es allerdings noch nie so gesehen, endlos, bedeckt mit glänzenden schwarzen Erdschollen, die auf ihn zutreiben. Er will schreien, da bäumt sich die Erde auf, wölbt sich ihm entgegen, öffnet sich. Er blickt durch den Spalt in eine Höhle mit feuchtglänzenden Wänden. Ein unwiderstehliches Verlangen treibt ihn hinein. Er quetscht sich durch den Spalt, der nachgibt, kriecht auf allen vieren, richtet sich auf. Er fühlt sich wunderbar umfangen.

Gegen drei Uhr morgens ist er plötzlich aufgewacht. Das Licht hat gebrannt, Flaschen und Gläser standen herum, Kleider lagen auf einem Haufen, Briefe...

Mit dröhnendem Kopf sitzt Kroß in seinem Bett. Seine Kehle ist ausgetrocknet und pelzig. In der Küche findet er noch Eiswürfel und eine unangebrochene Flasche, aber Ruhe findet er nicht. Er will laufen, durch die nächtlichen Straßen wandern, es zieht ihn mit Macht die Treppe hinunter. Auch fällt ihm wieder ein, daß Irina manchmal mitten in der Nacht, wenn vernünftige Leute schlafen, hinuntergegangen ist. Vielleicht hat ihr Geliebter auf sie gewartet, sei's auch nur, um ihr einen neuen Schrieb zu geben. Sie ist bald zurückgekehrt – verwildert, ihr Haar roch nach Nacht und Regen.

Ein Wind ist aufgekommen, die Schwüle ist verschwunden. Er schauert, fühlt sich matt, wie aufgeweicht. Er schläft im Gehen, das ist ihm noch nie passiert. Eine sonderbare Furcht schnürt ihm die Luft ab, Schlangenfurcht. Er träumt, eine Schlange ringele sich auf seinem Weg, richte sich auf, tanze. Er reißt die Augen auf. Es war Stefanie, die sagte, sie liebe Schlangen – sonderbare Bemerkung, aber er erinnert sich, wie sie darauf kam. Ein kretisches Terrakottafigürchen ist der Anlaß gewesen, eine Frau oder Göttin mit ausgebreiteten Armen, die in jeder Hand eine Schlange hält. Eine elegante Person übrigens, nicht in irgend etwas zeitlos Wallendes gekleidet, sondern in ein streng stufenförmiges, engtailliertes Volantkleid, das vorne offen ist, so daß die Brüste aus dem Mieder quellen. Die Statuette hat ihn tatsächlich an Stefanie denken lassen. Eigentlich hat er insgeheim eine bestimmte Erwartung ihr gegenüber gehegt, als werde sie sich – wie eine Schlange – eines Tages häuten, werde ihre Unscheinbarkeit abwerfen und strahlend hervorgehen. Allerdings erinnerte ihn die Schlangenfrau auch an Irina, an beide, denkt er, seltsam bewegt, und lacht auf, denn von Ähnlichkeit kann ja keine Rede sein.

Verwirrt hebt er den Blick. Still und leer liegen die Straßen vor ihm im schwindenden Laternenlicht. Er hat nicht gewußt, wie leer sie um diese Zeit sind. Ein Strauch duftet im Vorgarten eines Hauses. In einem anderen Haus wird plötzlich ein Fenster hell, das ist wie ein Gruß. Die Autoherden, die durch die Straßen donnerten, haben sich in langen Reihen an den Bordsteinen zur Ruhe gelegt.

Er biegt in die Motzstraße ein. Unter dem langsam heller werdenden Himmel sieht er jemanden auf sich zukommen. Ihm ist, als breche die Gestalt aus der Dämmerung. Sie ist noch weit, nähert sich aber schnell; schon hört er ihre Schritte auf dem Pflaster. Er hat sie längst erkannt. Allerdings kommt sie ihm verändert vor – auch sie. Es ist nichts Ängstliches an ihrer Haltung, ihrem Gang in der einsamen Straße. Plötzlich fühlt er sich abenteuerlich erregt. Er tritt in eine Haustür und wartet. Sie kommt heran, geht an ihm vorbei. Er sieht ihren suchenden, ihren in der Ferne suchenden Blick. Ihn, Kroß, der ganz nahe ist, bemerkt sie nicht. Unwillkürlich folgt er ihrem Blick, entdeckt aber niemanden; die Straße ist noch immer vollkommen menschenleer.

Er geht ihr nach. Dabei bemüht er sich, die Füße geräuschlos aufzusetzen. Es wäre nicht notwendig, denkt er, Stefanie würde ihn auch nicht beachten, wenn sie seine Schritte hörte. Sie bleibt stehen und betrachtet eine Haustür, ein breites, morsches Holztor, an dem aber eigentlich nichts Interessantes zu sehen ist. Sie schiebt das Tor auf und verschwindet darin. Will sie um diese Zeit einen Besuch machen – nein, natürlich nicht, das Tor öffnet sich wieder, sie tritt heraus, steht dort noch eine Weile und kehrt dann um. Wieder kommt sie auf ihn zu, der jetzt mitten auf ihrem Weg steht. Sie kann ihn nicht übersehen. Freut sie sich – sie sieht erwartungsvoll aus, lächelt. Er geht ihr seinerseits ein paar Schritte entgegen. Ihr Lächeln berührt ihn allerdings ein wenig unheimlich; er kennt es von Irina, es kann schnell bitter werden.

»Stefanie!«

Das Lächeln verschwindet. Sie hat nicht ihn gemeint, nicht ihm zugelächelt. Sie hat ihn gar nicht gesehen, und jetzt erkennt sie ihn nicht.

»Warten Sie doch! Ich bin es doch! Kroß!«

Blickt ihn an wie einen Fremden, dem sie noch nie begegnet ist. Auch das kennt er von Irina. Geht an ihm vorbei, als sei er nicht vorhanden oder als sei er ein Nachtschwärmer, den eine Frau lieber nicht beachtet, ein Rüpel vielleicht, der sie belästigen will. Geht ruhig weiter, überquert die Straße, entfernt sich rasch. Bald wird sie in der weißen Dämmerung verschwinden.

Der Wind frischt auf; Kroß schauert wieder, heftiger als vorhin. Wirkt der Gin noch nach, den er getrunken hat? Er sieht sie doppelt. Oder ist das eine andere Person neben ihr, wie mit ihr verwachsen, geht da plötzlich noch jemand? Er hat sie nicht kommen sehen, auch ist Stefanie nicht stehengeblieben, um jemanden zu begrüßen. Wenn es nicht unmöglich wäre, würde er denken, Irina ginge dort mit Stefanie. Er stutzt, es geschieht etwas in ihm, ein Funke beginnt zu glimmen, ein Gedanke, der Gestalt gewinnen will, hämmert wie verrückt hinter seiner Stirn. Es muß ein feindlicher, ein gefährlicher Gedanke sein, der Kroß Unbehagen bereitet, noch ehe er gefaßt ist. Er will ihn nicht, sträubt sich, läßt ihn nicht Wort werden. Er hat aber Stefanie und Irina so zusammen gesehen, aneinandergelehnt, die Köpfe einander zugeneigt. Es ist abends auf der Kladower Landstraße gewesen. Er hat am Fenster gestanden und ihnen nachgeblickt. Es dunkelte, die Konturen verschwammen. Aber es ist anders gewesen, denkt er verwirrt, ist nicht wie jetzt, sondern wirklich gewesen, nicht schwebend und ineinanderfließend, nicht PHANTASTISCH.

Er beschwichtigt eine ängstliche Regung: Die Briefe, der Gin, der Schmerz in seinem Schädel sind schuld an der Zwiegestalt. Er hat keine Ursache, an seiner geistigen Gesundheit zu zweifeln.

Trotzdem befremdet ihn das Seltsame, das sein Auge wahrgenommen hat, sein inneres Auge vielleicht. Er kann nicht aufhören, nach Worten zu suchen, die es beschreiben, die es ›bannen‹, denkt er, als hätte er ein Gespenst gesehen, eine Geistererscheinung im Morgennebel, dort, wo soeben noch Stefanie ging. Eine von hellen Schatten umflossene weibliche Silhouette mit zwei Köpfen. Stefanie mit zwei Köpfen. Zum Lachen eigentlich – warum lacht er nicht? Ihr IN-BILD, grübelt er, einprägsamer als eine IN-SCHRIFT. Ihre innere, ihre psychische Gestalt, falls es das gibt, ihr SEELENBILD. Wieder sticht und klopft es hinter seiner Stirn. Phantasterei, will er denken. Das Wort Seelenbild ist mir nur in den Sinn gekommen, weil Stefanie im Dunst des Sommermorgens etwas Durchsichtiges, Unstoffliches hatte. Da bricht sich der Gedanke Bahn, der in ihm bohrte und klopfte. Ihm ist wahrhaftig, als sprenge er seinen Schädel, so hart springt er in sein Bewußtsein. S. – das ist... Er schlägt sich an die Stirn. S. ist Stefanie.

Ein grelles Licht fällt auf sein Leben mit Irina. Er hält mit beiden Händen seinen Kopf fest, hält ihn noch, wenn er laut rufend hinter Stefanie herrennt. Das schallt durch die stille Straße. Stefanie! Warten Sie doch! Sie bleibt stehen. Vielleicht spürt sie, daß sie jetzt nicht wieder einfach weitergehen kann, ohne ihn zu beachten. Ruhig blickt sie ihm entgegen, der auf sie zukeucht. Er packt ihre Arme und rüttelt sie. Er will sie anschreien, reißt den Mund auf – sein Alkoholatem widert sie an, sie kann's nicht verbergen, da bringt er vor Verlegenheit nur ein Krächzen zustande, und das macht ihn nun auf sich selbst wütend. Waschlappen! Seit wann nimmt er falsche Rücksichten? Statt zuzuschlagen, steht er da und hört sich stottern: »Ihre Briefe. Ich habe Ihre Briefe...«

Er sieht, wie sie erschrickt. Ihr eigenes schlechtes Gewissen gibt ihm recht. Los doch, stauch sie zusammen, gib ihr den

Rest. Da hat sie die Sprache wiedergefunden. »Es tut mir sehr leid. Ich hätte mit Ihnen reden müssen...«

Reden! Wozu reden?

»...hätte Ihnen sagen müssen, daß ich Irina – und daß Irina mich – wenn sie auch jetzt mit Peter – obgleich sie ja Peter eigentlich nicht liebt – es wird vorübergehen – wir müssen es durchstehen – eine Art Feuerprobe...«

Er starrt sie an. Es ist nur ein schwacher Trost für ihn, daß auch sie ins Stottern gerät. Muß er diesen Peter Hauk nun doch ernst nehmen, ist Stefanie ebenfalls eine Betrogene, hat Irina nicht nur ihn, Kroß, sondern auch Stefanie – Unsinn! Stefanie weist solche Verdächtigungen weit von sich.

»Irina betrügt mich nicht, und ich – bitte, ich wollte wirklich mit Ihnen sprechen, es ist oft unerträglich gewesen... Heimlichkeiten... Versteckspielen...«

Ihr Gestammel wird unverständlich, aber zuletzt hebt sie den Kopf und sagt fest und klar: »Ich bin froh, daß Sie es nun wissen.«

Darauf kann er nur mit Sarkasmus reagieren: »Ein schöner Zug an Ihnen, Ihre Wahrheitsliebe« – ein Narr, ein Idiot, der hoffnungsloseste, der ihm je begegnet ist. Ich – mir selbst; er lacht kurz und bellend, vergißt aber keinen Augenblick seine furchtbare Niederlage, den Schimpf, den ihm Irina und Stefanie angetan haben. Das frißt an ihm. Vergewaltigen, denkt er, UMLEGEN – und nimmt vielleicht unwillkürlich einen drohenden Ausdruck an, denn Stefanie, als fürchte sie seinen Zorn, der doch kraft- und saftlos bleibt, nickt ihm verlegen einen Gruß zu und macht sich davon – schnell, schneller, über den Platz mit Telefonzelle und Litfaßsäule und dann schmal und flink die kleine Straße mit den Rotdornbäumen entlang. Hat sie tatsächlich Angst vor ihm – er kann's nicht glauben, steht da und blickt ihr nach, ein verknurrter, gehemmter Klemens Kroß. Gehemmt? Er? Ein Klemens Kroß, der sich selbst beobachtet. Was ist nur mit ihm los.

Die ganze Zeit, während er mit Stefanie sprach, und auch danach, als er ihr nachblickte, hat er sich wie in einem großen Spiegel GESEHEN. Einen Mann, dem die Haut juckt, der das eigenartige Gefühl nicht loswerden kann, sie tauge nicht mehr viel, am liebsten würde er sie abwerfen – nicht um

›strahlend‹ hervorzugehen, wie er von Stefanie gedacht hat, das nicht, er käme sich ja lächerlich vor. Auch ›werfen‹ ist nicht das richtige Wort, werfen wäre zu leicht, seine Haut sitzt stramm und fest – wie also? Von sich abschaben – mit Anstrengung und unter Qualen, Fetzen um Fetzen? Er flucht in sich hinein. Noch ein paar Stunden in diesem Stil weitergemacht, und ich verliere den Verstand.

Es ist jetzt sehr hell und klar und beginnt auch schon heiß zu werden; der weiße Dunst hat sich verzogen. Ohne sie wahrzunehmen, trottet Klemens Kroß in der funkelnden Morgensonne nach Hause. In seiner leeren Wohnung kommt er sich wie ein Witwer vor, der soeben seine Frau beerdigt hat. Er streckt sich noch einmal auf sein Bett. Natürlich ist seine große Müdigkeit an seinen sonderbaren, seinen verrückten Phantasien schuld (sich die Haut abschaben!) – schließlich hat er in der letzten Zeit und auch wieder in der vergangenen Nacht viel zuwenig geschlafen.

Die Erklärung befriedigt ihn nicht. Er erinnert sich an Blicke zwischen Irina und Stefanie, die er irgendwann aufgefangen haben muß, auch an Gesten und an Worte, unverstandene zumeist, Worte, die er nicht verstehen *wollte*, und er erinnert sich nicht nur, er spürt und fühlt und horcht ihnen nach – das hat er noch nie getan.

›...ich kann jeden Menschen lieben, ob weiß, ob schwarz, Mann oder Frau...‹

›...nicht der Krieg wäre der Vater, aber die Liebe wäre die Mutter aller Dinge...‹

Dergleichen hat er nicht ernstgenommen, natürlich nicht; er hat es ›vom Tisch gewischt‹ oder verspottet, und das will ihm nun wie die Reaktion eines Menschen vorkommen, der Angst hat – ärgerliche Vorstellung – wovor denn Angst – ist es vielleicht ein Verlust gewesen, den er gefürchtet hat, ein Verlust an Prestige, an Macht – Unsinn! Was für Macht hat er denn?

Der Gedanke verfolgt ihn aber. Angst würde die Heftigkeit seiner Abwehr erklären, die er selber jetzt übertrieben findet, seinen Hohn, sein Auftrumpfen mit Allerweltsmeinungen...

Er seufzt. Es fällt ihm schwer, sich an etwas heranzutasten, das vor seinem GESUNDEN EGOISMUS, seinen Banausensprüchen stets zurückgewichen ist – die stoßen ihm nun sauer auf. Ein schlechter Geschmack im Mund bleibt davon zurück. Er fühlt sich aber von seiner NIEDERLAGE, die doch nach wie vor schmerzt, eigentlich nicht mehr ›vernichtet‹ – er ist nur sehr unglücklich, verrammelt und verriegelt, denkt er und möchte sich aufreißen, möchte weit werden. Schläft er? Er streckt und dehnt sich, ein winziger, zusammengeschrumpfter, ein unkenntlich gewordener Kroß-Embryo, tief drinnen in der finstersten Schicht seines Inneren. Er will raus, will etwas einholen, etwas Flüchtiges, Zartes.

Als er aufwacht, ist schon Mittag. In seinem Arbeitszimmer läutet das Telefon – vielleicht Fräulein Hussek, denkt er und glaubt deutlich, ihr stupides, verständnisloses Gesicht zu sehen: Ohne ein Wort wegzubleiben – eine ganz neue Methode!

Das Klingeln verstummt. Er fühlt sich frischer nach dem Schlaf, aber auch noch immer unsicher, als bewege er sich auf fremdem Territorium, wo fremde Spielregeln gelten. Spielregeln? Wer spielt denn, ich doch nicht, ich spiele nicht. Vielleicht hat er gestern nacht, als er wie ein Irrer Irinas Schrank ausräumte, Eifersucht ›gespielt‹, ist nicht ICH, nicht wirklich er selbst gewesen, obgleich er ja andererseits durchaus einen gerechten Zorn, einen Bauch voll Wut... Ach hör auf. Hör doch auf!

Seine Neugier auf sich selbst hört nicht auf. Eine unbekannte Erregung hat ihn ergriffen. Als sie noch neben ihm herlebten und sich unter seinen blinden Augen liebten, hat er sich von Irina und Stefanie nicht irritieren lassen; niemals wäre er auf die Idee verfallen, sie könnten ihn beeinflussen. Erst jetzt, allein gelassen, spürt er es: Eine stete, unsichtbare Strahlung, von der sie nichts wußten, muß von ihnen auf ihn ausgegangen sein, und sie hat ihn durchdrungen. Ein Verlangen regt sich in ihm, ein Verlangen nach Wahrheit – er liegt und horcht –, nach Wahrheit über sich selbst, ein Verlangen aber auch nach einer anderen Weise, zu leben und zu lieben – nicht räuberisch. Er erschrickt über das Wort, das er nicht gesucht hat; es fiel ihm zu und trifft es nicht, ist nicht Irina in vielen Nächten eine BEUTE für ihn gewesen, die er skrupellos in Besitz nahm? Einsam war sie mit ihm, ganz fremd, er dachte, er kenne sie, aber das hat er sich eingebildet. Stefanie kennt sie vielleicht.

Stefanie. Mit geschlossenen Augen sieht er sie unter den Rotdornbäumen zwischen parkenden Autos und Hauswänden, wie sie ihr Tempo beschleunigt, wie sie flitzt, ohne zu rennen, und hinter sich lauscht: Folgt er mir? Nein. Sie atmet auf: Entkommen – und ahnt nicht, ahnt so wenig wie Irina in ihrem Münchner Hotel, daß er soeben, obgleich es nun doch zu spät ist, still für sich und wie träumend einen ersten, noch taumeligen Schritt auf sie zugegangen ist – hoffnungslos, aber nichts ist ihm jetzt wichtiger. Meine zwei Vögelchen, denkt er in einer Anwandlung von Zärtlichkeit, einer ungewohnten und verzweifelten Zärtlichkeit – die haben leise und absichtslos, aber beharrlich an meiner Kruste gepickt. Freundinnen, die sich lieben. Da ist auch wieder das Bild, das ihn nun nicht mehr losläßt: Umschlungen, die Köpfe einander zugeneigt, fest aneinandergelehnt, die äußeren Arme unter den Brüsten ineinander verschränkt, gehen sie in ihren hellen Kleidern langsam die Landstraße entlang und dann den Weg zum Fluß hinunter durch den sommerlichen Wald, in dem der Tag verdämmert.

Nachwort

Von Regula Venske

> »Ich wollte eine Liebesgeschichte schreiben, und die mit Hans und Grete hat mich ein bißchen gelangweilt. Da habe ich es mal von der anderen Seite geschrieben. Ich habe auch Erfahrungen darin, ich habe ja eine ganze Zeit mit einer Frau zusammengelebt. Aber im Roman ist vieles umgesetzt, es ist nicht eine Fotografie der Wirklichkeit.«

So äußerte sich Johanna Moosdorf im Gespräch[1] über ihre Motivation, den *Freundinnen*-Roman zu schreiben. Begonnen hatte sie mit der Arbeit daran bereits 1963 während eines Aufenthalts in der Villa Massimo in Rom. In Berlin/West, wo die Autorin seit ihrer Übersiedelung aus der DDR im Jahre 1950 wohnt, und in Worpswede setzte sie das Projekt fort, mit langen Unterbrechungen, während derer sie ihren 1969 veröffentlichten Roman *Die Andermanns* schrieb. 1969/70 lehnte der Suhrkamp Verlag eine erste Version des Romans, der damals noch den Titel *Sappho* trug, ab, ebenso 1973 eine zweite, völlig überarbeitete Fassung: Der Roman habe nicht die literarische Qualität von Djuna Barnes' *Nachtgewächs*, einem Buch, das für jede Darstellung lesbischer Liebe als Maßstab zugrunde gelegt werden müsse. Dazu meinte Johanna Moosdorf, sie habe

> »die lesbische Liebe als etwas durchaus ›Normales‹, Mögliches darzustellen versucht, so gut und so schlecht, so tragisch und untragisch wie jede andere Liebe auch – keine schicksalhafte Verdammnis, nur ein Dilemma und zuweilen ein trauriges Los in der ungerechten Welt, in der wir leben. Das zwingt natürlich zu sprachlicher Zurückhaltung. Expressionistisches ist mir hier nicht möglich.«

Sie habe »etwas Wahrhaftiges von heute, soweit es schreibbar ist«, schreiben wollen.

Während die Autorin hier ihre eher nüchterne, nicht-expressionistische Art, mit dem Thema umzugehen, verteidigen mußte, forderten später bei Erscheinen des Romans einige Rezensenten gerade »mehr Nüchternheit«[2], empfanden die Sprache als »hymnisch, zuweilen beinahe kitschig«[3] oder sahen darin »etwas seltsam Zerquältes, Überspanntes, als müßte sie (Stefanie) selbst sich ständig über die Unerhörtheit ihrer Gefühle hinwegsetzen«[4].

Die Kritik an Johanna Moosdorfs Roman läßt sich als Beleg für die von Roland Barthes formulierte These heranziehen, daß in einer historischen Umkehrung heute nicht mehr das Sexuelle, sondern das Empfindsame als »unschicklich«, ja »obszön« gelte:

> »Von der öffentlichen Meinung der Moderne diskreditiert, muß die Empfindsamkeit der Liebe vom liebenden Subjekt als starke Übertretung auf sich genommen werden, die es allein und exponiert dastehen läßt; aufgrund einer Umwertung der Werte macht also eben diese Empfindsamkeit heute das Obszöne der Liebe aus.«[5]

Der Roman erschien 1977 in der Nymphenburger Verlagshandlung. Inzwischen war das Schlagwort ›Frauenliteratur‹ en vogue, die Darstellung – oder auch: Forderung – lesbischer Liebe hatte in der Frauenbewegung durch solche Texte wie Verena Stefans *Häutungen* (1975), Alice Schwarzers *Der ›kleine Unterschied‹ und seine großen Folgen* (1975) oder Karin Strucks *Lieben* (1977) eine Öffentlichkeit gefunden. *Die Freundinnen* wurde nun zwar nicht mehr an den »elisabethanischen Höhen« (J. Moosdorf in Anspielung auf Wolfgang Hildesheimer) einer Djuna Barnes gemessen, dafür wurde das Buch vor einer aktuellen Tendenz beurteilt, für die es nicht geschrieben war. Johanna Moosdorfs Thema scheine »eher epidemischer Infektion (durch den zeitgenössischen Feminismus) als künstlerischer Notwendigkeit zu folgen«[6], das Buch sei »ein strammes Konjunkturprodukt«[7], so wurde, in Unkenntnis der langen Entstehungs- und Veröffentlichungsgeschichte, unterstellt. Eine historische Einschätzung, im Sinne der ›Ungleichzeitigkeit des Gleichzeitigen‹, ist daher wichtig: Nicht nur hat Johanna Moosdorf in *Freundinnen* zu einem frühen Zeitpunkt eine Fülle von Motiven verarbeitet, denen sich später die feministische Forschung widmete: Hexenverfolgungen, Nonnenmystik, die Poesie Sapphos, bis hin zur Suche nach einer vor-patriarchalen

Frauenkultur; sie hat auch theoretische Fragestellungen literarisch antizipiert, die später für feministische Theoriebildung zentral wurden. So fand Johanna Moosdorf z. B. in ihrem Roman einen literarischen Ausdruck für eine Bewegung, die von Elisabeth Lenk als »die sich selbst verdoppelnde Frau« proklamiert wurde:

> »Im neuen Verhältnis der Frau zu sich ist sie Viele. (...) Die Frau kann das neue Verhältnis zu sich nur über andere Frauen entwickeln. Die Frau wird der Frau zum lebendigen Spiegel, in dem sie sich verliert und wiederfindet. Das so entstehende Verhältnis der Frau zu sich ist so neu, daß es noch nicht definiert werden kann.«[8]

Zwischen Stefanie und Irina besteht ein solches Spiegelverhältnis, das lebendig, nicht-statisch ist:

> »Sie braucht meinen Blick, unter dem sie sich verwandeln, vermummen, entkleiden und entlarven, Masken ausprobieren und wieder ablegen und unversehens sie selbst sein kann, nackt, ohne Tarnung.« (S. 54)

Es handelt sich um ein identifizierendes Erkennen – »*ich* habe mich verändert, bin drei Tage lang ich selber und Irina gewesen...« (S. 61) – das auch die utopischen Möglichkeiten der anderen mitbegreift, der »andere(n) Irina, die sie auch ist und werden will« (S. 17). Dieses identifizierende Verfahren, in dem Subjekt und Objekt der Erkenntnis miteinander verschmelzen, wird dem männlich-analytischen entgegengesetzt, das gerade auf der Trennung zwischen Subjekt und Objekt, auf ›Verobjektivierung‹, beruht (vgl. besonders S. 36 u. S. 117). Johanna Moosdorf äußerte sich hierzu im Gespräch:

> »Das ›Töten, um zu erkennen‹, ist für mein Gefühl eines der entsetzlichsten Merk- und Schandmale unserer abendländisch-patriarchalen Kultur.«

In den 80er Jahren wird Christa Wolf in ihrem *Kassandra*-Projekt eine Kritik an der instrumentellen Vernunft, die die Geschichte des abendländischen Patriarchats bestimmt hat, üben und nach dem »Weg des männlichen Denkens« fragen, »das die Mutter Natur nicht lieben, sondern durchschauen will, um sie zu beherrschen«.[9]

Diese Kritik trifft sich mit der in *Freundinnen* von Lene Andras gestellten Frage nach der »Wegkreuzung, von der aus der Mensch in die falsche Richtung gelaufen sei, in die Irre...« (S. 13). »Das Objektmachen: Ist es nicht die Hauptquelle von Gewalt?« fragt Christa Wolf und analysiert eine männliche Ästhetik, die das Leben, das Lebendige – die Frau – in Kunst »ertötet«.[10]

Das Tote, das sind auch die Bilder und Schablonen, in die die Frauen gepreßt werden, im *Freundinnen*-Roman: »Bürohexe. Ehehure« (S. 88). Die Diagnose der Unfähigkeit z.B. eines Klemens Kroß, seine Frau als das Individuum, das sie ist, zu ›erkennen‹ –

> »Den Menschen begehrte er nicht. Warum hätte er ihn begehren sollen? Der Mann ist sich selber Mensch genug. Die Frau soll anders, soll das Rätselwesen, das Zwischen- und Zwitterwesen sein, Lilith, Undine, Schlafzimmerphantom seiner Träume, heilig oder hurig, eine, die er anbeten, schmähen, erhöhen, unterwerfen und jederzeit von sich wegrücken kann.« (S. 86)

– und die Erkenntnis, daß die Frauen diese Bilder entlarven, zurückweisen, in Bewegung bringen müssen, lassen sich ebenfalls als eine Vorwegnahme späterer feministischer Analysen, wie sie etwa in der Literaturwissenschaft vorgenommen wurden, verstehen. Im *Freundinnen*-Roman erfolgt der Umgang mit den Frauenbildern, den Mythen und Legenden in einer ironischen Brechung, die immer auch die Funktion der Bilder für den Mann mitreflektiert. Zwar wird »die Spur unserer großen Göttin, der verlorenen Erd- und Menschenmutter« (S. 73), verfolgt und beschworen, gleichzeitig sind jedoch die Frauengestalten im Roman ja durchaus unmütterlich: Stefanie, die schuldig Geschiedene, hat das Sorgerecht für ihren Sohn Igor verwirkt, Lene Andras widmet sich ihrer eigentlichen, wissenschaftlichen Arbeit und hat ihr Kind bei Verwandten aufwachsen lassen, und Irina, die »elbische«, unstete Frau, hat Angst davor, daß ihr Mann ihr »ein Kind machen« wolle und sie dann »festgebunden« wäre (S. 76).

Daß keine Bilder zur Verfügung stehen, um das eigene Erleben einzuordnen, zu vergleichen, zu beschreiben, eben das macht die Herausforderung, die Schwierigkeit, aber auch die Chance in der Liebesbeziehung zwischen den Freundinnen aus.

»... Hans und Grete. Die haben es leichter. Bücher, Zeitschriften, Filme, Theaterstücke – alles ist voll von ihren Geschichten. Sämtliche Möglichkeiten, in allen nur erdenklichen Variationen, werden ihnen vorexerziert. (...) Grete und Grete, Hans und Hans – die müssen sich, ihr Leben und ihre Liebe selber erfinden...« (S. 231)

Das Leichtere wäre aber auch, so legt die eingangs zitierte Gesprächsäußerung von Johanna Moosdorf nahe, das Langweiligere.

In seiner Untersuchung zur ›Codierung von Intimität‹ *Liebe als Passion* begreift Niklas Luhmann Liebe als ein »symbolisch generiertes Kommunikationsmedium« und skizziert die historische Entwicklung des Liebes-Codes über die letzten Jahrhunderte. Für die Gegenwart formuliert er skeptisch die Frage,

»ob und wie das Thema (Liebe) überhaupt noch literaturfähig« sei angesichts der fehlenden »Spannung zwischen Sexualität und Moral« und der damit einhergehenden fehlenden Notwendigkeit und des mangelnden »Interesse(s) an Lernen und an stellvertretendem Miterleben«.[11]

Nun hatten die beiden Geschlechter, historisch gesehen, an der Ausformulierung des Liebes-Codes bekanntlich unterschiedlichen Anteil. Luhmanns Zweifel an der Literaturfähigkeit des Themas kann daher aus weiblicher Perspektive zurückgewiesen werden. Der Spannung zwischen Tabu und Begehren ist das Schreiben von Frauen über Liebe noch allemal unterworfen, und dies gilt sowohl für heterosexuelle als auch für homosexuelle Beziehungen. Im ersteren Fall macht der sprachliche Ausdruck weiblichen Begehrens die Frau zum Subjekt und den Mann zum Objekt der Rede, womit die Bedingungen des Patriarchats gesprengt werden. Und über die Schwierigkeit, eine angemessene, würdige Sprache für die Erfahrung der Frauen und auch der Frauenliebe zu (er)finden, schrieb Ingeborg Bachmann in ihrer Erzählung *Ein Schritt nach Gomorrha*:

»Wenn sie Mara lieben könnte, wäre sie nicht mehr in dieser Stadt, in dem Land, bei einem Mann, in einer Sprache zu Hause, sondern bei sich...«

»Nein, erst wenn sie alles hinter sich würfe, alles ver-

brennte hinter sich, konnte sie eintreten bei sich selber. Ihr Reich würde kommen, und wenn es kam, war sie nicht mehr meßbar, nicht mehr schätzbar nach fremdem Maß. (...) Sie wußte ja, was zu sagen möglich war und in welchen Kategorien gedacht wurde, wer dieses oder jenes zu sagen fähig war und warum. Immer hatte sie diese Sprache verabscheut, jeden Stempel, der ihr aufgedrückt wurde und den sie jemand aufdrücken mußte – den Mordversuch an der Wirklichkeit. Aber wenn ihr Reich kam, dann konnte diese Sprache nicht mehr gelten, dann richtete diese Sprache sich selbst. (...)
Die Sprache der Männer, soweit sie auf die Frauen Anwendung fand, war schon schlimm genug gewesen und bezweifelbar; die Sprache der Frauen aber war noch schlimmer, unwürdiger...«[12]

Für die Wahrheit der Frauen nämlich »sind noch keine Worte da«.[13] Ich meine, daß es Johanna Moosdorf durchaus gelungen ist, einen gangbaren Weg zu finden auf der schwierigen Gratwanderung zwischen Trivialität und Pathos des Liebesdiskurses – beides, Kitsch und Hymnisches, wurde übrigens auch Ingeborg Bachmann vorgeworfen – und dem Problem der Frauen, »ihre eigene Sprache« erst entwickeln zu müssen (vgl. S. 15: bei der Büroangestellten Fräulein Kopisch wirkt nur ihr Stottern echt!).

Durch die leicht ironisierende, nüchterne Alltagssprache wird das Überschwengliche, das jeder Liebe eignet, gebrochen. Doch auch das Umgekehrte gilt: Der nüchterne Gegenwarts-Code wird mit einer durchaus romantisch anmutenden Utopie konfrontiert. Während nämlich Niklas Luhmann den Liebes-Code der Gegenwart unter das Stichwort »Problemorientierung« subsumiert – »am Umgang mit dem Problem« zeigten sich die Liebenden ihre Liebe: »quälend aussichtslos und trotzdem liebend«[14] –, entspricht Stefanies Haltung im Roman eher dem romantischen Konzept: »Steigerung *aller* Relevanzen durch Bezug auf *einen* anderen Menschen«.[15] Allerdings gibt es einen gravierenden Unterschied. Die »*Steigerung* des Sehens, Erlebens, Genießens« erfolgte im männlich-romantischen Liebes-Code »*durch Distanz*«, da nur Sehnsucht, Ferne, Abwesenheit die männliche Imagination inspirierten und die typischen Projektionen, in denen nach der Wahrheit der Objekte nicht gefragt wurde, ermöglichten. Demgegenüber braucht die Liebes-Utopie der Freundinnen die Nähe, Anwesenheit und Auseinandersetzung, das Sich-Einlassen.

In neueren Liebes-Texten von Frauen aus der jüngeren Generation wird, darin der männlichen Tradition folgend, überwiegend von der Abwesenheit des Geliebten ausgegangen, sei es, daß eine Symbiose beschworen wird, die im Verhältnis zum Text häufig noch einmal reproduziert wird (vgl. z.B. Karin Petersen, *Das fette Jahr* (1978), Svende Merian, *Der Tod des Märchenprinzen* (1980) oder Texte von Karin Struck); sei es, daß die Abwesenheit des Geliebten dem Text als U-topie eingeschrieben wird (z.B. bei Friederike Mayröcker oder Elfriede Czurda). Davon hebt sich das Liebeskonzept, wie es im *Freundinnen*-Roman entwickelt wird, also grundlegend ab. Diese ›Utopie der Anwesenheit‹ könnte auch für einen männlichen Liebespartner gelten und wirkt auch auf den Mann zurück, wie im Epilog mit Klemens Kroß angedeutet wird. Es wäre daher falsch, die im Roman entworfene Utopie auf das Etikett »lesbische Liebe« zu reduzieren. »Sie lieben sich, sie sind lesbisch«, hieß es definitorisch in den Rezensionen, und das liegt natürlich am »Ekel vor dem Männlichen« und der »Reaktion auf verfehlte Männerbindungen«, wenn nicht gar am »spezifischen Egoismus« der dargestellten Frauen.[16] Diese simple Sichtweise wird im Roman selbst zurückgewiesen als Platitüde einer Frau Riemann: »Aus Verzweiflung über die Männer in eine Liebesgeschichte mit der Freundin hineingeschlittert« (S. 170). Neben der Utopie der Anwesenheit wird in *Freundinnen* auf die für beide Geschlechter vorstellbare Utopie der Androgynität angespielt. Hierbei handelt es sich um ein Motiv, das die Autorin auch darüber hinaus beschäftigt hat und beschäftigt. So arbeitet Johanna Moosdorf zur Zeit, unter dem Arbeitstitel *Jahrhundertträume*, an einem größeren Roman, in dem es ebenso um Utopien eines freiheitlichen Sozialismus geht wie um ein kommendes weibliches Zeitalter. Einen wesentlichen Handlungsstrang bildet eine deutsch-jüdische Ehe- und Liebesgeschichte in den 30er Jahren[17], einen anderen Strang bilden zwei Frauenfreundschaften. Die eine, zwischen der Erzählerin und einer jungen Jüdin, endet so brutal wie die Ehe der Erzählerin, mit Deportation und Mord. Die zweite Frauenfreundschaft, zwischen der Erzählerin und einer ihr schwesterlich Gleichen, führt zum Zusammenleben nach dem Krieg. Man darf auf diesen im Entstehen begriffenen Roman aus der Perspektive einer alternden Schriftstellerin – wobei nicht nur deren Erinnerungen, sondern auch das Erinnern selbst erzählt wird – gespannt sein. Bis wir ihn lesen können, müssen wir uns an das von Johanna Moosdorf bereits vorliegende Werk halten. Querverbindungen von den *Freundinnen* bestehen auch zu einigen Gedichten der Autorin, von denen eines hier abschließend zitiert sei:

Freundinnen[18]

Aneinandergelehnt
mit dem schweren Gang Liebender
kommen zwei junge Frauen
fließbandmüd
aus dem Werktor

Sie umarmen sich heftig
ich brauche dich so sehr
gehen weltvergessen
ein Gelächter den Männern
ein Ärgernis ihren Frauen
gesellschaftlich unerwünscht
Wagnis ohnegleichen
meist scheitert es hörte ich
aber über Nacht wuchsen Lilien
auf dem Fabrikhof
ausgesetzt tödlichen Gefahren
Ruß- und Rauchstößen
fressenden Säuren
ihre Atemluft: Kohlenoxyde
ihr Mut:
zäh und zart

Hamburg, im August 1987

Anmerkungen

1 Zitate von Johanna Moosdorf hier und im folgenden nach einem Gespräch mit der Verf. am 4. September 1985 in Berlin. Für eine ausführlichere Darstellung des Lebensweges der Autorin sowie eine Würdigung ihres literarischen Werkes siehe meinen Beitrag in: Inge Stephan/Regula Venske/Sigrid Weigel, *Frauenliteratur ohne Tradition? Neun Autorinnenporträts*, Frankfurt/M. 1987 (Fischer Taschenbuch 3783)

2 Hans-Jörg Loskill, Westdeutsche Allgemeine Zeitung, 23.12.1977

3 Ingeborg Drewitz, Tagesspiegel Berlin, 2.10.1977

4 Klara Obermüller, Luzerner Neueste Nachrichten, 16.11.1977

5 Roland Barthes, *Fragmente einer Sprache der Liebe*, Frankfurt/M. 1984, S. 180

6 Gertrud Höhler, Christ und Welt, 26.8.1977

7 Christa Rotzoll, Radio Bremen, ›Neue Bücher – neue Platten‹, 13.9.1977

8 Elisabeth Lenk, *Die sich selbst verdoppelnde Frau*, in: Ästhetik und Kommunikation, 7. Jg., H. 25, Sept. 1976, S. 84 ff., hier S. 85 u. 87

9 Christa Wolf, *Voraussetzungen einer Erzählung: Kassandra. Frankfurter Poetik-Vorlesungen*, Darmstadt u. Neuwied 1983, S. 75

10 Ebd., S. 114 u. 151

11 Niklas Luhmann, *Liebe als Passion. Zur Codierung von Intimität*, Frankfurt/M. 1982, S. 202

12 Ingeborg Bachmann, *Werke*, hrsg. v. Christine Koschel, Inge von Weidenbaum, Clemens Münster, München 1978, Bd. 2, S. 205 u. 208

13 Ebd., S. 198

14 Luhmann, a. a. O., S. 213

15 Ebd., S. 167 und im folgenden S. 172

16 Z. B. Klara Obermüller, a. a. O., Monika Eberl, Die neue Bücherei Nr. 2, 1977, S. 123 ff., Gertrud Höhler, a. a. O., E. A., Mannheimer Morgen u. Tageblatt Heidelberg, 31.10.1978

17 Siehe hierzu auch Johanna Moosdorfs Erzählung *Verfinsterungen*, in: Neue Deutsche Hefte Nr. 191, Jg. 33, H. 3/1986, S. 527–534

18 Johanna Moosdorf, *Sieben Jahr Sieben Tag. Gedichte 1950–1979*, Wiesbaden u. München 1979, hier S. 42. Siehe außerdem ihren Gedichtband *Neue Gedichte*, St. Michael 1983

Bitte umblättern:

Die Frau in der Gesellschaft

Band 3746

Band 3755

Band 3782

Maya Angelou
Ich weiß, daß der gefangene Vogel singt
Band 4742

Shulamit Arnon
Die gläserne Brücke
Roman
Band 4723

Ippolita Avalli
Warten auf Ketty
Band 3796

Mariama Bâ
Der scharlachrote Gesang
Roman
Band 3746

Martine Carton
Etwas Besseres als einen Ehemann findest du allemal
Roman
Band 4718

Dagmar Chidolue
Annas Reise
Roman. Band 3755
Ruth hat lange auf den Herbst gewartet
Erzählung. Band 3736

Sabine Deitmer
Bye-bye, Bruno
Wie Frauen morden
Kriminalgeschichten
Band 4714

M. Rosine De Dijn
Die Unfähigkeit
Band 3797

Anna Dünnebier
Eva und die Fälscher
Roman. Band 4728

Oriana Fallaci
Brief an ein nie geborenes Kind
Band 3706

Felicitas Frischmuth
Die kleinen Erschütterungen
Eine Mutter aus Wörtern
Erzählung
Band 4700

Maria Frisé
Montagsmänner und andere Frauengeschichten
Band 3782

M. Gabriele Göbel
Amanda oder Der Hunger nach Verwandlung
Erzählungen
Band 3760

Franziska Greising
Kammerstille
Erzählung
Band 3765

Fischer Taschenbuch Verlag

fi 20/12 a